*

Une suspecte si séduisante

JANICE KAY JOHNSON

Tendres menaces

Traduction française de
LUCILE MASSON

Collection : BLACK ROSE

Titre original :
THE SHERIFF'S TO PROTECT

HARPERCOLLINS FRANCE
83-85, boulevard Vincent-Auriol, 75646 PARIS CEDEX 13
Service Clients — www.harlequin.fr
ISBN 978-2-2805-1053-0 — ISSN 1950-2753

Édité par HarperCollins France.
Composition et mise en pages Nord Compo.
Imprimé en septembre 2024 par CPI Black Print (Barcelone)
en utilisant 100% d'électricité renouvelable.
Dépôt légal : octobre 2024.

1

Le coup de fil arriva à l'improviste, comme d'habitude avec Jared. Sur le point de commencer sa journée de travail, Savannah Baird venait de mettre son portable sur silencieux, et seul le hasard lui permit de voir le nom s'afficher avant de ranger le téléphone dans la poche de sa veste. Le moment était mal choisi mais, comme son frère ne donnait de ses nouvelles que quelques fois par an, elle décrochait toujours. La crainte qu'il ne lui laisse pas de message vocal la poussa à répondre.

— Salut, Jared.

Elle s'arrêta un instant pour s'adresser au palefrenier qui tenait les rênes du jeune cheval, de l'autre côté de la clôture.

— Je dois prendre cet appel. Peux-tu le promener ?

Il acquiesça.

— Allô ? Tu es là ? demanda Jared à l'autre bout du fil.

— Oui.

Savannah se détourna de la clôture et se dirigea vers le manège couvert, actuellement vide, où elle put s'asseoir au pied des gradins.

— Comment vas-tu ? ajouta-t-elle.

— Euh... pour tout te dire, j'ai des ennuis.

Son chuchotement feutré l'effraya. Elle l'imaginait penché sur son téléphone, surveillant les alentours pour s'assurer que personne ne l'écoutait. L'image n'était pas très nette, car elle ne l'avait pas revu depuis ses seize ans. Les quelques photos qu'elle lui avait ensuite arrachées par texto refusaient de supplanter dans sa tête l'image du garçon qu'elle avait connu et tant aimé.

— Quel genre d'ennuis ? demanda-t-elle.

— Il vaut mieux que je ne te le dise pas, mais...

Il s'interrompit un instant, l'air désespéré.

— Je vais essayer de m'enfuir, mais je pense qu'ils se doutent de quelque chose.

Ils étaient liés à un réseau de trafic de drogue. Elle n'en savait pas plus, à part que Jared avait parlé de se racheter quelques années plus tôt. Elle pensait qu'il ne se droguait plus, mais ce n'était visiblement pas suffisant ; impossible pour lui de s'échapper du milieu. Ou peut-être ne le voulait-il pas. À moins qu'il n'ait tenté de faire tomber son employeur ? Savannah n'avait jamais osé poser la question, de peur qu'il ne cesse d'appeler.

Elle resta silencieuse et attendit qu'il reprenne, une urgence indéniable dans son ton.

— J'aurais dû te le dire plus tôt. J'ai une fille. Elle a presque cinq ans. Sa mère a des problèmes et est devenue incapable de s'occuper d'elle. Elle n'a que moi. 'Vannah, peux-tu t'occuper de Molly, au moins jusqu'à ce que je mette les choses au clair ? Toutes ses affaires sont empaquetées. Tu verras, elle est adorable.

Stupéfaite, Savannah ne parvint qu'à lâcher :

— Une fille ? En cinq ans, tu ne pouvais pas me le dire ?

— J'ai perdu le contact avec sa mère. Je n'arrêtais pas de penser que... Ça n'a pas d'importance. C'est ma fille, et je ne sais pas ce qu'ils seraient capables de lui faire subir. Au mieux, elle finirait dans une famille d'accueil.

Savannah savait qui était à l'origine de ses problèmes : leurs parents. Plus précisément, leur père, qui non seulement s'était montré très dur envers Jared mais semblait aussi le détester activement, tandis que les efforts de leur mère pour protéger son frère n'avaient eu aucun effet. Pendant ce temps, elle avait été la petite princesse à son papa. Le contraste était douloureux, et rien de ce qu'elle avait tenté n'avait changé quoi que ce soit.

Étonnamment, Jared ne le lui reprochait même pas, du moins la plupart du temps.

Il ne lui restait plus qu'une chose à dire.

— Bien sûr, je m'occuperai de ta fille. Peux-tu l'amener à moi ? Ou bien... où es-tu ?

— Toujours à San Francisco. Tu peux venir ?

— Aujourd'hui ?

— Oui.

La tension dans sa voix la fit frissonner. Elle jeta un coup d'œil à son téléphone.

— Oui. D'accord. Il est assez tôt. Je devrais pouvoir conduire jusqu'à Albuquerque et attraper un vol dans l'après-midi. Quand et où devrais-je te rejoindre ?

— Appelle-moi quand tu seras arrivée, répondit-il avant de se reprendre. Non. Si les choses tournent mal... Ah, viens à Bayview. Ce n'est pas le meilleur quartier de la ville, mais on peut se passer le relais rapidement.

Il lui communiqua une adresse. N'ayant jamais mis les pieds à San Francisco, elle n'avait aucun moyen d'imaginer le quartier. Heureusement qu'on avait inventé le GPS.

— Oui, bien sûr. Je vais louer une voiture.

— Merci. Molly est tout pour moi, ajouta-t-il d'une voix qui manqua de se briser. Assure-toi qu'elle sache que je l'aime. J'aurais fait n'importe quoi pour elle. Je regrette juste de ne pas l'avoir fait plus tôt.

— Ne parle pas comme ça ! Tu es intelligent. Tu vas te sortir de... de ce pétrin, quel qu'il soit. D'ailleurs, pourquoi ne viendrais-tu pas avec moi ? Tu sais que je travaille dans une région très reculée du Nouveau-Mexique.

— Peut-être... Je vais essayer.

Il n'y croyait pas vraiment. Elle l'entendit dans sa voix. Encore plus effrayée, elle s'accrocha au téléphone.

— Jared ?

— Je t'aime, déclara-t-il avant de raccrocher.

Un début de sanglot la secoua, mais elle n'avait pas le temps de céder à la peur. Elle devait parler à son patron, le propriétaire de ce ranch dédié principalement à l'élevage de pur-sang arabes et à leur entraînement pour le *cutting* – une discipline d'équitation western –, la course de barils, le lasso, les spectacles et autres. L'un des étalons de ce ranch avait été champion national quatre ans auparavant. Ed Loewen avait fait fortune dans la tech et utilisait son argent pour réaliser son rêve. Il ne serait pas ravi qu'elle parte sans préavis, mais il avait lui-même des enfants et des petits-enfants. Il comprendrait.

Peu importait. Elle partirait quoi qu'il arrive. Elle se précipita vers le manège extérieur et expliqua au palefrenier qu'elle ne monterait pas Chopaka ce jour-là. Puis elle courut vers la maison.

Le premier arrêt de Savannah, après qu'elle eut récupéré la voiture de location, fut la supérette du coin pour acheter une canette de soda et quelques petites choses à grignoter. Elle en rajouta au cas où Molly aurait faim. Puis, l'après-midi déclinant, elle suivit la voix du GPS de son téléphone. *Prenez cette sortie vers une autre autoroute. Restez sur la deuxième voie en partant de la droite. Sortie. À gauche, prendre la grande artère.*

Le trafic ne cessait de s'intensifier. Une fois qu'elle en fut libérée, elle serpenta à travers la ville elle-même. En d'autres circonstances, elle se serait émerveillée devant les maisons victoriennes et aurait tenté d'apercevoir la baie ou les arches gracieuses du Golden Gate. Mais la luminosité baissait, et le brouillard arrivait de l'océan, rendant la visibilité de plus en plus mauvaise. Elle n'aurait su dire quand elle pénétra dans ce quartier qui « n'était pas le meilleur de la ville ». Les devantures de magasins inoccupés et les graffitis furent le premier indice. De petits groupes de jeunes hommes aux pantalons tombant sur les fesses s'agglutinaient aux coins des rues. Elle ne put s'empêcher de penser qu'ils auraient bien du mal à se hisser sur le dos d'un cheval. Ou à courir. Lorsqu'elle ralentissait aux feux, elle n'aimait pas que les têtes se tournent et l'observent.

Pourquoi ici ? Jared vivait-il dans ce quartier ?

S'il résidait ici, pourquoi ne l'avait-il pas dit ? Mais son instinct lui soufflait qu'elle se trouvait loin du domicile de son frère. Il ne voudrait pas que ses connaissances le voient confier sa fille chérie à une autre personne.

Une fille, pensa-t-elle avec inquiétude, qui pourrait être utilisée pour faire pression sur lui. Contrairement à sa sœur ; ceux qui rôdaient dans son monde n'avaient aucune raison de savoir qu'il avait une sœur.

Je me fais des idées, songea-t-elle pour se persuader, mais cela ne servit pas à grand-chose alors que la nuit tombait, étouffée par le brouillard épais et bas. Elle percevait les lumières des porches et les fenêtres éclairées des quelques commerces encore ouverts, comme à travers un filtre. Elle s'imagina dans le Londres de Jack l'Éventreur.

Bon sang, son vrai problème était qu'elle n'avait jamais passé de temps dans une grande ville. Les immeubles entassés les uns sur les autres et l'impression d'errer dans un labyrinthe lui conféraient un sentiment de claustrophobie.

Le GPS lui indiqua de prendre un autre virage. Sans ce guide, elle aurait peut-être raté la rue. La prochaine devanture qu'elle vit portait l'inscription « Fermé définitivement », peinte à la bombe sur du contreplaqué cloué pour couvrir la fenêtre.

Le GPS lui disait qu'elle avait atteint sa destination. Pas le magasin qui avait mis la clé sous la porte, mais deux portes plus loin. Un pressing, fermé pour la journée. Aucune autre voiture ne l'attendait sur le trottoir. Avec un frisson, elle mit son clignotant et se rangea sur la chaussée, les yeux rivés sur son rétroviseur. Elle paraissait complètement seule dans ce quartier. Jared avait-il été retenu ? Si seulement il y avait eu un lampadaire plus proche, car le renfoncement devant la porte était terriblement sombre. Sauf que... quelque chose semblait blotti là.

Oh ! mon Dieu ! Savannah se précipita hors de sa voiture sans réfléchir et courut vers l'enfant accroupie dans l'embrasure de la porte, les bras enroulés autour de ses genoux.

Une petite voix tremblante dit :

— C'est toi, tante Vannah ?

Savannah étouffa ce qui ressemblait à un sanglot.

— Oui. Oh ! ma chérie. Tu dois être Molly.

La fillette fit oui de la tête.

— Où est ton papa ? Je pensais qu'il serait là.

Le visage qu'elle apercevait paraissait mince et diaphane.

— Il... il a dû partir. Il avait promis que tu viendrais. Il a dit que je ne devais pas bouger du tout. Et je n'ai pas bougé, mais j'ai eu peur.

— C'est normal d'avoir eu peur, mais tu vois, je suis venue.

Des larmes lui brûlaient les yeux, mais elle réfréna son envie de pleurer.

— J'appellerai ton père une fois que nous serons dans la voiture.

Enfermées en sécurité dans la voiture, songea-t-elle.

— Je suppose que cette jolie valise rose est à toi, ajouta-t-elle.

— Oui. Papa a laissé ça pour toi.

Ça était un sac de sport qui semblait presque vide. Contenait-il quelques vêtements de rechange pour Jared dans l'espoir qu'il puisse attendre et sauter dans la voiture de Savannah pour s'enfuir ? Ou bien s'agissait-il d'affaires supplémentaires pour Molly ? Elle regarderait plus tard. Sa priorité était d'emmener sa nièce en lieu sûr.

Savannah l'aida à se lever et, sans lui lâcher la main, la conduisit jusqu'à la voiture. À son âge, Molly devrait probablement s'asseoir à l'arrière, mais Savannah la hissa quand même sur le siège avant. Elle voulait pouvoir voir son visage, tenir sa main. Puis elle ouvrit le coffre et rangea les deux sacs avant de se précipiter derrière le volant et d'appuyer sur le bouton de verrouillage.

Au même moment, une voiture aux phares allumés s'approcha, sembla hésiter, puis les dépassa.

Savannah démarra le moteur.

— Je vais conduire un peu, d'accord ?

Quelques rues plus loin, elle trouva une petite épicerie avec plusieurs voitures sur le parking. Se sentant un peu plus en sécurité, elle se gara et serra le frein à main avant de se tourner vers sa nièce.

— Bon, appelons ton papa.

Molly la regarda anxieusement, écoutant les multiples sonneries, puis l'abrupt répondeur.

— Ici Jared. Je vous appellerai quand je pourrai.

Savannah laissa un message.

— J'ai Molly. Appelle-moi, s'il te plaît. Dès que possible, d'accord ?

Elle attendit un moment, comme s'il allait magiquement l'entendre et s'empresser de répondre. Comme il n'écoutait visiblement pas ses messages en temps réel, elle posa son téléphone et se concentra sur cette enfant qui venait d'être placée sous sa responsabilité.

Une petite fille qui n'avait personne d'autre.

Il faisait assez froid ce soir pour qu'elle porte un bonnet de tricot rose tiré sur les oreilles, mais Savannah pouvait voir qu'elle avait de longs cheveux blonds. Ce devait être Jared qui les avait tressés en nattes, car quelques mèches s'échappaient. Elle n'en était pas sûre, mais elle pensait que Molly avait les yeux bleus, comme lui. Ceux de Savannah avaient été bleus dans sa jeunesse, mais ils tiraient maintenant plus sur le noisette, tout comme ses cheveux blond pâle qui avaient foncé.

À part cela, elle ne reconnaissait pas Jared dans le visage effrayé qui la regardait, mais ce n'était guère surprenant étant donné la faible lumière et le stress qu'elles ressentaient toutes les deux.

— Ton papa est mon grand frère. Il te l'a probablement dit.

Molly acquiesça.

— Il veut que tu rentres à la maison avec moi, au moins pendant quelque temps. Jusqu'à ce qu'on ait des nouvelles de lui. Alors, pour l'instant, nous allons prendre une chambre dans un hôtel près de l'aéroport, et je nous achèterai des billets pour rentrer au Nouveau-Mexique, où j'habite, dans la matinée.

Qu'allait-elle faire d'une enfant de cet âge pendant qu'elle travaillait ? se demanda-t-elle soudainement, mais son inquiétude pouvait attendre.

— D'accord ?

— Papa m'a dit de faire tout ce que tu dis, répliqua Molly, comme si elle avait appris sa réponse par cœur.

Savannah sourit.

— Tu as faim ?

— Mouais.

Elle tendit la main vers le plancher du côté passager et sortit le sac d'épicerie.

— J'ai là quelques encas pour que tu puisses tenir. Une fois que nous aurons trouvé un hôtel, nous irons dîner.

Il devait y avoir des restaurants ouverts tard dans les environs de l'aéroport. Molly jeta un coup d'œil dans le sac et y plongea timidement la main pour en sortir un sachet de Skittles. L'estomac de Savannah gronda, mais elle décida d'attendre qu'elles soient sorties de ce quartier, au moins. Elle avait l'impression que des yeux les observaient.

Voilà qu'elle devenait paranoïaque. Cela dit... pourquoi Jared avait-il dû laisser la petite fille qui était « tout pour lui » seule sous le porche sombre d'un quartier mal famé de la ville ?

Dès qu'il appellerait, elle exigerait des réponses. En attendant, elle entra l'adresse d'un hôtel qu'elle avait remarqué près de l'aéroport dans le GPS de son téléphone. Elle suivit les instructions avec gratitude, tout en jetant des coups d'œil répétés dans tous les rétroviseurs, à l'affût de... elle ne savait pas quoi.

Ma nièce.

Incapable de dormir, Savannah avait laissé l'unique lampe de chevet allumée. Elles avaient pris une chambre avec un grand lit simple. Lorsqu'elle avait demandé à Molly si elle voulait son propre lit, la petite avait secoué la tête avec force.

Elle était donc là, recroquevillée en une petite boule qui touchait presque Savannah, comme si elle désirait être rassurée par un câlin, mais qu'elle n'était pas assez courageuse pour le demander. Après avoir mangé une minuscule portion de son cheeseburger et de ses frites, elle avait troqué son legging rose défraîchi et son sweat-shirt trop grand pour elle pour une chemise de nuit que Savannah avait trouvée dans la valise rose. Sa brosse à dents et son dentifrice s'y trouvaient également ainsi qu'une brosse à cheveux rose avec de longues mèches blondes coincées dans les poils. Jared avait emporté des vêtements pour plusieurs jours, mais pas d'alternative aux baskets usées que portait sa fille, et un seul jouet, un lapin en peluche auquel Molly s'était accrochée et qu'elle tenait maintenant serré dans ses bras.

Savannah savait qu'elle devait fouiller dans le sac de sport, mais elle éprouvait une profonde réticence. Elle pouvait bien attendre d'être chez elle, non ?

Sauf que... elle ne pourrait pas dormir tant qu'elle n'aurait pas vu ce que Jared lui avait laissé. Il devait y avoir un message, non ?

Elle s'extirpa du lit avec précaution pour ne pas réveiller Molly. Le sac lui parut bien trop léger lorsqu'elle le porta jusqu'au fauteuil près de la fenêtre. Elle craignit que le bruit de la fermeture ne réveille la petite, mais elle ne bougea pas.

La plupart des objets qu'elle sortit du sac appartenaient à Molly : d'autres vêtements, une paire de sandales, quelques jeux dans des boîtes et une poupée aux cheveux blonds avec... oui, une boîte à chaussures remplie de vêtements de rechange de la taille d'une poupée. Quelque chose heurta sa main, et elle reconnut immédiatement la forme et la texture lisse d'un téléphone portable. Si c'était celui de Jared, cela signifiait qu'il avait sonné dans le coffre de sa voiture de location lorsqu'elle l'avait appelé.

Il s'ouvrit immédiatement à son contact, et elle découvrit qu'en effet un appel manqué de sa part apparaissait en tête d'une liste très limitée d'autres appels. Il y avait aussi celui qu'il lui avait passé. Le fait qu'il ait abandonné son téléphone la glaça et lui fit comprendre qu'il n'avait jamais envisagé de s'enfuir avec Molly et elle.

Le téléphone n'était pas protégé par un mot de passe, ce qui lui parut étrange de la part de son frère. Cela faisait partie de son plan, supposa-t-elle, un plan qu'il ne lui avait pas confié. Il avait supprimé tous les mots de passe pour lui donner un accès complet à son téléphone. Pourquoi ? Qu'était-elle censée glaner dans les numéros et les messages ? Sa liste de contacts était vide.

Elle baissa les yeux et vit que ses jointures blanchissaient, tant elle agrippait ce foutu téléphone. C'était son seul lien avec son frère.

Ce portable ne va pas disparaître, se rappela-t-elle. *Cherche donc d'autres éventuels messages cachés.*

Tout au fond du sac de sport se trouvait une enveloppe brune. Savannah l'ouvrit avec appréhension. L'en-tête attira son attention : « Testament ». Mon Dieu, il pensait mourir ! Ou disparaître suffisamment longtemps pour qu'on le croie mort ? Elle espérait que la seconde hypothèse serait la bonne.

Il avait légué un compte d'investissement et le solde d'un compte épargne à sa fille, Molly Elizabeth Baird. Il désignait sa sœur, Savannah Louise Baird, comme tutrice de Molly, lui donnant le contrôle total de l'argent jusqu'à ce que sa fille atteigne l'âge de vingt et un ans.

Déglutissant, Savannah feuilleta les quelques autres pages. Le compte en banque contenait un peu plus de cinquante-deux mille dollars. Les investissements gérés par une société de courtage s'élevaient à plus de cent mille dollars. Ce n'était pas une fortune, mais assez pour permettre à Molly d'aller à l'université, disons, ou pour payer les dépenses dans l'intervalle.

Non, décida Savannah, elle n'avait pas besoin de puiser dans cet argent. Elle ne voulait pas utiliser de l'argent qui était sans aucun doute lié au trafic de drogue. Elle honorerait la confiance de Jared, cependant, et l'investirait pour le bien de sa fille.

Après avoir remballé le sac, elle s'assit et le regarda fixement. Jared lui disait adieu. Elle refusait de croire qu'il avait l'intention de se suicider, ce qui la ramenait à deux possibilités : il espérait disparaître... ou il avait su avant de l'appeler qu'il était un homme mort. Au bout d'une minute, Savannah se dirigea silencieusement vers la porte de la chambre d'hôtel et vérifia qu'elle l'avait verrouillée. Elle mit la chaîne bien que cette dernière soit probablement inutile.

Elle eut beaucoup de mal à s'endormir cette nuit-là.

2

— Qu'est-ce que tu fabriques ?

Logan Quade espérait avoir fini de nettoyer les box avant que son père le prenne sur le fait, mais c'était peine perdue. Son père avait sans doute entendu le camion, même s'il s'était garé dans la grange plutôt que devant la maison, en arrivant en fin de journée. Il se redressa, s'appuyant sur la pelle et frissonna. Le temps commençait vraiment à tourner. Il se réjouit d'avoir son manteau doublé de peau de mouton et ses gants de cuir.

— La même chose que tu m'as imposée tous les jours quand j'étais ado, que j'aie un entraînement de football ou pas. La même chose que j'ai faite hier.

Et que je ferai demain, songea-t-il. Il ne pouvait pas prendre la direction du ranch de son père, celui-ci ne l'aurait pas accepté. Mais Logan était revenu à Sage Creek, dans l'est de l'Oregon, trois mois auparavant afin de l'aider, qu'il le veuille ou non.

— Tu as déjà un foutu travail ! lança son père d'un air renfrogné.

En effet, Logan avait accepté le poste de shérif du comté, au moins jusqu'à la fin du mandat en cours. Cela lui avait donné une bonne excuse pour rentrer à la maison ainsi qu'une occupation en plus du travail au ranch. Il n'avait jamais voulu suivre les traces de son père et reprendre le ranch, ce qui restait un sujet tendu entre eux puisque sa sœur était encore moins intéressée que lui. Le fait de savoir que les terres seraient vendues après sa mort ne plaisait pas à Brian Quade. Cette perspective, tout comme celle de vivre seul, le rendait de plus en plus acariâtre. Cela dit, même si la mère de Logan avait été encore en vie, ça n'aurait rien changé à son caractère. Tout au plus se serait-il montré plus raisonnable sur sa charge de travail.

— J'ai terminé ma journée, dit brièvement Logan. Je t'ai expliqué que je donnerais un coup de main ici après. Ton médecin dit que tu ne devrais pas porter de lourdes charges, et je suis ici pour m'assurer que tu suives les ordres du Dr Lancaster à la lettre.

— Ce foutu docteur ne sait pas de quoi il parle, répliqua son père. Je me sens très bien ! Une petite toux, ce n'est rien.

Sans parler de l'essoufflement évident au moindre effort.

— Parce que tu as arrêté de fumer et parce que je t'oblige à faire tes exercices.

Combien de fois devraient-ils avoir cette discussion qu'ils avaient commencée lorsque Logan avait débarqué et qu'ils n'avaient toujours pas réglée ?

— Et ces exercices ne remettent pas tes poumons en état de marche, tu le sais très bien !

— Qu'est-ce que je suis censé faire, rester assis sur mon cul et regarder des feuilletons juste pour vivre quelques mois de plus ? lança son père en ricanant.

La colère de Logan s'évanouit soudain. Il comprit. C'était la vie que son père avait choisie. Il n'avait aucune envie de prendre sa retraite dans une résidence seniors en Arizona, ou de s'adonner à des passe-temps qui n'incluaient aucune activité physique. Cela ne signifiait pas qu'il accepterait l'aide de son fils avec grâce, même s'il devait savoir que la BPCO qui le rongeait était une maladie chronique. La progression pouvait en être ralentie, mais, toujours têtu, Brian Quade refusait de s'attaquer à sa dépression, qui faisait aussi partie du problème.

— Papa, dit-il doucement, je suis rentré à la maison pour aider. Je veux passer du temps avec toi. Je n'ai pas envie de savoir que tu te tues à la tâche – littéralement – alors que je suis à l'autre bout de l'État, à prendre du bon temps avec des amis ou à travailler.

Le travail, pour lui, c'était d'être flic. Plus précisément, il était inspecteur de police à Portland. L'année dernière, il avait été promu sergent, ce qui lui permettait non seulement de travailler directement sur des enquêtes, mais aussi de superviser celles menées par d'autres détectives. Cette expérience – ainsi que son statut d'enfant du pays et d'ancien athlète vedette de la ville – avait été la raison pour laquelle le conseil du comté l'avait nommé shérif en l'absence de toute autre option valable. Le capitaine de Logan avait promis de le réembaucher le moment venu.

À moins, bien sûr, qu'il ne devienne accro au pouvoir ultime que lui conférait son statut de shérif dans une petite ville.

Son père grogna d'un air dédaigneux.

— Ramasse donc du fumier si tu veux. Mme Sanders dit que le dîner sera prêt dans quarante-cinq minutes.

Son père s'était contenté de repas au micro-ondes jusqu'à ce que Logan engage une gouvernante chargée de faire la cuisine et le ménage. Après une vive dispute à ce sujet, Brian s'était calmé une fois qu'il avait retrouvé l'habitude de consommer une nourriture décente chaque soir.

— J'ai presque fini, annonça Logan. Il ne me reste plus qu'à vider cette brouette.

Il déposerait aussi le foin dans les mangeoires et laisserait les chevaux retourner dans leur box, mais ce n'était pas un secret pour son père, qui lui jeta un dernier regard noir avant de se diriger vers la maison.

Logan l'observa jusqu'à ce qu'il disparaisse.

Parfois, il pensait que son père n'avait pas changé d'un iota au cours des vingt dernières années, si ce n'était que les plis de son visage dur comme du cuir s'étaient creusés et que le blanc avait peu à peu dominé ses cheveux bruns. Et puis il y avait des moments, comme maintenant, où il ne pouvait s'empêcher de remarquer l'amaigrissement, la fragilité et la lenteur de chacun de ses mouvements, sans parler du râle de sa respiration. Son pas n'était plus le même.

Une douleur sourde lui traversa la poitrine. Logan avait été plutôt heureux avec son travail, ses amis, les femmes qu'il avait fréquentées pendant quelques mois, mais il n'avait pas réalisé à quel point il était important pour lui de savoir que son père était toujours présent, dans la maison de son enfance. Sa complaisance avait été sérieusement ébranlée quand Brian avait admis en grommelant son diagnostic après avoir vu le médecin alors qu'il pensait souffrir d'une bronchite tenace. Fumeur depuis toujours, il avait détesté arrêter la cigarette, mais il l'avait fait, et cela demandait beaucoup de courage.

Logan comprenait. Son père avait perdu sa femme, ses enfants étaient partis sans aucune intention de revenir à la maison de façon permanente, et puis il avait dû arrêter de fumer. Il n'avait jamais été un grand buveur, alors que lui restait-il ?

L'indignité d'avoir à reconnaître qu'il échouait, voilà ce que tout cela signifiait. Et, pire encore, c'était à son fils qu'il devait faire cet aveu. Le fils qui possédait la force qu'il avait perdue, qui était un flic décoré et maintenant le shérif du comté.

Peut-être que le manque d'humilité était un trait de famille, pensa Logan avec dépit.

— Oh ! ma puce, dit Savannah en se lovant dans le lit de sa nièce. Un autre cauchemar ?

Deux veilleuses dans la chambre ainsi que la lumière allumée de la salle de bains de l'autre côté du couloir ne suffisaient pas à Molly pour se sentir en sécurité.

Plus d'une nuit, Savannah avait fini par laisser Molly dormir avec elle. Mais, même dans ce cas, elle se réveillait souvent toutes les deux heures, haletante, en sanglotant, voire, une fois, en criant. Elle n'arrivait jamais à dire ce qui la terrifiait tant dans ces rêves terribles. Savannah se sentait de plus en plus en colère

19

contre son frère, même si elle se rappelait régulièrement que la petite fille avait passé la plus grande partie de sa courte vie avec sa mère, et non avec son père.

Une mère qui ne pouvait pas s'occuper de son enfant. Jared était intervenu, mais avait-il été en mesure d'offrir une réelle sécurité à cette petite ? Savannah aurait aimé le savoir, mais Molly n'était même pas capable de lui dire depuis combien de temps elle vivait avec son père plutôt qu'avec sa mère.

Elle berça cette toute petite fille encore trop mince, fragile comme un oisillon, lui offrant sa chaleur et lui murmurant des paroles apaisantes.

— Tu es en sécurité, Molly. Je ne laisserai rien t'arriver. Je te le promets. Je sais que les rêves sont effrayants, mais ils finiront par s'arrêter. Et si tu pensais plutôt à Toto ? Tu pourrais le monter demain ?

Toto était un gros poney gris qui menait une vie paisible dans le ranch, pour le plus grand bonheur des petits enfants en visite. Molly avait été séduite dès le premier regard. Il n'était pas surprenant qu'elle n'ait jamais caressé de cheval auparavant, sans parler d'en monter un. Son éducation n'avait sans doute pas été marquée par des dimanches ensoleillés au zoo, où il aurait pu y avoir des promenades à poney, ou des fêtes d'anniversaire d'amis incluant chevaux et gâteaux. Savannah avait passé plus de temps qu'elle ne l'aurait dû à mener le poney autour du manège, Molly s'agrippant à la corne de la selle, l'air ravi.

— Je peux venir dans ton lit ? chuchota-t-elle.

— Bien sûr que tu peux.

Savannah la serra dans ses bras et la porta jusqu'au grand lit de sa propre chambre.

— Tu veux bien me chanter *Sunshine* ? demanda Molly.

Savannah le faisait presque tous les soirs. Apparemment, Jared avait dit à sa petite fille que *You Are My Sunshine* était la chanson préférée de tante Vannah quand elle était petite. Bien sûr, elle connaissait suffisamment l'air pour le fredonner. Qui ne le connaissait pas ? En réalité, elle ne se souvenait pas que sa mère l'ait jamais chantée et avait dû chercher les paroles en ligne. Elle s'en tenait depuis au refrain, car il y avait trop d'autres passages tristes dans la chanson.

— Tu n'as même pas besoin de demander, murmura Savannah.

Elle fredonna doucement tout en câlinant sa nièce sous les couvertures. Le petit corps raide se détendit peu à peu. Les spécialistes de la petite enfance désapprouveraient probablement le fait qu'elle laisse Molly dormir avec elle aussi souvent, mais ils s'occupaient d'enfants dont les terreurs nocturnes n'étaient pas associées au trafic de drogue, qui n'avaient pas de mère aux problèmes inconnus et dont le père ne les avait pas déposés dans une allée sombre pour attendre une tante qu'ils n'avaient jamais rencontrée avant de disparaître dans la nature.

Elles s'en sortaient relativement bien toutes les deux. Savannah pensait que sa nièce commençait à lui faire confiance, mais elles attendaient aussi un appel de Jared qui pourrait tout changer. Le plus gros problème était son propre épuisement. Elle avait été choquée la veille au soir lorsqu'elle s'était regardée dans le miroir après s'être brossé les dents. Les cercles bleus sous ses yeux ressemblaient davantage à une paire d'yeux noirs. Elle se sentait éteinte, le cerveau embrumé. Une jeune jument lui avait donné un coup de sabot hier, ce qui ne serait pas arrivé si elle n'avait pas eu la sensation de dormir debout. Elle avait donc maintenant un bleu livide sur le bas de la cuisse et un genou douloureux.

Le patron de Savannah n'avait encore rien dit, mais il passait plus de temps que d'habitude à la regarder travailler, une botte appuyée sur le rail du bas, les bras croisés sur celui du haut, le visage ombragé par son stetson. Il devait savoir qu'elle ne donnait pas le meilleur d'elle-même aux chevaux. Elle avait besoin de cette connexion magique qu'elle avait toujours ressentie avec ces animaux, mais sa fatigue et son indécision interféraient.

Jusqu'à présent, elle avait eu la chance que la femme d'un des ouvriers du ranch accepte de s'occuper de Molly pendant la journée en même temps que de ses propres enfants, mais Brenda semblait visiblement bouleversée chaque matin lorsque Savannah devait arracher la main de Molly de la sienne avant de la lui confier. Une fois tante Vannah hors de vue, Molly se comportait très bien, selon Brenda, trop bien même ; trop gentille, trop obéissante, trop anxieuse. Les rares fois où elle faisait la sieste, ses cauchemars étaient encore plus fréquents que la nuit.

Jared, où es-tu ? supplia Savannah, la joue appuyée sur la tête de la petite fille. *Qu'est-ce qui t'a pris ? Tu ne peux pas nous appeler pour nous dire ce qui se passe ?*

Qu'allons-nous faire ?

Il existait une réponse évidente, une réponse qu'elle se refusait d'envisager depuis un moment. Elle pourrait rentrer chez elle. Emmener Molly chez ses grands-parents. Oh ! comme elle détestait devoir avouer qu'elle avait besoin de ses parents !

Ce n'étaient pourtant pas ses propres sentiments, terriblement conflictuels, qui l'inquiétaient. La question était de savoir comment son père réagirait face à cette petite-fille dont ils ignoraient l'existence. Si Savannah avait ramené son propre enfant à la maison, elle ne doutait pas que ses deux parents l'auraient accueilli à bras ouverts. Quoi qu'il en soit, elle savait que sa mère adorerait Molly dès qu'elle la verrait. Savannah désirait cela de tout cœur. Mais Molly était l'enfant de Jared. Sa mère elle-même avait semblé s'effondrer de soulagement quand il s'était enfui de chez eux. La tension qui régnait dans leur maison empêchait quiconque de parler de lui. Avec le temps, Savannah avait eu l'impression que ses parents avaient fait abstraction de son existence et des dangers auxquels il était confronté en tant qu'adolescent sans protection dans le monde, comme s'il n'était rien pour eux. Molly serait-elle souillée par son association avec ce fils non désiré ?

Mais Savannah savait qu'elle allait devoir se confronter à la réalité. Elle avait besoin d'aide, et Molly avait besoin de sa famille. De gens qui l'aimaient et qui étaient prêts à tout pour la protéger.

Les parents de Savannah la suppliaient de revenir à la maison depuis des années, lui promettant de développer l'élevage et l'entraînement des chevaux puisque c'était ce qui l'intéressait le plus, lui rappelant que le ranch lui appartiendrait un jour.

Allongée dans le noir, consciente que sa jeune protégée s'était endormie, Savannah poussa un long soupir. Elle appellerait ses parents le lendemain. Si jamais elle n'était pas satisfaite de la façon dont son père traitait Molly, eh bien, elle déménagerait à nouveau. Elle refusait de subir le même sort que sa mère. Elle jouissait d'une excellente réputation de dresseuse, elle pourrait trouver un autre emploi.

Elle devait juste se débarrasser de sa crainte qu'un retour à Sage Creek soit la dernière chose que Jared aurait voulue pour sa fille. Tant pis, après tout, il avait déjà renoncé à ses droits parentaux.

Toujours vêtu de son uniforme, Logan s'arrêta à la pharmacie pour faire renouveler les ordonnances de son père. Il aurait pu demander à Mme Sanders de le faire puisqu'elle s'occupait aussi des courses, mais Logan voulait garder un œil sur la façon dont son père prenait ses médicaments et, à moins de s'introduire dans la salle de bains de Brian pour compter les pilules, surveiller le moment où elles devaient être renouvelées semblait l'option la moins invasive.

Il se dirigeait vers le comptoir de la pharmacie au fond du magasin lorsqu'il aperçut une femme poussant un chariot dans le rayon des jouets. Une enfant se tenait assise dans le chariot. Il ralentit.

À ce moment-là, la femme attrapa un jeu et, en souriant doucement, le montra à la petite fille. Logan sentit un signal d'alarme s'allumer dans la région de son cœur.

Bon sang ! Savannah Baird était de retour en ville. Il avait toujours eu des sentiments conflictuels envers elle. Non pas que les raisons aient encore de l'importance, réalisa-t-il, puisqu'elle avait manifestement une fille. Probablement un partenaire aussi, qui n'était pas avec eux en ce moment. Il s'étonna que sa famille n'ait pas mentionné qu'elle s'était mariée.

Il commença à reculer, ce qui attira son attention. Elle l'observa un instant.

— Logan ?

— Oui, c'est moi.

Il se montrait bourru pour une bonne raison. Jared Baird avait été son meilleur ami dans son enfance. Après la fugue de Jared – ou plutôt, sa disparition pure et simple –, Logan n'avait pas tenté de dissimuler son ressenti envers la sœur de Jared, la petite princesse de la maison. Celle qui brillait de mille feux, tandis que personne ne semblait voir Jared. Logan l'avait blessée, mais refusait de s'en soucier. Il était résolument du côté de Jared.

— Est-ce que tu... rends visite à ton père ? demanda-t-elle.

Ils étaient adultes maintenant, et il n'avait aucune raison de ne pas se montrer aimable. Il descendit l'allée vers elle, évaluant à quel point cette belle jeune fille pourrie-gâtée, reine de rodéo et princesse du bal de promo, avait grandi.

Très bien, fut sa conclusion. Elle était toujours mince, peut-être un peu plus ronde aux bons endroits, avec des yeux noisette aussi jolis que dans ses souvenirs. Ses cheveux avaient un peu foncé, mais il la qualifierait encore de blonde, avec des mèches pâles mélangées à du brun clair. Un balayage peut-être dû à un coiffeur ?

Se concentrant sur sa question, Logan se força à répondre.

— Papa a des problèmes de santé. BPCO.

Son hochement de tête indiqua qu'elle savait ce que cela signifiait.

— Je suis désolée.

— J'ai quitté mon travail et je suis rentré à la maison pour l'aider au ranch. Si je n'étais pas là, il continuerait comme il l'a toujours fait, même si cela signifiait perdre des années de vie. Il n'est pas ravi de ces changements.

Elle sourit.

— Toujours aussi têtu, alors.

— Oui.

Il étudia la gamine, qui le regardait avec de grands yeux bleus.

— Et toi alors ? Ce doit être ta fille.

Une certaine émotion traversa le visage de Savannah comme une ombre. Il aurait pu mieux la lire s'il l'avait regardée en face. Il savait qu'elle hésitait.

— Non, dit-elle finalement. Molly est la fille de Jared. Molly, voici Logan. Je parie que ton père t'a parlé de lui, n'est-ce pas ? Ils étaient les meilleurs amis du monde quand ils étaient petits.

Qu'est-ce que c'était que ce bordel ? Le choc le secoua. Il avait supposé que Jared était mort. D'ailleurs, il s'était demandé si Jared n'avait pas perdu la vie au cours d'une confrontation avec son père avant d'être enterré quelque part dans le ranch familial. Était-il rentré à la maison sans prendre la peine d'appeler ?

La petite fille fronçait toujours les sourcils en regardant Logan, mais elle hocha timidement la tête.

— Papa m'a dit que vous alliez tout le temps faire du cheval ensemble. Que vous viviez près de lui.

— C'est vrai. Le ranch de mon père se trouve sur la même route que celui de ta grand-mère et de ton grand-père.

Elle cligna à peine des yeux, reportant finalement ce regard un peu troublant sur sa... tante ?

— Jared est aussi à la maison ? demanda Logan.

— Non, dit Savannah à voix basse. Il m'a demandé de m'occuper de Molly. Nous attendons de ses nouvelles.

Que signifiait tout cela ? Probablement pas un simple voyage d'affaires de Jared, devina Logan.

— J'ai toujours pensé qu'il était..., commença-t-il avant de jeter un nouveau coup d'œil à la petite fille et de modifier ce qu'il s'apprêtait à dire. Parti.

— Vraiment ?

L'inclinaison de la tête de Savannah et le ton tranchant de sa voix semblaient le défier, ce qui l'irrita davantage.

— Tu veux dire que tu savais ce qu'il faisait pendant toutes ces années ? Tu n'as pas pensé à dire, au fait, Logan, ton meilleur ami va bien ?

— Pourquoi l'aurai-je fait ? répondit-elle froidement. Maintenant, si tu veux bien nous excuser, nous devons finir les courses.

Comme s'il n'était plus là, Savannah lui tourna le dos, ajouta le jouet au chariot, puis s'éloigna avec sa nièce.

Logan resta immobile, stupéfait d'une manière qu'il ne comprenait pas entièrement.

La fille qui avait eu le béguin pour lui était devenue une femme qui le regardait avec mépris. Et, bon sang, elle était encore plus belle qu'à l'époque. À l'adolescence, il s'était efforcé de ne pas analyser les émotions intenses qu'il ressentait à son égard, mais maintenant... oui, il reconnaissait qu'il avait été attiré par elle. Cela dit, même s'il ne l'avait pas détestée, cela n'aurait pas eu d'importance ; elle était trop jeune. Trois ans, c'était une différence énorme à l'époque.

Son esprit vagabondait, sans qu'il puisse se concentrer.

Jared était vivant. Logan avait d'autres amis, mais personne n'arrivait à la cheville de Jared. Il était comme son frère. Même après qu'il avait commencé à critiquer Jared pour sa consommation d'alcool, les fêtes auxquelles il participait, la drogue et la distance que cela créait entre eux, il aurait juré que le lien était toujours là. Jusqu'à ce que Jared parte sans un mot et qu'une année s'écoule, suivie d'une autre et d'une autre encore.

Pourquoi Jared serait-il resté en contact avec la petite sœur que papa adorait, la sœur à qui Jared en voulait tant, et pas avec son meilleur ami ?

Peut-être qu'il ne l'avait pas fait, se dit Logan ; peut-être qu'il n'avait pas contacté Savannah avant d'avoir besoin d'aide avec sa petite fille.

Logan secoua la tête, confus et, il fallait bien l'avouer, blessé. Il devait se ressaisir. Il était flic, et il se devait de faire attention à ce qui l'entourait. Il n'aimait pas savoir que quelqu'un aurait pu passer juste derrière lui sans qu'il s'en aperçoive. Bien sûr, il était chez lui à Sage Creek. Il n'avait encore arrêté personne et n'avait aucune raison de penser qu'il s'était fait des ennemis.

À moins que Savannah n'entre dans cette catégorie.

Une minute plus tard, alors qu'il attendait au comptoir que le pharmacien récupère les ordonnances de son père, Logan eut une autre pensée. Une seule personne pouvait répondre à toutes ses questions – s'il parvenait à la convaincre de lui parler.

Il aurait été heureux de ne plus jamais croiser l'un ou l'autre des parents de Jared, mais il se décida à passer au ranch Cercle B dans les prochains jours.

3

Ce soir-là, au cours du dîner, au moment de servir une petite portion de salade de pommes de terre à Molly, Savannah interrompit son geste. Toutes deux découvraient encore les préférences alimentaires de Molly – ou, parfois, certains aliments qu'elle n'avait jamais vus auparavant. Savannah s'interrogea un instant sur ce plat en particulier. Heureusement, ses parents se montraient patients avec cette nouvelle petite-fille qui était apparue sans crier gare sur le pas de leur porte. D'ailleurs, ils l'adoraient tout autant que Savannah. Ils préféraient apparemment ignorer la parentèle de Molly.

— J'ai vu Logan Quade aujourd'hui, dit-elle d'un ton qu'elle espérait décontracté. Apparemment, son père a des problèmes de santé.

— Le conseil du comté a nommé le petit Quade shérif par intérim, répliqua son père. Le shérif Brady a fait une crise cardiaque et a dû prendre sa retraite. Il faut dire qu'il avait un sacré bide depuis une dizaine d'années.

— Logan est loin d'être un « petit », protesta Savannah.

Elle savait exactement quel âge avait Logan et se souvenait même de sa date d'anniversaire, mais fit semblant de réfléchir.

— J'ai trente et un ans, donc il doit en avoir trente-quatre.

Tout comme Jared, comme ils le savaient tous.

— Cela reste jeune pour prendre en charge le département du shérif.

— Tu désapprouves ?

Il grogna et attrapa le saladier pour se servir une bonne portion de salade de pommes de terre.

— Il n'y a pas de raison. J'ai entendu dire qu'il était sergent à la police de Portland, alors il doit savoir ce qu'il fait.

— Logan a-t-il dit ce qui n'allait pas avec son père ? demanda la mère de Savannah.

Elle était sortie déjeuner avec ses amis ce jour-là et portait donc sa plus belle chemise à boutons-pression. Elle s'était également maquillée et avait coiffé ses cheveux en un carré lisse dont la nuance blonde provenait clairement de chez son coiffeur. Savannah se souvenait que la couleur naturelle de sa mère était un brun clair qui avait commencé à grisonner dix ans plus tôt.

— BPCO.

Sa mère jeta à son mari un regard entendu.

— C'est ce qui arrive quand on fume.

— Tu sais que je n'ai jamais fumé plus d'un paquet par jour, rétorqua-t-il avec irritation.

Savannah fut tentée de dire combien de cigarettes cela représentait par an, mais elle se retint. Parce que... elle s'en fichait ? Non, ce n'était pas vrai ; elle aimait son père. Mais elle savait aussi que rien de ce qu'elle pourrait dire ne le ferait changer d'avis. Cela n'avait jamais été le cas auparavant.

— J'en déduis que vous n'êtes pas resté amis avec M. Quade ?

— Bien sûr que si, dit son père, l'air surpris. Nous le voyons régulièrement au Elks Club et aux réunions de l'Association des éleveurs de bétail. J'ai remarqué qu'il avait arrêté de fumer. Il n'a pas dit un mot sur sa santé.

— Par fierté sans doute.

— Ce n'est pas le genre de choses que l'on raconte à tout le monde. Il se peut qu'il apprécie de conserver son intimité.

Elle dut reconnaître la pertinence de l'argument.

— Pourtant, s'il l'avait fait savoir, les gens auraient pu lui proposer de l'aider pour que Logan n'ait pas à rentrer à la maison si tôt.

Son père grogna son opinion à ce sujet.

— Le ranch lui appartiendra bien un jour.

L'idée que Logan puisse ne pas vouloir du ranch semblait inconcevable pour son père.

— Est-il marié ? demanda sa mère. Et a-t-il des enfants ? Je ne pense pas que Brian l'ait mentionné.

— Je n'ai pas demandé, et Logan n'a rien dit.

— C'était l'ami de Jared, pas le tien, rétorqua son père avec son franc-parler habituel.

Savannah n'avait besoin de personne pour le savoir. Logan avait toujours été très clair à ce sujet.

Plus tard dans la soirée, après avoir mis Molly au lit, sachant très bien qu'elle se réveillerait en sanglots dans quelques heures, Savannah envisagea de redescendre et de faire semblant de regarder la télévision avec ses parents.

Ce soir pourtant, elle ne put s'y résoudre. Inutile de se demander pourquoi elle se sentait si nerveuse. La rencontre avec Logan la dérangeait plus qu'elle ne voulait bien l'admettre. Depuis qu'elle était toute petite, elle adorait son grand frère… et son meilleur ami. Ils l'avaient parfois incluse dans leurs activités, mais moins souvent au fil des ans, car ils se prenaient pour de gros durs, alors qu'elle n'était pour eux qu'une petite emmerdeuse qui portait trop de rose. Les deux garçons étaient des athlètes ; ils avaient commencé le base-ball et le football à l'école primaire, puis étaient naturellement devenus les vedettes des équipes sportives du lycée.

Jusqu'à ce que Jared soit suspendu dans les deux sports, se rappela Savannah. À cette époque, ce n'était plus parce qu'il était trop occupé qu'il ne jouait plus avec elle. Non, c'était parce qu'il était trop en colère, trop secret, trop maussade.

Trop rancunier ?

Elle s'était convaincue qu'il l'aimait toujours, qu'il ne lui en voulait pas de la partialité évidente de leur père ou du peu d'implication de leur mère. Il avait rarement été là pour écouter les disputes à voix basse de leurs parents, qui pensaient sans doute que Savannah ne les entendait pas. Mais elle avait cessé de se faire des illusions sur le fait que Jared l'aimait toujours quand elle avait vu la façon dont la lèvre de Logan se retroussait quand il la voyait, la manière dont il repoussait toute tentative de Jared de l'inclure dans leurs activités, et plus tard, après le départ de Jared, la façon dont il faisait semblant de ne même pas la voir. Jared avait dû se plaindre à son meilleur ami de sa *parfaite* petite sœur. Sinon, pourquoi l'attitude de Logan à son égard se serait-elle autant dégradée ?

Avant même que Jared s'en aille, elle savait qu'il avait dû en venir à la détester. Qui pourrait le lui reprocher ?

Elle avait essayé tant bien que mal de repousser les attaques vicieuses de leur père, de calmer Jared après un énième plaidoyer de leur mère en faveur de son mari. De faire comme si la menace sous-jacente qui grondait dans l'air dès que père et fils devaient partager la même table n'existait pas.

Lorsque Savannah la pressa finalement, sa mère admit qu'elle craignait que Jared ne finisse traumatisé par la façon dont son père le traitait. Celui-ci refusait de voir ce qu'il faisait à Jared et se mettait de plus en plus en colère dès que sa femme abordait le sujet.

— Que puis-je faire ? avait dit sa mère, impuissante. Je n'ai pas d'expérience professionnelle. Si je quitte ton père, comment pourrais-je subvenir à nos besoins à tous les trois ? La pension alimentaire serait loin d'être suffisante. Grand-mère et grand-père ne m'aideront pas. Ils ne voulaient même pas que j'épouse Gene au départ.

Savannah n'était pas au courant de cela.

— Je ne vois pas en quoi la pauvreté aiderait Jared. S'il voulait bien... faire attention, arrêter d'asticoter son père, il s'en sortirait !

La tension n'est pas unilatérale, tu sais ! Il ne reste plus beaucoup de temps avant qu'il finisse le lycée. Si seulement il m'écoutait.

À l'âge adulte, Savannah comprenait mieux la décision de sa mère, mais les braises de la colère brûlaient toujours. Certes, l'idée de quitter son mari devait être terrifiante, mais le choix qu'elle avait fait consistait essentiellement à sacrifier l'un de ses deux enfants. En réalité, au moment de cette conversation, il était déjà trop tard pour changer l'aliénation et la colère croissantes de Jared.

Savannah n'avait cependant jamais abandonné ses efforts. Elle avait levé les yeux au ciel quand l'un ou l'autre de ses parents se vantait de ses exploits. Elle s'était rendue à tous les matchs de Jared. Elle avait affronté son père, même quand cela ne servait à rien. Plus tard, elle avait assez lu pour savoir que son instinct l'avait amenée à jouer le rôle de gardienne de la paix dans leur dynamique familiale, sauf que cela ne suffisait pas.

Sa mère n'avait jamais compris que cet échec avait aussi entamé la confiance en soi de Savannah. Lorsque Jared l'avait appelée pour la première fois, environ un an après son départ, elle avait failli tomber à genoux de soulagement.

Secrètement, elle avait craint que son propre père n'ait tué Jared lors d'une dispute. Elle se souvenait encore d'avoir serré le téléphone, les larmes aux yeux, parce qu'il était vivant. Il voulait lui parler. Il ne l'avait pas appelée pour lui demander des nouvelles de ce qui se passait à la maison. « Je voulais juste entendre ta voix », avait-il dit, d'un ton si triste qu'il la hantait encore.

Mais à quoi bon ruminer un passé qu'elle ne pouvait changer ?

Elle se dirigea vers le fauteuil qui se trouvait dans sa chambre et qui lui servait de refuge lorsqu'elle était adolescente. Elle attrapa son livre et venait de s'enfoncer dans le fauteuil, en repliant les jambes sous elle, lorsque son téléphone sonna. Surprise, elle observa l'écran, mais ne reconnut pas le numéro. Son cœur fit un bond. *Faites que ce soit Jared.*

Elle répondit avec prudence.

— Je souhaiterais parler à la sœur de Jared Baird, dit un homme.

Les battements de son cœur s'accélérèrent.

— Qui êtes-vous ?

— Je suis désolé, répondit la voix, sincèrement. Je suis le détective Alan Trenowski, du département de la police de San Francisco.

Devait-elle mentir à propos de son lien avec Jared ? Non, ce n'était plus le moment pour les cachotteries. Et... elle avait besoin de savoir pourquoi un détective appelait. Sauf que... Oh ! mon Dieu ! Comment saurait-elle s'il mentait, s'il était l'un des hommes que Jared fuyait ? Ou alors... Jared avait-il fui les forces de l'ordre ? Il n'aurait pas voulu lui confier cela.

— Je... je suis Savannah Baird, souffla-t-elle d'un ton hésitant. Jared est mon frère.

— Ah ! alors je suis désolé d'avoir à vous annoncer une mauvaise nouvelle. Le corps de votre frère a été retrouvé dans la baie par un plaisancier en fin d'après-midi. On lui a tiré dessus.

Oh non, Jared !

Ce n'était pas tout, bien sûr. La police supposait que le meurtrier de Jared avait jeté son corps dans la baie en espérant que les marées l'emporteraient au large, où il ne serait jamais retrouvé. Ils l'avaient identifié grâce à son portefeuille, laissé dans la poche arrière de son jean. Il avait également emporté un portable prépayé avec le numéro de sa sœur pour seul contact enregistré.

Il avait visiblement souhaité s'assurer qu'elle serait informée s'il était tué. D'une certaine manière, c'était la mauvaise nouvelle : ses assassins avaient laissé le portefeuille et le téléphone sur son corps pour qu'il soit identifié et qu'elle apprenne la mort de Jared.

Pourquoi ?

Une effrayante question.

Elle répondit à d'autres demandes de l'inspecteur Trenowski et accepta de lui parler à nouveau dans la matinée. Elle lui décrivit ce qu'elle possédait des biens de Jared, y compris le téléphone, apparemment vide. Elle lui confia le peu de choses qu'elle savait sur la vie de son frère et révéla qu'elle pensait qu'il avait été impliqué dans le trafic de drogue d'une manière ou d'une autre. Elle parla à l'inspecteur du dernier appel de Jared, qui avait admis avoir des ennuis. Elle se souvenait mot pour mot de ce qu'il avait dit : « *Je vais essayer de m'enfuir, mais je pense qu'ils se doutent de quelque chose.* » Elle avait demandé une explication, mais il s'était contenté de répondre : « *Il vaut mieux que tu ne saches rien.* » Il y aurait une autopsie, bien sûr. Quelqu'un l'appellerait lorsque le corps leur serait rendu pour l'enterrement.

La main de Savannah tremblait lorsqu'elle reposa le téléphone. Elle se recroquevilla sur elle-même, presque choquée par la puissance de son chagrin. Elle avait imaginé un appel comme celui-ci tellement de fois, pourquoi était-elle surprise ? Et pourtant, elle l'était. Elle avait parlé à Jared seulement quelques semaines plus tôt. Elle avait appris l'existence de sa nièce, qui dormait maintenant dans l'ancienne chambre de Jared.

Je vais devoir le leur annoncer, pensa-t-elle. *Papa s'en souciera-t-il ? Fera-t-il semblant ? Comment la nouvelle affectera-t-elle maman, qui a dû passer des années à essayer de se convaincre que, quelque part, Jared se portait bien ? Qu'un jour il appellerait.*

Pire encore, elle devrait dire à Molly que son père ne reviendrait jamais pour elle.

Tremblante, elle se laissa aller à pleurer.

Quand elle descendit au rez-de-chaussée, ce fut avec des yeux gonflés et injectés de sang. Le passage dans la salle de bains pour s'asperger le visage d'eau froide n'avait rien arrangé.

Seule sa mère lui jeta un coup d'œil lorsqu'elle apparut dans l'ouverture menant au salon.

Le regard de son père ne quitta pas la télévision jusqu'à ce que la mère de Savannah se lève si vite que son fauteuil inclinable couina en signe de protestation. Ils la dévisagèrent alors tous les deux.

— Pouvez-vous... l'éteindre ? demanda Savannah en faisant un geste vers la télévision.

Son père s'empara de la télécommande, plongeant le salon dans le silence.

Jusqu'à ce que sa mère murmure :

— Quelque chose ne va pas ?

« Quelque chose ne va pas ? » L'absurdité étouffa ses larmes.

— Un inspecteur de police de San Francisco vient de m'appeler pour me dire que Jared est mort. Son corps... a été retrouvé aujourd'hui.

Ses parents la regardèrent fixement.

— Pourquoi t'ont-ils appelée, toi, et pas nous ? demanda son père, un peu énervé.

Était-il vraiment offensé ?

— Il avait mon nom dans ses contacts téléphoniques.

— Oh ! non, murmura sa mère.

Prise d'une nausée soudaine, Savannah faillit se sauver à l'étage. Mais elle devait penser à Molly. À moins de vouloir rompre définitivement avec ses parents, elle ne pouvait pas leur dire à quel point elle leur en voulait.

— Ils savent comment il est mort ? demanda son père.

Elle sentit sa gorge se serrer. Elle eut du mal à prononcer les mots suivants :

— On lui a tiré dessus, dans la baie de San Francisco.

— Je suppose que c'est à cause de la drogue.

Évidemment. Même sa propre mort ne pouvait être que la faute de Jared, sans rien à voir avec les tensions de leur enfance. Seulement... une lourdeur qu'elle ne reconnaissait pas transparut dans la voix de son père.

— Je... pense qu'il était sobre depuis quelques années, dit-elle. Je suis sûre qu'il l'était quand il m'a appelée. Il m'a parlé de « personnes » qui se doutaient de quelque chose. Il était peut-être en train de travailler sous couverture pour les faire tomber.

Sa mère se leva, les joues déjà mouillées, et la dépassa en se précipitant dans l'escalier. Son père se redressa à moitié avant de se rasseoir.

— Je pensais qu'elle avait versé ses dernières larmes pour ce garçon.

— Et toi, as-tu déjà versé une larme pour lui ? demanda Savannah à voix basse, avant de se détourner sans attendre de réponse.

Un nuage de poussière s'éleva derrière la voiture de fonction de Logan alors qu'il descendait la longue allée des Baird. Une minute plus tôt, Logan avait croisé deux ouvriers du ranch, qui tendaient du fil barbelé sur les poteaux grossièrement taillés le long de la route. Tous deux avaient jeté un coup d'œil et hoché la tête. Il ne les reconnaissait pas, mais ils étaient trop jeunes pour avoir été là quand il fréquentait encore le ranch Cercle B. Il ne pouvait pas dire s'il s'agissait d'un travail de routine ou si une section de la clôture était tombée. C'était la bonne saison pour ce genre de travail qui s'effectuait à la fin de l'automne et pendant l'hiver, quand les autres affaires ralentissaient. Le week-end dernier, Logan avait aidé à remplacer des sections affaissées de la clôture sur la propriété de son père. La longue égratignure sur son bras gauche en attestait.

Lorsqu'il arriva devant la maison blanche, qui ressemblait tant à celle où il avait grandi, il ne vit personne. Les larges doubles portes de la grange étaient ouvertes, l'intérieur ombragé. Il hésita entre pénétrer dans la maison ou se promener d'abord, et choisit de jeter un coup d'œil aux alentours. Il préférait ne pas avoir à se montrer poli avec les parents de Jared.

Au moment où il arrivait au coin de la grange, il entendit une voix de femme.

— C'est haut, n'est-ce pas ?

Il ne savait pas si Savannah savait chanter ; elle n'avait pas fait partie de la chorale de l'école, pour autant qu'il le sache. Mais sa voix avait toujours eu une qualité musicale qui le touchait. Il pouvait fermer les yeux et l'imaginer dans son lit, lui parlant de cette voix aussi sensuelle que ses caresses. Irrité à nouveau par sa réaction à l'égard de la sœur de Jared, il suivit tout de même le son. Bien sûr, elle était là, dans un manège extérieur, dos à lui, regardant la petite fille juchée sur une paisible jument alezane. Il doutait un peu qu'il s'agisse d'une jument de haut niveau, même si les apparences pouvaient être trompeuses. La fillette – Molly – s'agrippait à la corne de la selle comme si sa vie en dépendait.

— Je te promets que Checkers ne fera pas un pas sans que je la conduise ou que tu la pousses avec tes talons. D'accord ?

La tête blonde oscilla. La gamine était donc nerveuse mais pas terrifiée.

— Laisse-moi te guider pendant quelques minutes. Ensuite, nous pourrons monter à deux.

Sans se faire remarquer, Logan ne bougea pas pendant que Savannah conduisait la paisible jument le long de la clôture du manège. Au bout d'un moment, il s'approcha de la barrière, croisa les bras sur la barre supérieure et observa la petite fille de Jared se détendre sensiblement. Elle redressa le dos et leva la tête.

Elles contournèrent l'extrémité de l'arène avant de revenir dans sa direction et le remarquèrent enfin. Au même moment, il aperçut les vestiges de larmes sur leurs deux visages. Qu'est-ce que c'était que ce bordel ?

Il se redressa lui aussi, attendant qu'elles le rejoignent. Puis il repoussa le bord de son stetson gris pour les saluer.

— Savannah. Molly.

Le regard de Savannah s'arrêta sur son uniforme vert foncé, l'étoile épinglée à sa chemise et probablement la lourde ceinture qui contenait son holster et d'autres instruments.

— Shérif. Tu cherches mon père ?

— Non, toi. Je passais dans le coin et j'ai pensé que nous pourrions peut-être discuter.

Ce n'était pas tout à fait exact, mais il n'en avait cure. La tension sur son visage aux os fins la rendait moins jolie que lorsqu'il l'avait vue dans la pharmacie, mais il savait maintenant qu'il ne s'agissait pas d'une façade prudente.

— J'allais t'appeler plus tard, dit-elle avec raideur. Euh... donne-moi une minute.

Elle se retourna vers sa nièce.

— Je dois parler au shérif. Je vais attacher Checkers, et nous pourrons repartir dans un instant. En attendant, pourquoi n'irais-tu pas voir si la première fournée de biscuits est prête ?

La petite était adorable, même lorsqu'elle lui jeta un regard noir avant de lever les bras pour que Savannah puisse la faire descendre du cheval. Logan ouvrit le portail, que seule la fillette franchit. Savannah enroula les rênes autour d'un rail, puis longea la clôture, Logan faisant de même de l'autre côté, jusqu'à ce qu'elle puisse observer Molly se diriger vers la maison, pour finalement disparaître à l'intérieur.

Puis elle le regarda, apparemment dévastée.

— Jared est mort.

— Quoi ? lâcha-t-il, presque sans bruit.

Ne lui avait-elle pas dit, la veille, que...

— J'ai reçu un appel hier soir d'un inspecteur de la police de San Francisco. Le corps de Jared a été retrouvé dans la baie. On lui a tiré dessus. Ils ne semblent pas savoir grand-chose pour l'instant, pas même l'endroit où il a été jeté à l'eau. Celui qui l'a tué n'a pris ni son portefeuille ni son téléphone. Le portable était un de ces téléphones prépayés, tu sais.

Logan acquiesça. Il semblait comme engourdi, mais il ne savait pas combien de temps cela durerait.

— Ce qui veut dire...

— Il voulait qu'il soit identifié.

— Ou... ou du moins il ne se souciait pas qu'il le soit.

Sympathique de la part du tueur, pensa-t-il.

— Cela a-t-il un rapport avec la raison pour laquelle il t'a demandé d'emmener Molly ?

Elle ferma les yeux un instant et respira profondément avant de fixer à nouveau son regard angoissé sur lui.

— Je sais que c'est le cas. Je ne me souviens pas de ce que je t'ai dit...

— Presque rien, répondit-il, plus durement qu'il ne l'avait prévu.

Elle recula légèrement, lui donnant l'impression qu'il était un salaud.

— Il m'appelait une ou deux fois par an depuis son départ.

Il sentit un sentiment de colère s'enflammer doucement au creux de son estomac.

— Il est resté en contact avec toi pendant tout ce temps ?

— Tu crois que j'aurais dû te le dire ? s'enquit-elle d'un ton provocant.

— Tu devais savoir que je m'inquiétais pour lui.

— Comment l'aurais-je su ? M'as-tu seulement adressé la parole après son départ ?

Oh ! elle était en colère, elle aussi. Et à juste titre, il avait honte de l'admettre. Il n'avait même pas été poli.

— Je... le regrette, dit-il brutalement. C'est trop tard et loin d'être une excuse suffisante, je le sais, mais je suis désolé.

Elle scruta son visage, puis se détendit.

— Je ne savais pas que Jared avait coupé le contact avec toi. Et... je suppose que j'ai été mesquine.

— Tu avais de bonnes raisons, ironisa-t-il.

— Quoi qu'il en soit, les premières années, il était surtout défoncé ou ivre quand il appelait. Pas complètement bourré, mais ça s'entendait. Ensuite... je crois qu'il a tenté une cure. Il avait l'air bien quelques fois, puis... Je suis presque sûre qu'à un moment donné il a commencé à dealer. Je ne sais pas s'il travaillait pour un cartel opérant sur le sol américain ou s'il était juste un distributeur. Il y a quelques années, il a mentionné qu'il essayait de se racheter. Cela m'a inquiétée, car je me suis demandé s'il n'était pas en train de se mettre en danger.

Il semblait évident maintenant que c'était exactement ce qui s'était passé.

— Quand il a appelé il y a quelques semaines, il a dit qu'il avait des problèmes. Qu'*ils* se doutaient de quelque chose. C'est là que Jared m'a parlé de Molly – je n'aurais jamais imaginé qu'il puisse avoir un enfant. Je suppose qu'elle était avec sa mère, mais apparemment elle ne pouvait plus s'occuper de Molly. Je ne sais pas depuis combien de temps il avait la garde de la petite. Il m'a suppliée de le rejoindre, de prendre Molly jusqu'à ce qu'il nous contacte.

— Tu l'as vu ?

Elle lui raconta avoir pris l'avion pour San Francisco, être arrivée à l'adresse que son frère lui avait indiquée et n'y avoir trouvé que la petite fille et quelques sacs.

— Je pense qu'il savait depuis le début qu'il n'oserait pas me rencontrer. Il ne voulait pas que je sache... qu'il me disait vraiment au revoir, conclut-elle avec une grimace de douleur.

— Savannah.

Il posa les mains sur la rambarde avec l'intention de sauter la clôture, mais elle recula à nouveau.

— Non, ça va. Je m'y attendais depuis des années. C'est juste... plus difficile, car je pensais vraiment que je le reverrais. Et à cause de Molly. Lui annoncer ce matin...

Un frisson la parcourut, mais ses yeux rencontrèrent à nouveau les siens.

— Maintenant, je me demande si celui qui a tué Jared a une raison de me traquer.

Son instinct de flic lui avait déjà soufflé la même question. Ce que les trafiquants de drogue voulaient faire de la sœur de Jared restait un mystère, mais sinon pourquoi avaient-ils quasiment remis à la police de San Francisco une note disant : « Voici la personne à contacter pour réclamer ce corps » ?

Et peut-être répondre à quelques questions ?

Logan jura intérieurement.

4

Savannah accompagna Logan jusqu'à sa voiture de fonction. Du haut de son mètre soixante-quinze, elle était loin de se sentir petite pour une femme, mais il avait toujours été plus grand qu'elle. Il était mince et athlétique, quoique son manteau semblât le rendre plus corpulent. Elle estimait qu'il mesurait environ un mètre quatre-vingt-cinq.

Et, bon sang, elle avait oublié – ou avait voulu oublier – à quel point il était séduisant. Il avait coupé ses cheveux bruns suffisamment court pour dompter les boucles dont elle se souvenait. Le gris acier de ses yeux semblait toujours aussi perçant, dans son visage fin aux pommettes saillantes et à la bouche dont ses fantasmes adolescents se rappelaient la sensualité.

Elle glissa le regard sur sa main gauche. Pas d'alliance, mais peut-être choisissait-il de ne pas en porter.

Comme si sa situation conjugale avait de l'importance !

— Tes parents ont-ils accepté Molly ? demanda-t-il en fronçant les sourcils.

— Oui. Je n'étais pas sûre pour papa, mais... j'avais besoin d'aide. Elle est assez traumatisée. Elle s'accroche tellement à moi qu'il m'était difficile de la quitter lorsque je devais travailler et elle fait constamment des cauchemars.

— C'est pour cela que tu sembles si fatiguée.

Elle devait avoir l'air vraiment mal en point pour qu'il le remarque.

— Le manque de sommeil est un problème, admit-elle. Je pense que maman pourrait se lever pour elle, mais pour l'instant ce n'est pas possible. Molly me réclame. Apparemment, seul mon chant l'endort. D'ailleurs je me demandais...

Bon sang, pourquoi se confiait-elle à lui ? Mais, avec ses grands yeux pâles fixés sur son visage, il insista :

— Tu te demandais ?

— Oh ! nous avons une petite maison vide. Papa a un peu réduit la taille du troupeau et n'a pas embauché autant de main-d'œuvre cette année. Cette cabane était destinée à accueillir un travailleur avec une famille, mais Joe Haskins – tu te souviens de lui ? – est le seul employé ici en ce moment qui réponde à ces critères, et il possède déjà sa propre maison. Je n'ai pas vraiment envie de continuer à vivre dans ma chambre d'enfant et de me sentir comme une invitée dans le reste de la maison. Molly et moi pourrions ressembler à une vraie famille si nous avions notre propre foyer, mais je pourrais toujours compter sur maman pour la garder pendant la journée.

— J'ai toujours pensé que tu resterais, puisqu'il était évident que le ranch t'appartiendrait un jour.

Son ton était prudent, mais son opinion évidente.

— Quoi que tu en penses, sache que j'en voulais à mes deux parents. Je ne serais pas ici aujourd'hui si ce n'était pas dans l'intérêt de Molly.

Savannah recula d'un pas.

— Merci d'être passé. Il faut que je tienne ma promesse et que je lui fasse faire un tour plus long avant de commencer à travailler.

— Tu bosses pour ton père ?

— Oui.

Elle continua de reculer tandis qu'il l'observait intensément.

— Savannah.

Elle s'arrêta.

— Je représente la police ici. Si tu entends quoi que ce soit de plus sur Jared, et surtout sur les gens qui semblent l'avoir éliminé, tu dois me le faire savoir.

L'acier de sa voix grave et sonore l'agaça, mais Savannah comprenait aussi que si elle ou Molly étaient menacées il serait leur allié. Aucun doute là-dessus. Et puis, vers qui d'autre pouvait-elle se tourner ?

— C'est promis.

Leur conversation terminée, elle se dirigea vers la maison, sans un regard en arrière, même après avoir entendu le moteur démarrer ou le SUV s'éloigner dans l'allée du ranch.

Son père s'éclaircit la gorge.

— Ta mère et moi avons discuté.

Penchée sur le lave-vaisselle, Savannah leva les yeux, surprise. Sa mère rangeait les restes dans le réfrigérateur, mais se retourna pour lui adresser un sourire hésitant. Ils avaient donc planifié cette conversation. Était-ce de mauvais augure qu'ils aient attendu que Molly soit occupée pour avoir cette discussion, quelle qu'elle soit ? Savannah pouvait entendre une chanson d'Aladin, le film de Disney que l'enfant regardait dans le salon.

— Discuté de quoi ? demanda Savannah en se redressant.

— Il n'y a aucune raison pour que tu mettes ta vie entre parenthèses à cause des caprices de ton frère, commença son père d'un ton brusque. Je ne sais pas pourquoi il pense qu'il peut te faire porter le fardeau de l'éducation de son enfant alors que tu n'es même pas mariée.

— J'ai toujours pensé que Jared reviendrait à la maison. Avoir sa fille ici... Elle est adorable. Elle me rappelle tellement toi à cet âge, sauf qu'elle est si... timide.

— Molly a des raisons d'être craintive.

— Nous comprenons, reprit son père. Si tu déménages à nouveau, que tu rencontres peut-être quelqu'un et fondes ta propre famille, ce sera dur pour elle. Il aurait été plus logique que Jared nous confie la garde de Molly.

— Nous serions très heureux de l'avoir, déclara la mère de Savannah avec une ferveur tranquille. Tu nous as tellement manqué. Ce serait presque comme repartir de zéro avec toi.

Cette dernière remarque la piqua au vif.

— Espéreriez-vous un meilleur résultat ?

Sa mère sursauta.

— Comment peux-tu dire cela ? N'avons-nous pas toujours été fiers de toi ?

Certes. Ses parents s'étaient enorgueillis de ses réussites tandis que les éloges à l'égard de Jared n'étaient formulés qu'à contrecœur.

— Je... euh... je plaisantais...

— Oh ! dit sa mère, apaisée. Comprends bien que rien de tout cela n'est une critique à ton égard. Tu t'occupes très bien de Molly, mais notre offre est sincère. Tu as dû remarquer qu'elle réussit même à mener ton père à la baguette.

Le visage de celui-ci s'adoucissait chaque fois qu'il posait le regard sur sa petite-fille. Heureusement que Jared avait eu une fille au lieu d'un fils, une fille qui ressemblait suffisamment à Savannah pour qu'on puisse la prendre pour la sienne. Ses parents se montraient bons avec Molly, soulageant Savannah d'un souci majeur. La fillette semblait moins réticente à l'idée d'être confiée à sa grand-mère qu'à Brenda. Cela ne signifiait pas que Savannah allait dire... Quoi ? « Super, je vous la donne. » Et s'envoler, libre comme l'air ?

— C'est généreux de votre part, répondit-elle prudemment. Vous savez que j'ai déménagé parce qu'elle a besoin de sa famille. Qu'elle ait sa grand-mère et son grand-père ici pour lui donner ce dont elle a besoin est vraiment important. Mais je l'aime. Jared me l'a confiée, et j'ai l'intention d'être à la hauteur. En ce qui me concerne, Molly est ma fille maintenant.

— Ah bon !

Sa mère semblait clairement déçue, mais elle approuva aussi d'un signe de tête.

— Sache que si jamais tu changes d'avis...

— Cela n'arrivera pas, mais merci.

Elle fit quelques pas pour serrer sa mère dans ses bras, puis sourit à son père.

— Ça fait du bien d'être à la maison.

D'une certaine manière, mais il n'y avait plus rien à gagner à leur rappeler la façon dont ils avaient traité Jared, ou même à chercher à savoir pourquoi.

Ce n'était peut-être pas le bon moment, mais elle prit une grande inspiration.

— En fait, j'ai pensé que j'aimerais emménager avec Molly dans la petite maison. À moins que tu n'aies des projets pour cet endroit ?

— Non, répondit son père en fronçant les sourcils, mais pourquoi voudrais-tu faire ça ? Nous avons bien assez de place ici. Nous sommes une famille, enfin !

— Je sais. Mais j'ai trente et un ans. Je n'ai pas vécu chez vous depuis que je suis partie pour l'université. Ces deux dernières semaines ont été merveilleuses, mais... me retrouver dans mon ancienne chambre, à aider à la maison comme je le faisais quand j'étais adolescente, me donne l'impression d'avoir régressé, vous voyez ? Je pense que j'aimerais avoir un peu plus d'indépendance, mais rester ici au ranch nous permettrait, à Molly et à moi, de nous appuyer sur vous aussi.

Ses parents échangèrent un regard. Elle voyait bien qu'ils n'aimaient pas son idée, mais ils comprenaient sans doute aussi ce qu'elle ressentait. Voulant laisser le concept de son déménagement et de celui de Molly s'installer un peu, elle demanda :

— Papa, as-tu vu Akil ? Il est magnifique.

Le hongre pur-sang arabe avait été envoyé ici par un propriétaire pour lequel elle avait travaillé par le passé. Il voulait l'utiliser pour les compétitions de *cutting*, mais pour le moment il manquait de patience. Elle finirait peut-être par leur suggérer de lui trouver un autre objectif, mais il était tout aussi possible que son ancien entraîneur ait été le problème. Son père grogna.

— Assez joli, mais tu sais que j'aime les *quarter horses*.

— Pour les gros fessiers, le taquina-t-elle.

— Et comment ! Au moins tu peux voir la puissance des bêtes, répliqua-t-il en souriant.

Ils n'élevaient que des *quarter horses* sur le ranch, mais une partie de l'accord qu'ils avaient conclu avant qu'elle rentre à la maison était qu'elle pouvait entraîner d'autres chevaux comme activité secondaire, tant qu'elle conservait du temps pour les animaux du ranch.

— D'accord, dit-il brusquement. Il n'y a pas de raison que vous ne puissiez pas avoir la maison. Je vais demander à Jeff de l'examiner et de s'assurer qu'il n'y a pas de problème avant que vous emménagiez.

— Oh ! merci, dit-elle en le serrant dans ses bras. J'irai probablement nous acheter des lits et quelques meubles en ville et...

— Tu n'en as pas de stockés quelque part ? demanda sa mère, surprise.

— Non, j'ai toujours eu des appartements meublés.

— Nous avons bien trop de lits et d'armoires ici, alors tu peux commencer par là, déclara sa mère avec fermeté. Cela dit, ça pourrait être amusant pour Molly de pouvoir décider de la déco de sa propre chambre.

— Attendez-vous à du rose, répondit Savannah. Je suppose que cela ne te surprendra pas. Tu as de la chance que je ne sois jamais passée par là.

— Non, ce n'était pas ton genre, acquiesça sa mère. Tu as toujours été un garçon manqué. Après avoir eu un fils, j'avais tellement hâte de t'acheter de jolis vêtements, et qu'est-ce que tu as insisté pour porter ?

— Un jean et des bottes de cow-boy.

Sa mère soupira.

— Même quand tu as été choisie comme princesse du rodéo, tu refusais d'avoir l'air trop « fifille ». C'est toi qui le disais.

Savannah rit.

— J'ai quand même eu des robes de bal de promo.

— Sauf que tu détestais le shopping et que tu choisissais la première chose qui t'allait.

— Eh bien, penses-y, dit-elle alors que la télévision se taisait dans le salon et que Molly s'approchait dans l'embrasure de la porte. Tu sais qui va adorer les jolis vêtements.

Sa mère avait l'air... pleine d'espoir. Et les achats de vêtements étaient bien une tâche que Savannah serait ravie de lui déléguer.

— Des bottes de cow-boy roses ?

Ce furent les premiers mots qui sortirent de la bouche de Logan, en partie parce qu'il n'avait pas vraiment d'excuse pour s'être arrêté au ranch pour la troisième fois en quatre jours.

Après l'avoir aperçu, Savannah conduisit un hongre à la belle robe bai jusqu'à la clôture du manège où il s'était penché pour la regarder travailler. Sa monture avait la tête au profil concave classique d'un pur-sang arabe.

Un petit troupeau de jeunes bœufs mugissaient et s'agitaient dans un étroit enclos situé sur le côté. D'habitude, ils se bousculaient dans un nuage de poussière, mais la température de la nuit précédente était tombée bien en dessous de zéro, et le sol était encore gelé. Logan avait senti une fine couche de verglas craquer sous ses bottes en descendant de sa voiture. Il soupira. Cela signifiait que le moment de nourrir les bêtes au foin approchait, et Logan prévoyait de nouvelles disputes avec son père.

Savannah rit de son dernier commentaire.

— Tu les as vues, hein ? Maman l'a emmenée faire du shopping hier.

— Ce n'est pas de bon augure pour elle de vouloir devenir éleveuse.

— Il n'y a pas de raison qu'elle ne puisse pas garder le bétail avec des bottes et une chemise roses, n'est-ce pas ?

— Non, mais elles ne resteront pas aussi jolies après qu'elle aura passé la journée à attraper des veaux dans la poussière.

Entendre Savannah rire à nouveau le remplit de joie.

— Ça, elle devra l'apprendre à ses dépens.

Elle fit signe à un employé du ranch qui attendait son signal, et il souleva une barre pour permettre au bétail de passer dans l'arène. Comme à l'accoutumée, ils firent plusieurs fois le tour du manège au trot, cherchant un moyen de s'échapper.

Le cheval de Savannah frémit de l'envie de prendre les choses en main alors que les veaux passaient devant eux, mugissant de mécontentement, mais elle le maintint immobile avec ses jambes, les mains sur les rênes.

Comme d'ordinaire, le petit troupeau se regroupa finalement à une extrémité du manège.

— Tu avais une question ? lui demanda Savannah. Sinon, il faut que je me mette au travail.

Logan secoua la tête.

— Je vérifiais juste que vous alliez bien toutes les deux. Ça ne me dérange pas de te regarder en action. C'est toujours un plaisir.

Il aurait juré qu'elle avait rougi, mais elle détourna le hongre avant qu'il puisse en être certain. Ce qu'il avait dit était la vérité. Il était doué à cheval, comme la plupart des éleveurs de la région et leurs enfants. Bien sûr, les distributeurs automatiques de billets étaient utilisés pour de nombreux travaux autrefois effectués par des hommes à cheval, mais ils passaient tout de même encore beaucoup de temps en selle. Et pourtant, depuis que Savannah avait huit ou neuf ans, elle lui coupait le souffle lorsqu'elle montait à cheval.

Pendant qu'il l'observait, elle ramena tranquillement le hongre au milieu du petit troupeau, au pas, de façon à ne pas alarmer le bétail. Non, pas aussi tranquillement qu'il l'avait d'abord pensé ; le cheval courba le dos une fois, fit quelques pas de côté une minute plus tard, ce qui provoqua une certaine agitation autour de lui. Savannah l'obligea à traverser le troupeau, à tourner autour, puis à recommencer, encore et encore, jusqu'à ce qu'il comprenne qu'il n'avait pas besoin de s'énerver autant.

Logan savait qu'il devait se remettre au travail ; avec le verglas qui s'était formé sur les parties ombragées des routes, il y aurait forcément plus d'accidents que d'habitude. À cette époque de l'année, même les habitants oubliaient de se montrer prudents. Un long dérapage semblait un rappel à l'ordre nécessaire chaque hiver. Ces mêmes habitants n'arrivaient pas à comprendre que les pick-up, dont la cabine supportait la majeure partie du poids, partaient facilement en vrille en cas de verglas ou de neige, à moins qu'un poids ne soit ajouté à la benne. Des sacs de sable, par exemple, ou des balles de foin.

Il avait prévu de patrouiller ce matin, car ses adjoints étaient déjà bien trop occupés, mais il ne parvenait pas à détacher le regard de Savannah. Elle faisait marcher ce cheval nerveux comme s'il n'avait rien d'autre à l'esprit que de trouver un endroit ensoleillé pour brouter.

Le hongre fut momentanément surpris lorsqu'elle le mit au travail pour séparer un seul veau du troupeau. Il se déplaça un peu trop brusquement, provoquant l'agitation des bovins. Mais, une fois le bouvillon isolé de l'autre côté du manège, ce fut un régal d'observer le cheval et la cavalière alors qu'ils empêchaient la bête de rejoindre les autres. Chaque tentative fut bloquée, le pur-sang virevoltant aisément pour l'intercepter, Savannah faisant corps avec sa monture avec une facilité déconcertante.

Enfin, elle signala imperceptiblement au cheval de rester immobile et laissa le veau se précipiter vers la sécurité du troupeau.

Après quelques minutes d'attente, elle recommença en choisissant un autre veau, toujours au centre du troupeau. Dans une compétition de *cutting*, le choix d'un veau au bord extérieur entraînerait de moins bonnes notes ; ce que l'on appelait une *deep cut* ou « découpe profonde » était récompensé. Le bétail s'agitait encore un peu trop ; les cavaliers étaient déclassés si le troupeau s'affolait.

Il resta à la regarder répéter une dernière fois, puis se décida à partir. Logan fronçait les sourcils lorsqu'il mit le moteur en marche. Sa fascination actuelle pour cette femme n'était pas compatible avec le dédain, voire l'aversion, qu'il avait éprouvée à son égard pendant toutes ces années.

Le fait qu'il ait récemment vécu une peine de cœur rendait son intérêt pour elle encore plus absurde. Il n'avait pas été sur le point de demander à Laura de l'épouser, mais ils étaient ensemble depuis quelques mois, et il avait envisagé que leur relation puisse évoluer. Il avait attendu impatiemment avant de lui demander d'emménager officiellement avec lui et avait été stupéfait lorsqu'elle avait rejeté l'idée comme s'il s'agissait d'une absurdité totale.

Elle s'était montrée très énervée quand il n'avait pas été d'humeur, quelques heures plus tard, à faire l'amour une dernière fois avant leur inévitable séparation. Il n'avait pas eu le cœur brisé, mais il n'avait pas apprécié de découvrir le peu d'importance que Laura lui accordait réellement. Il n'avait fréquenté personne depuis.

Ce qui rendait encore plus inexplicable son envie soudaine de garder un œil sur la sœur de Jared.

Évidemment, l'inspecteur de police de San Francisco continuait d'appeler. Elle aurait tant voulu pouvoir partager le moindre élément utile à son enquête sur la mort de son frère. Il était clair qu'il souhaitait mettre la main sur le téléphone de Jared, mais il n'avait pas encore insisté sur ce point. Il sembla surpris en lui annonçant que les résultats d'analyse n'avaient révélé aucune trace de substance illégale dans le sang de Jared. En fait, celui-ci paraissait étonnamment sain et en forme pour un ancien toxicomane. Le légiste corroborait ainsi la théorie de Savannah : Jared était bien sobre depuis un certain nombre d'années.

Ce qu'elle ne comprenait pas, c'était pourquoi son frère ne s'était pas affranchi du sombre monde des trafiquants. Il lui avait donné des indices, mais était resté discret lors de leurs conversations téléphoniques. Avait-il pensé que quelqu'un pourrait l'écouter ?

Elle rappela à l'inspecteur Trenowski que Jared aurait pu travailler sous couverture, bien qu'elle n'ait aucune idée de l'identité de la personne à laquelle il s'adressait, si c'était le cas.

— Se présentait-il sous son propre nom ? demanda l'inspecteur.

— Je ne sais pas, répondit-elle pour la douzième fois au moins. Son permis de conduire était bien à son nom, n'est-ce pas ?

Pourquoi n'avait-elle pas insisté pour obtenir plus d'informations ? Elle savait pourquoi. Elle avait craint que Jared cesse de l'appeler.

— Je pourrais vérifier auprès de la brigade des stupéfiants au cas où ils se seraient adressés à lui, dit Trenowski en réfléchissant.

— Vous me tiendrez au courant ? demanda-t-elle.

— Si je peux, répondit-il. Ah, vous pouvez maintenant récupérer le corps de votre frère. Comment souhaitez-vous procéder ?

Elle respira profondément. Il y avait quelque chose de terrible dans le fait de choisir une entreprise de pompes funèbres en se basant sur les commentaires d'inconnus sur Internet, mais elle n'avait pas eu le choix. Elle n'en avait même pas parlé à ses parents. Sa mère craignait que « ces flics de la ville » ne laissent pas la famille enterrer son fils, mais elle n'avait jamais demandé quand ils pourraient récupérer Jared.

Finalement, Savannah opta pour la crémation. Les cendres de Jared lui seraient envoyées par la poste. Elle ne pouvait imaginer devoir transporter son corps pour l'enterrer à Sage Creek, pas après qu'il s'était enfui sans jamais revenir. De toute façon, qui irait à l'enterrement, si elle en organisait un ? Logan et elle. Oh ! il y aurait peut-être quelques anciens amis d'école ou des professeurs. Ses parents s'y montreraient sans aucun doute, mais Savannah ne pouvait pas supporter l'hypocrisie de son père. Non, c'était mieux ainsi.

Un jour, Molly et elle pourraient décider ensemble de ce qu'elles feraient des cendres de Jared. Savannah aurait tant voulu connaître suffisamment le Jared adulte pour deviner s'il souhaitait que ses cendres soient dispersées dans l'océan ou au sommet des montagnes… Pas dans le pays sec d'armoises et de genévriers où il avait grandi, de cela elle était certaine.

Logan posa des questions sur le corps de Jared, lors de son cinquième ou sixième passage au ranch, et fronça les sourcils lorsqu'elle lui annonça ce qu'elle avait décidé. À son grand soulagement, après une minute, il se contenta de hocher la tête et de dire :

— Il n'aurait pas voulu être enterré ici.

— Non, en effet.

Ils laissèrent tomber le sujet.

Il lui demanda, comme à chaque fois qu'il passait, si elle avait reçu des appels téléphoniques qui l'avaient mise mal à l'aise, si elle avait eu une altercation avec quelqu'un, ou le moindre indice indiquant que quelqu'un était à sa recherche, mais elle avait secoué à nouveau la tête en signe de dénégation.

Savannah détestait se sentir impatiente de le voir. Elle ne supportait pas que son petit sourire en coin lui serre le cœur autant qu'à l'apogée de son amour adolescent pour lui. En réalité, Logan se présentait peut-être comme un vieil ami, mais c'était un flic dont l'intérêt avait été piqué. Quand il passait ici, il était le shérif Quade, et elle ne devait pas se faire d'illusions.

5

La voix de son père avait toujours porté loin. Savannah était en train d'accrocher des serviettes dans la salle de bains après avoir posé le nouveau tapis de bain assorti sur la tringle de la baignoire lorsqu'elle l'entendit crier.

— C'est vraiment idiot de sa part de s'installer ici ! Mais à quoi bon essayer de lui parler ? Elle est trop indépendante pour son propre bien.

Logan et son père avaient apporté son nouveau canapé quelques minutes plus tôt.

— Je ne sais pas, Gene, répondit Logan d'une voix calme et profonde. J'admets que je compatis, puisque je suis également de retour dans mon ancienne chambre d'adolescent. Ce n'est pas seulement que mes pieds dépassent du lit. C'est le fait que papa garde un œil sur moi, prêt à me sauter dessus s'il n'est pas satisfait de la façon dont je fais quelque chose. Cela me semble être un bon compromis pour Savannah.

Enfin un peu de soutien ! Quelques heures plus tôt, elle n'avait pas été ravie de le voir débarquer pour les aider à déménager. Elle n'avait pas invité Logan, mais il connaissait la date du déménagement et il s'était pointé de bonne heure. Il avait même apporté un cadeau de pendaison de crémaillère tout à fait inattendu.

— Tu n'en auras peut-être pas besoin, avait-il dit d'un ton

bourru en lui fourrant un grand sac dans les mains. Le reçu est dans le sac, au cas où. J'ai juste pensé...

D'un air embarrassé, il s'était interrompu. Il lui avait acheté une cafetière haut de gamme. En voilà un qui savait comment plaire à une femme !

— Je n'en ai pas encore. Merci, Logan. C'est... vraiment gentil de ta part.

— Que puis-je faire pour aider ?

En réalité, il n'y avait pas grand-chose, mais il avait aidé son père à démonter deux lits chez ses parents et à les transporter jusqu'à la petite maison. Une fois qu'ils avaient été en place, sa mère avait fait les lits avec Savannah. Molly possédait maintenant une literie toute neuve avec des licornes violettes galopant sur des arcs-en-ciel et des rideaux assortis. Elle n'avait pas quitté sa chambre depuis. Savannah l'entendait chanter à tue-tête depuis le couloir.

Son père ne savait-il pas que tout le monde pouvait entendre ce qu'il disait ?

Savannah réussissait en général à conserver son calme face à lui, mais son attitude l'agaçait de plus en plus. Maintenant qu'elle était rentrée au pays, il voulait que sa rebelle de fille soit sous sa coupe, jour et nuit.

L'explication discrète de Logan sur ce qu'elle ressentait pourrait être plus efficace que ses propres efforts. Les voix des deux hommes s'étant calmées, elle se détendit et jeta un coup d'œil à la salle de bains. Elle avait opté pour des couleurs pêche et rouille, et pensait peindre les murs si elle et Molly décidaient de rester de façon permanente. La cuisine aussi. Peut-être un jaune citron, songea-t-elle.

Un bruit de pas la fit se retourner brusquement pour découvrir Logan dans l'embrasure de la porte. Comme toujours, elle se sentait très consciente de sa présence.

— C'est joli.

— Merci.

Il regarda les serviettes.

— Cette couleur est-elle assez proche du rose pour plaire à ton petit bout de chou ?

— Nous avons eu une petite dispute, répondit Savannah en riant, mais elle est satisfaite parce qu'elle a pu choisir sa propre literie. Tu l'as vue ?

Son sourire était encore plus sexy de près.

— Oui. Elle chante *Over the Rainbow*, mais je ne pense pas qu'elle connaisse les paroles.

— J'ai remarqué. J'ai déjà cherché sur Internet pour pouvoir la lui chanter. Je parie que c'est maintenant sur sa liste de favoris avec *You Are My Sunshine*. J'adore la voir si heureuse, dit-elle enfin avec émotion.

Il acquiesça, se montrant remarquablement délicat. Il jeta un coup d'œil par-dessus son épaule et baissa la voix.

— Ce n'est peut-être pas le moment, mais je voudrais te demander si tu avais pensé à rechercher sa mère. Juste pour être sûr qu'elle ne va pas réapparaître un jour et demander à récupérer sa fille.

— Pas encore, mais je vais devoir m'y atteler, n'est-ce pas ?

— Je pense que oui, répondit-il avec un froncement de sourcils.

— Le truc, c'est que... je ne veux pas que, si je la recherche, elle s'intéresse soudain à nous.

Il se cala dans l'embrasure de la porte, prenant toute la place.

— Je peux regarder, si tu veux.

— J'ai pensé à engager un détective privé. Le problème, c'est que je ne connais que le nom de la femme qui figure sur l'acte de naissance de Molly. Je ne sais absolument pas si elle est restée à San Francisco ou si elle a déménagé à Chicago ou ailleurs. Ou combien de temps s'est écoulé depuis qu'elle a abandonné Molly.

— Je me ferai un plaisir d'effectuer une recherche, déclara-t-il. Les bases de données des forces de l'ordre me donnent accès à de nombreuses informations.

— Je...

Elle n'hésita qu'un instant.

— Oui, merci. Laisse-moi d'abord essayer d'en reparler à Molly, au cas où elle mentionnerait quelque chose d'utile. Elle pourrait nous dire si elle a dû voyager longtemps quand Jared l'a emmenée, par exemple.

— En effet. Je ne suis pas un expert des enfants de son âge, mais elle me semble plutôt bavarde.

— Je pense aussi qu'elle l'est, mais elle se tait dès qu'il s'agit de parler de sa mère ou de quoi que ce soit d'autre que du passé récent. Je pense qu'elle aura besoin de consulter un psy, mais peut-être pas tout de suite alors que tant de changements lui ont été imposés.

— C'est compréhensible.

Il restait là, dominant sans effort ce petit espace. Il avait une façon de l'observer de ses yeux pâles et troublants qui lui faisait prendre conscience qu'elle n'avait pas eu de relation avec un homme depuis très longtemps. La faute à ce fichu béguin qu'elle avait nourri pour lui à l'adolescence, se dit-elle désespérément. Certes, il était devenu aussi sexy qu'elle l'avait imaginé, mais c'était toujours le type qui la regardait avec mépris dans les couloirs du lycée.

— Sais-tu où se trouve ma mère ? demanda-t-elle vivement.

Son regard s'attarda sur elle avant que ses bras retombent le long de son corps et qu'il fasse un pas en arrière.

— À la maison. Elle a dit que le déjeuner devrait être prêt dans une dizaine de minutes.

Savannah réussit à lui offrir un sourire poli.

— J'imagine qu'elle t'a invité ?

— En effet.

— Eh bien, laisse-moi jeter un coup d'œil dans le salon, et ensuite nous pourrons nous rendre à la maison.

Elle hésita avant d'ajouter :

— Merci pour ce que tu as dit à mon père. Il n'est pas content que nous quittions sa maison.

— C'est ce que j'ai cru comprendre.

Elle passa devant lui et entra dans le petit salon, qui ne contenait pour l'instant que son nouveau canapé, une télévision murale flambant neuve, une petite bibliothèque et un fauteuil à bascule antiques que sa mère avait récupérés chez eux. Les rideaux étaient laids, mais elle prévoyait de faire installer des stores pour les remplacer, ainsi que pour les fenêtres de sa chambre, de la cuisine et de la salle de bains. De temps en temps, elle se rappelait avec inquiétude ce qu'elle avait ressenti la nuit où elle avait récupéré Molly, la voiture qui avait ralenti devant elle et la désagréable sensation d'être prise au piège. Le niveau de criminalité dans un comté rural comme celui-ci n'était rien en comparaison de celui d'un quartier difficile d'une grande ville, mais elle serait satisfaite de savoir que personne ne pouvait plus l'observer chez elle.

— Tante Vannah ?

La petite voix aiguë provenait de derrière elle.

— Où sont mamie et papi ?

— Ils préparent le déjeuner.

Savannah la prit dans ses bras, la fit tourner une fois, avant de lui planter un baiser sur la joue.

— Mais tu n'as pas faim, n'est-ce pas ? Même pas pour des macaronis au fromage. Ou des cookies.

Molly rit aux éclats, exprimant une joie tout enfantine qu'elle n'aurait jamais osé montrer quelques semaines plus tôt.

— J'ai toujours faim, déclara-t-elle.

— Alors comment se fait-il que tu ne sois pas plus grande ? demanda Logan en souriant. Tu devrais être au moins à cette hauteur.

Il plaça une main trente centimètres au-dessus du sommet de sa tête. Elle renifla.

— Je le serai. Quand j'aurai cinq ans. Ou peut-être six.

— Cinq ans, c'est bientôt, n'est-ce pas ?

— Mouais.

— Janvier, dit Savannah. Ce n'est vraiment pas loin.

— Sauf qu'il y a Noël en premier, déclara Molly. Je veux mon propre poney pour Noël.

Ils continuèrent à discuter tout en longeant la clôture peinte en blanc qui bordait le pâturage où l'on gardait des juments poulinières. Elles n'étaient pas aussi nombreuses que Savannah l'aurait souhaité, mais elle attendait avec impatience la saison des poulinages.

Molly adorerait voir des poulains nouveau-nés. Savannah sourit et tourna la tête pour rencontrer le regard impérieux de Logan. Au bout d'un moment, il sourit à son tour.

Logan s'attendait à un horrible malaise au contact des parents de Jared, mais la journée avait été étonnamment agréable. Peut-être ne devrait-il pas être surpris. Il avait passé beaucoup de temps ici enfant, tout comme Jared l'avait fait chez lui. Les choses n'allaient pas si mal les premières années. À l'exception de l'irritation que Savannah avait manifestée çà et là, elle semblait bien s'entendre avec ses parents, qui montraient les mêmes signes d'adoration pour cette nouvelle petite-fille que pour leur fille à son âge.

Après un excellent déjeuner, Savannah l'avait accompagné jusqu'au porche pour le remercier à nouveau de son aide. En regardant cette belle femme, qui ne le toisait plus, il se laissa guider par son instinct pour la première fois.

— Pourrais-je t'inviter à dîner un soir ? demanda-t-il.

Elle eut l'air surprise. Comme il était indécis quant à sa propre motivation, il ajouta :

— J'espérais en savoir plus sur Jared. On dirait que tu lui as parlé assez régulièrement au fil des ans. J'ai passé beaucoup de temps à me poser des questions.

Son visage s'adoucit à nouveau.

— J'imagine. Je n'ai aucune idée de la raison pour laquelle il n'a pas gardé contact avec toi.

— J'ai ma petite idée là-dessus, répondit-il, mâchoires serrées.

Aussi agacé qu'il ait été de découvrir que son vieil ami appelait régulièrement Savannah, Logan essaya de ne pas se mentir à lui-même.

— La dernière année, je n'approuvais pas son comportement. La drogue, surtout, mais aussi l'alcool. Il est devenu colérique. Tu le savais sans doute. Il était impliqué dans beaucoup de bagarres.

Elle acquiesça. Le principal avait certainement appelé ses parents pour qu'ils viennent chercher Jared après plusieurs de ces bagarres. Comment aurait-elle pu ne pas en entendre parler en voyant les yeux au beurre noir et les phalanges égratignées de Jared ?

— J'ai été dur avec lui, reprit-il difficilement. Je lui ai dit que, s'il se droguait ou s'il était ivre, je ne voulais plus le voir. Je ne voulais pas me montrer trop dur avec lui, mais j'imagine que j'essayais de lui faire comprendre pour qu'il arrête.

— Seulement, ça n'a pas marché, dit-elle d'une voix douloureuse.

Pour la première fois, il lui vint à l'esprit qu'elle avait peut-être utilisé une tactique similaire avec Jared.

— Quand il est parti de chez vous, nous nous parlions à peine. J'étais probablement la dernière personne à qui il se serait confié.

Elle esquissa un sourire en coin.

— J'ai essayé de le défendre auprès de maman et papa, mais... il ne se confiait pas vraiment à moi non plus.

— Alors que dis-tu d'un dîner ?

— C'est une bonne idée, répondit-elle avec un sourire. Tu te doutes que maman sera ravie d'avoir Molly pour elle toute seule.

— Il est évident qu'elle l'adore.

Savannah s'esclaffa.

— Papa aussi, même s'il n'aime pas trop les câlins ni lui expliquer ce qui se passe dans les matchs de la NFL.

— En même temps, le comportement des Seahawks est parfois

particulièrement difficile à expliquer, marmonna Logan. En supposant que ton père soit un fan.

L'équipe de Seattle n'avait pas fait une bonne année. Elle rit à nouveau.

— Il l'est, et je doute vraiment que Molly comprenne pourquoi il hurle face à la télé. Eh bien... Je suis libre tous les soirs.

— Demain ?

— C'est très bien. Je te retrouve en ville, ou... ?

Elle se rendit probablement compte à quel point cela paraissait stupide, étant donné qu'il habitait juste en bas de la route. Elle ne discuta pas quand il proposa un peu sèchement :

— Et si je venais te chercher ?

Logan partit après un moment un peu gênant. Il voulait l'embrasser, ne serait-ce que sur la joue, comme s'ils s'étaient toujours quittés de cette façon. Mais ce n'était pas le cas, et il avait encore un sérieux retard à rattraper... s'il décidait de réparer cette relation qui le mettait mal à l'aise.

Chaque chose en son temps.

Une demi-heure après le début de la soirée, Logan découvrit à quel point il était agréable de discuter avec Savannah et combien il aimait qu'elle se confie à lui.

Ils avaient opté pour un restaurant italien, dont la cuisine était excellente, même pour son goût, altéré par des années passées dans une ville cosmopolite. Il s'agissait d'une pizzeria lorsqu'il était adolescent, mais quelqu'un l'avait manifestement rachetée et améliorée depuis.

Ils commencèrent par parler de Jared, Savannah lui montrant les quelques photos qu'elle avait d'un Jared plus âgé. Logan les regarda longuement.

— Je peux te les envoyer par mail, si tu veux, proposa-t-elle.

— Oui, dit-il avant de s'éclaircir la voix. J'aimerais bien.

Elle lui fit part de ce que son frère lui avait raconté au fil des ans.

— Le pire, c'est de savoir que sa dépendance l'a poussé à... Je ne sais pas exactement s'il vendait de la drogue ou s'il aidait à écouler les stocks ou quoi. Ou peut-être que cela faisait partie de sa rébellion, vu qu'il était conscient que cela aurait vraiment offensé papa.

Elle ne lui cacha pas combien il lui avait été difficile de continuer à aimer quelqu'un dont elle désapprouvait catégoriquement le mode de vie.

— Si je n'avais pas si bien connu les causes de sa dépression, j'aurais été plus en colère contre lui. En fait, nous ne parlions jamais longtemps, et j'ai essayé de ne rien dire qui puisse l'inciter à cesser d'appeler. Au moins, je savais...

Elle haussa les épaules.

— Qu'il était vivant.

— Vivant, oui, même si sa santé n'était pas des meilleures. Cela dit, parfois, il avait l'air vraiment bien. Je n'ai jamais su non plus s'il luttait seul contre la dépendance ou s'il était passé par une cure de désintoxication une fois ou une douzaine de fois, mais je me laissais aller à espérer. Et je jurerais qu'il était complètement sobre ces dernières années.

— Alors pourquoi n'est-il pas parti ?

Elle resta silencieuse pendant une minute, faisant tourner son verre de vin dans sa main, puis releva finalement le regard vers celui de Logan.

— Je n'en ai jamais été sûre, mais... il a laissé entendre plusieurs fois qu'il pourrait travailler sous couverture. Il a utilisé le mot *expier*.

— « Ils se doutent de quelque chose. » N'est-ce pas ce qu'il a dit ?

— Si. Mais ne crois-tu pas qu'il m'en aurait parlé ? Ou qu'il aurait laissé quelque chose dans le sac de sport que j'aurais pu rapporter aux autorités ?

La curiosité piquée au vif, Logan demanda :

— Es-tu certaine qu'il n'y a rien ?

— Il a laissé un testament me désignant comme tutrice et

des documents financiers pour Molly. Son téléphone personnel aussi, mais il n'y a pas grand-chose dessus. Juste les numéros des personnes qu'il a appelées, mais… pas beaucoup. Aucun message, aucun texto. Je me demande s'il avait des amis. J'ai cherché dans l'espoir d'en savoir plus sur la mère de Molly, mais j'ai échoué, sauf si l'un de ces numéros est le sien. Sinon, rien.

— Peut-être voulait-il vous tenir à l'écart, Molly et toi, du côté obscur de sa vie, dit lentement Logan. Il n'aurait pas aimé l'idée de vous mettre en danger.

— Effectivement, répondit Savannah avec un petit sourire. C'est ce que je crois.

— Je suppose qu'en rentrant au pays tu es passée inaperçue. Qui est au courant ?

— Mon ancien patron. J'imagine que le fisc le saura lorsque je remplirai ma déclaration d'impôts l'année prochaine.

— Le fisc sait tout, affirma Logan.

Il aimait son rire. À partir de ce moment-là, comme s'il s'agissait d'un accord mutuel, ils laissèrent tomber le sujet de son frère, préférant parler de ce qui avait changé – notamment ce restaurant – et de ce qui était resté à l'identique à Sage Creek.

— J'ai remarqué qu'ils ont enfin construit une nouvelle école primaire, déclara Savannah. Tu te souviens du trou à rats qu'était cet endroit ? L'unique bâtiment a été condamné, nous n'y avions plus accès, et tout le monde commençait à penser qu'il était hanté.

Ce fut au tour de Logan de rire.

— Je n'avais pas entendu parler de ça. Qui était censé le hanter ?

— La plupart du temps, il s'agissait de professeurs qui avaient déménagé ou qui étaient décédés. Tu te souviens de M. Barrick ?

— Le prof de sport ? Mon Dieu, oui !

— Tu sais, le gymnase se trouvait dans ce bâtiment. C'est logique qu'il y soit encore en train de terroriser les élèves.

L'humour ravivait la couleur des yeux de Savannah.

— Lui, j'y croirais. Sauf que je pense qu'il est juste parti à la retraite. Il terrorise probablement ses voisins en Arizona ou en Floride, là où lui et sa femme ont déménagé.

Elle s'esclaffa.

— Je suis sûre qu'il est le président de son syndic. Il pourrait se promener en voiturette de golf dans le quartier et prendre des notes sur les infractions en matière d'aménagement paysager.

Il suggéra quelques noms de professeurs qui auraient pu choisir de rester dans les parages en tant que fantômes, et elle en ajouta deux ou trois autres. Malgré la petite taille de l'école, ils avaient souvent eu les mêmes professeurs, de la maternelle au lycée, malgré leurs trois ans d'écart.

De là, ils discutèrent de leurs connaissances mutuelles – qui était encore là, qui était décédé, qui avait divorcé, qui avait repris l'entreprise de ses parents, et ainsi de suite. Comme il était revenu en ville depuis plus longtemps et qu'il était resté en contact plus étroit avec son père qu'elle ne l'avait été avec ses parents, il la tint surtout au courant des potins locaux. Ils riaient tous les deux lorsque vint le moment de payer l'addition.

Il déverrouilla sa voiture et lui tint la porte, ne s'installant au volant qu'une fois qu'elle eut bouclé sa ceinture de sécurité. Alors qu'il sortait le véhicule du parking pour emprunter la rue principale, il fut surpris de voir à quel point Sage Creek était animée ce soir-là. Son père avait toujours dit que la ville s'endormait à 20 heures, et c'était en grande partie vrai. Les restaurants, quelques tavernes, un bowling et une activité au Elks Club constituaient les seuls divertissements de la soirée.

Une fois qu'ils eurent quitté la ville, l'obscurité les entoura. Seules quelques lumières de phares les dérangeaient. Logan tenta de se soustraire au sentiment d'intimité qu'il éprouvait dans ce cocon en relançant la conversation – et pas celle qu'ils avaient eue au restaurant.

— Jared attendait beaucoup de toi en te demandant de t'occuper de sa fille, dit-il. Étant donné que tu n'avais jamais rencontré Molly.

— Je ne savais même pas qu'elle existait, répliqua sèchement Savannah.

— En effet.

— Il devait être tellement désespéré qu'il n'y a pas pensé. Que pouvait-il faire d'autre avec elle ?

— Cela a dû être un choc pour toi.

— C'est un euphémisme.

Elle resta silencieuse pendant une minute.

— Surtout quand nous n'avons pas eu de nouvelles de lui et qu'elle a compris que j'étais tout ce qui lui restait. J'ai dû quitter mon travail. Molly était trop traumatisée pour rester dans la seule garderie disponible, et elle faisait tellement de cauchemars que je ne dormais plus. Il y a eu des moments...

Elle s'interrompit.

— Des moments ?

— Oh ! ça n'a pas d'importance. J'ai de la chance qu'elle soit si gentille.

— C'est surprenant qu'elle le soit, dit-il, étant donné les changements qu'elle a subis.

Bon sang, ils étaient presque arrivés au ranch. Il n'aimait pas avoir des sentiments aussi contradictoires à l'égard de cette femme. Il avait envie de la voir, d'apprendre à la connaître à nouveau, de poser les mains sur elle. Et, en même temps, il ne pouvait s'empêcher de penser qu'elle simulait toute cette compassion.

— Nous sommes peut-être dans la phase de lune de miel, commenta Savannah. Elle veut me faire plaisir parce qu'elle a peur de ce qui arrivera si elle me met en colère. Après tout, elle a déjà été abandonnée deux fois dans sa vie.

Il avait lu que c'était un comportement courant chez les enfants placés dans un nouveau foyer ou chez les nouveaux adoptés. La suggestion paraissait logique.

Cela l'amena à spéculer sur la façon dont Savannah réagirait si cette jolie petite fille blonde se mettait à faire des crises de colère et à crier : « Je veux papa ! Je ne veux pas de toi ! »

N'ayant aucune expérience en tant que mère, avait-elle au moins conscience de cette possibilité ?

Il ne pouvait pas oublier que la fille qu'il connaissait avait été le centre absolu de l'attention de ses parents. À en croire Jared, elle avait toujours obtenu ce qu'elle voulait quand elle le voulait. Cela n'avait pas changé : même si son père n'avait pas apprécié qu'elle s'installe dans la maisonnette, elle avait eu gain de cause. Il allait sans dire qu'elle était aussi très populaire à l'école. Avait-elle déjà connu le moindre accroc dans sa conception d'une petite vie parfaite ?

Il n'y avait qu'à observer sa réaction ce jour-là. Dès qu'elle se sentait dépassée, elle courait chez maman et papa.

Elle était douée avec Molly. Il ne l'avait jamais vue se montrer autre chose que patiente. Mais combien de temps cela allait-il durer ? Combien de temps avant qu'elle ait à nouveau besoin d'être au centre de l'attention, peu importe le coût ?

6

Savannah se rendit compte qu'elle aurait aimé que Logan ne se contente pas de l'embrasser légèrement sur la joue avant de la déposer devant le porche de ses parents. Quand il l'avait regardée, elle avait reconnu l'intention dans ses yeux. Il les avait posés sur sa bouche, elle l'aurait juré, et elle avait senti son pouls s'accélérer. Elle aurait même pu commencer à se hisser sur la pointe des pieds lorsque son expression avait changé et qu'il avait effleuré sa joue de ses lèvres. Puis il avait dit d'un ton bourru : « Bonne nuit, Savannah. Je suis content qu'on ait fait ça. » Et il avait eu le culot de s'en retourner vers sa voiture avec un simple geste de la main, comme si de rien n'était.

Elle était restée sur le pas de la porte assez longtemps pour que ses parents, s'ils l'avaient entendue, se demandent ce qu'elle fabriquait. Elle expira.

Elle avait voulu que Logan l'embrasse, d'accord, mais parce que cela aurait été l'accomplissement de son béguin de jeunesse, pas parce qu'elle l'aimait et qu'elle lui faisait confiance. Alors... ce n'était peut-être pas plus mal.

Elle grimaça. *Bien sûr, cause toujours.*

La sonnerie de son téléphone lui offrit une distraction bienvenue. Le numéro était bloqué. Elle ne répondait jamais aux appels qui ressemblaient à du spam. S'il s'agissait de quelqu'un à qui elle voulait parler, elle retournait l'appel après avoir écouté le message. Si elle avait de la chance, c'était quelqu'un qui la recherchait pour qu'elle éduque un cheval en difficulté.

Cela dit, le numéro n'était pas seulement inconnu, il était bloqué. Cela lui semblait étrange. Surtout après ce qu'elle avait raconté à Logan à propos du possible travail de Jared sous couverture. Il avait peut-être essayé de faire tomber une organisation qui entretenait des relations impitoyables avec ses employés. Du genre : *tu nous trahis, tu es mort.*

Ce qui était le cas de Jared.

Elle pénétra dans la maison et, en entendant la télévision dans le salon et la voix légère de sa mère, elle s'aperçut que la personne n'avait pas laissé de message.

Bon, après tout, qui ne recevait pas de spam téléphonique de temps en temps ? Elle en oublia presque son inquiétude.

Pourtant, une fois que Molly et elle eurent regagné la maisonnette et qu'elle eut bordé sa nièce dans son lit, Savannah demeura agitée, sentant une boule de chaleur au creux du ventre, un sentiment d'anticipation qu'elle n'avait pas éprouvé depuis longtemps. Et même peut-être jamais. Elle n'avait pas eu de petit ami fixe au lycée. Aucun des garçons ne pouvait se comparer à Logan, même après qu'il était parti pour l'université.

À vrai dire, c'était par dépit qu'elle s'était lancée dans ses deux dernières relations suffisamment sérieuses pour qu'elle partage son lit. Elle ne s'en rendait compte que maintenant, mais les ranchs où elle avait travaillé étaient généralement isolés, et elle n'avait jamais été une grande fan des bars. Le choix était donc limité, et elle n'avait jamais été sûre du type d'homme qu'elle désirait. Certains ranchers lui rappelaient trop son père, bourru, borné, peu enclin à la tendresse et dépourvu de tout sens de l'humour. Beaucoup de travailleurs n'avaient aucune ambition. Probablement à cause de Jared, Savannah ne supportait pas les gros buveurs.

Quelque part au fond de son esprit, elle avait cru qu'un jour elle rencontrerait la bonne personne. Il était plus qu'inquiétant de découvrir que Logan avait été là pendant tout ce temps au fond de sa tête, lui aussi. Il n'avait que dix-huit ans la dernière fois qu'elle l'avait vu, sauf si on comptait les quelques fois où elle l'avait aperçu de loin lors de ses rares visites, mais, encore aujourd'hui, aucun homme ne lui arrivait à la cheville.

Merveilleux. Elle avait encore un faible pour un homme qu'elle soupçonnait profondément de toujours la mépriser. Il y avait de fortes chances que seule sa loyauté envers Jared le pousse à venir la voir, puisqu'il pensait qu'elle et la fille de Jared pourraient avoir besoin de sa protection. Il avait peut-être été brièvement tenté de l'embrasser ce soir, mais il avait facilement résisté à cette tentation, n'est-ce pas ?

De toute façon, malgré sa petite inquiétude passagère, elle songea qu'il était peu probable qu'elles aient besoin de lui. Il avait souligné lui-même que personne ne savait où elles se trouvaient. Son numéro de téléphone était connu, mais pas ses allées et venues. Et pourquoi quelqu'un penserait-il qu'elle connaissait quoi que ce soit aux affaires de Jared ?

Malgré ces réflexions, Savannah dormit comme une souche. Si bien qu'elle ne se réveilla que lorsque son matelas se mit à rebondir, tel un bateau en eaux troubles.

Elle ouvrit les yeux pour découvrir Molly, qui sautait en riant.

— Aargh !

Savannah se redressa, prit sa nièce dans ses bras et lui grogna à l'oreille :

— Tu me donnes le mal de mer.

Molly lui sourit.

— Mamie a dit qu'on pourrait peut-être acheter un trampoline. Ce serait encore plus amusant !

— Oui, c'est vrai.

Sauf que Savannah avait des doutes sur la sécurité d'un tel appareil. Elle se décida à vérifier tout ce que sa mère envisageait d'acheter.

C'est alors qu'une pensée surgit dans son esprit.

— Tu n'as pas fait de cauchemar ! Pas même un seul !

À moins qu'elle ne l'ait pas entendue, mais elle ne pouvait pas l'imaginer.

— Non. Je n'ai pas fait pipi au lit non plus.

Cela ne s'était produit que quelques fois, mais avait terriblement gêné Molly.

Savannah la serra encore plus fort dans ses bras, puis la fit rouler sur le côté.

— Je ne sais pas pour toi, mais j'ai besoin d'aller aux toilettes.

— J'y suis déjà allée et je me suis aussi lavé les mains, lui annonça Molly.

— Tant mieux.

Ce retour à la maison était décidément la bonne décision, pensa-t-elle en sortant les céréales, les bols, le lait et une banane. Molly s'épanouissait vraiment, non seulement parce qu'elle prenait confiance en tante Vannah, qui était clairement toujours là pour elle, mais aussi grâce à ses grands-parents.

Jared lui-même pourrait leur pardonner s'il voyait à quel point ils adoraient sa fille.

Et, certes, les choses ne se passeraient pas toujours sans heurts, mais elles s'en sortiraient.

Elle envoya Molly s'habiller et était en train de charger le lave-vaisselle lorsque son téléphone sonna à nouveau. L'appel ressemblait à celui de la veille au soir : « Numéro privé », lui annonça son téléphone. C'était bizarre, mais elle ne voulait pas perdre une bonne occasion de travail parce qu'elle refusait d'écouter un discours de vente ou autre.

Cette fois, elle décrocha.

— Bonjour.

— Je suis bien chez Mme Baird ?

La voix était masculine. Serait-ce encore la police ?

— Oui, dit-elle prudemment.

— J'ai cru comprendre que votre frère était mort récemment.

Elle sentit un frisson la parcourir.

— C'est exact.

— Il travaillait pour moi. Le voir disparaître a été... un choc. Je suis sûr que c'était pire pour vous.

— Oui.

— Je ne sais pas ce qu'il vous a dit...

— Sur son travail ? Rien, lâcha-t-elle rapidement. Nous n'étions pas très proches.

— Je vois. Eh bien, il entreprenait pour nous un travail critique qui aurait dû rester confidentiel. Malheureusement, il semble clair que lorsqu'il est parti il détenait des informations qui n'auraient jamais dû quitter les bureaux de l'entreprise. J'ai cru comprendre qu'il vous avait rencontrée avant sa mort.

Pourquoi pensait-il cela ? Avaient-ils un informateur dans la police qui imaginait qu'elle avait menti à l'inspecteur en lui disant n'avoir jamais vu Jared ?

Effrayée, elle secoua la tête en direction de Molly, qui apparut dans l'embrasure de la cuisine, avant de reprendre à l'intention de l'homme :

— J'aurais aimé que ce soit vrai. J'aurais aimé avoir la chance de le voir, mais... il n'est pas venu.

— Il vous a confié quelque chose.

En apparence, le ton était toujours civilisé, mais elle sentit quelque chose de plus sombre sous la surface polie.

— Sa fille. Juste une petite fille. C'est tout ce qu'il m'a laissé : Molly et une valise rose avec ses vêtements et ses jouets.

Elle regretta immédiatement de lui avoir dit le nom de Molly.

— J'ai du mal à le croire, répondit-il froidement.

C'en était fini de la politesse.

— Je n'y peux rien, dit-elle en s'offusquant dans l'espoir de cacher sa peur. Je n'avais pas vu Jared depuis dix-huit ans. C'est une longue période. Nous ne nous parlions qu'occasionnellement au téléphone. Je n'ai aucune idée de ce qu'il faisait pour vivre. Je suis heureuse qu'il ait senti qu'il pouvait avoir confiance en moi pour élever la fille qu'il aimait. Je ne sais même pas où Jared habitait. Je ne peux pas vous aider à trouver ce que vous cherchez.

— Si vous croyez que je vais gober ça...

— Je suis désolée. Tout cela est assez difficile. Je n'ai rien à ajouter.

Elle coupa l'appel et mit son téléphone sur silencieux.

Bon sang ! Pouvait-elle espérer que le patron de Jared et ses sous-fifres ne les retrouvent pas, Molly et elle ?

Par chance, l'inspecteur Trenowski l'appela une heure plus tard pour lui annoncer que les cendres de Jared devraient arriver chez elle d'ici un jour ou deux. Il se montra passablement alarmé lorsqu'elle mentionna l'appel téléphonique.

— J'espère que vous aviez prévu de m'en informer, dit-il sévèrement.

Elle s'empressa de répondre par l'affirmative, ce qui était vrai. En fait, elle venait de laisser Molly chez sa mère et avait cherché le calme et la chaleur relative de la sellerie de l'écurie pour avoir cette conversation. Les sons doux du bruissement des chevaux se déplaçant dans leurs stalles ou fouillant le foin dans les mangeoires, le claquement occasionnel d'un sabot ou un hennissement auraient dû la réconforter.

— Vous pourriez envisager d'entrer en contact avec les forces de l'ordre locales, suggéra l'inspecteur. Faites-leur simplement part de l'appel et de la situation. Si vous leur donnez mon numéro de téléphone, je serai ravi de leur parler.

— Merci, dit-elle. Je vais faire cela.

En réalité, elle avait eu l'intention d'appeler Logan en premier. Elle ne savait pas pourquoi elle était restée là à tergiverser.

Logan répondit à son téléphone portable dès la première sonnerie. Elle entendit le moteur d'un véhicule et comprit qu'il était sur la route.

— Savannah ?

— Oui. Hum, après que tu m'as déposée hier soir, j'ai reçu un appel masqué sur mon téléphone. Je l'ai ignoré, mais ce matin, quand il est réapparu, j'ai répondu. C'était un homme qui disait avoir été le patron de Jared.

— Merde.

Désapprouvait-il déjà ?

— Tu penses que j'aurais dû continuer à ignorer la personne qui m'appelait ?

— Non, ce n'est pas ce que je voulais dire, répondit-il rapidement. Je m'en veux. J'aurais dû penser à te faire télécharger une application d'enregistrement sur ton téléphone.

— Oh ! ça aurait été bien. Mais le type n'a rien dit d'assez direct pour être identifié.

— Non, et techniquement on est censé annoncer à quelqu'un qu'il est enregistré, mais à ce stade je m'en fiche.

Bien que respectueuse de la loi également, elle n'en avait cure à ce moment.

— Nous ferons cela dès que je pourrai te rejoindre, ajouta-t-il.

— Pourquoi rappellerait-il ? demanda-t-elle. J'ai dit que je n'avais pas vu Jared, qu'il ne m'avait jamais parlé de son travail, que nous n'étions pas proches, et je me suis excusée de ne pas avoir pu l'aider.

— Et qu'a-t-il dit ?

Elle rapporta la conversation du mieux qu'elle put, mais s'inquiéta du silence qui s'ensuivit.

— Tu n'as pas eu l'impression que ce type était satisfait ?

— Non, avoua-t-elle à contrecœur. La dernière chose qu'il a dite, c'est qu'il ne me croyait pas.

Logan jura.

— J'aurais vraiment aimé entendre la conversation. Je ne peux rien faire pour l'instant. Je suis en route vers un accident de voiture. Une collision frontale.

— Oh ! non.

— Je vais voir si je peux organiser quelques patrouilles en

voiture, mais ta maison est assez excentrée. Il y a un groupe d'ouvriers qui vivent au ranch en plus de tes parents, n'est-ce pas ?

— Oui.

— Il n'y a probablement aucune raison de s'inquiéter.

Il n'avait pas l'air aussi confiant qu'elle l'aurait souhaité, mais il avait raison. Il serait trop évident pour quiconque avait des intentions hostiles de conduire jusqu'à la maison, et ce serait une longue marche dans l'obscurité autrement. Tout bruit inhabituel éveillerait la curiosité. Et puis ils avaient des chiens sur le ranch.

— Oh ! le détective à qui j'ai parlé à San Francisco m'a suggéré de te donner son numéro.

— Tu peux me l'envoyer par SMS ? Je conduis.

— Pas de problème. Je devrais te laisser.

— Oui.

Le ton de Logan avait changé, et elle savait qu'il était arrivé sur les lieux de ce qui pourrait être un terrible accident.

— Merci de m'avoir écoutée, dit-elle.

Il raccrocha sans un mot de plus.

Le lendemain, Logan s'arrêta rapidement au Cercle B pour expliquer à Savannah comment télécharger l'application permettant d'enregistrer les conversations, même s'il avait tendance à penser qu'un deuxième appel était improbable. Jared devait avoir des amis, voire une petite amie. Il semblait que Savannah avait été aussi claire que possible en expliquant à son interlocuteur qu'elle n'avait pas eu de vraie relation avec son frère depuis de nombreuses années. Que pouvaient-ils faire d'autre au téléphone, à part proférer des menaces, et pourquoi s'attendaient-ils à ce que cela serve à quelque chose ?

Il l'avait interrompue en plein travail. Elle menait un *quarter horse* autour de barils peints de couleurs vives dans le manège lorsqu'il arriva. Le cheval n'était pas encore à pleine vitesse, mais même ainsi, lorsqu'il utilisait ses puissants membres postérieurs pour faire volte-face, chaque tour de tonneau pouvait sembler impressionnant à quelqu'un qui n'avait pas l'habitude de monter un tel animal.

Logan fut satisfait de n'avoir aucune raison de s'attarder lorsqu'ils eurent terminé. Il se sentait toujours confus à l'égard de Savannah et avait décidé que l'évitement était la tactique la plus intelligente jusqu'à ce qu'il se décide. Il était bien content de ne pas l'avoir embrassée comme il l'aurait voulu, il avait encore beaucoup de doutes sur cette femme.

Sa semaine de travail fut particulièrement chargée. La collision frontale avait eu lieu sur une route départementale et non sur une route nationale, malheureusement, et c'était donc à lui qu'incombait la responsabilité de mesurer les distances afin de pouvoir déterminer la vitesse et la trajectoire de chaque véhicule. Il prit immédiatement la décision d'envoyer un membre de son petit service suivre une formation en reconstitution d'accident.

Comme c'était souvent le cas, le chauffard était un jeune homme de dix-sept ans, qui essayait probablement d'impressionner sa petite amie. Elle avait survécu, pas lui. Si cela avait été l'inverse, il y aurait eu des conséquences légales, mais au-delà de cela Logan doutait que le jeune aurait pu se remettre de sa culpabilité devant une telle tragédie. La voiture avait heurté un pick-up, l'endommageant gravement, mais le conducteur n'était pas grièvement blessé. Comme il s'agissait d'enfants de la région, un vent de panique souffla sur tout le comté. Les funérailles étaient prévues pour la semaine suivante, bien que la jeune fille soit encore à l'hôpital.

Les habitants de la région furent également confrontés à une vague de cambriolages de leurs boîtes aux lettres, difficile à empêcher au vu du nombre de kilomètres de route dans un comté rural comme celui-ci par rapport à la quantité minime d'adjoints que Logan pouvait déployer. Certes, il s'agissait d'un crime fédéral, mais aucune agence fédérale n'avait le temps de s'occuper d'une région isolée et peu peuplée comme celle-ci.

Pour couronner le tout, le magasin d'approvisionnement des fermes et ranchs de la région fut également cambriolé. La liste des articles dérobés était assez longue pour que le voleur ait passé une heure à « faire ses courses » et qu'il ait probablement garé sa camionnette sur la baie de chargement à l'arrière du bâtiment. La serrure semblait endommagée, mais pas suffisamment. La caméra orientée vers le quai de chargement avait été mystérieusement désactivée. Il s'agissait sans doute d'un employé ou d'un ex-employé ayant un double des clés.

Non pas que Logan ait réussi à se sortir Savannah de l'esprit. Elle était toujours là, pour plusieurs raisons. Le fait qu'il se soit retrouvé face à face avec elle à la pharmacie – sans parler de leur dîner ensemble – lui avait rappelé beaucoup de choses. Jared se mêlait à tant de ses souvenirs d'enfance. Il lui suffisait de tourner la tête pour se rappeler ce sentier qu'ils avaient emprunté à cheval. Ou, lorsqu'il passait devant le lycée, il grimaçait au souvenir d'eux deux partageant un pack de bières, assis sur les gradins, tard le soir.

Cela avait été sa première cuite, même s'il se demandait maintenant si c'était aussi le cas de Jared. Ils n'avaient pourtant que... quatorze ans, pensa Logan.

Son père mentionnait également Jared de temps en temps. Il s'était même rendu jusqu'au Cercle B pour dire bonjour et rencontrer la petite fille qui avait les yeux de Jared.

— Je ne serais pas contre un petit-enfant, avait-il fait remarquer par la suite.

Logan lui avait souri.

— Appelle Mary et harcèle-la.

Il savait que sa sœur et son mari avaient l'intention d'avoir des enfants, mais qu'ils ne se sentaient pas encore prêts. Son père rit.

Ce soir-là, il avait vérifié une dernière fois que son père allait bien, s'était douché et allongé dans son lit. Maintenant, il pouvait enfin laisser ses pensées vagabonder.

Il avait éprouvé des sentiments tout aussi contradictoires à l'égard de la jeune sœur de Jared lorsqu'ils étaient enfants, puis adolescents. Elle les avait suivis chaque fois qu'ils le permettaient, et il avait secrètement admiré sa détermination et sa ténacité les fois où elle allait trop loin et se faisait jeter à terre par un cheval ou malmener. Bien sûr, si ses parents étaient là, ils se précipitaient à ses côtés pour s'occuper d'elle, et si Jared se trouvait dans les parages il se faisait engueuler pour avoir laissé sa sœur se blesser.

Logan avait été très conscient d'elle plus tard, lorsqu'elle avait développé une silhouette harmonieuse et qu'il l'avait vue s'élancer dans le couloir de l'école, ses belles fesses dans un jean serré, ses cheveux blond miel ondulant au milieu du dos.

À cette époque-là, il avait déjà bloqué tout sentiment de tendresse envers elle. Il entendait et voyait la douleur de Jared chaque fois que M. Baird lui expliquait à quel point il pensait que son fils ne valait rien par rapport à sa fille, belle, intelligente et talentueuse. Logan s'était convaincu qu'elle se glorifiait des louanges sans se soucier de ce frère qu'elle obscurcissait.

À présent, il pensait mieux comprendre. La plupart du temps, Jared s'était montré neutre à son égard. Il l'aimait, même s'il ne pouvait s'empêcher de lui en vouloir aussi. Logan ne l'avait pas lu de cette façon, et il se méfiait encore du caractère de Savannah.

Peut-être parce qu'elle était de nouveau chez elle, à la grande joie de ses parents. Elle devait être aux anges, non ? Pas de frère maussade pour se mettre en travers de son chemin. C'était sans doute injuste, mais il n'arrivait pas à se défaire de l'opinion qu'il avait d'elle et qui s'était cristallisée dès l'âge de treize ou quatorze ans. Il n'était donc pas étonnant que l'attirance qu'il éprouvait pour elle le perturbe.

Et pourtant... Étant donné qu'elle était la première femme qui avait sérieusement attiré son attention depuis son retour à Sage Creek, il se demandait s'il n'était pas idiot d'hésiter à faire un pas vers elle. Elle avait dû changer depuis leur adolescence.

Peut-être s'arrêterait-il au ranch le lendemain, pensa-t-il.

Pourquoi n'apprendrait-il pas à connaître Savannah en tant que femme plutôt qu'en tant que fille ? Quelques rendez-vous ne l'engageaient à rien, après tout.

Satisfait, il trouva enfin le sommeil.

Savannah ouvrit les yeux sur une obscurité presque totale. Elle resta allongée, observant l'endroit où se trouvait la porte de sa chambre. Molly faisait-elle un cauchemar ? Elle n'en avait pas fait la nuit dernière, pour la deuxième fois de la semaine. Mais elle ne criait pas, et Savannah savait qu'elle aurait entendu des pleurs même silencieux.

Elle se concentra immédiatement sur un bruit de pas lourds sous le porche d'entrée, un bruit familier mais qui n'avait pas sa place au milieu de la nuit. Quelque chose clochait. Cela devait être son père ou l'un des ouvriers du ranch...

Elle se redressa et posa les pieds sur le sol, surprise de ne pas avoir entendu toquer. Pieds nus, elle sortit de sa chambre et se glissa dans le couloir. Elle put jeter un coup d'œil à travers une fente dans les stores.

Quand elle atteignit le salon, elle vit la poignée tourner et entendit un bruit sourd lorsque la porte d'entrée se heurta à la chaîne. Un silence s'ensuivit.

Le cœur battant, elle s'avança sur la pointe des pieds.

Toc, toc, toc.

Cela venait de la fenêtre, pas de la porte. Quelques secondes plus tard, elle entendit un autre bruit sourd pouvant correspondre à celui de quelqu'un sautant du porche. Moins de dix secondes plus tard, elle perçut un autre son, cette fois-ci provenant de la fenêtre de la cuisine. La porte arrière cliqueta, mais la serrure tint bon.

Son pouls s'accéléra, elle ouvrit un tiroir et y attrapa le couteau à viande. Peut-être que la poêle en fonte serait plus adaptée... Elle s'arma des deux.

Les coups suivants provinrent de la salle de bains, puis de la chambre de Molly. Terrifiée, Savannah resta dans l'embrasure de la porte. Dieu merci, Molly était soit encore endormie, soit recroquevillée en boule sous ses couvertures, faisant comme si de rien n'était.

Savannah s'élança vers la fenêtre, cherchant désespérément à voir ce qui se passait à l'extérieur, mais déjà son bourreau toquait à la fenêtre de sa chambre. La personne qui frappait essayait-elle de l'attirer dehors ? Ou le message était-il tout autre ?

Nous sommes juste là, à quelques mètres. Nous pourrions briser la vitre et entrer, et tu ne pourrais pas nous en empêcher.

Elle aurait dû se munir de son téléphone au lieu de ces armes inadéquates, réalisa-t-elle soudain. Mais les chiens du ranch commencèrent enfin à aboyer, de façon grave et menaçante.

7

Savannah aurait bien attendu le matin pour appeler Logan, mais c'était sans compter l'insistance de son père. Troublée, elle aurait préféré ne pas avoir à décrire la scène à nouveau, mais apparemment elle n'avait pas le choix. Son père était encore plus bouleversé qu'elle, si c'était possible. Il s'était toujours montré très protecteur envers elle, allant même jusqu'à détester qu'elle déménage pour son travail.

Elle était assise à la table de la cuisine, Molly sur ses genoux, le visage enfoui contre la seule personne en qui elle avait manifestement confiance. Son père avait suggéré à Molly de retourner au lit, ce qui n'avait fait que renforcer son étreinte.

— J'aurais pu le signaler dans la matinée, répéta Savannah. Tu n'aurais pas dû tirer Logan du lit. Qu'est-ce qu'il peut faire de toute façon ? La personne est partie depuis longtemps.

— En es-tu certaine ?

— Bien sûr que non !

Elle respira profondément plusieurs fois et, sachant que son père cherchait à bien faire, reprit d'une voix plus douce :

— Comment pourrais-je le savoir ? Mais, après avoir ameuté tout le ranch, il serait fou de revenir ce soir.

Son père tourna la tête, l'air soudain soulagé.

— Ce doit être Logan.

Elle berça Molly dans ses bras, autant pour la réconforter que pour se rassurer elle-même. Elle voulait voir Logan, vraiment. Mais elle aurait préféré se sentir moins angoissée avant de lui parler.

Il toqua à la porte et entra sans attendre qu'on lui ouvre. Il posa directement les yeux sur elle et Molly avant de se tourner vers son père.

— Qu'est-ce qui s'est passé ?

Savannah ouvrit la bouche pour répondre, mais son père ne lui laissa pas l'opportunité de s'exprimer.

— Savannah dit que quelqu'un a fait le tour de la maison, en essayant les portes et en tapant sur les fenêtres. Les chiens ont commencé à aboyer, et la personne s'est enfuie. À l'époque où les enfants étaient adolescents, j'aurais pensé à une blague. Jared aurait pu trouver cela drôle d'effrayer sa sœur. Mais maintenant ? Si ces trafiquants de drogue savent qu'elle et Molly ont emménagé dans cette maison...

Son visage s'empourpra, et il n'osa finir sa phrase.

Logan fronça les sourcils. Elle croisa son regard et fut consternée d'y déceler un doute. Peut-être était-ce même justifié. Si l'intrus de cette nuit avait quelque chose à voir avec le coup de fil de la veille, comment les anciens employeurs de Jared savaient-ils qu'elle était revenue s'installer chez ses parents, et ensuite dans quelle maison du ranch Molly et elle vivaient ? Mais qui d'autre pourrait bien vouloir la terrifier ainsi ?

Molly trembla dans ses bras.

— Je me suis réveillée en entendant des pas lourds sous le porche, déclara Savannah. J'ai d'abord pensé que papa était venu parce que quelque chose n'allait pas, ou peut-être l'un des ouvriers du ranch, mais... qui que ce soit, il a essayé d'ouvrir la porte, mais n'a pas frappé. Puis il a toqué trois ou quatre fois à chaque fenêtre en faisant le tour de la maison. Il a aussi essayé la porte de derrière.

— Il ?

— Je n'en suis pas sûre. Les pas ressemblaient à ceux d'un homme.

— Tu n'as pas essayé de le voir ?

— J'avais l'intention de jeter un coup d'œil sous le porche, à travers une fente dans les stores, mais entre-temps il était à l'arrière de la maison. Je n'ai pas été assez rapide. De toute façon, je ne pensais pas que me retrouver face à lui serait une bonne idée. J'ai couru jusqu'à la cuisine pour avoir une arme au cas où...

Logan baissa le regard sur la lourde poêle et le couteau qui trônaient sur la table de la cuisine, puis rencontra à nouveau le sien. L'intensité de ces yeux glacés lui coupa le souffle.

— Pourquoi penses-tu qu'il s'est enfui ?

— Parce qu'il a accompli ce qu'il souhaitait ? Ou peut-être parce que les chiens se sont mis à aboyer et qu'ils arrivaient dans cette direction ?

Il ne dit rien pendant un long moment, l'air pensif.

— Tu crois que cela a un rapport avec Jared ?

— Qu'est-ce que ça pourrait être d'autre ?

— C'est... étrange.

Elle aurait aimé ne pas sentir la pique dans sa voix.

— Tu penses que j'imagine des choses ?

— Imaginer ? demanda-t-il avant d'hésiter un peu trop long-temps à son goût. Non.

Alors quoi ?

— Le message m'a semblé pourtant assez clair. « Nous savons où vous êtes. Nous pouvons vous atteindre à tout moment. »

— N'est-ce pas inutilement dramatique, alors qu'ils pourraient simplement t'appeler et te dire la même chose ?

— Cela a eu... beaucoup plus d'impact.

Elle espéra que sa voix ne tremblait pas trop. Il grogna et repoussa sa chaise.

— Je sors jeter un coup d'œil, annonça-t-il.

— Pourquoi t'embêter puisqu'il est parti ?

Il l'ignora et sortit.

— Il a intérêt à te prendre au sérieux et à faire son travail, lui rétorqua son père. En attendant, pourquoi n'emmènerais-tu pas Molly chez nous ? Avec ta mère à ses côtés, elle pourra au moins dormir un peu.

— Elle a peur. Je pense qu'elle sera mieux ici. Elle peut dormir avec moi.

— Tu es sûre qu'elle ne se sentirait pas plus en sécurité avec nous ?

Il tentait la méthode douce, mais ce n'était clairement pas dans ses habitudes. Au moins, il essayait.

— Je ne crois pas que la personne qui a fait ça reviendra ce soir.

Il se renfrogna, évidemment. Son père voulait croire qu'il pouvait tout gérer. Pour lui, faire appel aux forces de l'ordre n'était normalement qu'un dernier recours.

Il ne discuta pas, cependant, et ils restèrent assis dans un silence glacial jusqu'à ce que la porte d'entrée s'ouvre et se referme, et que Logan revienne dans la cuisine.

— Dommage qu'il n'ait pas gelé ce soir, dit-il. Je ne peux distinguer aucune trace de pas.

— Je vais parler aux employés, dit son père. On pourrait penser que quelqu'un a entendu quelque chose. Si l'un des ouvriers était ivre et pensait faire une blague, il ne rira pas longtemps.

Elle connaissait la demi-douzaine d'hommes qui travaillaient au ranch. Ceux que son père avait gardés pendant l'hiver étaient tous des employés de longue date. Il y avait peu de chances que l'un d'entre eux ait erré au beau milieu de la nuit mais, vu la tension que Logan dégageait, un autre témoin serait le bienvenu.

— Avec le froid, avez-vous déjà eu un vagabond qui se serait introduit dans l'une de vos cabanes ? demanda Logan.

— Jamais. Nous sommes trop loin de la ville.

Logan se concentra à nouveau sur Savannah.

— Il aurait mieux valu que tu prennes le téléphone tout de suite, commenta-t-il, dubitatif. Quand nous aurions pu avoir une chance d'attraper le gars.

— Dis-moi, répliqua-t-elle d'un ton acide. Combien d'adjoints patrouillent en ville au milieu de la nuit ? Un ? Deux ? Quelles sont les chances qu'il y en ait eu un à proximité ?

Elle vit sa mâchoire se contracter.

— Pourquoi les chiens ont-ils mis autant de temps avant d'aboyer ?

Molly enfonça davantage le visage dans le giron de Savannah. Avait-elle entendu le bruit ? Si oui, elle se sentait trop effrayée pour parler.

Savannah le toisa sans expression.

— Parce qu'il n'y avait rien à entendre, bien sûr.

Elle secoua la tête.

— Dis-moi pourquoi je ferais ça. Pour l'attention ?

Son père regarda Logan d'un air indigné.

— Tu mets en doute la parole de ma fille ?

— Je n'ai pas dit ça.

Mais il s'interrogeait. Elle s'en doutait. C'était le Logan qui la méprisait depuis longtemps.

Nauséeuse et se sentant plus seule que jamais, Savannah carra les épaules et se redressa.

— Je pense qu'il est temps que Molly et moi retournions au lit. Maman va s'inquiéter, ajouta-t-elle à l'intention de son père. Dis-lui que nous allons bien.

— Si quelqu'un était ici, il ne reviendra pas ce soir, concéda Logan.

Le visage de son père était marqué par de profondes rides, mais il hocha la tête et se leva.

— Nous en reparlerons demain matin.

Elle tendit la main et serra la sienne.

— Merci d'être venu, papa. Bonne nuit.

— Je serai toujours là si tu as besoin de moi, répondit-il en rougissant.

Visiblement gêné, il sortit par la porte de derrière.

Malheureusement, Logan ne le suivit pas. Elle reprit son exercice de respiration profonde.

— Parfois, c'est mon travail de poser des questions difficiles, déclara-t-il. J'ai toujours eu l'impression que tu aimais attirer l'attention.

Son rire devait être l'un des sons les moins agréables qu'elle ait jamais émis.

— Tu as tort, mais tu as toujours pensé le pire de moi. Je n'ai jamais oublié le mépris avec lequel tu me regardais à chaque fois que tu me croisais.

Comme maintenant. Elle secoua la tête et baissa les yeux.

— Savannah. J'essaie juste de comprendre comment un intrus a pu savoir où tu logeais. Il n'y a pas beaucoup de circulation ici au ranch. Comment quelqu'un aurait-il pu te surveiller sans être remarqué ? Es-tu sûre que ton imagination ne te joue pas des tours ?

— Va-t'en, s'il te plaît, dit-elle d'une voix désincarnée en posant une joue sur la tête de Molly. Et… je préférerais que tu ne reviennes pas, même si tu es le shérif. Tu me mépriseras toujours à cause de Jared. Nous le savons tous les deux.

— Tu dis n'importe quoi…, s'emporta-t-il.

Elle leva à nouveau les yeux pour le regarder directement.

— Vraiment ?

Il hésita un instant de trop avant de répondre :

— Oui, mais nous réglerons cela plus tard. Que comptes-tu faire demain ?

— Acheter une arme, et peut-être candidater pour trouver un nouveau travail.

— Savannah…

Elle le dévisagea avec une expression impassible. Il étouffa un juron.

— Tu te méprends sur mon compte.

Son visage resta comme figé dans le marbre. Finalement, il inclina la tête et sortit. Elle entendit le moteur de son pick-up, puis le bruit du véhicule qui s'éloignait.

Les larmes aux yeux, elle verrouilla la porte d'entrée, laissant la lumière du porche allumée, et borda Molly sous les couvertures de son lit.

— Je reviens tout de suite, murmura-t-elle avant de se précipiter dans la cuisine pour prendre ses armes de fortune, qu'elle plaça à portée de main dans la chambre.

Puis, transie de froid jusqu'aux os, elle se glissa sous les couvertures avec la petite fille, qui s'empressa de se blottir contre elle, les genoux enfoncés dans le ventre de Savannah.

Elle repensa à l'arme à feu qu'elle avait prévu d'acquérir. Elle devrait acheter aussi un coffre-fort, bien sûr. Elle se demandait combien de temps il faudrait pour en déverrouiller un et en sortir l'arme. Serait-elle assez rapide ?

La peur ne l'empêcha pas de dormir ; non, le sentiment de trahison qui la tenaillait s'en chargea très bien tout seul.

En proie à la colère et à un sentiment de malaise à la limite de la nausée, Logan conduisit bien trop vite. Il avait laissé ses convictions passées semer le doute dans son esprit avant même qu'elle ait ouvert la bouche. Et, lorsqu'elle l'avait fixé avec une douleur infinie dans les yeux, il avait compris qu'il venait de commettre l'irréparable. Elle et Molly avaient besoin de lui, mais Savannah ne l'appellerait plus, quoi qu'il arrive.

Bien sûr, il s'était inquiété après le coup de fil que Savannah avait reçu du soi-disant patron de Jared. Mais il avait passé quelques nuits à se convaincre que ce n'était rien. Personne ne savait où elle et Molly se trouvaient, et elle avait discuté de sa situation avec le policier de San Francisco. Il avait déjà beaucoup à faire et il n'allait pas en rajouter avec les folles hypothèses d'une femme qui avait l'habitude d'attirer l'attention, d'autant plus que pendant toutes les années d'élevage de son père il n'y avait jamais eu de cambriolage. De toute évidence, le Cercle B n'en avait jamais connu non plus. En fait, ce genre de crime restait rare, voire inexistant, dans la région.

Logan détestait Gene Baird depuis des années, ce qui n'arrangeait rien. Son appel téléphonique avait été frénétique, car sa précieuse fille s'était sentie menacée. Si cela avait été Jared, il aurait probablement grogné « Débrouille-toi » et se serait recouché.

En conduisant, Savannah en tête, Logan se rappela la princesse du rodéo, la petite reine de la maison. Le centre de l'attention de sa famille, une place désormais occupée par sa jolie nièce.

Cerise sur le gâteau, il ne pouvait s'empêcher de se rappeler leur conversation alors qu'ils rentraient de la ville en voiture, quelques soirs plus tôt, et sa réaction.

Il avait suggéré que son frère attendait beaucoup d'elle. Elle avait reconnu que cela avait été un choc.

« *Surtout quand nous n'avons pas eu de nouvelles de lui et qu'elle a compris que j'étais tout ce qui lui restait. J'ai dû quitter mon travail. Molly était trop traumatisée pour rester dans la seule garderie disponible, et elle faisait tellement de cauchemars que je ne dormais plus. Il y a eu des moments...* »

Il pensait que c'était ce qu'elle avait dit, presque mot pour mot. Elle n'avait pas voulu poursuivre après cela.

Des moments de quoi ? La seule interprétation à laquelle il pouvait parvenir était qu'elle avait vécu des moments où le fardeau de sa nièce pesait trop pour elle. Elle pensait que c'était plus que ce qu'elle pouvait supporter.

Même si c'était vrai, croyait-il vraiment qu'elle ferait quelque chose d'aussi méprisable que de terrifier une enfant déjà traumatisée pour un coup d'éclat ?

Il l'avait vue avec Molly. Non. Il ne pouvait pas y croire. Se trouvait-il coincé dans le passé, supposant qu'elle était toujours la fille choyée qu'il avait connue ? L'avait-il vraiment connue ?

La gorge nouée, il s'engagea sur le bas-côté de la route, juste avant sa propre entrée, et s'arrêta.

Accepterait-elle des excuses ? Probablement pas.

Puisqu'elle avait des projets pour la matinée qui n'incluaient pas le travail, et qu'elle et Molly s'étaient levées très tôt, Savannah avait fait des crêpes pour le petit déjeuner au lieu de préparer les céréales et le lait habituels. Elle essaya même d'en cuire avec de jolies formes, mais sans grand succès.

Son père était doué pour cela, se souvint-elle soudain. Ses chevaux ressemblaient à des chevaux. Il l'avait fait de temps en temps, pour leur plus grand plaisir à elle et Jared. Un souvenir à la saveur douce-amère.

Molly gloussa lorsque Savannah lui tendit une assiette contenant deux crêpes censées représenter un cheval et un croissant de lune, mais elle les engloutit joyeusement, mangeant plus que d'habitude.

Savannah termina son petit déjeuner – ses crêpes ressemblaient plus à des taches d'armoise qu'à autre chose, décida-t-elle – et sourit à sa nièce.

— Chérie, je pense qu'il est temps que tu me dises ce dont tu te souviens à propos de ta maman.

Molly écarquilla les yeux, visiblement inquiète.

— Je ne veux pas vivre avec elle, murmura-t-elle.

— Non, répliqua Savannah avant de se pencher sur la table pour serrer la petite main dans la sienne. Jamais, jamais, jamais. Tu es ma petite fille maintenant. Je me battrai contre n'importe qui essaierait de t'éloigner de moi. Tu comprends ?

Peut-être avait-elle parlé avec plus de férocité qu'elle n'aurait dû. Peut-être qu'elle n'aurait même pas dû laisser entendre que quelqu'un pourrait tenter de s'emparer de Molly. Mais ses grands yeux bleus restèrent fixés, sans ciller, sur le visage de Savannah plus longtemps que nécessaire.

Puis elle acquiesça.

— C'est bien. Je suis contente que nous ayons mis les choses au clair.

Elle sourit, et Molly se détendit suffisamment pour sourire à son tour. Il fallut encore l'amadouer, mais la petite fille de quatre ans finit par partager des souvenirs confus de l'époque où elle vivait avec sa mère. Souvenirs qui horrifièrent Savannah.

Apparemment, elles n'avaient jamais vécu seules toutes les deux. Il y avait toujours eu d'autres personnes avec elles. Peut-être Molly et sa mère avaient-elles souvent déménagé pour s'installer chez ceux qui voulaient bien les accueillir. Impossible de savoir. La mère de Molly avait essayé de faire de son mieux, mais parfois elle dormait beaucoup ou restait assise à regarder droit devant elle et n'entendait même pas quand Molly lui parlait. On aurait dit que Molly avait passé le plus clair de son temps à tenter de ne pas attirer l'attention, car elle savait que les autres membres de la maisonnée n'apprécieraient pas ses enfantillages. Elle s'était nourrie elle-même, principalement de céréales et de pain, lorsque personne n'avait pensé à lui offrir quoi que ce soit.

Un jour, son père avait débarqué et l'avait emmenée. Elle pensait qu'ils avaient fait une longue route dans sa voiture, mais elle s'était endormie et ne savait pas vraiment si elle avait dormi toute la nuit ou non.

— J'aimais bien être avec papa, ajouta-t-elle, mais il travaillait beaucoup et je devais rester avec Julie. Il y avait un garçon dont elle s'occupait qui était méchant avec moi, mais papa a dit que je ne pouvais pas aller travailler avec lui et qu'au moins je pouvais jouer, regarder la télé et tout ça dans l'appartement de Julie.

— Je vois.

Molly avait dû avoir une impression de déjà-vu quand sa tante l'avait laissée pendant la journée avec Brenda.

— As-tu pu dire au revoir à ta maman ?

Les yeux de Molly se remplirent de larmes.

— Elle avait l'air triste, mais elle a dit que je serais mieux avec papa. Seulement... j'ai eu peur, parce que je ne le connaissais pas... Maman est morte aussi ? demanda-t-elle finalement.

— Je... ne sais pas, mais je pense qu'elle avait raison. Tu étais mieux avec ton père, et maintenant avec moi.

— J'aime mieux vivre avec toi, déclara simplement sa nièce.

— Ça tombe bien.

Elle se leva à moitié, prit Molly dans ses bras et se rassit.

— Moi aussi, j'aime vivre avec toi.

Rien de ce que Molly lui avait confié n'était surprenant. Sa mère était vraisemblablement toxicomane, elle aussi. Comment et pourquoi Jared avait appris l'existence de sa fille resterait un mystère, mais elle était heureuse de savoir qu'il n'avait pas hésité à prendre ses responsabilités, même si la monoparentalité n'entrait pas forcément dans son style de vie. Il avait fait en sorte que Molly se sente aimée.

Malheureusement, Molly ne se souvenait de rien qui puisse aider Savannah à retrouver sa mère. C'était peut-être aussi bien ainsi. Elle ne se tournerait pas vers Logan pour obtenir de l'aide, c'était certain.

Savannah envoya Molly s'habiller et se leva pour remplir le lave-vaisselle.

Son téléphone sonna. Elle vit exactement ce qu'elle redoutait : un numéro masqué.

Oh ! non. Ne pas répondre ne semblait pas être une option. *S'il vous plaît, faites que Molly traîne pour choisir ses vêtements.*

Elle décrocha et déclencha l'application d'enregistrement, en espérant qu'elle s'y était bien prise et que cela fonctionnerait.

— Allô ?

— Madame Baird, lança une voix familière. J'espère que nous ne vous avons pas trop alarmée hier soir.

— Vous plaisantez ?

— Il faut que vous sachiez que nous sommes sérieux. Que vous ne pouvez pas vous cacher de nous.

C'était sans espoir, mais...

— Vous vous trompez de cible, lâcha-t-elle. Je vous ai dit la vérité la dernière fois. Si Jared possédait quelque chose qu'il n'aurait pas dû avoir, je suis la dernière personne à qui il l'aurait transmis. Lors de nos rares conversations, j'ai toujours veillé à ne pas lui demander ce qu'il faisait dans la vie. Nous étions quasiment des étrangers l'un pour l'autre.

— Mais, voyez-vous, je ne vous crois pas, répliqua l'homme, presque gentiment. Vous êtes la dernière personne qu'il a appelée. Il vous a confié son enfant. Il savait que vous l'élèveriez comme il le voulait. Vous ne pouvez pas le nier.

— Non, en effet, mais une petite fille est différente de... de ce dont vous parlez. Bien sûr que je prendrai soin de ma nièce, peu importent mes sentiments pour Jared ! Pourquoi ne voulez-vous pas comprendre cela ?

— Nous avons envisagé toutes les autres possibilités, lui assura l'homme d'un air tellement professionnel que c'en était surréaliste. Il ne nous en reste qu'une. Vous.

— Mon frère ne m'a rien donné. Il n'a laissé aucune instruction, seulement des papiers me donnant la garde légale de sa fille. Vous perdez votre temps.

— Nous l'occupons comme nous l'entendons, mais nous commençons à nous impatienter, ajouta-t-il d'une voix plus sombre. Hier soir n'était qu'un petit avertissement. S'il vous plaît, regardez bien chaque message que votre frère vous a laissé, chaque chose qu'il vous a transmise en même temps que sa précieuse fille.

L'accent mis sur le mot *précieuse* terrifia Savannah.

— Nous vous rappellerons. Si vous n'avez pas de réponses, nous pourrions être amenés à appliquer de véritables mesures préventives.

Elle ouvrit la bouche, bien qu'elle n'ait aucune idée de répartie, mais comprit que l'homme n'était plus là. Un silence de mort résonna à l'autre bout de la ligne.

Mauvais choix de mots.

Troublée, elle s'assit sur une chaise, laissa tomber le téléphone sur la table devant elle et le regarda comme s'il s'agissait d'un serpent à sonnette prêt à lui sauter dessus.

8

En entendant le bruit de la chasse d'eau au fond du couloir, Savannah ne bougea pas, l'esprit en ébullition. Qu'allait-elle faire maintenant ?

Fouiller à nouveau tout ce que Jared lui avait légué, cela paraissait évident, mais elle ne voyait pas ce qu'elle pourrait trouver de nouveau. Le seul objet étonnant était son téléphone, et elle l'avait déjà parcouru plusieurs fois, sans rien y déceler. Pourquoi l'avait-il abandonné ? De toute façon, si elle découvrait quelque chose, qu'en ferait-elle ? Le donner aux salauds qui la menaçaient ? Certainement pas.

Sinon... elle pourrait informer l'inspecteur Trenowski de l'appel, même si cela ne l'avançait pas à grand-chose. Et Logan ? Elle n'avait pas vraiment le choix. Au moins, il serait obligé de la croire, puisqu'il pourrait lui-même écouter la terrible conversation – à moins qu'elle ne se soit trompée et n'ait omis de l'enregistrer. Mais que pourrait-il faire avec ses ressources déjà bien limitées ? Savannah songea que, même s'il pouvait retracer l'origine de l'appel, cela ne servirait à rien. Il s'agissait probablement d'un autre de ces téléphones jetables qui ne mènerait nulle part.

Que lui restait-il ? Faire ses bagages, comme elle l'avait prévu, et s'enfuir avec Molly pour sauver leur vie ? Essayer de trouver un endroit où elles pourraient vivre sans attirer l'attention, de préférence avec une certaine protection ? Mais elle ne savait pas comment les « employeurs » de son frère avaient pu les localiser aussi rapidement. Comment pouvaient-elles s'enfuir en étant certaines de ne pas être suivies ?

D'autant plus qu'elle avait vendu sa voiture à un autre employé du ranch au Nouveau-Mexique et qu'elle empruntait actuellement le vieux pick-up de son père. Si elle disparaissait avec, elle était sûre que son père n'appellerait pas les flics pour signaler un vol, mais elle devrait sans doute l'abandonner quelque part pour que Molly et elle puissent sauter dans un bus et voyager à travers l'Ouest américain sans se faire repérer jusqu'à ce qu'elles trouvent un lieu sûr.

Pourtant, elle ne pouvait oublier à quel point Molly semblait heureuse ici, avec elle et ses grands-parents. Savannah essaya de s'imaginer laisser Molly, ne serait-ce que temporairement, avec ses parents, mais elle savait que l'enfant se sentirait abandonnée pour la troisième fois de sa vie. Elle ne pouvait pas oublier non plus la façon dont cet homme l'avait décrite comme la *précieuse* petite fille de Jared. Une menace évidente. Même séparée de Savannah, Molly restait un levier efficace à utiliser contre elle.

Aucune option ne semblait offrir le moindre espoir.

Molly supplia qu'on tresse ses fins cheveux blonds, avant d'insister pour porter ses bottes de cow-boy roses, alors qu'elle ne s'approcherait probablement pas d'un cheval ce matin-là. Enfin, Savannah put l'accompagner jusqu'à la grande maison. Elle ne trouva que sa mère dans la cuisine. Molly courut vers elle pour la serrer dans ses bras.

— Ton père a dit que quelqu'un avait tenté de s'introduire chez toi la nuit dernière ? demanda sa mère, inquiète.

Molly recula, visiblement mal à l'aise. Savannah lança un regard entendu à sa mère avant de répondre :

— Ou... ils essayaient simplement de me narguer. C'était effrayant, mais on s'en est sorties, n'est-ce pas, ma puce ?

Molly hocha vigoureusement la tête, faisant voler ses cheveux blonds, mais son langage corporel indiquait qu'elle restait tendue.

— J'ai besoin de faire quelques courses en ville, dit-elle. Cela ne te dérange pas que Molly reste avec toi ?

— Bien sûr que non ! répondit sa mère en offrant un sourire radieux à sa petite-fille, bien qu'elle ait toujours l'air anxieuse. On va pouvoir lire un petit peu, faire des tartes, et...

Molly se détendit enfin, et elles étaient encore en train de parler de la façon dont elles pourraient occuper la journée lorsque Savannah sortit.

Elle se rendit d'abord dans un magasin d'armes à feu. Elle essaya une demi-douzaine d'armes de poing que le propriétaire lui recommanda. Elle n'avait pas tiré depuis son enfance, quand son père lui donnait, ainsi qu'à Jared, des leçons et qu'elle visait des bouteilles sur les poteaux de clôture. Le tir ne l'avait jamais attirée et ne l'attirait toujours pas, mais elle était heureuse de constater qu'elle était encore raisonnablement précise. Elle accepta également de venir passer un peu de temps au stand de tir. Pour le bien de Molly, si elle achetait une arme, il fallait qu'elle se sente à l'aise avec.

La vérification des antécédents était rapide dans l'État de l'Oregon, tout comme l'approbation d'un permis de port d'arme dissimulée, et elle put repartir avec son nouveau Sig Sauer P365 rangé dans un étui et emballé avec le petit coffre-fort qui trônerait sur sa table de chevet, à côté de son horloge et de sa lampe.

Jared avait-il porté une arme au quotidien ? se demanda-t-elle. Si c'était le cas, elle lui avait été retirée.

Pour une dose de normalité, elle s'attela aux courses avant de choisir quelques jouets pour Molly, dont une tortue de mer en peluche particulièrement mignonne, puis rendit les livres de la bibliothèque et en emprunta une douzaine de nouveaux pour les lire à Molly, ainsi que quelques-uns pour elle-même. Elle évita les romans policiers pour une fois et choisit de la fantasy.

Elle songea sérieusement à téléphoner aux propriétaires de

chevaux de sa liste de contacts pour leur demander de faire savoir qu'elle cherchait du travail, mais décida de remettre cela à plus tard. Une partie d'elle, la Savannah qui en voulait à Logan et paniquait de plus en plus, souhaitait encore faire ses valises et s'enfuir tout de suite. Mais comment ? Même si elle persuadait son père ou l'un des employés du ranch de les conduire, Molly et elle, dans un endroit reculé où elles pourraient prendre un bus longue distance, il n'était pas impossible qu'on les suive.

Et puis elle ne cessait de penser à la façon dont Molly avait couru vers sa grand-mère ce matin, au bien-être que lui apportait sa nouvelle chambre et à sa joie lorsqu'elle lui avait promis un poney. Il y avait aussi les chevaux avec lesquels Savannah avait commencé à travailler. Les propriétaires seraient-ils prêts à les transporter dans un autre ranch, même en supposant qu'elle puisse trouver un endroit où elle pourrait avoir des chevaux de l'extérieur ? Et comment cela serait-il possible sans que ses poursuivants la retrouvent ?

Même si elle n'avait pas envie de retourner vivre dans la maison de ses parents, elle n'hésiterait pas si cela signifiait protéger Molly. Mais y seraient-elles vraiment plus en sécurité ?

Et... si ses pires craintes se réalisaient, risquerait-elle la vie de ses parents aussi ?

Toute à ses préoccupations, elle ne s'attendait pas à apercevoir une voiture du département du shérif remonter la rue alors qu'elle sortait de la bibliothèque. Elle se précipita vers son pick-up et sauta derrière le volant avant même de jeter un coup d'œil au conducteur. Peut-être qu'il ne reconnaîtrait pas le véhicule emprunté à son père. Elle n'était pas prête à parler à Logan, mais il était trop tard. Le temps qu'elle enclenche le moteur, la voiture du shérif entra brusquement dans le parking de la bibliothèque et freina devant elle, lui bloquant toute retraite.

Logan avait effectué un détour par le Cercle B avant de se rendre au travail, mais il ne s'était pas arrêté une fois qu'il avait constaté l'absence du pick-up de Savannah. Après cela, les affaires du jour l'avaient bien occupé mais, en reprenant la route, il avait méticuleusement fouillé la ville à la recherche de Savannah. Il commençait à penser qu'il l'avait manquée.

Le soulagement qu'il éprouva en l'apercevant fut suffisamment puissant pour réveiller à nouveau son malaise vis-à-vis d'elle, mais il en fit abstraction. Elle ne s'était pas enfuie avec Molly au beau milieu de la nuit. Pour l'instant, c'était suffisant.

Il sortit et se dirigea vers son véhicule avant de lui demander de baisser sa vitre.

Les doigts crispés sur le volant, elle le toisa fixement pendant une minute, et il se demanda si elle n'allait pas tout bonnement l'ignorer.

Finalement, elle ferma les yeux un instant, puis s'exécuta avec une réticence évidente.

— Shérif.

— Où est Molly ? demanda-t-il.

— Avec maman. Que crois-tu ?

— J'ai appelé ton père, mais il m'a dit qu'il n'avait pas eu l'occasion de te parler ce matin.

— C'est vrai, répondit-elle avec une grimace. Même si l'idée ne me plaît guère, j'avais l'intention de t'appeler.

— Vraiment ?

Bon sang ! Quelque chose d'autre avait dû se produire.

— Mais, avant cela, il semblerait que tu aies quelque chose à me dire. Alors j'écoute.

— N'as-tu jamais fait d'erreur ?

Elle plongea son regard si vif dans le sien.

— Si. Beaucoup même, mais tu n'as pas commis d'erreur. Tu m'as méprisée pendant la majeure partie de ta vie, et tu l'as à nouveau démontré. Au mauvais moment.

D'une certaine manière, elle avait raison, et il détestait cela. Ce qu'elle avait oublié ou n'avait jamais deviné, c'était le revers de la médaille, l'affection qu'il éprouvait pour la petite fille bagarreuse qui les avait idolâtrés, Jared et lui, et l'attirance qui l'avait tourmenté pendant les deux dernières années du lycée et depuis qu'elle était revenue en ville.

— J'ai... eu un moment de doute.

Il n'aimait pas trop devoir admettre ses torts, mais si elle ne lui pardonnait pas... Il ne pouvait pas se permettre d'y penser et continua :

— Je me suis laissé aller à... spéculer.

Son rire bref coupa court à sa maigre tentative d'excuse.

— Eh bien, je suis désolée de t'annoncer que je n'ai pas rêvé tout cela. J'ai reçu un autre appel à la première heure ce matin.

— Tu l'as enregistré ?

— Oui.

Elle fouilla dans son sac et lui tendit son portable.

Puisqu'il avait installé l'application, il retrouva rapidement l'appel. La voix de l'homme sortit du téléphone, claire comme de l'eau de roche. Le regard de Logan ne quitta pas le sien pendant qu'il écoutait, tendu.

« Madame Baird... Il faut que vous sachiez que nous sommes sérieux. Que vous ne pouvez pas vous cacher de nous. »

Le ton de l'appel devenait de plus en plus menaçant.

« Hier soir n'était qu'un petit avertissement. S'il vous plaît, regardez bien chaque message que votre frère vous a laissé, chaque chose qu'il vous a transmise en même temps que sa *précieuse* fille. »

La menace implicite rendit Logan furieux.

« Nous vous rappellerons, dit encore cet enfoiré. Si vous n'avez pas de réponses, nous pourrions être amenés à appliquer de véritables mesures préventives. »

Soit elle n'avait pas eu l'occasion d'en dire plus, soit elle avait été coupée. Logan poussa un juron, mais cela ne l'aida pas à évacuer la tension qui l'habitait. Il lui rendit le téléphone.

— Viens au poste, j'aimerais en faire une copie et traquer l'origine de l'appel.

— Comme si cela pouvait servir à quelque chose ! répliqua-t-elle d'un ton moqueur.

Malheureusement, elle avait raison. Personne ne proférait des menaces depuis un téléphone facilement identifiable.

— J'ai l'intention d'en parler à l'inspecteur de San Francisco, déclara-t-elle. Je voulais faire quelques courses d'abord.

Il posa le regard sur le côté passager, encombré de sacs. Il en reconnut un avec un imprimé camouflage.

— Tu as acheté une arme ?

— Oui.

— Tu as de la chance que personne ne soit entré par effraction si tu l'as laissée en vue pendant ton passage à la bibliothèque.

— Tu veux dire que le comté n'est pas sûr ? lâcha-t-elle, faisant semblant de s'étonner, avant de redevenir sérieuse. Je me suis assurée que le sac ne pouvait être vu de l'extérieur.

— Tu as de quoi le ranger chez toi ?

— Oui, shérif, j'ai aussi acheté un coffre-fort. Maintenant, si tu veux bien m'excuser ?

Il s'agrippa à sa portière, même s'il savait pertinemment qu'il ne pourrait pas l'empêcher de remonter la fenêtre.

— Bon sang, Savannah ! Je suis là pour toi. Je suis venu hier soir sans hésitation. Et, oui, j'ai merdé, mais, comme ton père, je serai là à chaque fois que tu auras besoin de moi. Je le jure.

Son expression distante le refroidit.

— Je m'en souviendrai, mais je n'ai pas l'intention d'avoir besoin de toi. Je voudrais rentrer chez moi maintenant.

Chez elle. Cela signifiait-il qu'elle ne prévoyait pas de partir ? Il pensait avoir suffisamment insisté pour le moment. Lui demander des précisions sur ses intentions ne semblait pas très judicieux.

Au bout d'un moment, il lâcha sa portière et recula.

— Ne laisse pas ta fierté vous mettre en danger, toi et Molly.

Elle le foudroya du regard, mais ne répondit pas. Il ne put qu'acquiescer et retourner à son véhicule avant de s'en aller.

Logan espérait qu'elle n'essaierait pas de disparaître comme elle l'avait dit.

Pour être tout à fait honnête avec lui-même, il n'était pas sûr de savoir quelle part de cet espoir était liée à la sécurité de la femme et de l'enfant... et quelle part, à ce marasme d'émotions qui ne cessaient de remonter à la surface lorsqu'il la croisait.

Apparemment déterminé à connaître ses moindres faits et gestes, Logan passa au ranch au moins une fois par jour au cours de la semaine qui suivit. La seule nouvelle qu'elle partagea fut qu'elle avait reçu les cendres de Jared, qu'elle conservait actuellement dans un placard pour ne pas perturber Molly. Le plus souvent, elle parvint à ignorer Logan, bien que sa seule présence, alors qu'il était appuyé sur la clôture entourant le manège extérieur ou assis sur les bancs de l'arène intérieure, mît sa concentration à rude épreuve. Elle sentait ses yeux sur elle, même quand elle avait le dos tourné. Lorsqu'elle laissait son propre regard glisser indifféremment sur lui, il le lui rendait toujours. Il l'observait.

Eh bien, qu'il aille au diable ! Elle ne pouvait pas lui interdire l'accès à la propriété, puisqu'elle n'en était pas propriétaire – d'ailleurs, plusieurs fois, son père l'avait rejoint, et ils avaient discuté pendant quelques minutes. Sa mère lui disait souvent que la colère était mauvaise conseillère, alors elle décida de ne pas rejeter l'aide du shérif, mais cela ne signifiait pas pour autant qu'elle devait lui parler. Ce qui l'agaçait le plus, c'était de le voir s'approcher de la maison et disparaître à l'intérieur le temps de prendre un café et probablement de charmer Molly.

Et, certes, souhaiter qu'il ne s'approche pas de Molly pouvait paraître mesquin, mais elle savait que discuter avec le shérif Quade ne ferait pas de mal à la petite. Il se montrait d'un naturel étonnamment doux avec elle, ce qui était surprenant car il n'avait apparemment pas d'enfants lui-même. Peut-être qu'apprendre à lui faire confiance renforcerait le sentiment de sécurité de Molly. Savannah aurait aimé que cela fonctionne pour elle. Au lieu de cela… le simple fait de le voir réveillait ses sentiments confus pour le garçon qu'il avait été et l'homme qu'il était devenu. Entre sa peur pour sa sécurité et celle de Molly et son envie de faire confiance à Logan, elle ne trouvait jamais un moment de tranquillité.

En vérité, elle manquait de concentration à cheval, même lorsque Logan ne l'observait pas.

Une fois Molly endormie, chaque soir, Savannah fouillait dans tout ce que Jared lui avait confié. Elle se montra même assez désespérée pour éventrer le tube de dentifrice, espérant que Molly ne se demanderait pas trop pourquoi sa tante Vannah l'avait soudain remplacé. La poupée, avec son corps dur, ne semblait pas offrir de possibilités de cachette, pas plus que la robe de chambre de la poupée, bien que Savannah ait étudié chaque vêtement avec attention. Se sentant encore plus coupable, elle trancha les coutures des peluches de Molly, passant les doigts dans les boulettes de mousse dans un cas, dans le rembourrage en polyester blanc dans l'autre. Elle ne sentit rien de dur, comme une clé USB, ni de craquelé, comme du papier. Comme elle l'avait prévu, elle s'était faufilée dans l'atelier de couture de sa mère pour emprunter du fil et une aiguille afin de recoudre les pauvres doudous. Elle examina le sac de sport au cas où Jared aurait ajouté une poche invisible à l'œil nu. Toujours rien. Les vêtements de Molly, son manteau, ses chaussures, furent également scrutés ainsi que les jeux de société – un bon endroit pour dissimuler un code ou un mot de passe.

Elle ne trouva rien.

La semaine fut si calme qu'elle commença à se demander si elle n'avait pas imaginé ce dernier coup de fil. Elle se sentait plus perturbée que jamais. Les seules fois où son téléphone sonnait, les appels venaient d'amis ou d'autres entraîneurs qu'elle connaissait. En attendant, son père avait demandé à son personnel de garder l'œil ouvert sur toute personne susceptible d'essayer de se glisser dans le ranch sans se faire remarquer. Les arrêts réguliers de Logan avaient probablement eu le même effet dissuasif, tout comme le véhicule occasionnel de l'adjoint du shérif qu'elle aperçut quelques fois sur la route. Les efforts déployés pour assurer sa sécurité continuèrent à faire fléchir son envie initiale de plier bagage. Tout le monde veillait sur elle, ici. Molly adorait passer du temps avec sa grand-mère, qui lui était totalement dévouée, et elle aimait tout autant les courtes promenades à cheval en compagnie de Savannah. Jusqu'à présent, elles étaient restées près des bâtiments du ranch. Elle avait interdit tous les sentiers qui serpentaient entre les genévriers, le long du ruisseau bordé de peupliers, ou près du rocher de basalte qui était pourtant l'une des caractéristiques les plus distinctives du ranch.

Elle avait repoussé l'achat d'un poney pour Molly au cas où elles devraient soudain partir, mais elle ne pouvait pas expliquer pourquoi sans effrayer davantage la petite fille.

— Je n'ai pas encore trouvé le bon poney, lui répétait-elle sans cesse.

Savannah se rendit plusieurs fois au stand de tir pour s'entraîner, mais elle ne pouvait se départir d'un sentiment de malaise loin du ranch. Sa mère avait accepté de fermer les portes à clé quand Molly se trouvait avec elle, mais à quel point serait-il difficile pour quelqu'un d'entrer par effraction ? Son père était parfois à proximité, dans l'étable ou les enclos à bétail, mais le plus souvent, vu la période de l'année, il rejoignait ses ouvriers pour vérifier les clôtures et transporter le fourrage dans les pâturages.

Lorsqu'elle avait voulu retourner à la bibliothèque, Molly l'avait suppliée de la laisser l'accompagner. Elle avait assisté à l'heure de lecture organisée par la bibliothécaire et voulait y retourner.

— Je peux choisir mes propres livres, avait-elle également déclaré.

Savannah avait ri et capitulé.

Pendant l'heure de lecture, Molly s'était assise les jambes croisées sur la moquette à côté d'une autre fille qui semblait avoir à peu près son âge. La fillette était beaucoup plus audacieuse que Molly, lui chuchotant à l'oreille et gloussant. Une fois le conte terminé, la petite fille avait poussé sa mère vers Savannah et demandé :

— Est-ce que Molly pourra venir jouer à la maison un jour ?

Sa mère s'était esclaffée.

— Je m'appelle Sheila Kavanagh, et cette petite fille bien dégourdie, c'est Poppy.

Savannah les présenta toutes les deux, et elles se rendirent compte que les deux enfants commenceraient la maternelle à la rentrée suivante. Elles échangèrent leurs numéros et leurs adresses, et décidèrent que Molly irait d'abord chez Poppy. Poppy possédait une maison *et* une voiture Barbie, tandis que Molly pouvait apporter le cheval Barbie et les poupées que sa grand-mère lui avait récemment achetées.

Lorsqu'elles se séparèrent sur le parking de la bibliothèque, Savannah réalisa soudain qu'elle venait de s'engager pour une activité qui ne se passerait qu'une semaine plus tard. Et pourtant... n'était-ce pas ce qu'elle voulait pour Molly – le début d'une amitié, la chance de faire partie d'une petite communauté en contraste total avec les endroits effrayants où elle avait vécu dans le passé ?

Il serait peut-être préférable qu'elle et Molly s'installent chez ses parents pour l'instant.

Sauf que... il ne s'était rien passé d'autre. Il n'y avait eu aucun appel ni, pour autant qu'elle le sache, aucun signe qu'on la suivait lorsqu'elle quittait le ranch. Elle détestait plus que jamais la possibilité que l'un ou l'autre de ses parents tente d'arrêter des hommes déterminés à s'emparer d'elle ou de Molly. Dans la maisonnette, elle pouvait tirer à volonté avec sa nouvelle arme de poing. Ce qui la ramenait à l'idée de rester seule dans la petite maison et de laisser Molly chez ses parents.

N'écoutant qu'à moitié le bavardage de sa nièce, elle observa avec culpabilité ses rétroviseurs extérieurs et intérieurs pour vérifier si quelqu'un les suivait. Comme il était midi, il y avait bien sûr d'autres voitures sur la route, alors comment pouvait-elle le savoir ?

Mais peu à peu les autres véhicules disparurent. Alors qu'elle s'approchait de sa propre sortie, un SUV débaula à toute vitesse derrière elle. Savannah le regarda approcher et envisagea de sortir l'arme qu'elle avait pris l'habitude de porter dans un étui mais, pour autant qu'elle ait pu en juger, il n'y avait qu'une seule personne dans le véhicule. Elle respecta la limitation de vitesse, mit son clignotant, et le SUV se déporta sur l'autre voie pour la dépasser à toute allure. Le conducteur ne semblait même pas avoir tourné la tête.

Il voulait juste rouler plus vite qu'elle.

Idiot. Il était interdit de doubler sur la plupart des routes de campagne du comté, qui ne possédaient, de plus, pratiquement pas d'accotements. En se montrant un tant soit peu négligent, on se retrouvait facilement dans un fossé. Ou dans un enchevêtrement de fils de fer barbelés, ce qui était encore plus amusant. Les excès de vitesse n'étaient pas rares, mais elle s'aperçut que son rythme cardiaque s'était accéléré et elle tremblait en remontant lentement l'allée en terre battue du ranch. Elle ne cessait de porter le regard sur le rétroviseur. Peut-être qu'elle n'aurait pas dû tourner là où un automobiliste pouvait la voir. En même temps... quelqu'un l'avait déjà trouvée, alors il était un peu tard pour prétendre qu'elle et Molly ne vivaient pas ici.

Elle ne dormit encore qu'avec agitation, prête à ouvrir le petit coffre-fort en un instant. Elle répéta l'enchaînement dans sa tête – ouvrir le coffre, sortir le pistolet, désenclencher la sécurité – des dizaines de fois. Mais le matin arriva sans aucune frayeur, sans aucun appel téléphonique, seulement la routine de nourrir Molly, de s'habiller, de planifier les chevaux avec lesquels elle travaillerait ce jour-là. Alors qu'elle et Molly marchaient vers la maison, elle aperçut le tracteur vert tirant une remorque remplie de balles de foin passer un portail, puis continuer à travers le pâturage. Sa mère attendait Molly, qui lança :

— Tante Vannah dit qu'on pourra monter plus tard ! Après le déjeuner.

Sa mère rit en enlevant les moufles et le bonnet de la petite fille, puis en commençant à dézipper sa parka.

— Ça a l'air sympa, mais je parie qu'on peut s'amuser ici aussi en attendant. Qu'en penses-tu ?

Molly hocha vigoureusement la tête.

— J'aimais bien la peinture. On peut peindre à nouveau ?

— Bien sûr qu'on peut.

Savannah doutait que sa nièce ait remarqué son départ. Elle s'arrêta sous le porche jusqu'à ce qu'elle entende le verrou de la porte arrière se refermer. Heureuse que sa mère prenne la menace au sérieux, qu'elle y croie ou non, Savannah se dirigea vers la grange. Elle adorait les matins comme celui-ci, où elle aurait probablement la grange pour elle toute seule. Malgré sa veste et ses gants doublés de peau de mouton, elle frissonna, consciente du froid et de la légère couche de givre. Ce ne serait pas un problème dans le manège, cependant.

Elle avait laissé les barils de métal dehors la veille dans le corral, alors elle commença par une jument qu'elle entraînait pour la fille adolescente d'un client de longue date. La prosaïque Brownie, dont la robe était effectivement d'un brun chocolat, se montrait très prometteuse.

Savannah caressa des naseaux, distribua des morceaux de sucre qu'elle avait empochés plus tôt et se dirigea vers Brownie, dont la tête pendait avec impatience à la porte de son box. Comme toujours, elle commencerait par l'attacher et lui faire un léger toilettage.

Essayant d'esquiver les coups de tête de la jument, elle tendit la main vers le loquet de la porte du box. Un bruit léger se fit entendre derrière elle. Un chat peut-être, ou l'un des employés était-il revenu ? Elle commençait à se retourner lorsqu'un coup violent la plaqua contre la porte.

9

Savannah sentit venir le coup suivant. Elle s'efforça de se tortiller en glissant le long du bois rugueux de la stalle jusqu'au sol dur de l'allée, amorti par quelques centimètres de copeaux. Impossible de savoir ce que l'homme au-dessus d'elle brandissait, mais cela ressemblait à une lampe de poche, en plus long...

Alors qu'il la frappait, elle tenta à nouveau de rouler hors d'atteinte. Elle entendit l'arme siffler, avant qu'elle la touche à l'épaule. Une douleur terrible irradia dans son bras. S'il visait la tête, il la tuerait certainement...

Elle hurla avant de se jeter face contre terre pour rouler vers les pieds bottés de l'homme. Elle pensait pouvoir le déséquilibrer ainsi, mais ce fut peine perdue. Il l'esquiva alors même qu'il se préparait à lui porter un nouveau coup. Elle chercha à tâtons l'arme qu'elle avait glissée dans un étui d'épaule, mais son manteau était zippé jusqu'en haut. Mauvaise planification.

Crack. Le haut de son bras à nouveau. Oh ! mon Dieu, était-il cassé ?

À moitié dans les vapes, elle se demanda pourquoi l'extrémité de sa lampe de poche était munie d'une boule, comme une batte de base-ball. Pour assurer une bonne prise ?

Elle renonça à crier. Elle ne pouvait que guetter les coups et réagir tant bien que mal, en essayant d'esquiver. Une fois, elle réussit à se mettre à genoux, mais il la repoussa d'un coup de pied. Elle ne parvint qu'à se protéger la tête. Le bout pointu de la botte de cow-boy s'élança à nouveau, cette fois-ci en direction de son ventre. Elle vomit, goûtant la bile, et se recroquevilla sur elle-même pour se protéger de la douleur qu'elle ressentait. Probablement une côte cassée ou fêlée.

L'attaque se poursuivit sans relâche. Elle abandonna. Personne n'avait entendu ses cris. La tuerait-il ?

Lorsqu'elle se roula finalement en boule pour tenter de protéger le plus possible son corps, consciente que les larmes et la morve mouillaient son visage, l'homme lui envoya un petit coup sec de la pointe de sa botte.

Elle le regarda à travers sa paupière à moitié fermée. Sa pommette droite la brûlait, l'un des nombreux coups l'avait donc touchée au visage.

Il était habillé comme n'importe quel homme du coin : jean délavé, bottes de cow-boy, grosse veste – et un masque de ski lui couvrait le visage. Seuls ses yeux brillaient. Marron. Comme si cela avait de l'importance !

Il s'accroupit.

— Il semble que vous n'ayez pas prêté attention à notre premier message. C'est votre dernière chance de nous donner ce dont nous avons besoin. La prochaine fois, nous ne nous retiendrons pas.

Il souriait, elle en était sûre.

— Soyez maligne. Nous pouvons vous atteindre n'importe quand, n'importe où. Nous vous rappellerons.

Il s'éloigna.

Savannah l'aurait abattu… si elle avait pu faire en sorte que son corps meurtri obéisse à ses ordres. Si la douleur n'avait pas décuplé jusqu'à ce que l'obscurité s'empare de ce qui restait de son champ de vision.

Il était environ 10 heures du matin lorsque le téléphone de Logan sonna. L'un de ses officiers étant malade, il patrouillait à sa place et connecta l'appel via le Bluetooth de sa voiture.

— Logan ? C'est 'Vannah.

Sa voix lui parut traînante, comme si elle parlait à travers du coton. Elle avait peut-être dit son nom complet, mais impossible d'en être sûr.

Après un simple coup d'œil dans son rétroviseur, Logan pila assez fort pour faire hurler la gomme, avant d'effectuer un demi-tour à toute vitesse au milieu de l'autoroute.

— Savannah ? Tu es blessée ?

— Ouais. Grange.

Terrifié, il appuya à fond sur l'accélérateur et actionna la sirène.

— Je suis en route. Dix minutes. Tu es seule ?

— Ouais, dit-elle encore. Veux pas… que maman sorte.

— J'appelle une ambulance aussi. Je devrais arriver en premier.

Elle répondit d'un gargouillis indistinct.

— Savannah ? Reste en ligne.

Mais elle avait cessé de parler. Non, raccroché. Il accéléra encore.

Les quelques automobilistes qu'il croisa dans l'autre sens regardèrent son bolide passer d'un air étonné. Exactement sept minutes plus tard, il arriva devant le ranch de son père. Il ralentit, mais dérapa quand même sur la terre battue en s'engageant sur la voie menant au Cercle B. Il accéléra avant même d'avoir franchi le garde-bétail. Ses pneus allaient en souffrir, mais il s'en fichait. Aucun gyrophare n'apparaissait devant lui, et il pensa à éteindre sa sirène pour ne pas effrayer la mère de Savannah à la maison. Mais… où étaient les autres employés du ranch ?

Il arrêta son SUV juste devant les portes grandes ouvertes menant à l'immense grange.

Logan bondit hors de la voiture, arme au poing, et se précipita à l'intérieur.

Il repéra tout de suite le petit corps recroquevillé, d'une immobilité terrifiante. L'angoisse lui tordit les entrailles. Savannah n'était pas morte. Elle ne pouvait pas l'être. Elle l'avait appelé. Les chevaux passèrent la tête par-dessus les portes de leur box, et il entendit d'autres claquements, des coups de sabot sur les cloisons en bois et des hennissements stridents. L'attaque avait réveillé les habitants de la grange.

Où étaient ces satanés chiens ? Il le savait : quelque part avec les ouvriers du ranch.

Le peu qu'il apercevait du visage de la jeune femme lui parut terne. Couchée sur le côté, les genoux remontés vers la poitrine, elle avait dû tenter de les serrer avec ses bras pour protéger ses organes vitaux. Avec son bras, se corrigea-t-il. L'autre formait un angle étrange.

Il jura en arrivant vers elle, rangea son arme et tomba à genoux. Elle bougea, juste un peu, et gémit.

Vivante.

— Savannah.

Il n'osa pas la toucher, repoussant des mèches de cheveux de son front du bout des doigts.

— Qui t'a fait ça ?

Plissant les yeux vers lui, elle marmonna :

— Homme. Masque.

— As-tu entendu un véhicule ?

— Non. Juste...

Elle eut du mal à avaler sa salive.

— Là. Parti.

Ses lèvres étaient gonflées et fendues. Bon sang, bon sang, bon sang !

— Ta mère risque de voir ma voiture et de venir, la prévint Logan.

— Je ne veux pas que Molly...

— Te voie comme ça ? Non. Je vais m'en charger, mais d'abord, laisse-moi t'examiner.

Il pensait que son épaule était peut-être disloquée plutôt que son bras cassé. Il l'espérait. Ses pupilles semblaient réactives – du moins ce qu'il pouvait en voir avec son œil enflé.

— Je crois... côtes, dit-elle avec difficulté.

Oui, vu la façon dont elle avait apparemment essayé de les protéger, ses côtes étaient probablement cassées. D'une main douce, il détermina qu'elle avait été battue à tel point qu'il se demanda si elle n'avait pas perdu connaissance pendant un moment. Elle ne semblait pas s'en rendre compte, mais son agresseur s'était bien gardé de la tuer. Ou de l'envoyer à l'hôpital pour un long séjour. Logan pensait qu'elle souffrait surtout d'ecchymoses, d'un bras cassé ou désarticulé, et de côtes fêlées ou peut-être cassées. Ces salauds avaient besoin d'elle pour répondre à leurs exigences.

Il eut des envies de meurtre.

— Voilà l'ambulance, dit-il doucement. Je ne m'éloigne pas trop, mais je vais empêcher ta mère et Molly d'entrer.

Elle fit un infime signe de tête, ses yeux obsédants fixés sur son visage. Il se détacha d'elle à contrecœur.

Savannah reconnut vaguement l'une des deux ambulancières, une ancienne camarade de classe. Elles semblaient toutes deux très efficaces. Elles placèrent quelque chose autour de son cou pour le stabiliser et la déplacèrent avec précaution sur une civière avant de l'emporter.

Logan marcha à ses côtés jusqu'à l'ambulance, ne quittant pas son visage du regard, posant la main assez près de la sienne pour l'effleurer.

— Je te suivrai à l'hôpital dès que possible, murmura-t-il.

Harnachée comme elle l'était, Savannah ne pouvait même pas hocher la tête.

Naturellement, elle le perdit de vue dès qu'on la glissa à l'arrière de l'ambulance, mais c'était son visage qu'elle voyait en fermant les yeux. On aurait dit qu'il avait vieilli d'un coup, les petites rides de ses joues et de son front semblant incrustées dans son beau visage.

Tous ses sentiments pour lui, l'inquiétude, la colère latente et la tendresse, se noyaient ainsi dans l'ombre de ses yeux gris et de ses traits usés par la peur. À la limite de l'inconscience, elle se rappela que peu importait qu'il soit beau et sexy. *Je ne peux pas lui faire confiance*, pensa-t-elle vaguement. Sauf que... il avait raison. Il accourait chaque fois qu'elle avait besoin de lui.

Un téléphone sonna, et elle réalisa que c'était le sien, mais l'ambulancière – quel était son nom ? Quelque chose commençant par un N. Elle regarda Savannah d'un air sévère et retira habilement le téléphone de sa poche, le plaçant hors de portée.

— Comment te sens-tu ? demanda Nellie – non, Naomi, oui, c'était ça.

— Je parie..., souffla Savannah avant de passer la langue sur ses lèvres desséchées, que tu peux... deviner.

Naomi sourit.

— Tiens bon. Une fois que nous aurons terminé les radios et peut-être le scanner, nous pourrons soulager la douleur.

Combien de temps cela prendrait-il ? Savannah voulut gémir, mais se retint. Elle avait mal, mais pas plus que la fois où elle avait chevauché un cheval sauvage dans une tentative futile d'impressionner Jared et, plus encore, Logan. Si elle avait survécu à l'époque, elle survivrait à ça. Ses parents avaient été furieux.

Elle avait probablement douze ans, était certaine de pouvoir monter n'importe quel cheval, même s'il ruait violemment.

Son frère s'était agenouillé à ses côtés pendant que Logan courait chercher de l'aide.

— Tu n'as pas tenu huit secondes, lui avait dit Jared. Où avais-tu la tête ?

Bonne question. Alors qu'elle était allongée sur le sol en attendant que son père arrive, ou qu'il fasse venir une ambulance, elle n'avait pas regardé le visage de Jared. Oh ! non. Comme aujourd'hui, elle avait fixé Logan aussi longtemps que possible.

À l'époque, elle n'avait pas cherché à savoir pourquoi il l'attirait alors qu'aucun autre garçon de leur ville ne l'intéressait, mais maintenant elle pensait que quelqu'un avait dû lui jeter un sort. Un sort qui ne s'était pas dissipé malgré les années.

Le plus triste était qu'il la détestait toujours. Et pourtant, son contact avait été si doux et sa rage en son nom étrangement réconfortante.

Lorsqu'on l'avait transportée à l'hôpital, elle avait dû fermer les yeux devant les lumières vives. Tout oscillait autour d'elle, lui donnant le vertige.

Sa mère débarqua la première, juste après la fin des radios de Savannah – épaule, cage thoracique, dos et hanche droite, qui commençait à la lancer. Comme partout. Ils avaient également examiné sa tête, lui semblait-il. Cela paraissait logique, car elle avait l'impression que la douleur s'aggravait au lieu de s'améliorer.

En revanche, ses pieds allaient bien, pensa-t-elle.

— Savannah ! s'écria sa mère en attrapant la main de sa fille. Je suis pétrifiée depuis que j'ai vu les gyrophares et que Logan nous a raconté ce qui s'était passé. Ton père...

— Où... Molly ?

— Je l'ai laissée avec le père de Logan et sa gouvernante. Ton père allait mettre trop de temps à rentrer à la maison. Molly voulait venir avec moi, mais je ne pensais pas que ce soit une bonne idée.

— Non, répondit Savannah avec certitude.

— As-tu vu le médecin ?

Le rideau claqua, et le médecin, qui ne semblait pas plus âgé que Savannah, entra.

— Madame Baird ?

— Oui.

— Bon, les nouvelles des radiographies sont plutôt encourageantes, dit-il en se concentrant sur Savannah. Nous pensons que vous avez une ou deux côtes fêlées, et vous devrez garder votre cage thoracique bien enveloppée pour plus de confort, mais il n'y a pas de cassure évidente. Votre épaule est déboîtée, comme le soupçonnait le shérif Quade. Nous allons nous en occuper immédiatement, et vous devriez vous sentir beaucoup mieux lorsque nous aurons remis l'articulation en place. Le soulagement sera presque immédiat.

Elle se rendit compte que le centre de sa douleur résidait dans cette épaule. Elle dut serrer les dents pour ravaler le cri qu'elle voulut pousser lorsqu'il lui toucha doucement le bras.

— Quand...

— Quelqu'un arrive pour m'aider, lui assura-t-il. Pour finir le catalogue, vous avez une belle ecchymose à la hanche, votre pommette est fissurée, mais il n'y a pas grand-chose à faire pour ça, et vous verrez que l'enflure se résorbera assez vite. Y apposer de la glace vous aidera. Beaucoup de glace. Ah, vous avez un doigt cassé, je suppose que vous savez lequel.

Comme tout lui faisait mal, elle n'y avait pas pensé, mais maintenant qu'il le mentionnait elle s'en rendit compte. C'était le petit doigt de sa main droite.

— Comme vous le savez peut-être, nous l'attacherons à l'annulaire, qui servira en quelque sorte d'attelle. C'est désagréable, mais cela ne devrait pas vous empêcher d'utiliser vos mains dans la plupart des cas.

Pourrait-elle monter à cheval ? Elle pensait pouvoir s'adapter, bien qu'à ce moment précis l'idée de se hisser sur le dos d'un étalon lui paraissait aussi improbable que celle de se lancer dans l'ascension d'un des volcans des Cascades.

Je commencerai par le mont Hood, songea-t-elle avec un petit rire intérieur.

Un autre homme se glissa dans l'espace, et ils demandèrent poliment à la mère de Savannah d'attendre à l'extérieur, avant de remettre habilement l'articulation en place. Le médecin n'avait pas mentionné à quel point cela lui ferait mal, malgré la morphine qu'ils étaient en train de lui administrer en intraveineuse. Mais il avait raison pour la douleur aiguë de son épaule, elle se résorba si rapidement qu'elle soupira et s'enfonça dans ses oreillers.

Bon. Je survivrai.

Même si elle avait la tête embrouillée, elle ne pouvait pas oublier ce que l'homme avait dit : « C'est votre dernière chance de nous donner ce dont nous avons besoin. La prochaine fois, nous ne nous retiendrons pas. Soyez maligne. Nous pouvons vous atteindre n'importe quand, n'importe où. Nous vous rappellerons. »

Elle se souvenait nettement de son sourire. Il avait savouré à la fois le processus d'intimidation brutale et la menace verbale.

Ses yeux la piquèrent, et elle craignit de pleurer, ce qu'elle détestait.

Jared, comment as-tu pu nous faire ça ? supplia-t-elle.

Logan avait tant de raisons d'être furieux qu'il ne parvenait pas à se concentrer sur une seule.

Non, ce n'était pas tout à fait vrai : les ombres du passé et les sentiments mitigés qui l'avaient empêché de croire Savannah l'emportaient sur tout le reste.

Lorsqu'il put enfin s'asseoir à son chevet et la regarder dormir, il reconnut une autre raison à sa rage : le fait qu'elle ait été battue par un expert ayant calibré avec précision la force de ses coups. Assez pour faire valoir son point de vue, pour s'assurer qu'elle souffre, mais pas assez pour la rendre infirme. Oh ! non, dès demain, elle serait capable d'effectuer tout ce qu'ils attendaient d'elle. Qu'ils aient pris *soin* de ne pas cogner trop fort rendait l'agression encore plus vicieuse. Le type faisait son travail, voilà tout.

Logan n'avait plus l'intention de la quitter d'une semelle, quoi qu'elle en dise. Il embaucherait quelqu'un pour aider son père à partir de maintenant et il travaillerait à distance autant que possible. Le conseil du comté n'apprécierait pas, mais tant pis.

Il renvoya sa mère chez elle, lui suggérant gentiment que Molly avait besoin d'elle, et s'occupa des appels du bureau en sortant dans le hall. Le seul appel qu'il passa fut destiné à l'inspecteur Trenowski à San Francisco, qui eut l'air aussi consterné que lui.

— Je n'arrive pas à trouver le nom de la personne avec qui Jared pouvait travailler au sein des forces de l'ordre, lui confia Trenowski avec une certaine frustration. Les stups me font tourner en rond, et le bureau local du FBI prétend n'avoir jamais entendu parler de lui. Il faut dire que l'agent qui m'a parlé semblait s'ennuyer tellement que je ne suis même pas certain qu'il ait réellement cherché le nom de Jared dans sa base de données.

Logan grogna. Le détective émit un petit rire sans humour.

— Je dois vous dire que les fédéraux me mettent toujours mal à l'aise. Ils semblent faire tout leur possible pour se montrer des moins coopératifs.

— Je comprends, même si j'ai rencontré deux ou trois exceptions à cette règle, déclara Logan.

Lors de leur première conversation, il avait partagé son passé avec Trenowski, ce qui avait aidé à briser la glace. Les flics des grandes villes ne respectaient pas totalement les shérifs et les officiers des comtés ruraux. Logan en était conscient. Ses adjoints n'avaient pas le même niveau de formation, d'équipement ni de compétence que leurs homologues urbains. Depuis son arrivée, il s'était surtout attelé à former les troupes et à leur remonter le moral. Il n'avait renvoyé qu'un seul adjoint, un homme qui travaillait ici depuis dix ans et qui se montrait plus doué pour la fanfaronnade que pour la protection des citoyens locaux.

— Vous avez pensé à les envoyer, elle et la fille, dans un endroit où elles seraient plus en sécurité ? demanda Trenowski.

— Et où se trouve cet endroit magique ? Avez-vous un refuge à proposer ? Des hommes disponibles pour la protéger ?

Silence à l'autre bout du fil.

— Ils l'ont retrouvée ici avec une rapidité remarquable. Certes, c'était la ville natale de son frère, il était donc logique qu'ils viennent fouiner dans le coin. Mais dans cette région les gens se surveillent les uns les autres. Ils remarquent les étrangers. Nous sommes suffisamment éloignés des sentiers battus pour ne pas recevoir de touristes. Il n'y a pas la moindre chambre d'hôtes dans le comté. Alors comment ces hommes – ou peut-être cet homme – ont-ils pu surveiller le ranch sans se faire repérer pendant au moins une semaine ?

Il espérait que le détective ne l'entendrait pas grincer des dents.

— Je suis passé chez tous les voisins pour leur demander s'ils avaient aperçu un véhicule inconnu dans les environs. S'ils possédaient une dépendance inutilisée où quelqu'un aurait pu se cacher. La réponse est non. Ce type a dû se faufiler à pied, voire à cheval...

— Je les vois mal couper à travers champs, s'étonna le détective. Et à cheval ?

Trenowski avait l'air de n'avoir jamais aperçu l'animal en vrai.

— Difficile à imaginer, mais il est resté invisible jusqu'à présent. Savannah dit qu'il portait un jean délavé, des bottes de cow-boy et un manteau doublé de peau de mouton qui lui permettrait de se fondre dans la masse. Les gens pourraient le voir et penser qu'il est nouvellement embauché dans l'un des ranchs du comté. Il y en a des dizaines. Les salaires ne sont pas très élevés pour les employés de ranch, ils sont souvent licenciés pendant l'hiver, alors ils vont et viennent.

— C'est logique, lâcha Trenowski en réfléchissant bien. Il n'y a aucune chance qu'il ait pris un emploi pas loin de chez les Baird ? Cela lui permettrait d'avoir accès à une monture.

— Je me suis également renseigné à ce sujet. Personne dans les environs n'a embauché de nouvelle recrue ces derniers temps. Si c'était le cas, ils auraient remarqué ses étranges disparitions. Sinon, comment fait-il pour venir ici ? Où loge-t-il ? Les employés du Cercle B en auraient parlé s'ils avaient vu un inconnu traîner dans les parages.

— Auraient-ils pu trouver une personne locale prête à se charger du sale boulot ?

— Ce n'est pas le genre de choses que l'on peut annoncer dans le journal du coin. De plus, ce passage à tabac a été fait par un professionnel qui savait exactement où cogner. J'en jurerais.

— Avez-vous le temps de patrouiller à cheval, au cas où il camperait dans les environs ?

— Je ferai de mon mieux pour que d'autres personnes s'en chargent. Pour ma part, je vais rester avec Savannah et la petite aussi longtemps que possible. Je peux travailler à distance. J'appellerai tous les motels, les centres de vacances et les chambres d'hôtes dans un rayon de deux comtés, par exemple. Ce qui m'inquiète le plus, c'est qu'il squatte une grange en ruine ou l'une des propriétés d'un ranch inoccupé depuis longtemps ou à vendre. Cela dit, même s'il a trouvé une cabane, il n'y a pas de services publics. S'il allumait un feu dans une cheminée, quelqu'un pourrait apercevoir la fumée. Il commence à faire froid ici, alors s'il vit à la dure il finira par craquer.

— Espérons-le.

Logan grogna son accord, même s'il souhaitait bien pire pour l'homme qui avait matraqué Savannah. S'il se retrouvait face à face avec ce salaud, il aurait du mal à garder la sérénité nécessaire pour procéder à une arrestation en bonne et due forme.

Les deux hommes en restèrent là. Logan retourna dans la chambre de Savannah et la trouva éveillée, mais les yeux vitreux, surveillant nerveusement les alentours. Elle posa le regard sur lui lorsqu'il apparut derrière le rideau.

— Salut, *sunshine*, dit-il, s'efforçant de sourire alors qu'il s'asseyait lui aussi et lui tendait la main de façon automatique. J'étais en train de passer un coup de fil juste devant ta chambre.

— La chanson... préférée... de Molly, dit-elle avant de tenter de froncer les sourcils. Tu n'as... pas... à... rester...

— Bien sûr que si.

Voyant qu'elle essayait de protester, il ajouta :

— C'est comme ça.

— Toujours le petit chef.

— Oui.

Il sourit franchement, même s'il ne ressentait pas beaucoup de joie.

— C'est ce qu'on m'a dit.

— Ta sœur.

— Entre autres.

— Je ne peux pas rentrer chez moi ?

Logan commençait à mieux comprendre les mots qu'elle prononçait.

— Le médecin te garde pour la nuit. Ils veulent te surveiller parce que tu as subi une commotion cérébrale. Ils n'aiment pas te donner des analgésiques en plus, mais c'est inévitable vu tes autres blessures.

Savannah fit une grimace qu'il trouva mignonne.

— C'est pour ça que... j'ai mal à la tête.

— Oui.

Il lui montra comment utiliser le bouton pour augmenter sa dose d'analgésiques, même s'il se doutait que l'infirmière avait fait de même.

— Dors autant que tu peux, ma chérie. Je te promettrais bien que tu te sentiras mieux demain, sauf que...

Ma chérie ? Avait-il vraiment laissé échapper cela ? Bon sang ! Il espéra qu'elle ne l'avait pas remarqué. Mais ses yeux semblaient soudain d'une clarté inattendue, et ses joues étrangement colorées. Elle ne fit aucun commentaire, mais ajouta seulement :

— Je saurais que tu mens.

Mentir ? Ah oui, sur le fait qu'elle se sente mieux d'ici demain.

— Vu ton métier, je suppose que ce n'est pas la première fois que tu te blesses.

Elle hocha doucement la tête.

— Le cheval sauvage.

— J'avais presque oublié. J'avais eu la peur de ma vie. Jared aussi. Ton père nous a passé un sacré savon alors que tu ne nous avais rien dit sur tes intentions.

— Jared, murmura-t-elle. Il a eu des ennuis. Pas moi. Papa... n'a pas voulu me croire.

Logan ne ressentait pas le moindre doute. Elle avait défendu son frère, et son père avait quand même giflé Jared. Le lendemain, Jared s'était contenté de hausser les épaules et de lâcher :

— Tu connais mon père. Savannah a essayé.

Combien de fois Jared avait-il dit quelque chose de semblable ? Logan se le demandait. Pourquoi avait-il été si certain que Jared lui mentait, que la jolie et parfaite Savannah avait souri en arrière-plan pendant que son frère était injustement accusé et puni ?

Avait-il craint de ressentir autant d'attachement pour une fille ? Logan aurait aimé le savoir.

10

Savannah jeta un regard inquiet vers l'endroit de l'écurie où on l'avait frappée. Quelqu'un avait dû ramasser à la pelle les copeaux ensanglantés. En respirant l'odeur piquante des copeaux de bois frais et ratissés, elle aurait dû être heureuse de caresser le cou de Brownie après lui avoir donné quelques morceaux de sucre.

Logan, qui venait de poser sa selle sans effort sur Akil, le pur-sang, lui jeta un coup d'œil par-dessus son épaule. L'amusement brillait dans ses yeux.

— Tu as l'intention de m'attaquer ?

— Non ! Mais je déteste ça !

Elle s'en voulut à la seconde où les mots sortirent de sa bouche. Elle grimaça, avant de le regretter immédiatement parce que cela ranima la douleur dans sa pommette.

— Je suis désolée ! Je n'aime pas me sentir impuissante, mais... j'aime encore moins pleurnicher.

— Tu as le droit, dit-il en haussant les épaules. Tu dois avoir mal de la tête aux pieds. Je pense toujours qu'il est trop tôt pour que tu montes à cheval.

— Mes orteils vont bien. Et tu sais que je me sentirai mieux si je me mets en mouvement.

Son médecin lui avait déconseillé de lever le bras assez haut pour seller un cheval, même si elle pensait pouvoir supporter le poids et l'élan vers le haut. Elle ne pouvait même pas passer la bride d'Akil, au cas où il aurait penché la tête au mauvais moment et entraîné son bras trop haut.

Puisqu'elle avait acquis un garde du corps vingt-quatre heures sur vingt-quatre, sept jours sur sept, ou presque, elle en profita pour le mettre au travail. Heureusement, il connaissait les chevaux.

Elle ne lui avait pas dit que, si elle insistait pour cette sortie, c'était en partie parce qu'elle se sentait coincée avec lui dans la maisonnette, qui semblait avoir rétréci depuis qu'il avait emménagé avec Molly et elle. Ce n'était pas seulement à cause de sa taille imposante. Non, son problème était que son corps, qu'elle le veuille ou non, vibrait pour un rien – un frôlement accidentel d'épaules dans le couloir, l'effleurement de leurs mains alors qu'ils cherchaient tous les deux quelque chose, ou même simplement le fait de le voir. Plutôt que de passer la majeure partie de la journée enfermée seule avec lui pendant que Molly jouait chez sa grand-mère, Savannah avait cherché n'importe quel prétexte pour s'échapper.

Il l'avait observée d'un air pensif, ses objections étant modérées. Peut-être avait-il aussi envie de changer d'air.

Elle attendit que Logan selle une seconde monture, un *quarter horse* appartenant à son père, et ils quittèrent l'écurie quelques minutes plus tard. Après s'être penchés sur le côté pour ouvrir une porte et la refermer derrière eux, ils se dirigèrent au trot vers le pâturage vide. À près d'un kilomètre, elle aperçut de petits groupes de bovins qui broutaient les graminées sauvages brunies par l'hiver. La plupart du troupeau de son père avait été relâché sur des terres fédérales à la fin de l'été et à l'automne, ce qui permettait à l'herbe du ranch de se reconstituer. En février, le pâturage le plus proche de l'étable où Logan et elle se trouvaient maintenant serait rempli de vaches gestantes. Ils s'assureraient ainsi qu'elles mettraient bas à proximité.

Le terrain s'élevait progressivement, des bosquets de genévriers poussant çà et là. En plissant les yeux, elle pouvait distinguer une chaîne de rochers de basalte, trahissant la récente activité volcanique qui avait formé ce paysage, même s'ils ressemblaient aux vestiges d'une muraille médiévale. Logan et elle ne s'en approcheraient pas ce jour-là. Il prétendait ne pas s'inquiéter de la présence d'un tireur embusqué, mais prenait tout de même des décisions gardant la jeune femme à bonne distance de tout endroit qui pourrait faire office de planque.

Savannah avait affirmé que son interlocuteur ne voulait pas sa mort, juste qu'elle se lance dans une chasse au trésor pour lui, mais Logan était resté inflexible.

Elle devait se rappeler régulièrement, en silence, bien sûr, qu'il semblait apparemment prêt à risquer sa vie. Pour elle.

Les sabots des chevaux crissaient sur le givre matinal qui persistait encore. Le simple fait de se trouver dehors sous le ciel bleu et froid, l'air vif emplissant ses poumons, l'exaltait. L'odeur même semblait unique. Elle différait de celle de la région des roches rouges du Nouveau-Mexique, ou de celle des quelques ranchs de l'ouest de l'Oregon où elle avait également travaillé. Cela devait être dû au sol volcanique ainsi qu'à l'omniprésente armoise, si aromatique lorsqu'on en écrasait les aiguilles. Les effluves de genévriers et de bigelovie puante, dont l'odeur tenace ne s'éradiquait pas facilement, complétaient la composition de cet arôme si particulier.

Son habituel état de quasi-méditation qui lui permettait de se mouvoir en harmonie avec le cheval était compromis, réalisa-t-elle avec agacement. Sa hanche la faisait souffrir, et son instinct la poussait à se tenir raide à cause de la douleur omniprésente de sa cage thoracique. À part cela... elle n'était pas plus mal qu'elle ne l'aurait été en se prélassant sur son nouveau canapé devant la télé.

Logan fit reculer sa monture, releva son stetson et rencontra son regard.

— Comment te sens-tu ?

— Pas trop mal, déclara-t-elle. Je ne suis pas tout à fait en mesure de travailler, à cause de mes côtes fêlées, mais je guéris en général assez vite.

Il haussa un sourcil sceptique, et elle lui répondit par un sourire.

— Et puis je ne sais pas rester assise.

— J'ai remarqué, dit-il d'un ton bourru. As-tu eu une nouvelle idée ?

Elle n'avait pas besoin de lui demander de quoi il parlait. Deux nuits plus tôt, après sa sortie de l'hôpital, il s'était joint à elle pour réexaminer tout ce que Jared lui avait confié. Ils éliminèrent rapidement certains jouets : ils ne pouvaient que secouer la poupée en plastique dur pour s'assurer que Jared n'avait pas arraché une jambe ou la tête afin d'insérer une clé USB dans le corps, par exemple. Ils étaient allés jusqu'à voler le lapin en peluche bien-aimé de Molly sous son bras après qu'elle s'était endormie pour pouvoir l'éventrer et l'examiner minutieusement. Il lui avait fallu un certain temps pour rembourrer la pauvre bête et la recoudre, d'autant plus que ses talents de couturière étaient médiocres. La veille, Logan avait effectué une recherche dans les listes d'appels entrants et sortants du téléphone de Jared. Ils correspondaient tous à des entreprises de San Francisco, notamment une pizzeria. À part cela, Logan n'avait rien trouvé d'intéressant, et il pensait que Jared avait peut-être simplement jeté son téléphone avec le reste de ses affaires.

Sans surprise, le visage tuméfié et meurtri de Savannah avait terrifié Molly. En réalité, la petite s'était recroquevillée de peur dès qu'elle avait appris que Savannah avait été blessée et emmenée à l'hôpital. Elle comprit que Logan ne dormait pas sur leur canapé pour s'amuser, mais plutôt pour protéger sa tante Vannah d'un méchant homme. Évidemment, ses cauchemars redevinrent plus fréquents. Elle ne se souvenait toujours pas des détails et n'arrivait pas à exprimer clairement ce qu'elle voyait. Chaque fois que Savannah s'était levée pour aller la voir, elle s'était rendu compte que Logan se tenait dans le couloir et l'observait.

Les protégeant. S'inquiétant pour elles.

Les deux nuits passées depuis son retour à la maison les avaient tous les trois fatigués, et Savannah se sentait tendue comme un ressort.

En plus de cela, elle dut admettre :

— Non, pas une seule nouvelle idée. Et toi ?

— Tu es sûre de ne pas avoir oublié quoi que ce soit qui accompagnait Molly ?

Sa frustration était compréhensible.

— Je n'ai rien jeté du tout, même si certains de ses vêtements sont bons pour la poubelle. Et ses chaussures aussi.

Les chaussures de sport que Molly ne mettait plus que rarement, contrairement à ses précieuses bottes de cow-boy.

— Jared était trop intelligent pour son propre bien, dit-elle avant de fermer les yeux. Ou le nôtre, ajouta-t-elle.

Logan l'observa avec plus de perspicacité qu'il n'en avait l'habitude.

— C'est forcément ce foutu téléphone, grogna-t-il au bout d'un moment. J'aimerais être plus doué avec la technologie. Je pense qu'il est temps d'impliquer quelqu'un d'autre dans cette affaire.

Elle ne put s'empêcher de le taquiner.

— Quoi, tu n'as jamais résolu d'enquêtes en découvrant un indice astucieusement caché dans l'ordinateur portable ou le téléphone de quelqu'un ?

Logan lui jeta un regard noir, bien que son petit sourire le trahisse.

— Les gangs de Portland n'étaient pas aussi sophistiqués, et les femmes battues s'arrêtaient rarement pour taper une confession et la cacher sur le *cloud* avant d'abattre leur mari.

— Ou vice versa ?

— Oui. Cela va dans les deux sens. Les relations homosexuelles ne sont pas non plus à l'abri de la violence. Et les voleurs à main armée ? Ils n'ont pas l'habitude de dissimuler leurs numéros de comptes bancaires sur Internet. Ou, voyons, ma dernière enquête...

Il s'arrêta net.

— Ta dernière enquête ?

— Une agression contre un sans-abri, reprit-il à contrecœur.

Elle avait le pressentiment qu'il ne s'agissait pas seulement d'une attaque mais d'un homicide, mais elle n'insista pas.

— Ça… ça a l'air d'être un travail stressant.

Elle savait maintenant que Logan avait surtout travaillé sur des homicides à Portland. Pas étonnant qu'il ait perfectionné une apparence de calme et de contrôle qu'elle ne pouvait pas égaler.

Quels que soient ses sentiments profonds, Logan se déplaçait en selle avec l'aisance qu'elle avait toujours considérée comme acquise. Il tenait les rênes d'une main légère et contrôlait son cheval avec les jambes. Il semblait être né sur un cheval, et on aurait difficilement pu deviner qu'il avait passé près de la moitié de sa vie à l'université, puis dans une grande ville.

Il détourna la tête, soit pour éviter son regard, soit pour scruter les environs à la recherche d'un éventuel danger. Quoi qu'il en soit, elle supposa que le sujet était clos.

Pourtant, il poursuivit :

— Le travail peut être difficile. Avec la pratique, on réussit à mettre de côté les choses que l'on voit pour qu'elles ne nous hantent pas.

— Mais elles s'accumulent au fil du temps.

Il lui jeta un coup d'œil.

— Si cela arrive, on finit épuisé et on cherche un autre job.

Que pouvait-elle faire d'autre que d'acquiescer ? Ils n'étaient pas les meilleurs amis du monde, ils n'étaient surtout pas… ce qu'elle avait pensé. Logan travaillait en tant que shérif, et se sentait probablement en plus dans l'obligation de défendre la sœur et l'enfant de Jared. Pourquoi cherchait-elle à fouiller dans sa psychologie ?

Menteuse, tu sais très bien pourquoi.

Elle mit Akil au pas. Une foulée plus tard, Logan arrêta sa monture juste à côté d'elle. Ils progressaient en un demi-cercle qui les ramènerait bientôt au ranch.

Près de dix bonnes minutes passèrent en silence avant que son téléphone sonne.

Savannah tira sur les rênes du hongre assez brusquement pour le ressentir dans son torse douloureux. Alors qu'elle tâtonnait dans sa poche à la recherche de son portable, Logan s'arrêta presque aussi vite, les yeux rivés sur le visage de la jeune femme.

Ses pensées s'embrouillaient, tout comme ses doigts transis de froid. Elle aurait dû porter des gants.

Je vous en prie, faites que ce ne soient pas eux, pensa-t-elle en sortant son téléphone. *Pas encore. C'est peut-être juste maman. Cela pourrait...*

Le numéro inconnu lui inspira immédiatement une vague de peur. Elle le tendit pour que Logan puisse voir l'écran, prit une grande inspiration et répondit.

— Madame Baird ? dit une voix masculine.

Ce n'était pas le même homme que les fois précédentes, mais cela ne la rassura pas. Le regard accroché à celui de Logan, elle mit l'appel sur haut-parleur.

— Oui.

— Pourquoi diable n'avez-vous pas pris contact avec moi ? demanda-t-il avant de se taire brusquement. Vous m'avez mis sur haut-parleur. Qui d'autre écoute ?

Elle s'agaça de son impolitesse avant même de réfléchir à ses propos.

— En quoi cela vous regarde-t-il ? Vous ne vous êtes même pas identifié.

Logan grimaça.

Oh ! mon Dieu ! Si ce n'était pas le même homme, c'était peut-être l'un de ses collègues. Elle devait se montrer conciliante pour l'instant, essayer de gagner du temps.

— Votre frère m'a juré que vous étiez fiable, s'emporta son

interlocuteur. Que je pouvais compter sur vous pour me contacter en cas de problème.

Savannah ne se souvenait pas de la dernière fois qu'elle avait cligné des yeux. Tout ce qu'elle voyait, c'était Logan, qui s'efforçait de contrôler son cheval. Il ne la quittait pas du regard.

— Vous ne m'avez toujours pas dit qui vous êtes.

Sa voix n'était plus que l'ombre d'elle-même.

— Cormac Donaldson, répondit enfin l'homme, toujours agacé. Je suis un agent de la brigade des stupéfiants.

Son soulagement initial ne dura pas. Et s'il mentait ?

— Avez-vous parlé à un inspecteur de la police de San Francisco ?

— Non. J'attendais des nouvelles de Jared et, comme il n'avait pas refait surface, j'ai effectué des recherches et découvert qu'il était mort.

— C'est... une chose horrible à dire, vous savez.

— Horrible ? Qu'entendez-vous par là ?

— Refait surface ? Après que son corps a été repêché dans la baie !

Il y eut une pause avant qu'il reprenne avec raideur :

— C'était un manque de tact. Je m'en excuse.

Il attendit, mais comme elle ne disait rien il continua :

— J'ai noté le nom du détective. Un certain Alan Trenowski.

Cela aurait pu être rassurant si elle n'avait pas eu la certitude que les tueurs savaient aussi qui enquêtait sur la mort de son frère. Logan murmura quelque chose. Elle n'en saisit que l'essentiel, mais acquiesça.

— Je ne répondrai pas à vos questions tant que je n'aurai pas vérifié votre identité.

Il marmonna un commentaire qu'elle soupçonna peu élogieux.

— Très bien, lâcha-t-il enfin.

— Avez-vous... eu affaire à Jared auparavant ?

— Il ne vous l'a pas dit ?

— Non. Je me doutais de quelque chose... mais je n'étais pas sûre.

— Votre frère était une de nos taupes. Un informateur très précieux. Nous espérions que ses dernières informations nous permettraient de faire tomber toute l'organisation, ou du moins de nous en approcher le plus possible.

Elle entendit la lassitude dans sa voix. Elle avait lu suffisamment de choses pour savoir que certaines organisations de trafiquants de drogue opéraient à l'échelle internationale et sans doute dans de nombreux États, en un réseau parfois tentaculaire. Les informations supposées de Jared devaient être limitées, n'est-ce pas ?

Logan se pencha en avant.

— Agent Donaldson, je suis le shérif Logan Quade. Je reste proche de Mme Baird pour l'instant à cause de menaces qu'elle a subies.

— Ils l'ont trouvée ? demanda-t-il d'un ton sincèrement alarmé.

— Oui. Pouvez-vous nous donner quelques heures et nous rappeler ensuite ?

— Tant que vous comprenez l'urgence de la situation. Ces hommes peuvent être en train de modifier leurs dates d'expéditions et de vider leurs entrepôts en ce moment même. Le plus tôt sera le mieux.

— Notre confiance est quelque peu ébranlée en ce moment.

— Je comprends. Je rappellerai ce numéro.

Pas d'au revoir, ce qui ne surprit pas Savannah. Elle rangea son téléphone dans sa poche.

— Je n'aime pas du tout cet homme.

Logan étouffa un rire.

Une fois de retour à la maison, Logan s'assit à la table de la cuisine, ouvrit son ordinateur portable devant lui et commença à passer des appels téléphoniques entre deux recherches en ligne. Savannah versa deux tasses de café et s'installa en face de lui, vraisemblablement pour rester à portée de voix, mais elle s'ennuyait suffisamment pour jouer à un jeu sur son téléphone – ou, du moins, c'était ce qu'elle prétendait.

Il fallut un certain temps à Logan pour joindre un agent des stups de la division de Seattle qu'il avait connu lors d'une intervention à laquelle ils avaient tous deux participé. À l'époque, son impression avait été plutôt positive. Ray Sheppard n'avait pas un ego surdimensionné, comme Trenowski avait décrit trop de fédéraux. Logan pensait qu'il y avait peu de chances que ce type se souvienne de lui, mais il croisa les doigts.

— Logan Quade ? Bureau de police de Portland ? dit immédiatement l'agent.

— C'est bien moi, répondit Logan.

Il décrivit son changement de situation avant d'enchaîner sur tous les problèmes que Jared avait légués à sa sœur.

— Elle a reçu plusieurs menaces, et il y a eu deux incidents, dont un violent passage à tabac. Apparemment, Jared a dissimulé des informations qu'ils sont déterminés à obtenir pour l'empêcher de les transmettre aux enquêteurs. Si je vous appelle maintenant, c'est parce que nous venons de recevoir un appel d'un homme qui s'est présenté comme un agent des stups nommé Cormac Donaldson. Il semblait penser que Mme Baird saurait qui il était, mais son frère n'a jamais mentionné ce nom. Je suppose que cet homme fait partie de la division de San Francisco, puisque Jared vivait là-bas, mais je n'en suis pas sûr. Nous devons vérifier son identité avant d'oser lui parler ouvertement.

— Il y a quelques années, j'ai connu un Donaldson lorsque nous étions tous deux affectés au bureau de Washington. Je vais vérifier.

Le silence dura cinq minutes avant qu'il reprenne la ligne.

— Oui, Cormac est basé à San Francisco maintenant. Je pourrai l'appeler pour m'assurer que c'est bien à lui que vous avez parlé. Je vous rappelle ensuite ?

— Je vous en serais reconnaissant, dit Logan.

Lorsqu'il reposa son téléphone, il haussa un sourcil en direction de Savannah.

— Tu as entendu ça ?

— En grande partie. Si seulement Jared avait mentionné cet agent.

Logan ne pouvait s'empêcher de penser aux problèmes qui allaient lui tomber dessus. C'était une bonne chose que Jared ait changé de vie et qu'il ait essayé de se racheter – Logan pensait que c'était le mot que Savannah avait utilisé. Il avait manifestement été assez effrayé pour tenter d'assurer la sécurité de sa fille. Cependant, il avait commis une grosse erreur en se montrant si secret. Si Logan avait pu se retrouver face à face avec son vieil ami en ce moment même, il lui aurait planté son poing dans la figure.

— Il y a quelque chose dont je voulais te parler, dit Logan lentement.

Le moment était peut-être mal choisi, mais il pensait que la distraction pourrait aider Savannah. Et... il avait besoin de savoir où se situait leur relation. Si un retour en arrière était possible. Le fait de rester à proximité d'elle avait renforcé son désir pour elle, et plus encore. Elle était incroyable avec Molly. Il se sentait d'autant plus mal qu'il avait douté de son engagement à élever la petite fille.

— De quoi s'agit-il ? demanda Savannah, visiblement perplexe.

Avec un effort, il garda sa main détendue sur la table. Son autre main, posée sur sa cuisse et cachée sous la table, se referma en un poing.

— Toi et moi, dit-il. J'aimerais vraiment savoir si tu me feras un jour confiance.

L'expression de son visage se modifia lentement. La distraction avait bien fonctionné. Elle fronça très légèrement les sourcils avant de le toiser de son regard perçant.

— Je te suis reconnaissante de tout ce que tu fais en ce moment. Je te fais confiance pour me protéger ainsi que Molly. Bien sûr que je te fais confiance. As-tu peur que je me sauve dans la nature sans te consulter ?

— Non. Tu es trop intelligente pour cela.

Il hésita.

— Ma question était... plus personnelle. Nous avons un passé commun.

Il ne fut pas surpris de voir ses yeux se rétrécir.

— On peut dire ça.

— J'ai eu comme une sorte de révélation en essayant de dormir l'autre nuit.

Il avait eu de longues périodes de veille, en partie parce que le canapé était trop petit pour un homme de sa taille. Mais ce n'était pas le moment de se plaindre de la literie.

— Une révélation ?

Elle paraissait méfiante, comme si elle n'était pas sûre de vouloir entendre ce qu'il avait à dire.

— Je t'aimais bien quand tu étais petite, déclara-t-il avec un petit sourire. Tu nous suivais partout, Jared et moi, tu étais agaçante et persistante, mais tu avais du cran et tu étais drôle.

La surprise se lisait sur le visage de Savannah, comme si, après tout ce qui s'était passé par la suite, elle avait oublié la façon dont son frère et Logan la taquinaient, l'aidaient à se hisser dans la cabane dans les arbres qu'elle n'aurait pas pu atteindre seule ou lui avaient appris à lancer une balle comme un garçon et non comme une fille. S'il n'avait pas été si nerveux, il aurait souri en se rappelant à quel point elle était furieuse de cette description. Elle avait déclaré que les filles pouvaient faire exactement comme les garçons et s'était démenée pour le prouver, encore et encore.

Des années de souvenirs de ce genre avaient façonné la manière dont il percevait la femme assise en face de lui. Dans ces conditions, comment en était-il arrivé à douter d'elle ? Cette question avait fait partie de sa révélation.

— Lorsque ton père a commencé à s'en prendre à Jared de plus en plus durement, poursuivit Logan, et que j'ai pu voir à quel point cela le blessait, je me suis mis à t'en vouloir. Je suppose que tu l'as remarqué.

— C'est une blague ?

— Jared se plaignait parfois. Il ne pouvait rien faire de bien, tu ne pouvais rien faire de mal. J'ai commencé à avoir cette image dans la tête au moment où tu étais en train de... mûrir physiquement. Je voyais que tu allais devenir belle. Que tu l'étais déjà.

— Belle ? souffla-t-elle. Quand j'avais douze ans ? Treize ans ?

Il se racla la gorge.

— Les deux. Et quatorze et quinze ans. Surtout les deux dernières années avant que je parte pour l'université.

Elle resta bouche bée.

— Tu pensais...

— Oui. Le problème, c'est que je devais rester fidèle à Jared. Je me suis convaincu que, bien sûr, j'avais remarqué ta démarche, ton sourire, ta grâce, ta voix. T'entendre parler, c'est comme écouter de la musique, tu sais.

Elle avait l'air toujours plus abasourdie.

— Mais rien de tout cela ne signifiait que j'étais vraiment attiré par toi. Si tu n'avais pas été la sœur de Jared...

Elle repoussa sa chaise, dont les pieds raclèrent le parquet.

— Tu me haïssais !

Il se tint droit, sans bouger.

— C'était... comme pour me protéger. Je pensais que Jared était mort, tu sais. Je me suis même parfois demandé si ton père et lui ne s'étaient pas vraiment disputés, et si Jared n'avait pas été enterré quelque part ici, sur les terres du ranch.

Un frémissement la parcourut. S'était-elle posé la même question ?

— Le fait qu'il ait disparu... m'a hanté. Une partie de moi en était venue à croire que, si tu n'avais pas existé, ton père aurait aimé Jared. Tu étais... un miroir qui déformait la vision de votre père. C'était forcément ta faute. Tu sais dans quelle spirale horrible Jared a sombré. Le regarder couler était si dur. Je croyais l'aider en posant des limites, mais je pense que je n'ai réussi qu'à le blesser. J'aurais dû être là pour lui. Je me suis toujours senti coupable à ce sujet.

Depuis combien de temps n'avait-elle pas cligné des yeux ?

— Jared a dû penser la même chose de moi, dit-elle, si doucement qu'il faillit ne pas l'entendre. Comment pouvait-il ne pas me détester ?

— Je pensais qu'il te détestait.

C'était un aveu difficile. Un aveu blessant.

— Mais maintenant, quand je me souviens de la façon dont il parlait de toi, je sais que ce n'était pas vrai. Ton père avait sérieusement érodé son estime de soi, tu sais. Malgré tout, il parlait autant de la manière dont tu essayais de t'interposer entre lui et son père que de ta perfection et de son sentiment de ne pas être à la hauteur.

Les lèvres de Savannah tremblèrent, et elle baissa les yeux sur la table. Au bout d'un moment, elle déglutit suffisamment fort pour que Logan se demande si elle n'était pas en train de lutter pour ne pas pleurer.

Il détestait se sentir vulnérable, mais il lui devait bien ça. Il se força à dire ce qu'il avait sur le cœur.

— Je ne pouvais pas me permettre de trahir mon meilleur ami, alors j'ai refusé d'admettre, même à moi-même, que j'aurais pu t'aimer, autrement.

Qu'il avait peut-être même été amoureux d'elle, autant qu'un garçon de cet âge pouvait l'être. Elle releva la tête, et ils s'observèrent un instant.

— Jared n'est pas le seul à qui tu as fait du mal, dit-elle enfin d'une voix tremblante. Tu m'as fait du mal. J'avais le béguin pour toi depuis toute petite. Tu as été le premier garçon que j'ai cru aimer. Quand j'ai atteint un âge où cela signifiait vraiment quelque chose, tu t'es montré cruel envers moi.

Il détestait l'expression de son visage fin, la noirceur de ses beaux yeux. Sous la table, ses ongles s'enfoncèrent dans la paume de sa main. Il faillit serrer jusqu'au sang.

— Et puis Jared est parti, et tu as fait comme si je n'existais pas.

Sa voix s'éleva, s'affûtant comme une lame de rasoir.

— Et, quand tu ne pouvais pas prétendre ne pas me voir, tu me regardais avec un tel mépris qu'on aurait dit que tu venais de marcher dans du fumier. J'avais essayé de protéger Jared contre papa et toi... Je ne sais même pas ce que tu me demandes, mais...

Logan l'interrompit avant qu'elle puisse dire : « Jamais je ne te pardonnerai. »

— Je me suis trompé parce que je n'ai jamais compris comment ton père pouvait traiter Jared ainsi. Ma vision de ce qui se passait chez vous était faussée. J'essaie de te dire à quel point je suis désolé, et que j'étais tellement déterminé à être loyal envers Jared que je ne pouvais laisser personne voir ce que je ressentais vraiment pour toi.

À présent, ses yeux fouillaient les siens comme si elle rembobinait une cassette et s'interrogeait sur des scènes qu'elle pensait avoir supprimées du film de sa vie.

— Tu devais savoir, murmura-t-elle.

— Incroyable ce qu'on peut enfouir sous une pelletée de culpabilité, répondit-il avec un pauvre sourire.

Ils restèrent assis en silence, mal à l'aise. Logan essaya de ne pas tressaillir. Elle soupira enfin.

— Je ne sais pas quoi dire. Il se passe tellement de choses en ce moment. Je dois me concentrer sur la sécurité de Molly. Le fait que tu tiennes bon pour nous représente beaucoup pour moi, mais je n'arrive pas à penser à autre chose.

Il se força à hocher la tête.

— Je comprends. Nous aurons tout le temps pour en parler après que...

Son téléphone sonna.

11

L'appel provenait de la réceptionniste du bureau du shérif, qui voulait lui transmettre les messages du jour. Alors qu'il les notait, Logan se rendit compte que Savannah s'était levée d'un bond et semblait s'atteler à réorganiser le placard à conserves. Sa mère avait fait les courses la veille, et soit elle ne connaissait pas le système de Savannah, soit cette dernière déplaçait les boîtes de conserve d'une étagère à l'autre juste pour s'occuper. Elle avait certainement saisi le moment pour mettre fin à leur conversation, et il devait l'accepter.

Lorsqu'elle se haussa sur la pointe des pieds pour ranger certaines boîtes sur les étagères en hauteur, il dut s'efforcer de ne rien dire. Elle ne leva pas le bras gauche et se mettrait sûrement en colère s'il lui demandait de s'asseoir jusqu'à ce qu'il puisse l'aider.

Son téléphone sonna encore à deux reprises dans l'heure qui suivit, chaque fois de la part de quelqu'un au département du shérif ayant besoin de directives. Même s'il n'en avait pas envie, il devait répondre à ces appels. La dernière question d'un jeune adjoint le consterna tellement qu'il secoua la tête avec incrédulité. Bon sang ! Il espérait qu'aucune situation sérieuse n'éclaterait pendant qu'il travaillait depuis le ranch Cercle B. Même les deux adjoints les plus expérimentés ne semblaient pas capables de prendre de vraies décisions en son absence. Avec la permission du conseil du comté, Logan avait déjà publié l'annonce pour le poste de shérif adjoint, mais il n'avait pas eu l'occasion d'étudier les candidatures. Il devrait peut-être s'y atteler ce soir-là, lorsqu'il n'arriverait pas à dormir, ce qui semblait inéluctable. Bien sûr, il était possible que personne n'ait postulé. Ce petit comté dans le désert ne ressemblait pas à l'idéal paradisiaque de la plupart des gens.

L'autre adjoint en patrouille ce jour-là l'appela pour lui annoncer qu'il était entré dans plusieurs ranchs abandonnés sans avoir remarqué de signe d'occupation récente.

Savannah décida de leur faire chauffer de la soupe et était en train d'ouvrir les boîtes de conserve lorsque l'appel suivant leur parvint. Il était temps, ils attendaient depuis deux heures et trois minutes. Ses yeux rencontrèrent ceux de Savannah, qui abandonna les préparations pour le déjeuner et retourna à la table. Il décrocha.

— Ray ?

— Désolé d'avoir mis du temps à retrouver Donaldson. Mais j'ai réussi à le joindre, et c'est bien lui qui vous a appelés. On dirait que la perte de ce Jared a sérieusement bouleversé la donne pour les agents qui pensaient pouvoir enfin se débarrasser de cette organisation.

— D'accord, répondit Logan en se massant les tempes. J'espère qu'il pourra nous aider à trouver cette information que tout le monde recherche. Il aurait été bon qu'il laisse quelques indices à sa sœur pour qu'elle puisse les suivre.

Ray grogna.

— S'il l'avait fait, ses patrons auraient pu les suivre avant qu'elle n'en ait l'occasion.

— Oui, mais pour l'instant nous ne savons rien.

— Donnez une chance à Donaldson. Il avait l'air un peu embarrassé. Il n'a pas l'habitude d'être si abrasif.

Savannah entendit certainement cela, car elle leva les yeux au ciel.

— Nous avons tous nos mauvais jours, dit Logan de manière

135

diplomatique, avant de remercier Ray pour son aide et de couper la connexion.

— Il est censé nous appeler, lâcha-t-elle. Je suppose que nous n'avons plus qu'à nous tourner les pouces en attendant.

Le téléphone de Logan sonna, et il sourit à moitié en voyant le numéro de l'agent des stups.

— Aucun de vous n'a l'air d'être du genre patient.

Cette fois, ils se comportèrent tous de façon civile. Logan décrivit leur recherche de tout ce que Jared leur avait légué. L'agent leur expliqua qu'il avait rencontré Jared plusieurs fois au cours des trois dernières années, mais qu'en général celui-ci partageait ce qu'il avait appris par transfert électronique.

— J'ai eu l'impression qu'il utilisait l'ordinateur de quelqu'un d'autre. Peut-être même celui de la bibliothèque. Dans ce cas, le fait qu'il vous ait laissé un téléphone est significatif.

— Ce modèle est récent, dit Savannah, mais le numéro est celui qu'il a toujours eu. Hum... ils ont aussi retrouvé un téléphone avec son corps, mais l'inspecteur Trenowski a laissé entendre qu'il s'agissait d'un achat récent car il ne contenait pratiquement aucune information.

Logan se pencha en avant pour être sûr d'être entendu.

— Le seul nom dans les contacts de ce téléphone était « sœur ». Il voulait que son corps soit identifié rapidement, et son tueur avait visiblement la même idée.

Donaldson jura.

— Pourquoi ne m'a-t-il pas contacté ? Nous aurions pu agir rapidement, le sortir de là. Nous en avions discuté.

Le visage de Savannah se tordit de douleur, mais quand elle se rendit compte qu'il la regardait elle se ferma.

— Il... Quand je lui ai parlé ce matin-là, il m'a dit qu'ils avaient des soupçons. Je pense qu'ils devaient le suivre. Il avait l'air de tout faire pour que sa fille, Molly, me soit confiée. Molly n'a que quatre ans. Je sais qu'il a dû détester la laisser seule comme il l'a fait. Il a pu penser qu'il les avait semés très brièvement, puis a décidé de les éloigner.

— Son corps a-t-il été retrouvé le lendemain ?

— Non, c'était presque trois semaines plus tard.

— Je suppose que vous l'avez appelé.

— Une seule fois. Puis j'ai trouvé son téléphone dans le sac et j'ai réalisé qu'il avait sonné dans le coffre de la voiture. Je ne connaissais pas son adresse, ni même le nom d'un seul de ses amis. Je n'avais aucun moyen de le joindre, à moins d'engager un détective privé, et j'avais le sentiment que cela pourrait le mettre encore plus en danger.

— Bon sang, souffla l'agent. Ah... de quel genre de téléphone s'agit-il ?

Quand elle le lui dit, il gémit bruyamment.

— Quoi ?

— Vous n'êtes pas au courant de toutes les batailles que les différents services de police ont livrées contre cette société ?

Logan entendit les dents de l'homme grincer et comprit.

— Je me souviens de quelque chose à ce sujet, dit-elle, l'air perplexe. Mais... ce téléphone n'est pas protégé par un mot de passe.

— Est-ce que vous en êtes la propriétaire de plein droit maintenant ?

— Eh bien... il l'a mis dans le sac de sport pour que je le trouve. Il a dû enlever toutes les protections pour me permettre de l'ouvrir.

Il resta silencieux pendant une minute, puis demanda à Savannah d'aller chercher le téléphone de son frère. Après avoir discuté des différents numéros que Jared avait appelés et que Logan avait identifiés, Donaldson essaya de la guider entre les différentes applications et fichiers. Au bout d'une minute, elle tendit le téléphone à Logan.

— Je n'utilise que les applications les plus courantes, admit-elle à voix basse. Je m'occupe des chevaux. J'appelle, j'envoie des SMS et des mails. C'est tout.

Clairement, Logan connaissait mieux qu'elle les capacités d'un smartphone moderne. Il suivit les instructions et ne fut pas du tout surpris de constater que Jared avait créé un seul fichier appelé « Info ». La tentative d'ouverture de ce fichier produisit une demande de mot de passe qui n'avait rien d'inattendu.

Voilà qu'ils se retrouvaient dans une impasse. Ils perdirent une bonne demi-heure à essayer des variantes de mots de passe que son frère avait déjà utilisés, d'après Savannah, des mots de passe qui incluaient le nom de Molly, le nom du lapin en peluche de Molly – Walter – et tout ce qui leur venait à l'esprit. Logan participa aussi, bien qu'il soit improbable que Jared ait envisagé l'implication de son meilleur ami. Pourtant, ils essayèrent l'année où Jared et lui avaient joué dans une équipe de base-ball au niveau étatique. Des blagues sur les intellos du club informatique du lycée. Leurs chevaux préférés, les blasphèmes, les paysages locaux.

Rien ne fonctionna.

Logan sentait venir un gros mal de crâne, et Savannah n'en menait pas large non plus. C'est Donaldson qui mit fin à leurs efforts.

— Nous tournons en rond. Ce mot de passe doit être quelque chose de significatif pour vous, Savannah.

— N'existe-t-il pas des programmes informatiques capables de déchiffrer les mots de passe ?

— Ils ne sont pas infaillibles. On peut essayer, mais... Jared vous a-t-il légué tous ses biens ?

— Non. Dans son testament, je suis seulement désignée comme tutrice de sa fille. L'argent qu'il avait est pour elle.

— Comment cela est-il formulé ?

Elle alla chercher le testament pour en être sûre.

— En d'autres termes, il n'a légué son téléphone ni à vous ni à l'enfant. Il n'a utilisé aucun des termes habituels pour parler de toutes ses possessions.

— En effet, admit-elle. J'ai supposé que c'était parce qu'il n'avait rien d'autre à léguer.

— Sauf son téléphone.

— Mais... il voulait clairement que je l'aie.

— C'est clair pour vous et pour moi, dit l'agent d'une voix tendue. Le problème c'est que, si nous commençons à manipuler le téléphone et que nous pénétrons dans le fichier, notre possession sera-t-elle considérée comme légale ? Je dois en discuter avec des avocats pour savoir ce qu'il en est.

— C'est une blague ?

Logan intervint avant que les choses s'enveniment.

— Je comprends. Si le pire se produit, nous devrons peut-être prendre le risque. Mais pour l'instant je suis d'accord avec vous. Jared voulait que Savannah soit capable d'ouvrir ce fichier.

— Votre frère vous a forcément donné un indice, acquiesça Donaldson. Je parie que cela vous reviendra.

— J'ai l'impression de ne pas avoir beaucoup de temps devant moi, dit-elle, avec plus de tension dans la voix qu'elle n'aurait souhaité en communiquer.

La réponse de l'agent fut presque douce.

— Je suppose qu'il nous reste encore quelques jours. Essayez de ne pas en faire une obsession. Il y a de fortes chances pour que la réponse vous vienne à l'esprit au moment où vous vous y attendrez le moins.

Le désespoir hantait les yeux de Savannah lorsque Logan la regarda, mais elle acquiesça, et ils convinrent de s'appeler le lendemain, une fois qu'ils auraient tous eu l'occasion de réfléchir un peu plus.

Une fois l'appel terminé, Logan repoussa sa chaise et lui tendit la main.

— Je sais que tu es en colère contre moi, mais est-ce que je peux quand même te serrer dans mes bras un instant ?

Savannah le regarda, partagée entre l'indignation et le désir. Malgré tout, elle voulait sentir ses bras autour d'elle, pouvoir se reposer sur son corps dur juste pour quelques minutes. Et... quel que soit leur passé il était là, maintenant.

Elle parvint à se lever et à contourner la table.

— Pour information, sache que je suis toujours en colère.

Et pourtant, lorsqu'elle l'atteignit, il la souleva assez haut pour la déposer sur les cuisses puissantes qu'elle avait lorgnées pendant qu'ils chevauchaient ce jour-là, puis l'enveloppa dans l'étreinte la plus réconfortante au monde. Elle n'avait jamais ressenti une confiance absolue envers ses propres parents, à part peut-être lorsqu'elle était toute petite.

Ce n'est pas ce que je ressens non plus pour Logan. Certes, mais en ce moment elle lui faisait plus confiance qu'à n'importe qui d'autre, au moins dans sa détermination à la protéger.

Elle posa la tête contre son épaule et passa un bras autour de son torse. Elle essaya de faire le vide dans son esprit, préférant s'imprégner du mouvement apaisant de sa respiration. Elle étudia son cou, fort et bronzé, et le creux vulnérable à la base de sa gorge. Des touffes de poils sombres apparaissaient également, l'incitant à les toucher. Étaient-ils soyeux ou plus drus que ses cheveux ?

Elle sourit presque, se souvenant de leurs baignades dans la rivière, Jared et Logan tous les deux grands mais aussi maigres, leurs poitrines plus osseuses que musclées et complètement imberbes. Plus tard, elle avait vu les premiers poils apparaître et entendu leur voix muer. Tout cela les embarrassait tellement à l'époque.

Bien sûr, elle avait aussi été gênée lorsque son corps avait commencé à changer. Elle s'était mise à porter de grands sweat-shirts et à garder un T-shirt par-dessus son maillot de bain lorsqu'ils s'éclaboussaient dans l'eau froide de la rivière. Quand elle avait vu avec horreur que le T-shirt, devenu transparent, lui collait à la peau, elle avait sauté hors de l'eau et couru s'envelopper dans une serviette. Jared l'avait parfois taquinée sur sa silhouette de femme, mais Logan n'avait jamais donné l'impression de l'avoir remarquée. À cette période il se montrait déjà plus froid envers elle.

Mais elle s'était trompée. Il l'avait remarquée.

Et il l'avait trouvée... belle ? Elle peinait à le croire.

Sa méfiance s'éveilla. Après tout, il pourrait très bien se retourner contre elle la prochaine fois que ses croyances lui souffleraient qu'elle n'était qu'une petite égocentrique superficielle, capable de tout pour attirer l'attention.

Elle commença à se raidir lorsqu'il resserra son étreinte. Il appuya la joue contre sa tête. Leur relation était si compliquée. Comment était-elle censée faire la part des choses ?

Il rompit enfin le silence.

— Est-ce un soulagement pour toi de découvrir que Jared essayait vraiment de se racheter ?

Elle sentit la vibration de sa voix autant qu'elle l'entendit, mais ne se laissa pas trop aller à cette sensation et tenta de ne pas imaginer à quel point le son serait meilleur si sa tête reposait sur sa poitrine nue.

Malheureusement, sa question la ramena au terrible enchevêtrement d'événements qui les avait conduits à ce moment. Elle dut réfléchir une minute.

— D'une certaine manière, murmura-t-elle finalement, mais d'un autre côté je suis furieuse contre lui parce qu'il a risqué sa vie au lieu de s'en sortir et de chercher le bonheur. Et Molly ne fait qu'empirer les choses. Ne voyait-il pas à quel point elle avait besoin de lui ? Il a dit qu'elle était tout pour lui, mais ce n'était pas vrai, sinon il se serait comporté différemment.

La poitrine chaude et musclée se souleva et s'abaissa dans un long soupir.

— Oui, j'ai eu la même pensée. S'il entrait dans la cuisine maintenant, je serais incroyablement soulagé, mais je pourrais aussi lui en coller une pour ce qu'il vous a fait, à toi et à Molly.

Elle étouffa un rire.

— Oui. J'aurais beaucoup de choses à dire, mais j'aimerais tant qu'il soit vivant.

L'une de ses mains décrivait des cercles dans son dos, s'arrêtant pour masser doucement ici et là. Il devait savoir où elle avait mal, parce qu'il se montrait très prudent. Elle n'aurait pas dû le laisser s'occuper d'elle, mais c'était si bon.

— Ça me brise le cœur d'apprendre que l'agent Donaldson l'a rencontré en personne. Pourquoi, *pourquoi* n'est-il jamais venu me voir ? Si seulement j'avais pu le voir ne serait-ce qu'une fois !

D'une certaine manière, elle se rendit compte que Logan avait encore plus de raisons de ressentir le vide immense laissé par Jared. Ils avaient été les meilleurs amis du monde, et pourtant Jared ne l'avait jamais appelé ne serait-ce que pour lui dire : « Je suis vivant. Je pense à toi parfois. »

Lorsque Logan s'exprima de nouveau, sa frustration avait repris le dessus.

— Si on m'avait dit ce matin que nous serions contactés par l'agent des stups avec lequel Jared travaillait et qu'on aurait localisé ce fichier que tout le monde recherche, j'aurais pensé que nous serions capables de nous sortir de ce problème. Au lieu de cela...

Elle termina la phrase à sa place.

— Nous ne sommes pas plus avancés.

Non, ils ne l'étaient pas, mais une chose avait changé, elle s'en rendit compte. Elle avait utilisé le mot *nous* et y croyait sincèrement. Elle n'était plus la seule à tout mettre en œuvre pour protéger une enfant traumatisée. Elle faisait confiance à Logan, du moins dans cette mesure. Elle ne pouvait pas vraiment croire qu'il se détournerait à nouveau d'elle, surtout maintenant, alors qu'elle avait tant besoin de lui. Cette certitude lui permit de se redresser sur ses genoux afin de voir son visage lorsqu'elle lui confierait ce qui l'effrayait le plus.

— L'agent Donaldson a parlé de « faire tomber l'organisation », comme s'ils étaient capables d'arrêter tout le monde, depuis le sommet de la pyramide jusqu'aux sous-fifres qu'ils ont envoyés pour me menacer, mais ce n'est pas possible, n'est-ce pas ? Même si j'arrive à trouver le mot de passe et que le contenu du fichier est vraiment ce que les stups recherchent, qui me dit que les anciens patrons de Jared m'oublieront ? Molly et moi aurons-nous un avenir si nous ne disparaissons pas et ne prenons pas de nouvelles identités ?

Elle vit le choc sur le visage de Logan... et les tristes réponses à certaines de ses questions.

Non, il ne pensait pas plus qu'elle que le fait de remettre le fichier secret de Jared à la police signifierait qu'elle serait libérée des hommes qui la menaçaient. Au contraire, cela les rendrait furieux.

Et pourtant, le seul moyen d'avancer restait de trouver ce fichu mot de passe.

Logan demeurait partagé à l'idée de laisser Molly passer une bonne partie de ses journées à la maison avec sa grand-mère. Cela avait commencé comme une nécessité, il le comprenait. Savannah devait travailler. Ce n'était pas le cas en ce moment, cependant, et Logan pensait que les salauds qui la surveillaient n'avaient pas oublié la petite fille vulnérable de Jared. Il suffisait de défoncer la porte de la cuisine de la maison, de s'emparer de l'enfant, et Savannah serait à leur merci.

Étant donné que Savannah et lui avaient du mal à oublier l'horrible situation dans laquelle ils naviguaient, il comprenait aussi que, d'une certaine manière, il était sain pour Molly de faire une pause dans la bonne humeur forcée qu'ils assumaient tous les deux pour son bien.

Logan se trouvait au téléphone avec un procureur adjoint, discutant de l'opportunité d'un procès après une arrestation survenue peu de temps après son entrée en fonction en tant que shérif, lorsqu'il entendit un coup sec frappé à la porte de derrière. Il se leva d'un bond et s'avança suffisamment pour regarder dans la cuisine, où Savannah faisait entrer son père. Il ne l'avait pas entendue demander « Qui est là ? », mais il savait qu'elle avait jeté un coup d'œil par la fenêtre au-dessus de l'évier avant d'ouvrir.

Gene ne donna aucune indication qu'il avait remarqué la présence de Logan dans le couloir à l'extérieur de la cuisine. Il accrocha son chapeau à un crochet juste derrière la porte, se servit une tasse de café sans rien demander, puis s'assit lourdement sur l'une des chaises autour de la table. Après avoir fermé la porte derrière lui, Savannah s'assit elle aussi devant son ordinateur portable ouvert. Elle regarda droit devant elle, marmonnant de temps en temps pour elle-même, puis ses doigts volèrent brièvement sur le clavier. Il distinguait un mot par-ci par-là. Aurora était le nom du cheval qu'elle avait aimé tendrement quand elle était petite et qu'elle avait pleuré à chaudes larmes.

C'était une bonne idée. Jared savait à quel point elle avait aimé ce cheval. Muffin avait été son chat, Bramble leur chien dévoué à tous les deux. Apparemment, rien de tout cela n'avait abouti, mais il savait qu'elle en dressait la liste de toute façon. Le problème était que le mot de passe inclurait sans aucun doute des chiffres et/ou des symboles. Il faudrait un miracle pour réunir tout cela, se dit-il.

Peut-être pensait-elle qu'en fixant l'écran lumineux suffisamment longtemps celui-ci se transformerait en une boule de cristal affichant une série de lettres et de chiffres.

Bon sang ! Et si le mystérieux mot de passe n'avait rien de familier ? Et si Jared avait utilisé un mélange absurde de lettres, de symboles et de chiffres, pensant qu'il aurait le temps de les transmettre à Savannah en personne ?

Logan fronça les sourcils. Dans ce cas, pourquoi ne l'avait-il pas fait ? Ou bien avait-il tout noté sur un petit bout de papier qui serait tombé, sans qu'on le voie, de la valise ou du sac de Molly, par exemple dans la chambre d'hôtel, le premier soir ?

Non. C'était... impossible.

Pendant qu'il ruminait, Gene Baird regardait sa fille d'un air renfrogné. Enfin, il prit la parole.

— Je suppose que j'ai de la chance que Logan juge bon de me tenir au courant de ce qui se passe.

Elle haussa les sourcils en signe de surprise innocente.

— Est-ce que ça compte lequel d'entre nous te tient informé ?

— Tu es ma fille, dit-il.

— J'ai peur, répliqua Savannah doucement. J'essaie de trouver un moyen de me sortir de cette situation. J'apprécie que maman et toi nous ayez accueillies, mais le ranch ne s'est pas révélé être le refuge que je pensais. Je n'ai jamais boudé de ma vie. Si j'étais en colère contre toi, tu le saurais.

— Si seulement je pouvais mettre la main sur mon fils... À cause de lui vous êtes en danger, toi et son propre enfant.

Elle le dévisagea longuement avant de lâcher un rire dépourvu d'humour.

— As-tu seulement aimé Jared ?

— Qu'est-ce que tu racontes ? s'écria-t-il, indigné. Bien sûr que je l'ai aimé. Si ce gamin n'avait pas été si têtu...

Il s'arrêta, haussa les épaules, pensant apparemment que c'était tout ce qu'il y avait à dire.

Et peut-être avait-il raison, ne put s'empêcher de penser Logan. Quel bien cela ferait-il maintenant de le forcer à comprendre à quel point il avait causé du tort à son fils ? Si Gene se rendait un jour compte de la façon dont il avait traité Jared, quelles seraient les conséquences, pour lui qui croyait dur comme fer aimer sa famille ?

Logan n'avait pas besoin de voir le visage de Savannah pour deviner ce qu'elle pensait. Elle avait déjà essayé. Jared lui-même avait admis que sa mère avait tenté de raisonner son père. Si Savannah le secouait soudain violemment et essayait à nouveau, Gene ne comprendrait toujours pas. Il la regarderait probablement comme si elle était devenue folle.

— Hum... pourquoi es-tu venu ? demanda-t-elle plutôt.

— Je persiste à dire que Molly serait plus en sécurité si elle dormait chez nous plutôt qu'ici. Mais je suppose que tu n'es pas d'accord.

Toujours renfrogné, Gene repoussa sa chaise, se leva et se dirigea vers l'évier, où il vida son café.

— Logan est ici, et il est armé.

— Je le suis aussi.

— J'ai... besoin de l'avoir près de moi.

Savannah avait parlé si doucement que Logan peina à l'entendre. Son père grommela et grogna encore, mais s'arrêta pour poser une main sur son épaule avant de sortir par l'arrière. Logan ne put s'empêcher de remarquer à quel point cette main était devenue noueuse. Son père sorti, Savannah repoussa son ordinateur portable et laissa reposer sa tête sur la table.

— Tu peux sortir de ta cachette.

Logan s'avança dans la cuisine.

— Je ne me cachais pas. Il aurait dû me voir.

Il pencha la tête.

— Comment as-tu su que j'étais là ?

Elle se tortilla sur son siège pour lui faire une grimace.

— J'ai entendu le plancher grincer.

Elle était plus observatrice qu'il ne le pensait. Il avait pris soin de mémoriser tous les endroits de la maisonnette où le plancher couinait au moindre pas. Il s'assit sur la chaise qui se trouvait à côté d'elle.

— Il dirait que c'est toi qui es têtue.

Son rire surpris fit sourire Logan.

— C'est mon père. Je crois sincèrement qu'il m'aime, mais parfois j'ai du mal à m'en convaincre. Il n'est pas très généreux en paroles.

Logan se souvenait des choses différemment.

— Il te félicitait tout le temps.

Silencieuse pendant une minute, elle croisa son regard.

— Je ne suis pas sûre que ce soit tout à fait exact. Surtout ce que tu as pu entendre à l'époque. Si tu étais là, Jared l'était aussi. Je pense que papa passait plus de temps à s'en prendre à Jared qu'à me complimenter.

Que quelque chose d'aussi élémentaire soit retourné dans tous les sens décontenança Logan, même s'il aurait dû s'en douter. Combien d'événements qu'il pensait connaître n'étaient qu'une version déformée de la réalité ? Il avait l'impression grandissante d'avoir été comme balancé dans une machine à laver jusqu'à perdre tous ses repères.

— Je... je vois, dit-il lentement. Est-il plus doux avec ta mère ?

— Dans tous ces moments de tendresse ? Non. Son idée d'un compliment est un grognement occasionnel du genre « bon dîner » avant d'aller regarder la télé. Ton père était-il meilleur avec ta mère ?

— Oui. Il était gêné, mais de temps en temps Mary et moi les surprenions en train de se faire des câlins. Ou pire. Il devenait rouge et nous jetait un regard noir.

Un sourire se dessina sur les lèvres de Savannah.

— C'est mignon.

Logan se leva brusquement et la remit sur ses pieds.

— Ça ressemblait à ça, dit-il d'une voix rude avant de pencher la tête.

Ses lèvres à quelques centimètres des siennes, il s'obligea à rester immobile et à attendre de voir si elle le rejetterait.

12

Un rêve devenu réalité, pensa confusément Savannah. Le fait qu'il attende si patiemment sa réponse eut raison de ses dernières résolutions. Après tout, elle avait passé la moitié de sa vie à imaginer qu'un jour Logan Quade souhaiterait l'embrasser.

Incapable de résister, elle leva la main sur son épaule, se hissa sur la pointe des pieds et pressa ses lèvres contre les siennes. Comme son bras pendait inutilement, elle se sentit maladroite, mais il prit les choses en main si vite que sa gêne disparut rapidement.

Ils passèrent du premier frôlement de lèvres à un baiser passionné en l'espace de quelques secondes. Il avait un goût de café et d'homme, ou peut-être était-ce juste lui. Il caressa sa langue de la sienne, et elle lui rendit la pareille. La distance qui les séparait s'évapora, et elle se colla contre ce corps dur et puissant. De l'une de ses grandes mains il lui agrippa les fesses, tout en glissant les doigts de son autre main dans ses cheveux, inclinant sa tête pour approfondir le baiser.

Sa barbe de trois jours lui grattait la peau, mais elle s'en moquait. Les genoux de Savannah faillirent se dérober, mais elle s'accrocha à lui. Elle avait besoin de se sentir aussi proche de lui que possible. Il bougea les hanches, et elle se frotta à lui. Rien n'avait jamais été aussi bon. Elle gémit lorsque sa bouche quitta la sienne pour descendre vers sa gorge. Elle bascula la tête en arrière et tendit son bras blessé pour se stabiliser et rester contre lui.

La douleur fulgurante qui la traversa fut comme un électro-choc, et elle se raidit. Ses côtes lui faisaient mal aussi, mais cela ne l'avait pas empêchée d'enrouler une de ses jambes autour de la sienne. Une alarme retentit quelque part dans son crâne. Que faisait-elle ? Il ne s'agissait plus simplement d'assouvir un fantasme de jeunesse. Aurait-elle seulement pu reprendre ses esprits si Molly avait été à la maison ?

Il lui mordilla la nuque, juste assez fort pour piquer, mais il s'immobilisa également. Puis il la remit sur ses pieds avec délicatesse, lissa les cheveux de son front d'une main tremblante et enfin embrassa à nouveau légèrement ses lèvres.

— C'est allé un peu plus loin que ce que j'avais prévu, dit-il à voix basse.

— Non... euh... ça va.

Surprise par la chaleur qu'elle lisait dans ses yeux habituel-lement glacés, elle recula d'un pas.

— Je suis presque sûre que c'est moi qui t'ai embrassé.

Rougissant déjà, elle commit l'erreur de baisser le regard pour se retrouver à fixer le gonflement de son jean au niveau de son entrejambe. Elle sentit monter une bouffée de chaleur et releva les yeux.

Logan eut un petit sourire.

— Je crois aussi que c'est le cas. Merci.

— Je ne m'attendais pas à...

Elle hésita. Oh ! pourquoi ne pouvait-elle pas simplement dire : « Je ne suis pas prête pour quelque chose d'aussi intense » ou au moins faire semblant d'être plus expérimentée qu'elle ne l'était ?

Il arqua un sourcil, une expression typique de Logan qu'elle commençait à bien connaître.

— À quoi t'attendais-tu ?

— Je suppose... probablement à ce que j'imaginais que cela me ferait de t'embrasser quand j'étais adolescente, répondit-elle avant de hausser les épaules. Comme à l'époque je n'avais jamais été embrassée, mon imagination était plutôt chaste.

— J'ai eu l'impression qu'une fois arrivée au lycée tu étais plutôt populaire avec les garçons.

— En seconde ? Maman et papa auraient piqué une crise. Je n'ai pas vraiment eu de petit ami avant que tu partes pour l'université.

Non pas qu'elle ait jamais abordé le sujet avec ses parents. De toute façon, le seul garçon qu'elle désirait avait été Logan Quade, qui, au mieux, prétendait qu'elle n'existait pas.

Elle ressentit cette douleur plus vivement que celle de son épaule, même s'il s'était excusé et avait affirmé qu'il s'intéressait bien plus à elle qu'elle n'aurait pu en rêver à l'époque. Il l'avait quand même blessée. Impossible de revenir en arrière.

Non, son corps avait peut-être trahi son désir, mais sa conscience l'empêchait d'y répondre, surtout après qu'il avait douté du danger qui les guettait, Molly et elle. Elle ne pouvait pas lui faire confiance.

— Est-ce que j'ai envie de savoir à quoi tu penses ? demanda-t-il.

— À rien qui devrait te surprendre. Je n'arrête pas de songer au passé. C'est difficile d'oublier.

Il passa une main sur sa nuque.

— Oui, admit-il d'un ton bourru. Nous sommes tous les deux rentrés au bercail. Tout a changé, et en même temps rien n'a bougé.

— Je ne te l'ai pas dit, mais je me sens mal par rapport à ton père, reprit-elle, estimant qu'une diversion semblait plus sûre. Je veux dire, tu es à Sage Creek parce qu'il a besoin de toi, et au lieu de ça tu traînes ici.

— Ça te dérange si je me sers une tasse de café ? demanda-t-il avec une grimace.

— Oh ! non. Bien sûr que non. D'ailleurs j'en prendrais bien une aussi...

Il versa deux tasses pleines et les apporta à la table, où ils s'assirent tous les deux. Elle supposa qu'il avait délibérément choisi la chaise sur laquelle son père s'était installé tout à l'heure plutôt que celle qui était la plus proche d'elle. Logan soupira.

— Papa insiste sur le fait qu'il n'a pas besoin de moi, tu sais. On se disputait deux ou trois fois par jour. Il est probablement ravi de pouvoir donner des ordres à l'employé du ranch que j'ai embauché plutôt que d'admettre qu'il avait besoin de moi pour gérer tout ce qu'il ne peut plus faire.

— Je suis désolée.

Elle tendit timidement la main, avant de se raviser, mais il la saisit avant qu'elle se rétracte. Elle avait souhaité mettre plus de distance entre eux, et maintenant ils se tenaient la main, leurs doigts s'entremêlant. C'était si bon. Trop bon.

Voilà un problème de plus à ajouter à la liste.

— Je dois t'avouer quelque chose, lui dit-il d'un ton bourru. Je suis vraiment heureux d'être rentré au pays au moment où je l'ai fait. Autrement, je n'aurais pas été là quand tu as eu besoin de moi. Si j'avais découvert plus tard que...

Il déglutit avec difficulté, mais ne termina pas sa phrase.

On aurait dit qu'il l'avait attendue toutes ces années, mais elle n'y croyait pas. Pourquoi diable lui tenait-elle la main ? Quand elle se déroba, il la laissa partir sans résistance. Elle releva la tête pour le regarder dans les yeux.

— Tu es heureux d'être ici pour la fille de Jared. Je parie que tu n'avais pas pensé à moi depuis des années.

— Tu perdrais ton pari, répondit-il, le visage indéchiffrable. Il est vrai que je ne pensais pas souvent à toi, mais je t'ai reconnue dès que je t'ai aperçue dans la pharmacie ce jour-là, et j'ai surtout regardé ton dos.

— Mais tu as vu Molly.

— Non, je me suis arrêté pour te regarder, toi. Je t'ai reconnue tout de suite, et puis j'ai vu Molly et j'ai pensé...

— Qu'elle était ma fille.

— Oui, lâcha-t-il dans un souffle.

Elle songea qu'il serait puéril de continuer à se disputer avec lui. *Tu ne me connais pas vraiment. Si. Non.*

— Eh bien, ça n'a pas vraiment d'importance, n'est-ce pas ?

Cette fois, il ne protesta pas, la forçant à se rendre compte qu'elle voulait en réalité continuer cette petite dispute. C'était une façon d'évacuer la tension.

Elle porta le regard sur sa main, toujours posée sur la table, et sur l'avant-bras puissant et bronzé exposé sous sa manche de chemise retroussée. Même sous les poils noirs, elle distinguait ses veines. Elle observa ses doigts mouchetés de quelques poils sombres. Elle sentit sa main tressaillir au souvenir de son toucher. Elle se souvint de la façon dont il l'avait agrippée alors qu'elle tentait presque de se fondre en lui.

Depuis combien de temps n'avait-elle pas cligné des yeux ? Pouvait-il deviner ses pensées ? Faire l'amour avec lui serait un moyen d'évacuer toute cette tension...

Elle se leva d'un bond.

— Je vais à la maison pour passer du temps avec Molly.

Si seulement elle pouvait s'éloigner de lui quelques minutes...

— Je t'accompagne.

Évidemment. Savannah ferma les yeux, inspira, expira et parvint à hocher la tête.

Le matin suivant, ils emmenèrent Molly à cheval avec eux et réussirent à faire deux boucles du grand pâturage. À l'écurie, Logan proposa à Molly de monter devant Savannah.

— Je peux ? supplia la fillette.

Elle n'avait manifestement pas compris que cette « suggestion » était un ordre à peine déguisé. Savannah n'avait pas l'intention de discuter. Si quelque chose se produisait, Logan pourrait s'en occuper mieux qu'elle. La seule chose qu'elle savait faire, c'était monter à cheval. Elle pouvait rentrer à l'écurie avec Molly à une vitesse incroyable. Les *quarter horses* étaient connus pour leur accélération fulgurante et leur vitesse inégalée sur le premier quart de mile. Elle décida de monter l'un des chevaux de son père, une jument prometteuse pour les courses.

Ils commencèrent tranquillement la balade, et Savannah fut heureuse de découvrir que son corps bougeait de façon plus naturelle que la veille. Logan bavardait avec Molly, ce qu'elle trouvait très gentil de sa part, jusqu'à ce qu'elle se concentre sur ses questions.

— Qu'est-ce que ton papa t'a dit à propos de ta tante ?

Pardon ?

Molly fronça les sourcils en réfléchissant.

— Il a dit qu'elle était jolie. Et qu'il aurait pu l'écouter chanter pendant des heures.

— Tu as de la chance qu'elle chante pour toi alors.

Molly lui offrit un sourire radieux.

— Ouaip !

— Quoi d'autre ?

Ce n'était pas une conversation, c'était un interrogatoire. Mais elle n'intervint pas parce qu'il avait raison de faire parler Molly. Et si Jared avait compté sur le fait que sa fille lui transmette une information essentielle lui donnant la clé pour découvrir le mot de passe ? Molly réfléchit à la question de Logan.

— Papa a dit qu'elle montait mieux à cheval que lui.

Son expression trahissait un doute, même si elle n'avait jamais vu Jared sur un cheval.

— C'est probablement vrai, dit Logan, l'air amusé. Mais ton père était aussi un bon cavalier. Est-ce qu'il t'a parlé des rodéos auxquels nous avons participé ?

— Il a parlé de faire du lasso avec des veaux, répondit-elle d'un air dubitatif comme si elle n'avait aucune idée de ce dont il s'agissait.

— Cet été, nous irons voir des rodéos, proposa Savannah. C'est amusant à regarder. Il y a du lasso, du rodéo avec des chevaux et des taureaux, et de la course de barils.

— Comme tu fais avec Akil, déclara Molly, radieuse.

— C'est ça.

— C'est ce que je veux faire quand je serai plus grande, continua-t-elle.

Logan et Savannah échangèrent un sourire franc et simple, pour une fois, et ils se mirent directement au galop au lieu de trotter. De temps en temps, ils ralentissaient et revenaient au pas, incitant Molly à discuter un peu plus. Elle aimait visiblement Logan, et après tout c'était logique, non ? Savannah sourit et les encouragea à parler, comme si cela ne l'agaçait pas d'une façon qu'elle savait complètement irrationnelle.

Malheureusement, Molly ne mentionna rien qui aurait pu aider sa tante Vannah à deviner le mot de passe. Elle commença à détailler la façon dont sa mamie la laissait peindre. Logan savait-il qu'elle possédait son propre chevalet dans la cuisine de papi et mamie ? La veille, elle avait préparé de la pâte à tarte, et mamie avait dit que ce jour-là elles feraient des roulés à la cannelle.

Elle adorait les roulés à la cannelle.

Logan lui sourit.

— On aime tous les roulés. Est-ce qu'on pourra en avoir ?

Molly rit, sachant très bien que Logan avait englouti une bonne partie des biscuits aux flocons d'avoine et aux raisins de la veille.

Après la balade, Savannah et Logan déjeunèrent avec Molly et sa grand-mère – Gene était parti travailler – avant de les laisser à leurs activités de l'après-midi.

— Aucun de nos téléphones n'a sonné ce matin, dit Savannah dans le silence alors qu'ils marchaient jusqu'à la maisonnette.

Logan haussa les sourcils.

— Est-ce vraiment un problème ?

— Non ! Juste...

Elle étouffa le reste. Il lui prit la main et la serra doucement. Il n'avait pas eu besoin de dire qu'il comprenait.

Son portable sonna effectivement cet après-midi-là. Il avait essayé de se concentrer sur le planning des troupes, mais il passa finalement la majeure partie de l'après-midi au téléphone. Savannah observa avec fascination les expressions d'exaspération, d'impatience et d'incrédulité qui apparaissaient sur son visage alors que sa voix restait professionnelle, voire apaisante.

Pendant ce temps, elle sentait sa frustration monter. Elle semblait à court d'idées. Qu'est-ce qui avait suffisamment compté pour elle et Jared – ou juste pour elle – pour qu'il pense qu'elle serait capable de deviner son mot de passe ? L'intérieur de sa tête commençait à ressembler à un vieux flipper, la bille rebondissant de façon imprévisible. Vlan ! Elle avançait, puis se heurtait à un mur ou à une raquette et repartait dans une autre direction.

Cela l'aiderait sans doute de se concentrer sur autre chose, comme le faisait Logan, mais quoi ? Certes, elle avait un planning sur son ordinateur portable, indiquant ses horaires de travail avec chacun des chevaux, et des notes sur leurs progrès, leurs problèmes de comportement et leurs éventuelles blessures. Ces notes lui permettaient de tenir ses clients au courant. Malheureusement, pour l'instant, elle n'avait rien à ajouter à son emploi du temps ni à ses notes puisqu'elle ne savait même pas quand elle pourrait reprendre l'entraînement.

Le lendemain. Elle poussa un soupir silencieux pour ne pas attirer l'attention de Logan. Peut-être le surlendemain. Elle commencerait par des séances de *cutting*. Ce type d'entraînement était assez doux, elle n'avait qu'à envoyer des signaux en tirant sur les rênes ou grâce à une légère pression du genou. Heureusement que cette brute lui avait endommagé le bras et l'épaule gauches au lieu du côté droit !

— À quoi penses-tu ?

Surprise par la question de Logan, elle haussa les épaules d'un air plus naturel.

— À l'entraînement. Aux chevaux avec lesquels je devrais travailler en premier.

— Ce n'est pas ça.

Elle fronça les sourcils.

— Si tu veux vraiment savoir, je me disais que c'était une chance que ce soit mon épaule gauche qui ait été blessée, et non la droite. Et cela m'a rappelé comment ça s'était produit.

— Je n'arrive pas à croire qu'on n'ait pas réussi à mettre la main sur ce sale type, grogna-t-il. Où diable est-il ?

Elle aurait payé cher pour le savoir. « L'employeur » de Jared savait trop bien où elle se trouvait et ce qu'elle faisait. À tel point que, même protégée par Logan, elle avait le sentiment diffus d'être surveillée dès qu'ils franchissaient le pas de la porte. Il ne s'était pas opposé à ce qu'elle garde les stores et les rideaux fermés lorsqu'ils étaient dans la maison. Sa mère ne le faisait pas, et l'intérieur lumineux de la cuisine et de la salle à manger lui donnait envie de se cacher sous la table. Elle n'était pas la seule, elle avait remarqué que le regard de Logan passait régulièrement d'une fenêtre à l'autre et qu'il prêtait à peine attention aux personnes qui lui parlaient.

Et il ne dormait probablement pas mieux qu'elle. Dès que Savannah se levait avec Molly, elle sentait son ombre dans le couloir et savait qu'il avait ouvert les yeux au premier gémissement de la petite. Chaque soir, il effectuait une dernière vérification du périmètre autour de la maisonnette. Il attendait invariablement que Molly s'endorme et cessait alors de dissimuler l'arme de poing qu'il portait tout le temps sur lui ces jours-ci. Certains soirs, lorsque Savannah était assise sur le lit de Molly et lui lisait des histoires ou lui chantait des berceuses, Logan restait dans le couloir. D'autres fois, il entrait et s'asseyait au pied du lit.

La nuit précédente avait été une première. Après avoir fini de lui lire son histoire, Savannah avait serré Molly dans ses bras, l'avait embrassée sur le dessus de la tête et l'avait enveloppée dans les couvertures. À peine s'était-elle levée que la petite fille avait demandé :

— Est-ce que Logan peut me faire un câlin aussi ?

Savannah n'oublierait jamais l'expression qu'elle avait entrevue sur son visage dur. Il la cacha rapidement, comme il le faisait pour la plupart de ses vulnérabilités, et se dirigea vers le côté du lit.

— Bien sûr que je peux. Maintenant, est-ce que je vais le faire, c'est une autre question...

Persuadée qu'on la taquinait, ne doutant pas une seconde de lui, elle gloussa et sortit les bras de sous les couvertures pour s'accrocher à son cou. Logan la serra contre lui, l'embrassa sur le front et la borda à nouveau.

Le cœur serré, Savannah recula dans le couloir. Quelques instants plus tard, Logan la suivit, éteignant la lumière de la chambre mais laissant la porte ouverte de dix centimètres. Clairement, il avait remarqué les préférences de Molly. Tous deux se retirèrent discrètement dans la cuisine. Savannah ne se souvenait pas de la dernière fois qu'elle s'était assise dans le salon. Elle n'allumait la télévision que pour Molly.

Une fois de plus, elle s'assit en face de Logan.

— Merci, dit-elle.

— Pour quoi ? demanda-t-il, l'air surpris.

— Eh bien... pour Molly.

— Elle est adorable. Même si elle n'était pas liée à toi et à Jared, elle se serait frayé un chemin dans mon cœur.

Savannah serra les lèvres et acquiesça. Les yeux rivés sur la table devant elle, elle déclara :

— J'ai tellement peur pour elle. Pour moi aussi, mais si elle me perdait...

— Je ne permettrai pas que cela arrive.

Sa confiance absolue la poussa à lever les yeux pour rencontrer les siens. Ce qu'elle y vit... l'effraya d'une autre manière. Qu'est-ce que cela lui ferait si elle était tuée alors qu'elle se trouvait sous sa protection ? Il était, après tout, seul à la défendre.

Personne ne veut me tuer, se rappela-t-elle.

Pas encore.

Elle se leva d'un bond.

— Je crois que je vais aller me coucher.

— Bonne idée, dit-il d'une voix rauque. Nous sommes tous fatigués. Mais je pense que je vais rester debout encore un peu.

Elle hocha la tête et s'enfuit, tout en sachant qu'elle n'échapperait pas vraiment à la tension qui régnait entre eux. En réalité, cela devenait pire la nuit. Impossible d'ignorer sa présence lorsqu'il la regardait réconforter Molly ou s'allonger à côté d'elle pendant qu'elle se rendormait après un cauchemar. Ou lorsqu'elle-même avait besoin d'aller aux toilettes et ne pouvait résister à l'envie de jeter un coup d'œil dans le salon sombre. La veilleuse qu'elle avait branchée dans le couloir pour le bien de Molly lui suffisait à distinguer la silhouette de l'homme couché sur le canapé. D'habitude, ses pieds nus reposaient sur l'accoudoir. Et puis il y avait les fois où il se levait et rôdait dans la maison, silencieux à l'exception du grincement occasionnel d'une lame de parquet ou du cliquetis d'un store lorsqu'il jetait un coup d'œil à l'extérieur. Ou la façon dont il bloquait la faible lueur de la veilleuse lorsqu'il s'arrêtait devant la chambre de Savannah et qu'elle savait qu'il regardait à l'intérieur.

Il l'attendait. Et, même si elle refusait de l'admettre, elle l'attendait aussi.

13

L'appel arriva le lendemain matin. Logan, l'agent Donaldson et Savannah avaient discuté de la marche à suivre : elle devait gagner du temps.

Heureusement, Molly se trouvait chez ses grands-parents, Logan ne souhaitait pas que la fillette entende des menaces proférées contre sa tante. Elle avait assez souffert. Qu'elle ait vu le visage meurtri de Savannah et qu'elle sache que le ranch était devenu une zone à risque faisait déjà enrager Logan.

Le téléphone de Savannah sonna juste au moment où ils pénétraient dans la cuisine de la petite maison par la porte arrière. Il la verrouilla automatiquement derrière eux, puis haussa les sourcils en la regardant. Sa respiration venait de s'accélérer.

Elle hocha la tête. Oui, c'était lui.

Avait-il utilisé deux fois le même numéro ?

— Allô ?

Sa voix resta ferme, mais sa main tremblait lorsqu'elle mit l'appareil sur haut-parleur et le posa sur la table. Logan souleva sa chaise pour ne pas faire de bruit en s'asseyant.

— J'attendais que vous m'appeliez, dit l'homme.

— Oh !

Elle réussit à paraître surprise. Elle arrêta le regard sur celui de Logan.

— Vous ne l'aviez pas précisé. Et vous n'aviez jamais utilisé le même téléphone. Ou du moins le même numéro.

Il y eut un bref silence.

— Avez-vous ce que je veux ?

— Oui et non…

— Ne jouez pas avec moi, la coupa-t-il d'une voix glacée.

— Je vous assure que je ne joue pas ! J'ai trouvé un fichier non identifié sur le téléphone de Jared. Je peux vous envoyer le lien par mail. Le problème, c'est qu'il est protégé par un mot de passe. À moins que vous ne sachiez quel mot de passe il aurait utilisé…

— Votre frère nous volait. Je n'ai aucune idée de ce qu'il aurait pu utiliser. Mais vous, vous devez le savoir.

Quatre mots suffisamment menaçants pour que Logan sente ses poils se hérisser. Il tendit la main et prit celle de Savannah. Elle était glacée.

— Vous m'avez fait assez peur comme ça, d'accord ? s'écria-t-elle. J'essaie de comprendre ce que Jared aurait pu supposer que je savais. Je vous ai dit que je ne l'avais pas vu depuis des années ! Nous nous parlions rarement. Découvrir ce qu'il estimait avoir une quelconque signification pour moi n'a rien de facile. Je vous en prie. J'ai besoin de plus de temps.

— Je crois que vous vous moquez de moi.

— Non ! Je vous jure que non.

Cette fois, le silence se prolongea suffisamment pour que Logan porte le regard sur le téléphone. La connexion avait-elle été coupée ?

Savannah ajouta plus fermement :

— Le fichier est peut-être sauvegardé sur le cloud. Je ne peux pas le savoir. Si vous ne me laissez pas le temps de réussir, il restera là. Peut-être que quelqu'un d'autre tombera dessus. On pourrait le pirater. Ce n'est pas impossible, vous savez. Je vous en prie. Encore quelques jours…

Logan n'avait pas l'habitude d'imaginer des choses, mais il aurait juré que la fureur qu'il ressentait n'émanait pas de lui.

Et, en effet, lorsque son interlocuteur reprit la parole, sa voix rauque avait baissé d'un ton.

— Nous verrons bien.

— Que voulez-vous dire par là ? Allô ? S'il vous plaît...

L'enfoiré avait raccroché. Savannah tremblait si fort que ses dents s'entrechoquaient lorsqu'elle regarda à nouveau Logan.

— Que vont-ils faire maintenant ?

Il n'en savait rien, mais les perspectives semblaient peu réjouissantes.

Savannah se précipita dans ses bras, aussi dangereux que cela puisse paraître. Elle avait besoin de cette proximité, de sa force, à la fois physique et émotionnelle. Elle n'y resta pas aussi longtemps qu'elle l'aurait voulu. La tension accumulée dans tout son corps ressemblait à une pelote de fer barbelé. Si elle se rompait, le fil s'enroulerait autour d'elle, la déchirant de ses terribles aiguillons. Étant donné la terreur qu'elle éprouvait, elle devait être folle pour que ses pensées voguent vers quoi que ce soit de sexuel... mais c'était le cas. Elle désirait plus que tout se libérer de cette tension d'une manière ou d'une autre, et le sexe restait un moyen d'y parvenir.

Elle sentit le corps de Logan se durcir, son rythme cardiaque s'accélérer. Il s'immobilisa. Savannah fixa sa gorge, son pouls rapide, la petite barbe de trois jours encadrant sa mâchoire. En elle, le désir le disputait à la raison.

S'il avait tourné la tête suffisamment pour chercher sa bouche, elle n'aurait peut-être pas pu dire non. Ni l'un ni l'autre ne bougèrent tandis qu'elle renforçait sa résolution. Lorsqu'elle quitta à nouveau ses genoux, il ouvrit les bras pour lui rendre sa liberté.

Il lui abandonnait la décision, et elle en fut soulagée. Elle n'aurait pas aimé se laisser entraîner et avoir ensuite des regrets. C'était mieux ainsi.

À moins que je ne meure sans avoir jamais fait l'amour avec Logan Quade, lui fit remarquer une voix dans sa tête avec amertume.

Elle renifla. Vraiment ? Elle serait morte et ne s'en soucierait pas.

De nouveau en sécurité de l'autre côté de la table, elle se laissa aller à croiser son regard.

— Qu'est-ce que je fais maintenant ?

Il expira longuement, puis se massa la nuque.

— La même chose. Si tu continues comme ça...

— Il se peut que je ne trouve jamais ce fichu mot de passe, s'écria-t-elle. Et, même si je le devinais, qu'arriverait-il ? Je le donnerais à ces malades ? Je parie que l'agent Donaldson adorerait ça !

— J'aime à penser qu'il a un plan, dit lentement Logan. Il est temps qu'il le partage avec nous.

L'agent Donaldson répondit immédiatement. Il écouta l'appel que Savannah avait enregistré avant de demander :

— Madame Baird, avez-vous progressé dans la recherche du mot de passe ?

Elle se pencha pour approcher sa bouche du téléphone de Logan.

— Vous voulez savoir si je lui ai menti ? J'ai dit la vérité. Rien de ce à quoi j'ai pensé jusqu'à présent n'a fonctionné.

— Je suis toujours d'avis de vous laisser le téléphone. Notre droit de fouiller dedans pourrait entraîner des condamnations qui seraient ensuite annulées.

C'était aussi la dernière chose qu'elle souhaitait.

— Je ne sais pas si vous savez que votre frère était un as de l'informatique, poursuivit-il. J'ai cru comprendre qu'il était l'expert informatique de cette organisation. Mais il vous connaissait bien, il n'aurait pas rendu ce mot de passe très compliqué étant donné qu'il s'attendait à ce que vous le découvriez.

— Merci, lâcha-t-elle sèchement.

Décidément, Donaldson était toujours aussi con.

— Merci ? demanda-t-il, d'abord confus, avant de se rendre compte de ce qu'il venait de dire. Ce n'était pas une insulte.

Ben voyons.

— Allons droit au but, lança Logan. Je considère sa dernière remarque comme une menace, pas comme un accord pour lui donner plus de temps. Nous avons besoin d'un plan de votre part.

— Mais vous aviez raison, madame Baird, et il doit le savoir. Il a besoin de vous vivante.

— S'ils l'atteignent à nouveau, c'est vous qui êtes mort, déclara Logan, aussi menaçant que l'avait été le trafiquant de drogue.

— Je n'apprécie pas les menaces, shérif. Que me suggérez-vous de faire ?

— Mettez-la en sécurité.

— Pour combien de temps ? À quel prix ? Et si elle ne trouve jamais ce fichu mot de passe ?

— Alors relocalisez-la avec une nouvelle identité.

Choquée, Savannah le regarda fixement. C'en était trop pour les sentiments qu'elle éprouvait à l'égard de Logan. Elle comprenait qu'il veuille la garder en vie, mais apparemment il était prêt à lui dire adieu sans la moindre hésitation.

— Ce n'est pas si simple, dit Donaldson avec raideur.

— Depuis combien de temps travaillez-vous à faire tomber cette organisation ? demanda Logan.

Ses beaux yeux clairs se posèrent sur les siens, sans qu'elle puisse lire ce qu'il ressentait.

— Hum... près de deux ans. Vous devez savoir à quel point ces enquêtes sont complexes.

— Et vous n'avez obtenu aucun mandat dans ce laps de temps ? ironisa Logan.

— M. Baird allait me fournir tous les détails dont j'avais besoin pour ça, déclara l'agent. Sans cela, je n'ai pas assez de preuves.

Logan jura longuement, de manière créative. Donaldson se tut.

Sentant sa peau la picoter, Savannah intervint.

— Je commence à me demander pourquoi Jared a pris tant de risques alors que vous ne pouviez rien faire pour lui ou sa famille en retour.

— Il ne le faisait pas pour les stups, dit l'agent à voix basse. Il coopérait avec nous dans l'espoir d'empêcher d'autres jeunes de devenir toxicomanes.

Honteuse, Savannah baissa la tête.

— Vous avez raison.

— J'essaierai d'obtenir la permission d'envoyer un agent en renfort, shérif Quade, ajouta Donaldson. Je ne peux rien faire de plus. Si vous préférez que Mme Baird vienne à San Francisco, je pourrai peut-être lui trouver un refuge.

Elle secoua la tête d'un air paniqué. Logan comprit.

— Nous vous recontacterons à ce sujet.

Il mit fin à l'appel.

— C'est un non, je suppose.

Elle posa les mains sur ses genoux et les serra l'une contre l'autre.

— Je suis censée faire mes valises, dire à Molly que nous allons nous cacher dans un appartement ou une maison dans un endroit étrange, que nous serons entourées d'hommes étranges, mais que tout ira bien ?

Sa voix montait de plus en plus dans les aigus, et elle s'en moquait.

— Je préfère l'emmener et me débrouiller pour que nous disparaissions dans la nature ensemble. Si c'est ce que tu veux que je fasse...

— Mettons les choses au clair, l'interrompit-il d'une voix rauque d'émotion. Quoi que tu décides, je t'accompagnerai. Je ne te quitterai pas.

Quel moment humiliant pour fondre en larmes !

Logan contourna la table et la prit dans ses bras si rapidement qu'elle s'en rendit à peine compte. Comment pouvait-elle penser qu'il en avait assez d'être son protecteur ? D'où lui venait cette idée ?

La joue appuyée sur sa tête, il la berçait et murmurait tout ce qui lui venait à l'esprit – des platitudes probablement inutiles. Elle continua à pleurer. Au lieu de l'entourer de ses bras, elle saisit des pans de sa chemise dans ses mains. Il s'attendait presque à entendre le tissu se déchirer. Finalement il l'arrêta.

— Ça suffit ! Tu vas te rendre malade.

Elle s'immobilisa.

Ressentant un pincement de... pas de pitié, non, mais il n'était pas sûr de vouloir identifier cette émotion, Logan lui arracha doucement les mains de sa chemise, puis se pencha et la fit basculer dans ses bras. Il la porta jusqu'à sa chambre, l'allongea aussi doucement qu'il le put sur le lit et s'étendit à côté d'elle pour la prendre dans son étreinte. Il glissa un bras sous son cou pour lui permettre de l'utiliser comme oreiller.

— Détends-toi, murmura-t-il. Je sais que tu as peur et qu'il faut que ça sorte.

Elle renifla plusieurs fois.

Une tempête d'émotions faisait rage sous son crâne, l'empêchant de sourire, mais il tâtonna dans sa poche et en sortit un bandana rouge qu'il lui tendit.

Allongé derrière elle, il ne pouvait la voir, mais il lui sembla qu'elle essuyait ses larmes. Lorsqu'elle se moucha finalement, le bruit fut incomparable.

— Merci, marmonna-t-elle.

— Pas de quoi.

Au lieu de sa tresse habituelle, ses cheveux étaient noués en queue-de-cheval, mais ils s'échappaient maintenant, chatouillant son visage. Il aimait ses cheveux, épais, soyeux et parfumés. Il aurait juré qu'ils sentaient la vanille.

Elle remuait légèrement à chaque respiration. Il avait une conscience aiguë de ce corps, ces épaules minces, cette nuque délicate, ce torse long et musclé qui se courbait en hanches féminines.

Il n'entendit rien qui puisse lui faire penser qu'elle pleurait encore. Les stores clos, la lumière restait faible bien qu'il soit midi passé. Il aurait peut-être dû la border d'une couverture, mais il hésitait à bouger. Certaines de ses raisons n'étaient pas louables. D'ailleurs, il avait dû reculer les hanches pour ne pas s'approcher de son cul ferme et galbé. Elle aurait été offensée à juste titre si elle avait senti son excitation. Elle avait dit non, et il devait l'accepter. Ce qui comptait, c'était de les garder, elle et Molly, en sécurité. Plus tard... non, même pas plus tard. Après la façon dont il avait tout gâché, elle devait faire le premier pas, ou cela n'arriverait jamais.

Qui aurait pu penser que l'opposition de ses hormones d'adolescent et de sa loyauté malavisée envers son meilleur ami aurait changé le cours de sa vie de façon si profonde ? La fille qu'il avait tant désirée au lycée se trouvait maintenant blottie contre lui, mais uniquement parce qu'elle n'avait personne d'autre pour la défendre contre les menaces qui pesaient sur sa vie, et non parce qu'elle ressentait la même chose que lui. L'attirance physique était là, mais pas la confiance profonde.

Et c'est ma faute.

Ils restèrent silencieux pendant un long moment. Dix minutes ? Vingt ? Logan n'en avait aucune idée. Il n'avait pas sommeil, trop occupé à réfléchir à la manière de combattre le danger qui la menaçait, même si, bizarrement, il éprouvait un sentiment de bien-être et de satisfaction parce qu'elle était là, blottie contre lui.

Lorsqu'elle remua, il se crispa, mais écarta le bras qu'il avait passé autour de sa taille. Si elle était prête à se lever...

Au lieu de cela, elle se dégagea juste assez pour pouvoir se tourner face à lui. Une partie de lui, observatrice mais distante, nota que ses paupières demeuraient encore un peu gonflées et que ses ecchymoses avaient diminué, mais étaient loin d'avoir disparu. De minuscules cheveux échappés de sa coiffure bouclaient sur ses tempes et son front. L'expression désespérée de ses yeux noisette le fascina.

Elle scruta son visage, à la recherche de quelque chose qu'il lui donnerait sans hésiter, peu importe de quoi il s'agissait. Finalement, elle chuchota :

— Veux-tu faire l'amour avec moi ?

Savannah ne savait pas ce qu'elle allait dire avant d'ouvrir la bouche. Ce devait être un moyen de lutter contre son sentiment d'impuissance, de frustration, de peur. De prendre le contrôle de quelque chose.

Mais se mettre à nu devant un homme dont les émotions étaient encore opaques pour elle ? Le supplier de faire l'amour avec elle ? Elle le regretterait sans doute plus tard.

Les secondes s'écoulèrent, et il la regarda fixement, sans bouger. À quoi pensait-il ? À la façon dont il pourrait refuser poliment ? Ce ne serait pas difficile, il pourrait simplement lui dire : « Tu es encore trop mal en point pour ça. » Et peut-être qu'il aurait même raison, mais...

— Tu en as vraiment envie ?

Sa voix était grave, tendue.

Elle hocha la tête. Elle faillit dire *S'il te plaît*, mais se ravisa. Hors de question de le supplier davantage.

— Je... je ne rêve que de ça.

Il leva sa main libre et lui caressa délicatement le visage, lissant ses cheveux en arrière, son pouce pressant ses lèvres.

Elle ne put s'en empêcher : elle passa la langue sur son pouce, savourant le goût salé et la façon dont il tressaillit.

Plus rapide qu'elle ne l'aurait cru, il la fit basculer sur le dos et se pencha sur elle. Autoritaire comme il l'était, elle se serait attendue à ce qu'il fonde sur elle tel un conquérant, la dévorant sans ménagement. Au lieu de cela, il prit son visage au creux de ses mains, le touchant avec une extraordinaire douceur, compte tenu de ses blessures. Il l'embrassa tendrement, sa bouche volant au-dessus de la sienne jusqu'à ce qu'il aspire sa lèvre inférieure et l'effleure de ses dents. Elle avait l'impression de flotter dans l'air, tous ses maux ayant disparu.

Pendant une minute, elle sombra dans son regard plus brûlant que glacé. Elle observa les angles de son visage, ses cils épais, les poils sombres de ses joues et de sa mâchoire, les légères rides autour de ses yeux, et même la forme de ses oreilles. Le visage de Logan la fascinait depuis qu'elle était petite. Enfin, elle pouvait lever la main pour le caresser et sentir toutes les textures qu'il renfermait.

Ses lèvres se montraient d'une douceur inattendue, et elle frissonna.

L'émotion la ramena à la vie. Elle saisit sa nuque et se redressa suffisamment pour l'embrasser. Et, certes, c'était peut-être maladroit et trop fort, mais elle avait *besoin* de lui. Il répondit à son désir, approfondissant le baiser, leurs langues s'emmêlant. Elle se montrait plus consciente que jamais de la taille et de la puissance de cet homme dont elle voulait sentir tout le poids sur son corps.

Il explora sa gorge de sa bouche, la goûtant et la mordillant, tout en dégrafant habilement sa chemise. Elle se rendit à peine compte du moment où il ouvrit son soutien-gorge et l'éloigna de ses seins. Mais la façon dont il la fixait, les couleurs sombres s'étalant sur ses pommettes, cela, elle l'avait remarqué. Il devait la désirer, forcément, sinon il ne la dévorerait pas du regard comme cela.

— Si tu savais combien de fois j'ai rêvé de te voir comme ça, murmura-t-il.

Du moins, c'est ce qu'elle pensait qu'il avait dit. Elle ouvrit violemment sa chemise de cow-boy, les boutons-pression cédant sous ses tiraillements déterminés. Savannah se rappela brièvement avec amusement le garçon maigre et longiligne qu'elle avait vu torse nu tant d'années auparavant, mais cela ne dura pas lorsqu'elle put caresser un torse musclé et bronzé. Ses poils sombres formaient un tapis dont la texture était plus douce que ce à quoi elle s'attendait.

Au milieu de tout cela, leur exploration mutuelle se transforma en quelque chose d'autre, quelque chose de si puissant qu'elle se sentit emportée comme jamais auparavant. Ils se déshabillèrent mutuellement, son seul moment de lucidité survenant lorsqu'elle vit avec quelle précaution il rangea son arme à portée de main. Il n'avait pas oublié la menace qui pesait sur elle, mais après cela il était libre de lui caresser les seins, de les embrasser, de les sucer, de faire sentir ses dents sur ses mamelons avant de se tourner à nouveau vers sa bouche pour d'autres baisers enivrants. Elle se pressa contre lui, avide de quelque chose qu'elle n'avait jamais ressenti. Elle souhaitait se fondre en lui. Elle lui fut intensément reconnaissante lorsqu'il s'éloigna un instant et qu'elle l'entendit ouvrir un préservatif. Pour une fois, elle n'y aurait pas pensé.

Puis il se plaça enfin entre ses cuisses, et elle put l'agripper férocement avec les genoux et les bras, essayant de le presser tandis qu'il grognait des mots qu'elle ne saisit pas.

Il la pénétra, plus lentement qu'elle ne le souhaitait, mais la ramenant momentanément à elle-même. C'était presque trop… non, ce n'était pas assez. Il recula, s'enfonça plus profondément en elle, et elle arqua les hanches pour aller à sa rencontre.

Juste une fois, se dit-elle. *Logan Quade. Enfin.* Mais son esprit ne parvint pas à se raccrocher à quoi que ce soit d'aussi cohérent. Tout n'était que sensation, la puissance de son corps dominant le sien, lui imposant son rythme.

Et puis elle implosa de plaisir. Elle le sentit frémir en elle avant d'entendre un son guttural s'échapper de sa gorge quelques instants plus tard.

Les larmes lui brûlaient les yeux. Juste quelques-unes, et

peut-être était-ce inévitable. Elle en avait tant rêvé. Pas étonnant qu'elle ait ressenti tout cela.

— Savannah, murmura-t-il, son nom exprimant à lui seul toute une série d'émotions.

Si seulement elle pouvait y croire.

14

Logan sentit la tension subtile et presque immédiate émanant de Savannah, qui semblait vouloir s'éloigner de lui sans pour autant bouger. La tenant toujours dans ses bras, il aurait souhaité savoir quoi dire. Elle ne prononça pas un mot, mais commença à se retirer, corps et esprit. Il la relâcha.

— Pressée de partir ?

Il s'en voulut presque d'avoir pris un ton aussi hostile, mais bon sang il se sentait à la fois blessé et offensé.

— Non, je... je dois aller chercher Molly.

Que pouvait-il faire d'autre que de se retrancher derrière le masque qu'il avait dû se créer en tant que flic ? Malheureusement, le silence entre eux lui vola la joie de leurs ébats.

— Très bien, dit-il sèchement.

— Logan...

— Habille-toi.

Une fois levée, elle se tourna dos à lui, comme si elle avait honte de sa nudité. Elle se rhabilla à une vitesse impressionnante.

Il l'imita, enfilant brusquement ses bottes en même temps qu'elle.

— Elle s'inquiète si je suis en retard.

C'était peut-être même vrai, et il se comportait comme un crétin. Il aurait pu lui dire à quel point lui faire l'amour avait été extraordinaire, mais il s'était abstenu. Il n'aimait pas se demander si elle aussi se sentait blessée par son attitude.

— Je suis content que tu aies préparé le dîner, lâcha-t-il.

Un ragoût mijotait depuis ce matin-là.

— Je préférerais que nous ne rentrions pas à pied après la tombée de la nuit.

Il crut la voir frissonner.

— Je commence, moi aussi, à ne plus aimer l'obscurité, ce qui n'a aucun sens étant donné que j'ai été attaquée par un matin ensoleillé.

— Je préfère voir le danger venir.

Sur ce, ils se précipitèrent chez les parents de Savannah où, inévitablement, sa mère s'écria :

— Oh ! tu ne restes pas pour le dîner ? Tu sais que tu es toujours la bienvenue. Molly se révèle être une très bonne aide-cuisinière.

Évidemment.

Savannah se pencha pour embrasser sa nièce.

— Elle peut m'aider à faire des biscuits pour accompagner notre ragoût. Elle les découpe et les met sur la plaque à biscuits.

— Je fais très attention, assura la petite fille à sa grand-mère, dont la résistance initiale se transforma immédiatement en sourire.

— J'en suis sûre ! Ah, Savannah, ton père et moi allons faire un tour à Costco demain. Tu pourras te réapprovisionner aussi et, si on y va tous, ça devrait aller...

Elle jeta un coup d'œil rapide à Molly, ne souhaitant mani-festement pas parler des risques en sa présence.

— Je ne suis pas certaine que ce soit une bonne idée, dit Savannah avant de se tourner vers Logan. Qu'en penses-tu ?

Logan réfléchit. Il devait absolument passer un peu de temps au bureau, certains rendez-vous ne pouvaient avoir lieu qu'en présentiel. Même si Gene et Savannah étaient armés, l'idée ne lui plaisait guère.

— Cela me donnerait la possibilité d'aller travailler, acquiesça-t-il lentement, mais je veux quand même que vous ayez des renforts. Je peux envoyer un adjoint qui vous suivra jusqu'à Bend. S'il vous accompagne jusqu'à l'entrée et que vous l'appelez quand vous êtes prêts à sortir, le voyage devrait être suffisamment sûr.

— Un adjoint ? s'étonna Savannah. Vraiment ? Le département peut-il se permettre de voir un de ses adjoints nous suivre dans notre shopping au lieu de patrouiller ?

— C'est la seule option, déclara-t-il avec fermeté.

Elle ne protesta pas davantage, ce qui l'amena à se demander si elle n'était pas au moins un peu soulagée. Même si elle lui avait prouvé ses talents avec une arme, tirer à distance avec précision n'était pas la même chose que de tirer sur un homme, surtout en plein milieu d'une attaque.

Il soupçonnait son père d'être un meilleur tireur avec une carabine de calibre 22, probablement celle qu'il utilisait pour protéger ses veaux des animaux sauvages. Gene n'avait pas servi dans l'armée, cependant, et il était donc peu probable qu'il ait déjà tiré sur un être humain.

Cela dit, les jeunes adjoints que Logan essayait de former n'en menaient pas large non plus. Ce n'était pas seulement leur manque d'expérience ; la plupart des flics prenaient leur retraite après une longue carrière sans avoir jamais eu à tirer dans le cadre de leur travail. Ne pas avoir à sortir leur arme constituait leur objectif principal, en temps normal, à moins qu'ils ne fassent partie d'une équipe d'intervention.

Il emmena Gene à l'écart pendant que Molly mettait ses bottes et que sa grand-mère allait chercher son manteau et ses moufles.

— Demain, surveillez attentivement les rétroviseurs, et pas seulement la route devant vous, chuchota Logan. Si vous le pouvez, ne laissez pas un véhicule se faufiler entre vous et l'adjoint.

— Je prends la sécurité de Savannah et de Molly au sérieux, dit le vieil homme, l'air sombre.

Bien.

De retour chez eux, Logan se félicita qu'ils ne soient que tous les trois. Le dîner fut excellent, les biscuits que Molly avait aidé à préparer délicieux et, grâce à l'enfant bavarde, la conversation se déroula même confortablement.

— Je voulais faire du cheval demain, dit-elle dans un rare moment de bouderie. Pourquoi devons-nous aller faire des courses ? C'est nul.

Le regard amusé de Savannah croisa fugitivement celui de Logan.

— Il y a de bonnes chances que nous fassions quelques achats pour toi.

Molly se redressa sur sa chaise.

— On va voir un poney ? C'est ça qu'on fait ?

— Non, je suis désolée, répondit Savannah. On n'achète pas un poney comme on achète... une nouvelle poupée. J'ai fait savoir aux gens que je cherchais. Quand j'en trouverai un qui me semble être un bon choix, nous irons le voir et peut-être que tu pourras le monter pour être sûre que c'est vraiment le bon poney.

Molly plissa les yeux.

— Pourquoi « peut-être » ?

En se beurrant un deuxième biscuit, Savannah se contenta de sourire.

— Je pourrais décider de te faire une surprise.

— Oh !

De toute évidence, la fillette n'était pas sûre que cette idée lui plaise. Logan s'esclaffa.

— Ta tante est une excellente juge en ce qui concerne les chevaux, tu sais.

— Alors, qu'est-ce qu'on achète demain ?

— Du papier toilette, de l'essuie-tout, des conserves. Et tout ce dont nous avons besoin pour cuisiner.

Voyant qu'une protestation se préparait, elle leva un doigt.

— Costco propose aussi des vêtements, des livres pour enfants et des jouets. Nous pourrions y jeter un coup d'œil si tu es patiente pendant le reste des courses. D'accord ?

Molly s'affaissa.

— Mouais, d'accord.

Le sourire aux lèvres, Logan aurait aimé pouvoir les accompagner. Mais le trajet durait plus d'une heure jusqu'à Bend, la plus grande ville de l'est de l'Oregon, qui abritait le seul Costco de ce côté-ci des montagnes. Si l'on ajoutait les courses, le déjeuner éventuel au magasin et le trajet retour, il devrait disposer de quatre ou cinq heures pour jouer au shérif plutôt qu'au garde du corps. Et, s'il parvenait à quitter le bureau assez tôt, il aurait peut-être le temps de visiter les nombreux ranchs abandonnés de la région. Il n'avait pas demandé à ses adjoints de sortir de leurs véhicules, mais seulement de passer devant et de chercher des signes de visiteurs récents. Cela dit, malgré sa plus grande expérience, il ferait probablement de même. Il préférait planifier un raid plutôt que de prendre des risques inconsidérés.

Tout en élaborant ses propres plans, il pensait aux kilomètres de routes souvent vides que les Baird devraient parcourir. Jusqu'à présent, l'agresseur de Savannah était passé inaperçu. Qu'il affronte deux adultes armés et une escorte des forces de l'ordre semblait peu probable. Il y avait d'autres façons – plus faciles – de l'effrayer.

Plus l'heure du coucher approchait, plus Savannah se montrait distante. Avec un « Bonne nuit » poli, elle disparut dans sa propre chambre peu après avoir bordé Molly, et bien avant qu'il puisse suggérer une discussion ou au moins un baiser.

Mécontent, mal à l'aise, inconfortable sur ce foutu canapé et toujours aussi peu enthousiaste à l'idée de la sortie de Savannah et Molly le lendemain, Logan ne dormit que par intermittence.

L'uniforme vert foncé parfaitement taillé de Logan rappela à Savannah à quel point il pouvait se montrer imposant physiquement. Son expression impénétrable ainsi que l'insigne épinglé sur sa poitrine lui conféraient un air sévère ce matin-là. C'était un peu troublant. Depuis plusieurs jours, Savannah s'était habituée à un homme plus décontracté, en jean et chemise de flanelle à l'intérieur, et en manteau doublé de polaire à l'extérieur.

— Accompagne-moi dehors, ordonna-t-il lorsqu'il fut temps pour lui de partir.

Il souleva Molly, la fit tourner pendant qu'elle criait et riait, la serra dans ses bras et la déposa doucement avant de hausser ses sourcils sombres en regardant Savannah.

Elle aurait dû se hérisser face à cet ordre et au sous-entendu qui l'accompagnait, mais elle n'en avait cure, car en réalité... elle ne voulait pas qu'il parte, même pour quelques heures.

— Finis de t'habiller, dit-elle à Molly. Il faut qu'on soit prêtes quand papi et mamie arriveront.

Elle attrapa une veste accrochée à la porte avant de sortir avec Logan.

— Ah ! dit-il. L'adjoint Krupski est là. C'est bien.

Elle suivit son regard pour voir le SUV blanc marqué d'une bande verte, de l'insigne du département du shérif et surmonté de gyrophares. Il venait de s'engager sur la route du ranch.

Elle accompagna Logan sur la courte distance qui le séparait de sa voiture. Un bip retentit, et il ouvrit la portière.

— Reste vigilante, dit-il. Je ne sais pas à quel point ton père sera attentif.

— Je croyais que cette sortie n'était pas dangereuse. Tu as donné ton accord.

Elle sentit son pouls s'accélérer d'un coup.

Il haussa les épaules d'un air qu'elle commençait à reconnaître.

— Je suis sûr que ça ira, répondit-il. Je serai soulagé quand tu seras de retour à la maison, c'est tout, ajouta-t-il d'une voix plus rauque.

— Moi aussi, admit-elle. J'aimerais tant que tout cela soit terminé.

— Je comprends.

Il l'observa pendant une minute, pencha la tête et l'embrassa légèrement.

— Appelle-moi quand tu seras de retour.

Elle hocha la tête, sentant toujours le souvenir du contact sur ses lèvres.

— Chef, oui, chef !

Il lui sourit, ce qui fit accélérer son pouls pour une tout autre raison, puis il se hissa derrière le volant avant de fermer la portière et de s'éloigner.

Elle l'observa suffisamment longtemps pour le voir freiner et baisser la vitre afin d'échanger quelques mots avec l'adjoint avant de continuer vers la route principale.

Savannah resta dehors pour saluer l'adjoint Krupski, au visage rond et à l'air absurdement jeune, lui dire quand ils prévoyaient de partir et lui proposer de remplir sa thermos de café avant de retourner elle-même à l'intérieur pour finir de se préparer.

Quelques minutes plus tard, son père klaxonna en arrivant devant chez elle. Molly et elle sortirent sous les aboiements des chiens qui avaient accouru au son du klaxon et menaçaient de renverser Molly en tournant autour d'elle, la queue en l'air.

Molly gloussait encore lorsqu'elles grimpèrent à l'arrière du pick-up de son grand-père. Dieu merci, le chauffage faisait déjà son effet.

La mère de Savannah leur sourit, se retournant pour regarder Savannah mettre le rehausseur en place. Elle attendit que Molly s'y installe et que Savannah l'y attache avant de faire de même pour elle.

En s'engageant dans l'allée, son père jeta un coup d'œil dans le rétroviseur, où il pouvait voir leur véhicule d'escorte.

— C'est n'importe quoi, murmura-t-il. Je me demande ce que Joplin dira lorsqu'il l'apprendra.

Roger Joplin présidait le conseil du comté, ce qui faisait de lui le patron de Logan. Elle avait entendu Logan lui parler plusieurs fois.

— M. Joplin a beaucoup d'estime pour toi, papa, dit-elle doucement. Tu sais qu'il voudra nous soutenir autant que possible.

Son père émit quelques grognements, puis se calma. Logan ne

pensait pas Gene capable de protéger sa famille seul, et Savannah se doutait que la fierté de son père s'en trouvait heurtée.

Sa mère lança quelques remarques, mais il lui était difficile de l'entendre depuis la banquette arrière, et ils abandonnèrent bientôt la conversation. Savannah n'avait pas très bien dormi la nuit précédente – on se demandait bien pourquoi. Ses paupières s'alourdissaient de minute en minute, mais elle se secoua, se remémorant ce que Logan avait dit.

« *Reste vigilante.* »

Plus facile à dire qu'à faire depuis la banquette arrière. Aucun des rétroviseurs ne lui permettait de voir le trafic devant ou derrière, et elle n'allait pas passer tout le trajet contorsionnée pour regarder par la vitre arrière, de toute façon partiellement bloquée par un porte-fusil vide.

Sa mère sourit par-dessus son épaule à la vue de Molly, qui avait peu à peu sombré dans un sommeil profond, la joue posée sur la porte. Savannah sourit elle aussi, mais se rappela qu'elle devait rester vigilante.

Pour se rassurer, elle caressa la crosse de son arme de poing, rangée sous son aisselle. La ceinture de sécurité passait au-dessus, ce qui ralentirait le dégainage, à moins qu'elle ne se détache d'abord.

Son père quitta la grande route pour s'engager sur l'un des nombreux petits chemins secondaires qui reliaient les habitants de l'Oregon dans ces régions reculées. Lorsqu'il accéléra, les pneus protestèrent sur la chaussée. Elle avait vraiment envie de s'assoupir, mais lutta contre le sommeil. Probablement une demi-heure plus tard, elle remarqua un panneau indiquant leur entrée dans le comté de Crook.

Ils se trouvaient enfin à mi-chemin. C'était une campagne déserte, la seule indication d'une présence humaine étant quelques routes mineures, certaines en gravier, et d'autres chemins privés menant à des ranchs ou à des fermes.

Après s'être arrêté à un feu rouge clignotant, son père s'engagea sur un raccourci, encore une route de campagne limitée à quatre-vingts kilomètres/heure, dont Savannah savait qu'elle rejoindrait bientôt l'autoroute 26. Étrangement, ils n'avaient croisé aucun véhicule, songea Savannah. Peut-être était-ce normal. Une fois sur la 26, il y aurait plus de monde. Et ils étaient partis tôt.

Ayant besoin de se rassurer, elle se tordit à nouveau le cou pour regarder derrière, mais n'aperçut qu'une route vide. Elle s'alarma. Peut-être que l'adjoint les suivait d'un peu plus loin, mais... N'avait-il pas pris le dernier virage avec eux ? Son père ne faisait-il pas attention ?

Elle se pencha en avant.

— Papa ! Nous avons perdu l'adjoint Krupski.

— Quoi ? s'exclama-t-il en regardant dans le rétroviseur. Bon sang, où est-il ?

Il leva le pied de l'accélérateur, et le pick-up ralentit.

Le cœur de Savannah battait la chamade, elle chercha son téléphone à tâtons.

— Je ne sais pas, mais je pense que nous devrions faire demi-tour. Nous ne devrions pas continuer sans lui.

— Oui, je suis d'accord.

Étonnant qu'il ait pris Logan au sérieux à ce point. Le pick-up dériva vers la bande d'arrêt d'urgence. Soudain, un SUV noir déboula à vive allure dans la direction opposée. Trop vite.

— Papa, dépêche-toi ! s'écria-t-elle.

— Je ne veux pas nous envoyer dans un fossé !

La panique transforma le visage de sa mère en quelqu'un que Savannah reconnut à peine. Son père jura, et elle regarda par-dessus son épaule pour voir qu'un second véhicule se rapprochait d'eux.

Je vous en prie, faites que ce soit le hasard ! Elle n'y croyait pas. Ils étaient pris en tenaille.

Molly se réveilla en sursaut.

— Tante Vannah ?

Savannah écarta la ceinture de sécurité pour pouvoir sortir

son arme de poing et désenclencher la sécurité. Ses mains tremblaient, sa vision lui parut floue.

Cela n'augurait rien de bon.

Ils se trouvaient presque arrêtés, et son père donna un coup
de volant pour faire demi-tour, mais le SUV noir traversa brusquement les deux voies et s'arrêta net, leur bloquant la route. La
berline fit de même derrière eux.

— Qu'est-ce que je fais ? cria son père.

— Avance ! Tu es plus gros que cette voiture. Rentre-lui dedans
et pousse-la hors du chemin s'il le faut !

Elle fut projetée contre le siège lorsqu'il appuya à nouveau sur
l'accélérateur, mais deux coups de feu retentirent, et le pick-up fit
une embardée. Choquée, elle aperçut un trou dans la vitre arrière.

— Papa ! hurla-t-elle.

— Baissez-vous, baissez-vous, s'écria-t-il.

Il essayait toujours d'avancer, mais d'autres coups de feu
avaient dû crever les pneus, car ils tanguaient maintenant, et
elle sentit qu'ils roulaient sur les jantes. Impossible pour elle de
tirer tant qu'ils bougeraient ainsi.

Ils s'arrêtèrent brusquement, et un homme masqué apparut
près de la fenêtre de Savannah. Elle essaya de tirer, mais son
bras refusa de se lever. Elle avait perdu toute sensation, ce qui
signifiait qu'elle avait pris une balle. L'homme brisa la vitre,
puis utilisa la crosse de son arme pour écarter les débris de verre
afin d'ouvrir la porte. Elle tenta de brandir son arme, mais cette
dernière avait dû tomber de son bras inerte.

Sa mère se débattait avec sa ceinture de sécurité, criant et
pleurant. Son père était affaissé sur le volant. Un autre homme
masqué finit de briser la vitre et pointa la crosse de son arme
sur la tête de son père. Savannah se rendit compte que Molly
criait alors que les hommes la tiraient hors du véhicule avant
de la jeter sur le trottoir.

— Molly !

Un violent coup de pied sembla enfoncer sa cage thoracique

déjà douloureuse. Elle se roula en boule, alors qu'un autre homme entraînait Molly.

La fillette se débattait, balançait des coups de pied et poussait des hurlements aigus, mais elle était trop petite pour se montrer efficace. Une nouvelle gifle vrilla la tête de Savannah. Ce fut la dernière fois qu'elle aperçut Molly. À un moment, Savannah parvint à se lever et se tint debout, chancelante. Dans quelle direction avaient-ils emmené Molly ? Un seul homme semblait se diriger vers la berline, donc elle était probablement dans le SUV.

Mais... et s'il avait d'abord enfermé Molly dans le coffre ? Désespérée, elle se précipita vers la porte ouverte et attrapa son arme sur le plancher. Utilisant sa main blessée comme appui, elle souleva l'arme et appuya sur la détente.

La vitre arrière de la berline explosa. Elle n'osa pas viser le coffre, au cas où. Elle se rabattit sur les pneus.

Paf, paf, paf.

La voiture fit une embardée, avant de partir en vrille et de sortir de la route. Savannah ne se souciait pas de savoir si elle avait tué le conducteur. Elle fit volte-face et faillit trébucher sur son père, mais maintint son arme à hauteur.

Le 4x4 reculait. Elle le poursuivit, tirant, tirant, jusqu'à ce qu'elle n'ait plus de balles. Elle continua à courir au milieu de la route, alors que ses poumons criaient grâce. Le visage mouillé de larmes, elle dut se rendre à l'évidence : le SUV lui avait échappé. Elle ralentit, vacilla... et s'effondra à genoux sur le bitume.

Vu la vitesse à laquelle il roulait, Logan espérait vraiment qu'il ne rencontrerait pas d'autres véhicules et qu'aucun cerf ne déciderait de traverser l'autoroute en bondissant devant lui. Il avait cru avoir peur la dernière fois que Savannah avait été attaquée, mais ce n'était rien en comparaison de ce qu'il ressentait à présent.

Tout ce qu'il savait, c'était que plusieurs personnes, dont

Savannah, étaient blessées, que Molly avait disparu et que l'adjoint Krupski se trouvait entre la vie et la mort.

Apparemment, on avait tiré sur Krupski, et il avait quitté la route. Un automobiliste avait aperçu son véhicule à moitié camouflé dans un fouillis d'armoises et avait prévenu le central. Logan était passé devant le site de l'accident une minute plus tôt, des gyrophares illuminaient une ambulance. L'autre voiture arrêtée sur le bas-côté appartenait sans doute au bon samaritain. En d'autres circonstances, il aurait freiné suffisamment longtemps pour vérifier l'état de son adjoint. Pas cette fois. L'idée ne lui avait même pas traversé l'esprit. Dieu merci, le bureau du shérif du comté de Crook avait immédiatement appelé celui de Logan. Malheureusement, Krupski avait été touché à la tête et demeurait inconscient.

Mais Logan comprit ce qui avait dû se passer. L'adjoint était tombé dans une embuscade avant de s'engager sur l'autoroute que Logan apercevait juste devant lui. Un timing parfait, il aurait fallu quelques minutes à Gene et Savannah pour s'apercevoir de son absence.

Ces salauds savaient-ils où la famille Baird se rendait ce matin-là ? Auraient-ils pu, d'une manière ou d'une autre, s'introduire dans l'une des maisons et y dissimuler un mouchard ? Ou bien avaient-ils simplement attendu, en supposant que Savannah et Molly finiraient par sortir du ranch ? Il n'aurait pas fallu longtemps pour deviner où ils allaient. Il n'y avait pas grand-chose entre Sage Creek et Bend, la plus grande ville de cette partie de l'Oregon. S'ils avaient bien réparti leurs troupes, il n'aurait pas été difficile de monter une embuscade sur deux fronts.

Logan se reprocha de n'avoir pas deviné qu'ils augmenteraient leurs effectifs sur place.

Ignorant le feu rouge clignotant, il fit crisser ses pneus dans le virage et se concentra sur les nombreux feux de détresse devant lui. Il ne ralentit qu'en arrivant à leur hauteur. À sa droite, une voiture inconnue était plantée dans le fossé, la lunette arrière et le pare-brise perforés. Une civière remontait la pente jusqu'à l'ambulance qui attendait sur le bord de la route. L'homme portait une minerve.

Ils n'avaient pas intérêt à transporter cette ordure avant d'avoir pris soin de Savannah et de sa famille.

Après une centaine de mètres, il roula sur des signaux de détresse lumineux avant de s'arrêter au plus près de la camionnette de Gene Baird. Une autre ambulance s'éloignait.

Et si Savannah se trouvait déjà dans l'ambulance, hors de sa portée ? Si c'était le cas, Logan ne savait pas s'il pourrait rester sur les lieux et enquêter sans devenir fou. Il avait besoin de la voir.

Il sauta hors de sa voiture et courut vers le pick-up, qui reposait sur trois pneus à plat. Le métal était bosselé, les vitres latérales brisées et le pare-brise perforé.

Une silhouette se tenait immobile au milieu de toute cette activité. Savannah, assise par terre, semblant ignorer le médecin accroupi à côté d'elle, enveloppant son bras d'une gaze blanche.

Et pourtant, elle réagit au son de ses pas. Malgré son état de choc, elle tourna la tête vers lui, mais ne sourcilla même pas lorsqu'il s'avança vers elle.

15

Elle ne s'était même pas rendu compte qu'elle l'attendait. Mais, lorsqu'elle aperçut Logan, elle comprit enfin qu'il serait toujours là pour elle. Au fond d'elle, Savannah le savait sans doute déjà. Elle n'avait fait que l'attendre.

Son expression déterminée était ce dont elle avait besoin. Il jeta un coup d'œil au bandage volumineux sur son bras, avant de s'adresser à l'ambulancière.

— Comment est sa blessure ?

— Blessure par balle, répondit-elle. Elle a aussi reçu un coup violent dans la cage thoracique. Il faut la conduire à l'hôpital, mais elle refuse de bouger.

Ses yeux pâles rencontrèrent à nouveau les siens.

— Savannah ?

— Ça pouvait attendre. Je ne pouvais pas partir avant... avant...

De gros sanglots la secouèrent, mais elle ne se souciait pas de la sensation de brûlure causée par ses larmes salées sur ses joues éraflées. Elle ne prit même pas la peine de lever la main pour les essuyer.

Logan semblait furieux. Il serra les poings à s'en faire blanchir les phalanges. Il détesterait se sentir impuissant, et elle savait que son premier réflexe serait de s'en vouloir d'avoir autorisé cette sortie sans lui.

Savannah fut soulagée qu'il ne la prenne pas dans ses bras,

même si elle soupçonnait qu'il en avait envie. Elle se serait effondrée et elle ne pouvait pas se le permettre. Elle devait lui expliquer ce qui s'était passé, s'assurer qu'il ferait tout pour récupérer sa nièce.

— Ils ont pris Molly.

C'était la chose la plus difficile à dire, même s'il devait déjà le savoir. Elle ne pouvait pas détourner de lui son regard. Ils étaient comme seuls au monde.

— Je n'ai pas pu les arrêter. Je n'ai rien pu faire. Je pensais être préparée, mais je n'ai servi à rien ! S'il te plaît, je t'en prie. Retrouve-la, Logan.

— Je te le promets. Fais-moi confiance.

— Je te crois, murmura-t-elle. J'ai tellement peur.

L'ambulancière haussa les épaules, rangea ses outils et s'éloigna.

— Tu dois souffrir, dit Logan. Tu devrais aller à l'hôpital.

— Non, répliqua-t-elle en secouant la tête. Non. Ça n'a pas d'importance. C'est Molly qui compte.

— D'accord.

Il l'aida à se lever pour pouvoir la hisser sur le hayon du pick-up de son père. Les députés du comté de Crook l'observaient, mais ils devaient savoir qui il était et s'en remettaient à lui pour le moment.

— Raconte-moi ce qui s'est passé, dit-il. On dirait que vous étiez à mi-chemin de Bend.

— Vraiment ?

Elle balaya du regard leur environnement, un désert de haute montagne qui aurait pu se trouver presque n'importe où dans cette région de l'État. Puis elle fixa à nouveau les yeux sur les siens.

— Nous n'avions aperçu aucun autre véhicule depuis un moment. Je n'arrêtais pas de me retourner pour regarder derrière nous et j'ai soudain réalisé que l'adjoint ne nous suivait plus. Sais-tu où il est ? Comment il va ?

Elle se doutait que, s'il s'était produit quelque chose de bénin comme une crevaison, il l'aurait appelée. Le ton sombre de Logan confirma ses craintes.

— On lui a tiré dessus, et il a fini dans le fossé. Quelqu'un a trouvé son véhicule et a signalé l'accident. C'est ce qui a déclenché l'intervention.

— Il est mort ?

Elle aurait tant aimé pouvoir ne rien ressentir à cet instant.

— Non. Il est en route pour l'hôpital. Inconscient, mais je ne connais pas encore tous les détails.

Elle claquait des dents, mais le fait de parler semblait l'aider. Elle raconta les événements tels qu'elle s'en souvenait. Son récit lui parut très discontinu mais, d'après l'expression de Logan, rien de ce qu'elle dit ne le surprit. Un gros SUV avait bloqué la route, une autre voiture avait foncé pour empêcher son père d'opérer un demi-tour, et les balles s'étaient mises à fuser dans tous les sens. Quand elle eut expliqué la manœuvre, Logan serra les dents.

— Je dirais que ces hommes n'en sont pas à leur coup d'essai. Ce sont des professionnels, et il est normal que tu n'aies pas pu réagir assez vite pour les arrêter. Je n'avais pas prévu quelque chose d'aussi sophistiqué. Ils doivent être désespérés. Ce que Jared avait sur eux doit être suffisamment compromettant pour qu'ils veuillent le récupérer à ce point.

— Mais... ils n'ont même pas rappelé.

— Ils voulaient posséder un moyen de pression sur toi.

Un moyen de pression. Une enfant déjà traumatisée. À ce moment précis, Savannah haïssait ces hommes comme jamais elle n'avait haï personne. Mais elle se força à revenir à sa narration.

— Papa...

Elle commençait à trébucher sur les mots, elle s'essoufflait.

— Ils l'ont jeté à terre. Ils lui ont écrasé la crosse d'un pistolet sur la tête. Il est... inconscient, lui aussi.

— Et ta mère ? demanda doucement Logan.

— Je pense... qu'elle va bien. Terrifiée. Elle est montée dans l'ambulance avec papa.

— C'est mieux pour eux deux.

Aurait-il souhaité qu'elle parte aussi ? Elle n'aurait su le dire, mais il comprenait sans doute pourquoi elle avait refusé.

— L'un d'eux m'a enjambée et a tiré Molly hors du camion, hoqueta-t-elle dans un nouveau sanglot. Je n'ai pas pu voir dans quelle direction ils sont partis. Je... je pensais qu'ils l'avaient enfermée dans le coffre de la voiture.

Elle avait eu tort. Elle ne se le pardonnerait sans doute jamais.

— Ah ! c'est donc toi qui as tiré sur les pneus et l'as fait sortir de la route.

— A-t-il... s'est-il enfui ?

— Non. Il n'a pas pris le temps d'attacher sa ceinture de sécurité. Il a traversé le pare-brise, qui avait déjà des impacts de balle. Je donnerais beaucoup pour quelques minutes de conversation avec lui, mais il n'a pas l'air en bon état. Je doute d'en avoir l'occasion.

— Tu veux dire... que je l'ai peut-être tué ?

Ne devrait-elle pas se sentir plus choquée que cela ?

— Es-tu désolée de l'apprendre ? demanda-t-il.

Au bout d'un moment, elle secoua la tête. Elle ne se sentait pas très bien. D'ailleurs... Elle sauta du pick-up et atteignit le fossé juste avant de vomir à quatre pattes.

Logan s'accroupit à côté d'elle et lui massa le dos, sans un mot. Il sortit quelques mouchoirs froissés de sa poche lorsqu'elle se releva enfin. Toujours silencieux, il attendit qu'elle s'essuie la bouche avant de reprendre :

— Tu devrais aller à l'hôpital. Les nausées suggèrent que tu as peut-être une nouvelle commotion cérébrale. C'est grave, si peu de temps après la dernière.

Elle ouvrit la bouche pour protester, mais il secoua la tête.

— Il n'y a pas de mais qui tienne. J'ai encore quelques questions supplémentaires pour toi, mais ensuite j'ai besoin que tu ailles te faire examiner.

En fin de compte, elle ne put fournir aucune information

utile. Elle détestait admettre qu'elle n'avait pas été assez observatrice. Elle n'avait pas vu de plaque d'immatriculation sur le SUV, elle l'avait principalement aperçu de biais lorsqu'il leur avait barré la route. Elle n'était pas sûre du modèle non plus. Il s'agissait peut-être d'un Tahoe ou quelque chose de cette taille, ce qui n'aidait pas beaucoup au vu de la multiplication de ces mastodontes sur le marché.

Les deux agresseurs ne présentaient pas non plus de caractéristiques particulières. Tous deux portaient des masques de ski en tricot noir. Celui qui avait tiré sur sa fenêtre avait les yeux bruns. C'étaient des hommes blancs. Elle avait essayé de tirer sur le SUV lorsqu'il avait pris la fuite, mais elle ne pensait pas l'avoir atteint. Elle se souvenait de deux hommes à bord, mais il aurait pu y en avoir un troisième.

— Si seulement j'avais tiré sur les pneus avant...

Logan ne la quitta pas des yeux.

— Le type dans la berline t'aurait éliminée, ou les autres seraient revenus. Ils étaient trop nombreux. Le comté de Crook a lancé un avis de recherche assez rapidement. Les comtés voisins aussi. Nous pouvons espérer qu'un SUV noir attire l'attention de quelqu'un. On dirait que ton père a tiré quelques coups de feu. Si nous avons de la chance, ce 4x4 a une ou deux bosses suspectes, ou un joli trou rond dans l'une des vitres.

— Je... ne savais pas qu'il en avait eu l'occasion.

— Il s'est passé trop de choses en même temps.

Il la serra dans ses bras, et elle réalisa qu'il avait dû attirer l'attention de l'ambulancière, parce qu'elle arriva une seconde plus tard.

— Je me rendrai à l'hôpital dès que possible. Tu pourras voir tes parents une fois là-bas.

Elle se contenta d'un petit signe de tête. Il travaillerait plus efficacement une fois qu'elle ne serait plus dans ses pattes.

— Tu as ton téléphone ?

— Oui. Retrouve-la, supplia-t-elle, tout en sachant que c'était sans espoir. Je t'en prie.

— Rien n'est plus important que de ramener Molly à la maison, murmura-t-il en embrassant son front.

Elle se laissa emmener dans l'ambulance.

Le pire dans tout ça était que Logan ne pouvait pas faire grand-chose. Il ne se trouvait pas dans sa juridiction. Il aurait bien appelé des adjoints supplémentaires pour qu'ils se lancent avec lui à la poursuite du SUV, mais la dernière fois que celui-ci avait été aperçu, il roulait à vive allure vers l'ouest, en direction de la limite du comté de Deschutes. Les adjoints de ce comté étaient prévenus, mais ces malfrats semblaient trop expérimentés pour se comporter de manière aussi prévisible. Non, ils bifurqueraient sur des routes secondaires, revenant vers Sage Creek ou se dirigeant vers le nord ou le sud. Impossible à déterminer.

Savannah devait savoir aussi bien que lui ce qui allait se passer ensuite. Son téléphone sonnerait. Son interlocuteur venait de faire monter les enchères – mais elle n'avait toujours pas ce qu'ils demandaient. Logan se doutait qu'ils ne leur rendraient pas la petite fille de toute façon ; elle aurait pu voir leurs visages, entendre des choses qu'elle n'aurait pas dû, et sa captivité pourrait être utilisée pour contrôler Savannah indéfiniment.

À moins qu'ils n'aient placé la maison sur écoute, auquel cas ils savaient déjà qu'elle coopérait avec les stups.

D'ailleurs, il en profita pour appeler d'abord Cormac Donaldson, puis Trenowski. Tous deux semblaient aussi furieux que lui, bien qu'ils n'aient jamais rencontré Savannah ni Molly.

L'agent des stups se montra très créatif dans le flot d'obscénités qu'il déversa sur son envie de faire tomber l'organisation. Logan murmura seulement un « oui », d'une voix qu'il reconnut à peine.

Il prit des nouvelles de son service, s'assura que tout le monde savait qu'il était joignable à l'hôpital St. Charles de Prineville, et activa gyrophares et sirène avant de se mettre en route.

Ni Savannah ni ses parents ne se trouvaient dans la salle d'attente des urgences. On l'autorisa à entrer dans un box où il découvrit Savannah allongée sur un lit étroit, le teint blême.

Il détesta lire l'espoir momentané sur son visage. Il dut secouer la tête.

— Rien de nouveau. J'aimerais parler à ton père.

— Je ne sais toujours pas comment il va. Est-ce que tu peux te renseigner ?

Il s'en chargea, revenant pour signaler que ce dernier avait repris connaissance peu après son arrivée à l'hôpital et qu'il passait actuellement une IRM.

— Ta mère devrait être là dans une minute, ajouta-t-il. Que t'a dit le médecin ?

Étonnamment, ils ne pensaient pas qu'elle ait subi une commotion cérébrale.

— Je suppose que le stress a suffi à me faire vomir, dit-elle avec ironie. Étonnant, non ?

La plaie sur le haut de son bras avait été soigneusement nettoyée et un nouveau bandage posé, et on lui avait recommandé d'envisager de consulter un chirurgien esthétique dans un avenir proche.

— Comme je pouvais à peine me servir de mon bras juste après la blessure, il se peut que les nerfs et les muscles soient endommagés.

Les radios ne révélèrent pas de côtes cassées. Le médecin estima que son bandage avait dû protéger sa cage thoracique de dommages plus sévères, bien que cela n'ait pas aidé contre la douleur.

Ils se tinrent la main, doigts entrelacés, en attendant sa mère. Savannah continuait à le regarder, ses émotions à nu. Le mur qu'elle avait temporairement érigé après leurs ébats était tombé.

Logan avait également le sentiment désagréable qu'elle lisait en lui comme dans un livre ouvert.

Cela dit, peut-être que se mettre à nu émotionnellement était nécessaire. Accablé par tant de choses ces dernières semaines, il se rendait compte qu'il ne s'était jamais vraiment ouvert à une femme auparavant. Seule sa fierté avait été blessée lorsque Laura avait refusé d'emménager avec lui. Il parvenait à peine à se remémorer les traits de son visage, tant ses sentiments pour elle avaient été superficiels. Peut-être qu'elle l'avait senti.

La mère de Savannah se glissa finalement dans le box, se contentant de secouer la tête lorsqu'ils demandèrent des nouvelles de Gene. Logan dut s'éloigner de Savannah pour la laisser embrasser longuement sa mère.

Savannah ferma les yeux, quelques larmes coulant le long de ses joues tandis que sa mère sanglotait de peur et d'angoisse.

— Molly doit être terrifiée, s'écria-t-elle. Nous devons la retrouver. Il le faut !

— Nous la retrouverons, répondit Savannah avant d'ouvrir les yeux et de fixer le regard droit sur lui. Logan la retrouvera.

Elle grimaça de douleur, et Logan entoura les deux femmes de ses bras.

Finalement, la mère de Savannah sécha ses larmes et décida d'attendre Gene à son retour de l'IRM. Le visage rougi par les pleurs et les yeux gonflés, elle se déplaçait comme si elle avait vieilli de quelques décennies d'un coup.

Il mouilla deux serviettes en papier avec de l'eau froide et les donna à Savannah pour qu'elle les pose sur son visage. Puis il lui reprit la main.

Son téléphone sonna une fois, et il sortit pour prendre l'appel de son adjoint. Une infirmière qui passait par là l'observa d'un regard désapprobateur, mais n'osa rien dire. Une minute plus tard, il put revenir et annoncer à Savannah que les médecins avaient bon espoir pour Krupski.

— La balle a ricoché sur son crâne. Ils ont percé un trou pour libérer une partie de la pression interne. Il est toujours dans le coma et dans un état critique. La plupart des gens dans son état s'en sortent, cependant. Ce n'est qu'un gosse, ajouta-t-il dans un murmure.

Savannah resserra sa main sur la sienne.

— Cela serait-il moins tragique s'il était plus âgé ?

Il passa sa main libre sur son visage.

— Non. Je ne sais pas. C'est tellement improbable qu'un membre des forces de l'ordre d'une petite ville ou d'un comté rural se fasse tirer dessus. Ses parents...

Il ne put terminer. Ils avaient été si fiers. Et voilà qu'ils se trouvaient en soins intensifs à l'hôpital de Bend, où leur fils avait été transporté en raison de la gravité de son état.

Il devrait les appeler... mais l'angoisse qu'il n'avait jamais imaginé ressentir pour un enfant qui n'était pas le sien le ramenait sans cesse à Molly. Il avait vu la joie et la confiance sur son visage en la prenant dans ses bras avant de partir ce matin-là. Cela n'aurait pas dû se produire si rapidement, mais il aimait cette petite fille autant que Savannah l'aimait. Et il ne pouvait oublier que cette enfant adorable était aussi la fille de Jared en plus d'être la nièce de Savannah.

Un téléphone sonna, et il comprit tout de suite que ce n'était pas le sien. Savannah sortit son portable, regarda le numéro affiché, avant de le fixer d'un air terrifié.

— Madame Baird. Je pense que nous avons quelque chose qui vous appartient.

Repoussant le chagrin qu'elle ressentait pour laisser place à la rage, elle répliqua :

— Pas *quelque chose*. Une petite fille à qui il est déjà arrivé trop de malheurs dans la vie.

— J'aurais dû dire « quelque chose de précieux », précisa la voix d'un ton glacial. Je suis à bout de patience, madame Baird.

Vous avez eu beaucoup d'occasions de faire ce que je vous ai demandé. J'espère que vous êtes un peu plus motivée maintenant.

— Vous savez que vos hommes ont gravement blessé mon père et qu'ils ont peut-être tué un policier. Si l'on considère que la peine de mort existe dans cet État, cela semble vraiment stupide.

— Ah, mais qui va attraper mes hommes ? Les forces de l'ordre locales ne vous ont pas été d'une grande aide jusqu'à présent, n'est-ce pas ?

— Je suis également à l'hôpital. Vos mercenaires vous l'ont-ils dit ? L'un d'eux m'a tiré dessus. À quelques centimètres près, je n'aurais pas été là pour vous aider à résoudre votre problème.

— Peut-être que nous aurions eu moins de problèmes si vous n'existiez pas. Mais passons. Quand allez-vous me donner ce dont j'ai besoin ?

— Nous pouvons... Il faut que nous organisions une rencontre.

— Vous avez trouvé le mot de passe de votre frère ?

Savannah croisa le regard de Logan et mentit avec un aplomb remarquable.

— Oui.

— Dites-moi.

— Non. Je vous donnerai le téléphone avec le mot de passe quand j'aurai récupéré Molly, saine et sauve.

Logan approuva d'un signe de tête. Au moins, elle venait de provoquer un moment de silence.

— Quand pourrez-vous quitter l'hôpital ? demanda-t-il.

— Je ne sais pas encore. Probablement d'ici demain matin. Et, au cas où vous auriez l'idée de me rendre une petite visite ici, je ne connais pas le mot de passe par cœur. Je l'ai écrit et je l'ai caché. Tout ce que j'avais sur moi aujourd'hui, c'était une liste de courses.

— Vous ne devriez pas me contrarier, vous savez. La vie de cette jolie petite fille est entre mes mains. Et, si je soupçonne que vous avez partagé les informations de ce dossier avec les autorités, elle est morte. Compris ?

— Oui !

— Ne laissez pas votre amant passer la nuit avec vous. Nous vous surveillerons.

Elle faillit répondre, mais se ravisa.

— Je vous appellerai demain à midi pour vous donner un lieu de rendez-vous, dit-il sèchement. Si vous n'êtes pas seule, vous savez ce qui arrivera.

— Attendez ! cria-t-elle dans le vide.

Logan l'entoura de ses bras, étouffant son cri de désespoir contre sa poitrine.

16

Il n'avait jamais fallu longtemps à une femme aussi courageuse que Savannah pour se ressaisir.

— Qu'allons-nous faire ? s'enquit-elle, une fois calmée.

— Leur tendre un piège, répondit-il sinistrement.

— Mais... tu as entendu ce qu'il a dit !

— Oui. Nous devrons donner l'impression que tu seras seule. Cela demandera un peu d'organisation. Quoi qu'il en soit, nous allons avoir besoin de renforts à Sage Creek. Et, bon sang, il est temps que Donaldson y mette du sien !

Donaldson ne les déçut pas. Il forma rapidement une équipe prête et impatiente de partir. Lorsque Logan lui parla de la menace spécifique qui pesait sur Molly si les trafiquants percevaient ne serait-ce qu'un soupçon de rumeur sur l'opération, l'agent le rassura. Il avait créé une fausse enquête pour expliquer pourquoi des agents étaient envoyés dans l'Oregon. Ils prendraient immédiatement l'avion pour Portland, puis rouleraient toute la nuit si nécessaire afin d'être disponibles le matin. Ils discutèrent des endroits où ils pouvaient se poster afin de ne pas attirer l'attention, en supposant que les agresseurs de Savannah rôdaient toujours dans le coin.

N'aimant pas se reposer entièrement sur quelqu'un d'autre, Logan demanda à quelques-uns de ses adjoints les plus compétents de se tenir prêts eux aussi.

À peine avait-il raccroché qu'une infirmière lui annonça qu'il pouvait voir le père de Savannah.

Comme on pouvait s'y attendre, Gene ne fut pas en mesure de fournir d'informations décisives. Il n'avait vu aucune plaque d'immatriculation. L'homme qui l'avait attrapé était brun, il avait réussi à distinguer les poils sur ses avant-bras.

— Un grand costaud, marmonna-t-il entre ses lèvres gonflées.

Il avait perdu quelques dents, ce qui ne l'aidait pas non plus à parler.

— À peu près de ma taille, mais plus large que moi. J'ai attrapé son masque, mais il m'a plaqué au sol trop vite.

— Qu'est-ce qu'il portait ?

— Des bottes de cow-boy noires et brillantes. Celles-là, je les ai bien vues.

Logan grimaça. Baird et Savannah avaient tous deux reçu des coups de pied. Cela semblait être une des punitions préférées des hommes de main du trafiquant, particulièrement efficace avec des bottes de cow-boy à bouts pointus.

— Heureusement qu'ils n'ont pas fait de mal à Susan. J'aurais dû réagir plus rapidement.

La honte que Logan lut dans les yeux de Gene fit écho à son propre sentiment de culpabilité. Malgré sa vieille rancune contre cet homme, il posa une main sur son épaule.

— Vous n'êtes pas un soldat. Il faut un entraînement intensif pour être prêt à réagir ainsi à quelque chose d'aussi extraordinaire. Si quelqu'un doit porter le blâme, c'est moi pour avoir autorisé cette expédition.

— C'était de la folie, répliqua Gene en grimaçant.

— En effet.

Logan se sentit incroyablement soulagé de pouvoir ramener Savannah au ranch. Les médecins souhaitaient garder son père pour la nuit à cause de sa blessure à la tête et, malgré son insistance pour que la mère de Savannah rentre à la maison, celle-ci avait refusé de bouger.

Logan ne pouvait pas emmener Savannah chez son père. Il ne voulait pas le mettre en danger, et de toute façon elle n'était pas en état de socialiser avec son père et Mme Sanders. Logan espérait que le ranch du Cercle B n'était pas sous surveillance ; il préférait que ces salauds ne sachent pas que, contrairement à ce qu'elle avait laissé entendre, elle n'était pas retenue une nuit de plus à l'hôpital. Il fronça les sourcils. Et s'ils se rendaient dans un motel ?

Une fois qu'elle fut installée dans son camion, il se mit au volant et lui demanda ce qu'elle préférait. On aurait dit que son cerveau tournait au ralenti, mais elle finit par lui répondre.

— La maison. Je veux dire, chez moi. Si ça ne te dérange pas.

— Bien sûr que non.

Il s'inquiéta pendant l'heure de route, lui jetant de fréquents coups d'œil. Elle s'était refermée sur elle-même, perdue dans ses pensées les plus profondes. Les quelques fois où il essaya d'engager la conversation, elle tourna la tête, semblant vaguement surprise de le voir.

Ces salauds avaient déjà fait valoir leur point de vue d'une manière puissante. Même s'il savait qu'il était peu probable qu'elle et lui soient attaqués, Logan demeura en état d'alerte, surveillant les autres véhicules et prêtant une attention particulière aux alentours à mesure qu'ils se rapprochaient de la maison.

Il se gara le plus près possible de la porte arrière de la maisonnette, aida Savannah à sortir et la fit entrer. Il l'installa à la table de la cuisine et vérifia les autres pièces. Enfin, il fouilla les recoins obscurs où un mouchard aurait pu être caché, sans rien trouver. Pour autant qu'il puisse en juger, Savannah n'avait même pas remarqué ses allées et venues. Elle restait immobile, là où il l'avait laissée, regardant droit devant elle, les yeux dans le vague.

— Tu as faim ? demanda-t-il.

Elle dirigea lentement le regard vers lui, plissa légèrement le front et, comme on pouvait s'y attendre, secoua la tête.

Qu'à cela ne tienne ! Il était affamé et avait besoin d'énergie pour réfléchir au mieux et se préparer à l'action. Il fut heureux de découvrir dans le congélateur des lasagnes qu'elle avait préparées plus tôt dans la semaine, car la cuisine n'était pas son fort. Il les décongela au micro-ondes, ajouta quelques brocolis à cuire et trouva même du pain qu'il beurra. Il ne vit pas de sel d'ail dans son placard à épices, mais dénicha une gousse d'ail qu'il écrasa avant de la répandre sur le pain.

Son téléphone sonna plusieurs fois, mais aucune des nouvelles qu'il reçut ne sembla se frayer un chemin dans l'océan de peur et de chagrin de la jeune femme. L'adjoint Krupski semblait heureusement aller un peu mieux ; ses paupières bougeaient, ses doigts remuaient. Il appela la mère de Savannah, qui lui confia que Gene s'en voulait énormément. Elle n'eut pas besoin de préciser qu'il était également terrifié. Son camion avait été remorqué jusqu'à un atelier de carrosserie à Sage Creek. Il aurait besoin de grosses réparations. Le même atelier s'occupait des véhicules du département du shérif, de sorte qu'ils détenaient aussi la voiture de Krupski.

Un sergent du service du shérif du comté de Crook indiqua que le conducteur de la berline accidentée était décédé. Il s'agissait d'une voiture de location. Les empreintes digitales relevées correspondaient à celles de l'homme décédé. Il s'appelait Jimmy Barraza et avait utilisé un faux permis de conduire pour louer la voiture. Cependant, ses empreintes digitales se trouvaient dans le système. Il résidait à San Francisco et avait purgé plusieurs peines dans des pénitenciers d'État pour des crimes violents. Un appel passé à la police de San Francisco laissa entendre qu'il faisait partie d'une organisation de trafic de drogue ayant des liens avec un cartel mexicain, mais que les preuves restaient maigres. Il n'avait pas été arrêté ni inculpé pour un quelconque crime au cours des dix-huit derniers mois.

— Nous pensons que les deux balles que nous avons extraites de l'intérieur du pick-up de M. Baird correspondront à celles du colt que portait Barraza, ajouta le sergent. Nous aurions aimé pouvoir l'inculper, mais...

L'enterrer était plus facile, songea Logan.

L'après-midi et la soirée lui parurent interminables. Logan suggéra à Savannah de s'allonger, mais comment pourrait-elle dormir ? Des cauchemars éveillés défilaient dans sa tête comme un mauvais film.

Elle se remémora les minutes qui s'étaient écoulées entre le moment où elle avait remarqué qu'ils avaient perdu leur escorte et celui où elle s'était effondrée en hurlant sur la chaussée. Elle revit encore et encore la dernière image qu'elle avait eue de Molly sortant du pick-up, juste au-dessus d'elle. La terreur, l'instant où leurs regards s'étaient croisés, Molly ne comprenant pas pourquoi sa tante Vannah n'avait pas arrêté cet homme. Son père lui avait dit qu'elle pouvait faire confiance à sa tante.

L'image de Jared, ce très jeune frère qu'elle avait aimé, ne cessait de venir à elle, et parfois elle ne ressentait que du chagrin, d'autres fois de la rage parce que tout était sa faute – pas tout, elle le savait – et pour finir de la culpabilité, parce qu'il lui avait fait confiance pour protéger ce qu'il avait de plus cher. Pire encore, elle se sentait coupable, car elle aimait Molly comme sa propre fille.

Savannah avait faiblement conscience de Logan au téléphone, faisant les cent pas dans la cuisine, ouvrant les stores pour regarder à l'extérieur – et l'observant.

Il la persuada de manger un peu. Elle n'avait pas faim, mais il avait raison ; elle devait être prête à toute éventualité le lendemain. Consciente et vive, pas comme le zombie qu'elle était en ce moment.

Deux ou trois fois, elle s'enferma dans la salle de bains pour pleurer. Elle ne trompait personne. Il était difficile de cacher des yeux gonflés et injectés de sang. Elle ne savait même pas pourquoi elle refusait de le laisser voir ses larmes, si ce n'est qu'elle ne souhaitait pas rendre les choses encore plus difficiles pour lui.

Elle lui en voulait parce que, même s'il se sentait tout aussi coupable qu'elle, il était encore capable de réfléchir à un plan d'attaque. Il discuta avec des flics de plusieurs juridictions, avec le personnel hospitalier et avec l'agent des stups, qui se montra assez zélé pour se rendre à Sage Creek avec ses collègues.

Logan consulta les cartes topographiques du comté sur son ordinateur portable, les comparant aux cartes papier qu'il avait apportées de son département. Savannah se motiva suffisamment pour lui demander comment il pouvait penser être capable de prédire où ces monstres choisiraient d'établir un échange.

— Je ne peux pas en être certain, bien sûr, mais j'élimine les possibilités et j'essaie de me mettre à leur place, lui répondit-il, le visage exsangue. Combien de fois ont-ils parcouru la région ? Leur cachette est-elle un endroit logique une rencontre avec toi ? Ils doivent savoir que tu feras tout ton possible pour ne pas être seule, malgré leur demande. Heureusement, je doute qu'ils s'attendent à voir des agents fédéraux, mais ils savent que je suis le shérif et que je tenterai de les coincer si j'en ai l'occasion.

Cela l'inquiéta.

— Le feras-tu ? S'ils ont Molly ?

— Pas tant que l'échange ne sera pas conclu, dit-il en secouant la tête avant d'hésiter un instant. S'il est conclu. Je m'attends à ce qu'ils l'amènent, mais que se passera-t-il s'ils souhaitent garder un moyen de pression sur toi ?

— Mais pourquoi ? s'écria-t-elle.

Au bout d'un moment, ses épaules s'affaissèrent.

— Parce qu'ils pensent que je pourrais garder une copie du dossier pour le transmettre à la brigade des stupéfiants. Ils n'ont pas vraiment l'intention de me la rendre, n'est-ce pas ?

Elle avait besoin de prononcer ces mots à voix haute, même si cette simple pensée l'horrifiait. Il afficha une expression compatissante, mais resta honnête.

— En effet. Je ne pense pas que ce soit le cas. Ils sauront que nous allons essayer de les piéger. Cela... introduit un danger.

— Peut-être... peut-être qu'on ne devrait pas. Et si je partais vraiment sans personne...

Il prit l'une de ses mains et la serra fort.

— Ils n'ont aucune éthique, Savannah. Aucun sens moral. Ils se fichent que Molly soit une enfant effrayée, ou que tu sois sa mère terrifiée.

Quand elle ouvrit la bouche pour le corriger, il l'interrompit.

— N'est-ce pas ce que tu es ?

Elle sentit les larmes lui monter aux yeux. Il s'excusa, et elle se leva d'un bond pour se retirer à nouveau dans la salle de bains. Mais cette fois elle passa dans la chambre de Molly. Du rose, du violet, des licornes et une veilleuse, une lampe avec un socle représentant un cheval de porcelaine cabré que Savannah avait oubliée mais que sa mère avait récupérée dans la maison.

Elle enroula les bras sur son corps et tourna lentement sur place. Elles s'étaient probablement laissées aller sur la quantité de jouets. Molly les adorait, même si c'était le lapin à la fourrure usée et à l'oreille en lambeaux qu'elle aimait le plus. Savannah souhaita soudain que Molly l'ait emporté avec elle ce matin-là. Peut-être qu'ils auraient laissé l'enfant le garder, si cela lui permettait de rester tranquille.

Ou... peut-être qu'il aurait été perdu à jamais.

Et Molly ?

Savannah s'assit sur le bord du lit, prit Lapinou, l'étudia et finit par presser sa joue contre son ventre poilu. Il sentait un peu bizarre, mais elle imaginait que c'était en partie à cause de Molly.

Elle entendit la voix aiguë et douce : « *Tu peux me chanter* Sunshine *?* »

Sa voix faillit se briser, mais elle commença à chanter : « Tu es mon rayon de soleil, mon seul rayon de soleil. » Lorsqu'elle arriva à la partie où elle suppliait qu'on ne lui enlève pas son soleil, son nez était tellement bouché qu'elle avait du mal à respirer. Comme les paroles s'avéraient appropriées ! Savannah savait qu'elle n'écouterait plus jamais cette chanson, si elle ne revoyait jamais Molly, et la chanterait encore moins.

Il était étrange que Jared se soit souvenu de son morceau préféré.

Comme si elle avait reçu une décharge électrique, elle arrêta de chanter au milieu de la phrase. Pourquoi ne lui était-il pas venu à l'esprit que c'était la seule bizarrerie que Molly avait partagée ? La seule chose qui ressemblait à un message pour elle. Une chanson dont elle avait dû chercher le texte sur Internet. Ils avaient grandi ensemble. Il savait que leur mère ne la connaissait pas.

Mais il avait presque obligé Savannah à apprendre les paroles. Stupéfaite, elle sentit sa poitrine se gonfler d'espoir.

C'était ça. Ça ne pouvait être que ça.

Elle posa le lapin sur l'oreiller, se leva d'un bond et lança :

— Logan ! Logan !

Le cœur de Logan manqua un battement quand il entendit son cri. Vu la façon dont la journée s'était déroulée, il s'attendait à ce qu'un pétard ait explosé par la fenêtre, pour le moins. Son visage était mouillé de larmes, mais toute son expression avait changé. Debout près du lit de Molly, le lapin en peluche usé gisant de travers sur l'oreiller, Savannah vibrait d'une énergie nouvelle. Elle s'empressa de s'expliquer.

— Je pense que *You Are My Sunshine* doit être au cœur de cette histoire de mot de passe. C'est la première chose qui a du sens.

Elle avait raison. Il se garda bien de lui dire qu'accéder au dossier ne les aiderait pas à ramener Molly à la maison. Savannah devait le savoir.

Ils retournèrent dans la cuisine pour essayer de deviner le mot de passe une nouvelle fois. Savannah en profita pour imprimer les paroles de cette chanson qui, à l'origine, était considérée comme de la musique country. Une fois qu'ils furent assis à la table, il parcourut les paroles et fut horrifié. Cette fichue chanson était d'une tristesse déchirante. Ce n'était pas une chanson d'amour rassurante, elle parlait d'un chagrin d'amour. Jared ne l'avait-il pas remarqué ? Ou son choix avait-il été influencé par l'approche de sa propre fin ?

Logan leva les yeux.

— Tu ne chantes pas tout à Molly, n'est-ce pas ?

— Oh ! non ! C'est beau mais terriblement triste.

Ils prirent finalement un cahier et écrivirent de nombreuses options. TuEsMon. MonRayonDeSoleil. MySunshine. Et ainsi de suite. Logan regarda attentivement la phrase qui disait que l'amour perdu regretterait un jour d'avoir quitté le chanteur. À cet instant, cela ressemblait à une menace.

Ils passèrent aux numéros possibles. L'anniversaire de Molly semblait le plus logique, ils essayèrent donc cela. Y aurait-il des symboles ? Comment pouvaient-ils le savoir ?

— Un point d'exclamation, s'écria soudainement Savannah. Je les aimais beaucoup trop quand j'étais enfant. Mes professeurs devaient même constamment les remplacer par des points et m'écrire des notes dans la marge sur le fait que leur usage excessif affaiblissait mon propos. Jared me reprochait d'être trop enjouée... comme si tout devait être *génial !*

Elle imitait manifestement son frère pour la dernière partie, chaque mot rebondissant haut.

— Je m'en souviens, dit-il en s'étirant. Je ne pense pas qu'il s'agisse de Molly. Il s'agit de toi. Il a peut-être utilisé ce mot de passe avant même que Molly vienne vivre avec lui. Il est clair qu'il a toujours pensé à toi comme solution de secours.

Savannah le regarda fixement, semblant stupéfaite.

— Moi ?

— Il utilisait toujours les mots *enjouée* ou *ensoleillée* quand il parlait de toi. J'avais... oublié.

Même ses souvenirs avaient été filtrés par ses préjugés. Il aurait pu se taper la tête contre les murs.

— Jared savait que tu faisais parfois semblant, mais il disait que tu le faisais bien. Alors essayons certaines parties de *ta* date de naissance... Il t'aimait.

Savannah déglutit et acquiesça.

Retour aux symboles. Elle lança l'application SMS sur son téléphone et regarda les options qui s'offraient à elle.

— Pourquoi pas « arobas » ?

Il nota sa version de @.

— Le symbole pour un nombre. Lui et moi jouions constamment au morpion, surtout pendant les voyages où nous nous ennuyions ferme sur la banquette arrière. Naturellement, je n'ai jamais eu la moindre chance après qu'il a eu compris comment gagner à tous les coups, et il m'a fallu une éternité pour réaliser que s'il m'avait laissée commencer j'aurais pu gagner. On finissait par se chamailler, et papa nous criait dessus, mais...

s'ajouta à leur liste.

Dieu merci, Jared n'avait pas mis de limites au nombre de tentatives de mots de passe. Logan perdit le compte de toutes les combinaisons qu'ils essayèrent, et ce n'était que l'effort de cet après-midi-là. Puis elle tapa le jour et le mois de sa naissance, suivis de #, MySunshine et d'un point d'exclamation.

Et une lettre apparut devant eux.

> *Vannah,*
>
> *J'espère que le pire n'est pas arrivé et que tu lis ceci. Si c'est le cas... mon Dieu, je suis vraiment désolé. Je suppose que tu as compris que je mets tout en œuvre pour faire tomber l'ensemble de l'organisation de trafic de drogue qui m'a pris dans ses filets quand j'étais au plus bas. Donne ce dossier à l'agent de la brigade des stupéfiants Cormac Donaldson.*

Jared utilisait ensuite le #, suivi d'un numéro de téléphone que Logan connaissait déjà.

> *Je sais à quel point tu as essayé de me protéger de papa. J'aurais aimé être assez mature pour ne pas subir ses mauvais*

traitements. J'aurais pu avoir une vie différente. Mais ça n'a pas été le cas, et je ne peux pas regretter Molly.

Je vous embrasse toutes les deux. Je vous aime.

Jared

La première pensée de Logan fut que Jared venait de donner la permission aux stups d'utiliser ce document.

Savannah laissa échapper quelques larmes supplémentaires, et ils feuilletèrent certaines des multiples pages qui suivaient avant de s'arrêter.

— Devrions-nous appeler Donaldson ?

Logan n'hésita pas longtemps.

— Non. Il peut attendre. Je ne suis pas sûr à cent pour cent qu'il ne s'emballerait pas et ne demanderait pas un mandat pour démanteler l'organisation, en supposant qu'il puisse rester discret. Ses priorités sont différentes des nôtres.

Ils copièrent le fichier sur l'ordinateur portable de Logan et sur celui de Savannah, puis fermèrent le téléphone.

— Tu es un génie, lui dit-il, tandis qu'elle éclatait d'un rire larmoyant.

— J'en doute, mais quoi qu'il en soit je suis heureuse que nous ayons trouvé cette solution. À part récupérer Molly et l'aimer, c'est la dernière chose que je puisse faire pour Jared.

— Oui, approuva Logan d'un ton bourru. Maintenant, nous ferions mieux d'essayer de nous reposer. Tu penses pouvoir dormir ?

L'épuisement et la fatigue lui conféraient un air de fragilité.

— Non, mais je vais essayer. Seulement… tu veux bien t'allonger avec moi ? Je veux dire, pas pour…

— Je vois ce que tu veux dire.

Il réussit à lui offrir un petit sourire en coin.

— Je ne devrais pas demander, puisque tu ne peux pas rester.

Cela faisait partie du plan. Elle devait donner l'impression de se montrer docile. Elle savait également que deux adjoints, six agents des stups et Logan se tiendraient répartis dans le comté le lendemain matin, de sorte qu'au moins un ou deux agents devraient idéalement se trouver à proximité une fois qu'elle saurait où aller.

Cela, bien sûr, en supposant que Logan puisse écouter les instructions comme prévu.

— Tu ne sais pas à quel point je vais détester devoir partir. Pour l'instant... j'ai besoin de te serrer dans mes bras.

Comme d'habitude, il fit un tour à l'extérieur avant de vérifier toutes les serrures et d'éteindre les lumières. Puis il se rendit dans la chambre de Savannah. Elle avait enlevé ses bottes et son jean, mais n'avait pas pris la peine de retirer son T-shirt ni, supposa-t-il, son soutien-gorge et sa culotte. Logan suivit son exemple, laissant ses bottes à côté du lit où il pourrait les enfiler rapidement et jetant son jean sur une chaise. Puis il se glissa sous les couvertures, s'étira et prit la femme qu'il aimait dans ses bras.

Il la sentit se détendre légèrement.

Pour ce soir, c'était suffisant.

Elle partit dans le vieux pick-up à 12 h 5 précises. Les employés du ranch savaient peut-être ce qui se passait. Elle n'en était pas certaine, mais ils l'observèrent pendant qu'elle s'engageait dans l'allée, l'air sombre. Ils supposaient probablement qu'elle allait voir son père à l'hôpital. Savannah aurait dû ressentir une peur bleue, mais elle s'accrochait à sa haine pour ces monstres comme à une chauffeuse surpuissante qui la protégeait du froid qu'elle combattait depuis le moment où Logan s'était glissé hors du lit au milieu de la nuit.

Elle avait somnolé par intermittence jusque-là mais, dès qu'elle l'avait senti lever la tête pour regarder son téléphone ou l'horloge, elle n'avait pu se rendormir. Il avait effleuré sa nuque de ses lèvres.

— Si j'avais eu le choix, je serais resté avec toi aussi longtemps que tu aurais eu besoin de moi. J'espère que tu le sais.

— Je... je sais.

— Bien. Souviens-toi, je ne serai pas loin.

Elle pensait avoir acquiescé. Puis il s'était glissé hors du lit. Quelques bruissements et un léger grincement de parquet lui avaient indiqué qu'il s'habillait et, moins d'une minute plus tard, la porte arrière s'était refermée.

Maintenant, en suivant les indications de la voix froide, elle s'accrochait à la promesse de Logan.

« Je ne serai pas loin. »

Elle n'avait aucune idée de la manière dont il y parviendrait. Utilisant le téléphone de Jared, elle avait une ligne directe avec lui et son propre téléphone sur haut-parleur. Elle ne pouvait qu'espérer qu'il entende suffisamment de bribes des instructions qu'elle recevait.

Malheureusement, l'homme se montrait prudent et ne lui avait pas indiqué sa destination finale. Elle ne pouvait que conduire, faire confiance à Logan et jurer silencieusement de sauver Molly.

17

Bien que Savannah ait placé les deux téléphones côte à côte sur le siège passager du vieux pick-up, Logan songea qu'ils avaient dû glisser lorsqu'elle avait démarré le moteur. Le type qui donnait les indications parut à la fois furieux et incrédule lorsqu'elle lui expliqua ne pas avoir de Bluetooth sur son portable. Contrarié par le fait que le téléphone soit sur haut-parleur, il resta méfiant mais se résigna lorsqu'elle s'écria : « Je ne peux pas tenir un téléphone dans la main et conduire en toute sécurité, surtout vu l'état dans lequel je me trouve à cause de vous ! »

Logan n'eut aucun mal à entendre cela. La réplique de l'homme lui parvint en revanche un peu étouffée.

— Si vous avez quelqu'un d'autre dans le véhicule avec vous, l'échange est annulé.

— Il n'y a personne d'autre ! Je vous dis la vérité.

De toute évidence, ils ne pouvaient pas utiliser le GPS pour localiser le téléphone de Jared. Il en avait probablement possédé plusieurs, et ils n'avaient jamais su que celui-ci existait.

Logan transpirait à grosses gouttes. Il avait dû faire des choix difficiles, car aucune solution n'était parfaite. Mais il n'avait pas d'armée à disperser sur ce champ de bataille. Ce qu'il avait, c'était moins de dix hommes – et une bonne connaissance du terrain. Un savoir en partie glané grâce à son enfance mais, une fois qu'il avait accepté le poste de shérif, il avait parcouru chaque centimètre de son nouveau territoire autant que possible. Il savait quels ranchs étaient à vendre, certains encore en activité, d'autres désertés depuis longtemps. Il connaissait les culs-de-sac où les adolescents traînaient, les granges en ruine où ces mêmes adolescents organisaient des soirées. Il avait également eu une révélation la veille en étudiant les cartes.

Sur une carte routière, le comté ressemblait à une toile d'araignée, avec la ville de Sage Creek au centre. L'autoroute principale – si on pouvait l'appeler ainsi – traversant le comté passait par la ville, la limite de vitesse tombant à quarante kilomètres/heure. Autrement, la plupart des artères majeures rayonnaient vers l'extérieur. Sa conclusion était un pari, mais il pensait aussi qu'elle s'avérerait juste : les types qui avaient terrorisé Savannah, apparaissant soudain comme des spectres dans la nuit sur le ranch de son père, ne provenaient pas d'une partie éloignée du comté. En tant qu'étrangers dans un endroit où tout le monde se connaissait, ils n'auraient pas souhaité être vus en train de traverser la ville à chaque fois qu'ils se rendaient au Cercle B pour surveiller – ou battre – une femme.

Logan en conclut que leur cachette devait se trouver dans le même quadrant du comté que le ranch de son père et le Cercle B. En théorie, les quelques adjoints qui patrouillaient avaient déjà fouillé les lieux susceptibles d'être squattés temporairement par des étrangers, mais il y en avait beaucoup. L'élevage en tant qu'entreprise familiale périclitait, et pas seulement au niveau local. Les ranchs appartenant à des entreprises prenaient le relais, mais aucun d'entre eux ne se trouvait dans cette partie notoirement sèche de l'est de l'Oregon. Son père et les Baird s'étaient accrochés, ainsi qu'une demi-douzaine d'autres ranchs dans le comté, mais la plupart avaient fait faillite ou n'étaient plus qu'une activité secondaire pour les locaux.

Sur la carte, il avait depuis longtemps repéré une demi-douzaine de cachettes possibles dans un rayon de six à huit kilomètres autour du ranch des Baird et les avait fait vérifier par ses adjoints, même s'il regrettait à présent de ne pas les avoir visitées lui-même. Il ajouta une demi-douzaine d'autres endroits invisibles depuis la route où l'échange pourrait avoir lieu. Il avait dispersé quelques hommes plus loin... mais, bon sang, il espérait avoir raison !

Quant à lui, il attendait près d'une autre cache potentielle – l'une des plus proches du ranch Baird – mais il était également prêt à bondir s'il s'avérait qu'il se trompait.

Il demeura assis, tendu, sachant qu'elle devait s'approcher du carrefour où l'une des grandes décisions serait prise. Il entendit sa voix s'élever de son portable sur haut-parleur.

— De quel côté dois-je tourner ?

— Gauche.

Logan soupira de soulagement. Tourner à droite l'aurait menée vers la ville, puis tout droit dans un coin reculé et peu habité. À gauche, il y avait de nombreux embranchements qui auraient permis à un homme de se rendre à cheval ou à pied jusqu'au ranch.

Il coupa le son de son téléphone momentanément afin d'informer ses agents par radio. Deux d'entre eux – un adjoint et un agent fédéral – sautèrent dans leur véhicule pour se rendre rapidement dans cette direction.

Lorsque Savannah passa devant sa planque, il eut une idée. Un instant plus tard, la voix retentit à nouveau.

— À gauche sur le prochain chemin de terre.

— Celui dont le panneau tombe en ruine et qui indique « Équitation » ? demanda-t-elle d'une voix claire.

L'ordure dont Logan avait appris à détester la voix répondit par un « oui » abrupt.

Logan murmura dans sa radio, puis saisit son téléphone. Chaussé de ses bottes souples plutôt que des bottes de cow-boy qui lui permettaient de s'intégrer localement, il se mit en route à pied. En tâtonnant, il s'équipa d'une oreillette pour suivre les indications provenant du téléphone de Savannah, puis il dégaina son arme et retira le cran de sécurité, paré à toute éventualité.

Savannah avait prêté plus d'attention aux savants calculs de Logan qu'elle ne s'en était rendu compte. Il lui avait laissé une des cartes, sur laquelle il avait indiqué par des croix les lieux où la surveillance serait mise en place.

Elle arrivait dans l'un de ces endroits. Dès qu'elle s'engagea dans le virage, elle froissa la carte dans sa main et la glissa sous le siège conducteur.

Une famille avait vécu ici quand Savannah était petite, elle se souvenait des enfants qui prenaient le même bus scolaire qu'elle. Mais ils avaient déménagé quand elle avait eu dix ans, et personne n'avait racheté le ranch. Il n'y avait même jamais eu d'offre. Elle roula aussi lentement qu'elle le pouvait sans éveiller les soupçons, le cœur battant de plus en plus fort tandis qu'elle guettait le moindre signe de vie. Le sol n'était pas gelé ce jour-là, et la poussière s'élevait derrière elle, annonçant son arrivée. Celui qui la surveillait logeait-il ici depuis le début ? Un adjoint avait dû passer par là, mais était-il sorti de son véhicule pour se promener dans les bâtiments abandonnés du ranch ? Aurait-il été abattu s'il l'avait fait ? L'avaient-ils observé s'en aller sans les repérer, se sentant depuis totalement en sécurité ici ?

Ce terrain était légèrement plus élevé que celui du ranch de son père, et sans ruisseau, si elle s'en souvenait bien. En l'absence de bétail pour brouter, ce qui avait été un pâturage se couvrait maintenant de genévriers que les éleveurs, et même l'État, tentaient en général d'éradiquer. Ces petits arbres dépenaillés empêchaient de bien voir devant soi.

— Il y a un portail sur votre droite, dit brusquement l'homme. Allez-y.

Elle n'irait donc pas jusqu'à la maison ou la grange. Elle sentit de la bile lui remonter dans la gorge. S'il y avait un flic ici, il serait posté plus loin, près du ranch, mais elle n'avait pas d'autre choix que de suivre les instructions.

Le *portail* ne désignait en réalité qu'un tronçon de fil de fer barbelé rouillé et attaché à un poteau à peine planté dans la terre afin qu'on puisse le tirer sur le côté. Son véhicule cahota lentement sur un sol dur et inégal. Les amortisseurs de ce pick-up n'avaient pas dû être changés depuis au moins dix ans, et chaque secousse résonnait dans tout son corps. Oh ! mon Dieu – et si cela menait à la route, après quoi elle serait dirigée ailleurs ?

Elle aperçut un éclat de métal devant elle. Elle freina. Un gros SUV noir, dont elle ne se souvenait que trop bien, reposait près d'un hangar délabré dont le toit était percé d'un genévrier. Un second véhicule se trouvait garé face à elle. Un beau pick-up rutilant. Une autre voiture de location ?

Elle s'étonna d'être encore capable de penser.

— Stop, ordonna la voix dure. Descendez de votre camion.

S'il vous plaît, ne me laissez pas seule ici, supplia-t-elle intérieurement, avant de couper le moteur et de s'assurer qu'elle portait bien son propre pistolet. Oserait-elle tirer s'ils avaient vraiment amené Molly ? Elle se força à respirer lentement. Puis, laissant son propre téléphone sur le siège, elle attrapa celui de Jared, ouvrit sa portière et sortit. Elle n'alla pas plus loin, se servant de la porte ouverte comme d'un bouclier, comme le faisaient toujours les flics dans les séries télévisées.

Un homme se dirigea vers elle, s'arrêtant à mi-chemin entre le SUV et son pick-up. De taille moyenne, il n'était pas maigre, mais ce n'était manifestement pas lui l'homme de main du groupe. Ses longs cheveux bruns ramenés en arrière éclairaient un visage d'apparence terriblement ordinaire. Elle l'étudiait encore lorsqu'il brandit un pistolet qu'elle n'avait pas remarqué et tira deux fois. Instinctivement, elle s'accroupit, et son pick-up tressaillit. Les pneus. Il avait tiré dans les pneus avant. Savannah dut se forcer à se relever.

— Juste au cas où vous auriez prévu de nous fausser compagnie, dit l'homme froidement.

C'était lui. Elle connaissait cette voix depuis son premier appel. La vague de haine qu'elle ressentit alors stabilisa enfin ses mains tremblantes.

— Vous avez le téléphone ? demanda-t-il.

Logan prit garde de ne pas frôler accidentellement les branches hérissées des genévriers afin de ne pas trahir son approche. Ses poumons le brûlaient et, hiver ou pas, la sueur lui piquait les yeux lorsqu'il arriva à portée de voix.

— Stop. Descendez de votre camion.

Son sang ne fit qu'un tour. Il ne ralentit pas, mais garda profil bas en se faufilant entre les arbres, les armoises, les broussailles et quelques affleurements de roches volcaniques.

Savannah avait apparemment éteint son moteur. La portière s'ouvrit dans un grincement caractéristique.

Tout près maintenant, Logan repéra les lieux.

Il y avait quelqu'un à côté du SUV, le premier véhicule qu'il distinguait clairement. Deux hommes – non, trois, l'un se tenant à côté d'un pick-up qui, de son point de vue, se trouvait derrière le SUV. Ce type tenait un fusil.

Clac. Clac.

La terreur traversa Logan comme une décharge électrique. Si ce salaud venait de tirer sur Savannah, il était mort.

Il se força à ne pas céder à la panique. Avec précaution, il se mit à couvert, là où il pouvait enfin voir le camion rouillé de la jeune femme, et s'accroupit. Elle se tenait derrière la portière ouverte du côté conducteur. Alors, qui avait tiré, et pourquoi ? Pneu crevé. Ils avaient tiré sur au moins un de ses pneus.

Un agent fédéral avait été positionné dans la grange. Logan espérait qu'il ne s'agissait pas d'un de ces hommes de la ville incapables d'approcher un lieu sans faire craquer la végétation du haut désert. S'il avait écouté sa radio, il devait déjà être ici, dans une position qui lui permettrait d'intervenir. Cormac Donaldson lui-même devait être en chemin depuis un autre ranch abandonné au nord, plus éloigné que celui dont venait Logan. Logan espérait qu'aucun des deux agents n'avait la gâchette facile.

— Vous avez le téléphone ? demande l'homme debout au centre.

— Oui.

Savannah souleva l'appareil pour qu'il puisse le voir.

— Apportez-le ici. Montrez-moi le dossier.

Elle ne laissa rien paraître de la peur qu'elle devait ressentir. Elle tapa ce qu'il supposait être le mot de passe, puis s'avança, mais s'arrêta à quelques mètres de cette ordure.

— Où est Molly ?

Il indiqua le SUV d'un signe de tête.

— Je ne la vois pas.

— Laissez-la voir l'enfant, s'exclama-t-il en haussant le ton.

La porte arrière du SUV s'ouvrit, et un homme souleva une petite fille aux cheveux blonds.

— Molly !

Savannah appela, mais l'homme et l'enfant disparurent à l'intérieur du véhicule. Si Molly avait crié, Logan ne l'avait pas entendue. Était-elle bâillonnée ?

— Montrez-moi, dit l'homme.

— Regardez, mais ne touchez pas.

Elle tendit le téléphone pour qu'il puisse voir ce que Logan savait être l'une des premières pages du document, détaillant les dates et lieux d'expédition, plutôt que la lettre.

L'homme tenta de s'emparer du téléphone, mais elle se déroba et recula de quelques pas à la vitesse de l'éclair.

— Je l'ai fermé. Vous ne pouvez plus y accéder sans le mot de passe.

— Ouvrez le fichier et donnez-le-moi, grogna-t-il. Vous ne faites pas le poids ici.

Elle le défia du regard.

— Amenez-moi d'abord Molly. Montrez-moi que vous êtes un homme de parole.

Pas plus que Logan, elle ne croyait à cette possibilité, même lointaine, mais elle jouait son rôle à merveille. Bon sang, il était fier d'elle !

— Faites sortir la gamine, dit le type en montrant les dents.

La porte du SUV s'ouvrit à nouveau, et le même homme en sortit avec Molly dans les bras. Elle ne se débattait pas, elle était probablement droguée, en conclut Logan. Il ne pensait pas pouvoir être plus en colère, mais il s'était trompé.

Le type portant la petite fille s'approcha à quelques mètres de Savannah et de l'enfoiré qui tirait les ficelles.

— Mot de passe.

— Je vous le donnerai quand vous m'aurez remis ma nièce.

— Vous pensez que je suis stupide ?

— Vous croyez que je le suis ? rétorqua-t-elle en relevant le menton.

Logan tenait fermement son arme, prêt à s'interposer si l'homme se montrait physiquement menaçant.

— Ramenez-la, dit-il, à moitié par-dessus son épaule.

Savannah étendit le bras en arrière pour jeter le téléphone, mais le salaud bondit sur elle, saisissant son poignet jusqu'à ce que le téléphone de Jared tombe de sa main et qu'il la force à s'agenouiller.

— Molly ! cria-t-elle.

Les tirs commencèrent à fuser.

C'était le genre de champ de bataille que Logan redoutait le plus, celui où les gentils ignoraient où se trouvaient leurs alliés et où les méchants se sentaient libres de tirer à leur guise.

Il ne perdit pas de temps et abattit l'enfoiré dont la poigne brutale maintenait Savannah en place et qui venait de sortir une arme de poing. Il s'écroula, entraînant la jeune femme dans sa chute. Sans le vouloir, il la protégeait de son corps, pensa Logan avec une satisfaction féroce.

Il essaya de se caler derrière un maigre genévrier tout en visant et en tirant à nouveau. Il portait son gilet par-balles, mais il était atrocement conscient de toutes les parties exposées de son corps.

Au moins deux hommes lui tiraient dessus, mais soit ils ne le voyaient pas clairement, soit ils n'atteignaient pas leur cible. Les balles sifflèrent à côté de lui.

Des coups de feu retentirent de partout, et il vit l'homme qui tenait le fusil tomber lui aussi. Ce n'était pas lui qui avait tiré, Donaldson ou l'autre agent devaient donc être là aussi. Mourir d'une balle perdue tirée par son propre camp devenait une réelle possibilité.

Le moteur du SUV rugit soudain. Il devait retrouver Molly. Alors qu'il s'élançait tout en restant le plus bas possible, Logan fut horrifié de voir Savannah ramper, puis se propulser sur ses pieds pour courir dans la même direction que lui. Dieu merci, elle portait également une veste en kevlar, car les balles fusaient de toutes parts. Il la vit tomber. Avant que son cœur s'arrête, elle roula et s'efforça de se relever.

Elle était trop éloignée et se trouvait directement sur la trajectoire du SUV s'il faisait un bond en avant.

Une main se tendit pour fermer la porte arrière. Logan refusait de les laisser sortir de cette clairière avec Molly à l'intérieur. Ils n'iraient pas loin, mais survivrait-elle ?

Du coin de l'œil, il aperçut quelqu'un attraper le téléphone et courir dans la même direction que lui. Donaldson surgit et tacla l'homme, les faisant s'écraser tous les deux sur le sol. Aux grognements succédèrent jurons et coups.

Logan ouvrit d'un coup sec la porte arrière, qui ne s'était pas encore verrouillée. Le SUV avança, et il dut s'élancer avant de pouvoir sauter à l'intérieur. En un clin d'œil il comprit qu'ils n'étaient que deux dans l'habitacle : le conducteur et un second homme sur le siège arrière, qui paraissait immense à côté de la fillette recroquevillée en boule. Logan voulut tirer, mais lorsque le SUV roula sur une bosse – ou un corps – il sut qu'il n'oserait pas. Au lieu de cela, il se jeta au-dessus d'elle.

La douleur qui lui brûla l'épaule précéda d'une fraction de seconde le bruit du coup de feu qui résonna à ses oreilles. Sa vision se teinta de noir mais, alors qu'il pouvait encore bouger, il s'assura qu'il couvrait entièrement la petite fille de Jared de son corps.

Terrifiée comme jamais, Savannah plongea pour s'écarter du chemin du SUV noir, dérapa sur le sol et sentit une odeur âcre de sauge broussailleuse tandis que celle-ci lui griffait le visage. En gémissant, elle recula... et se rendit compte que le SUV ne bougeait plus. Levant la tête, elle vit que les vitres étaient percées d'impacts de balle.

Deux hommes s'avançaient vers le véhicule, arme au poing. Leurs poitrines épaisses indiquaient la présence de gilets pare-balles, et celui qu'elle distinguait le mieux portait un T-shirt sur lequel on pouvait lire POLICE en grosses lettres dans le dos. L'autre homme avait le visage maculé de sang.

Elle pleurait sans doute ; sinon, pourquoi sa vision était-elle si floue et les égratignures sur ses joues en feu ? Elle parvint à ramper sur quelques mètres avant de se relever, puis elle courut jusqu'à la portière arrière entrouverte par laquelle Molly puis Logan avaient disparu.

— Il vaut mieux vérifier d'abord, dit l'un des deux hommes qu'elle ne connaissait pas.

Il venait d'éloigner d'un coup de pied une arme d'un corps allongé. Le second s'accroupit pour vérifier le pouls d'un autre.

Elle les ignora, terrifiée par ce qu'elle trouverait à l'intérieur, et contourna la porte ouverte. Encore des cadavres... *Non, non !* Le visage inerte qu'elle aperçut était celui d'un étranger, mais elle reconnut l'homme affalé sur le siège, face contre terre : Logan.

Son arme gisait sur le plancher, et une grande quantité de sang coulait le long de son bras jusqu'au bout de ses doigts.

— S'il vous plaît. Non.

Chuchotait-elle ou criait-elle ? Elle n'en avait aucune idée. Logan ne pouvait pas être mort. Il ne pouvait pas. Et où était Molly ? L'un d'entre eux s'était-il enfui avec elle ? Comment cela avait-il pu se produire ?

Le corps de Logan bougea bizarrement.

— Molly ? chuchota Savannah.

Une petite main se fraya un chemin sous lui.

— Molly.

La fillette tenta de s'extirper de sous le corps de Logan. Elle se tortilla de plus belle. Enfin, une toute petite voix retentit dans l'habitacle.

— Tante Vannah ?

— Molly. Oh ! mon Dieu ! Tu vas bien. Je t'aime.

Elle aimait aussi cet homme. Celui à qui elle avait craint de ne pouvoir faire confiance, mais qui était prêt à mourir pour protéger l'enfant qu'ils aimaient tous les deux. Sa main trembla lorsqu'elle tendit les doigts vers son cou... et sentit son pouls.

Elle appela à l'aide.

Épilogue

Au moins, cette fois-ci, quand Logan s'éveilla, il sut qu'il était vivant. Les premières fois, il n'en avait pas été certain. Il se souvenait d'avoir vaguement pensé : *Je devrais souffrir plus que cela.* À présent, il avait mal. Une sacrée douleur. *Ils ont dû me donner un analgésique pendant l'opération, et il ne fait plus effet.*

Pour s'en assurer, il serra le poing de la main droite. Pas facile, mais il réussit. Vivant donc.

Il ouvrit les paupières, cligna les yeux vers un plafond inconnu, puis tourna la tête sur l'oreiller. Des rideaux entouraient le lit. Un hôpital. Tout ce qui comptait, c'était la femme assise à côté de son lit étroit, qui l'observait avec anxiété.

Savannah. Elle se trouvait là une autre fois, mais il pensait l'avoir rêvée.

Il croassa son nom. Elle était magnifique.

— Tu as l'air d'avoir besoin d'un verre d'eau, dit-elle avec un sourire.

Il acquiesça.

Elle appuya sur un bouton qui releva la tête du lit, puis lui tendit un verre d'eau afin qu'il puisse boire à la paille. Il engloutit la moitié du verre avant de détourner le visage pour signifier qu'il en avait assez. Elle posa le verre sur un plateau à côté de lui.

— Tu es ici, dit-il, pas très intelligemment.

— Bien sûr que oui. Ton père est venu, mais il est tard, et je l'ai renvoyé chez lui. Il avait l'air... secoué.

— Pas toi.

Elle plissa le nez.

— Bien sûr que non.

Savannah avait tiré une chaise jusqu'au côté gauche du lit. Ce bras fonctionnait normalement, et il put lui tendre la main. À son grand soulagement, elle y plaça la sienne.

— Tu as les mains fraîches, dit-il.

— Il fait froid ici.

Vraiment ?

— Raconte-moi ce que j'ai manqué. Molly ?

— Va bien, termina-t-elle, la gorge nouée. Mieux que je ne l'espérais. Je pense qu'ils l'ont gardée anesthésiée la plupart du temps. Elle... n'a pas l'air de se souvenir de grand-chose, même si elle est redevenue très dépendante de moi.

— Ne lui en veux pas.

Lui aussi souhaitait s'accrocher à Savannah.

— Ce n'est pas sa faute, je sais.

— Où est-elle ?

— À la maison avec mes parents. Papa se sent beaucoup mieux, mais il n'a pas hâte de se faire poser des implants dentaires. Je lui ai dit qu'il avait l'air d'un enfant de maternelle sans ses dents de devant, et il m'a jeté un regard noir.

Un sourire se dessina sur la bouche de Logan.

— Tu es le seul d'entre nous à avoir été gravement blessé. Une balle a éraflé Donaldson à la tête. L'autre agent est indemne.

— Et les méchants ?

— Morts ou bientôt en prison. En fait, deux sont décédés, dont celui qui s'est effondré sur moi. Trois sont encore hospitalisés, mais ils seront enfermés dès que possible.

— Ils vont remplir notre prison.

— Oui. Donaldson n'avait pas l'air impressionné par tes locaux.

Il émit un petit rire qu'il regretta instantanément. Savannah guida sa main vers le bouton qui soulagerait la douleur en augmentant la dose d'analgésiques.

— Mais il est enthousiasmé par les informations que Jared a recueillies. Elles comprennent des sites physiques qu'ils peuvent fouiller, de nombreux noms et des pages de données sur la manière dont ils ont blanchi leurs revenus. Une équipe d'avocats prépare de nouveaux mandats, et il a envoyé des agents sur le terrain se charger des mandats qu'ils avaient déjà finalisés.

— Jared a atteint son but.

— Oui... Même papa...

Savannah essaya sans succès de sourire, mais il comprit la magnitude de ce qu'elle ressentait.

— Ton père ferait bien de s'en rendre compte, dit Logan d'un ton bourru.

Il y eut un moment de silence. Savannah le rompit d'une voix étranglée d'émotion.

— Tu as sauvé la vie de Molly.

— J'aurais donné la priorité au sauvetage de n'importe quel enfant, déclara-t-il, espérant qu'il ne se montrait pas un peu trop honnête. Mais Molly... bien sûr que j'ai tout fait pour la sauver. Elle est... l'enfant de Jared et la tienne. Je l'aime aussi.

Savannah renifla plusieurs fois et attrapa un mouchoir en papier dans la boîte posée sur la table pour s'essuyer les yeux et les joues.

— Merci.

Il secoua la tête.

— Je n'ai pas besoin d'être remercié.

Elle semblait lire son âme, une expérience troublante.

— De quoi as-tu besoin ?

C'était probablement trop tôt, mais...

— De toi, dit-il simplement. Je suis tombé amoureux de toi. Je sais que tu as de nombreuses raisons de ne pas me croire, mais... j'espère que tu me donneras une chance.

— Tu as tout risqué pour Molly. Comment pourrais-je encore douter de toi ?

— Ce n'est pas la même chose.

— En effet, répondit-elle avec un sourire vacillant. Je... je t'aime. Je crois que je t'ai toujours aimé, sinon tu n'aurais pas pu me blesser autant.

— Quand j'étais adolescent ou récemment ? demanda-t-il avec une grimace.

— Les deux.

Il resserra la main sur la sienne.

— Plus jamais, affirma-t-il.

Elle laissa échapper un petit hoquet et se leva pour se pencher et l'embrasser. Un baiser trop rapide, mais il avait probablement mauvaise haleine de toute façon. Il ne pouvait qu'imaginer à quel point il devait avoir l'air dépenaillé.

— J'aime mon travail ici, lui dit-il.

Il savait l'importance que cela revêtirait pour elle et voulait être certain des sentiments qu'elle éprouverait à l'idée de s'installer définitivement dans sa ville natale, au cas où elle et lui emménageraient un jour ensemble.

— Il faudra que je gagne les élections la prochaine fois, mais...

— Bien sûr que tu vas gagner. Oh ! Logan. Tu sais ce que je ressens quand je travaille avec des chevaux.

— Une sensation magique. Je ne te demanderai jamais... d'y renoncer.

— Je crois que tu t'endors.

— Non.

Mais elle avait raison.

— Je t'aime, ajouta-t-il avec difficulté.

Peut-être que s'il fermait les yeux une minute... *Savannah m'aime. Elle me fait confiance. Nous allons tous bien.*

C'est en croyant dur comme fer qu'un merveilleux futur les attendait tous qu'il s'endormit.

NICOLE HELM

Une suspecte
si séduisante

Traduction française de
CAROLE PAUWELS

BLACK ROSE

HARLEQUIN

Titre original :
ONE NIGHT STANDOFF

1

Ça ne pouvait pas recommencer.

Figée sur le seuil du bureau de son employeur, Hazel Hart était certaine d'être en plein cauchemar.

Il y avait du sang. *Trop* de sang.

M. Field était incontestablement mort.

Parmi les émotions qui assaillaient Hazel, il y avait du chagrin et du déni, mais celle qui l'incita finalement à bouger fut la peur.

Ce n'était pas le premier cadavre qu'elle découvrait au cours de l'année qui venait de s'écouler. La dernière fois que ça s'était produit, la police était convaincue qu'elle avait quelque chose à voir avec le meurtre, avant que sa sœur Zara l'aide à prouver son innocence.

Un meurtre.

Qui pourrait vouloir tuer ce pauvre vieux M. Field – un excentrique qui l'employait comme assistante de recherche, et qui se passionnait pour un prétendu braquage de banque qui aurait eu lieu à Wilde dans les années 1800 ?

Mais l'identité du coupable n'avait pas vraiment d'importance. Inutile de savoir comment ou quand. Ce qui comptait c'était qu'elle était en vie et aussi qu'elle était la seule à se retrouver devant un mort. M. Field avait dû être assassiné. Il ne pouvait pas y avoir d'autre explication avec tout ce sang.

Elle n'avait pas eu de mauvais pressentiment cette fois

– contrairement à l'année précédente, quand Zara avait accidentellement déterré le cadavre d'Amber, leur autre sœur. Non, le corps sans vie de M. Field, affalé sur sa table de travail dans son bureau, était une surprise totale.

Quelqu'un y croirait-il ?

Absolument pas.

Toute sa vie elle avait été tourmentée par de funestes prémonitions, mais celles-ci n'étaient pas toujours cohérentes ni exactes, ce qui signifiait que personne ne la croyait jamais. On ne la croyait pas quand elle prévenait que quelque chose de désastreux allait se produire, on ne la croyait pas non plus quand elle disait n'avoir rien ressenti avant une catastrophe.

Sauf Zara. Parfois. Sa sœur était la seule personne à la croire. Mais, à supposer que Zara croie à son innocence – et ce serait le cas, comme toujours –, elle ne pourrait rien faire pour modifier l'aspect horrible de la situation.

Personne n'en serait capable.

Lentement, Hazel quitta le bureau à reculons. Elle avait la nausée, et les larmes lui brûlaient les yeux. M. Field était un adorable vieux monsieur. Il n'aurait jamais fait de mal à qui que ce soit. L'injure la plus brutale qu'elle l'avait entendu prononcer était « saperlipopette » quand il avait renversé de la soupe sur le clavier de son ordinateur. En attendant que celui-ci soit réparé, elle avait dû lui taper tous ses mails – M. Field n'avait pas voulu en racheter un, bien qu'il ait pu se le permettre facilement.

Un sanglot monta dans la gorge d'Hazel, et elle parvint à se détourner du cadavre.

Elle allait devoir partir d'ici. S'en aller loin de la mort. Loin du sang. Loin de ce pauvre M. Field et de toutes les recherches qu'il avait menées.

Loin de Wilde, dans le Wyoming – le seul endroit qu'elle connaissait.

Il fallait qu'elle disparaisse.

Elle s'était déjà retrouvée en prison. En fait, il s'agissait d'une cellule de détention provisoire. Ce n'était pas la fin du monde, mais... Elle ressentait au plus profond d'elle-même que quelque chose n'allait pas. Que ce soit cohérent ou pas, juste ou pas, elle savait simplement que laisser la police enquêter sur elle n'aboutirait à rien de bon. Elle devait disparaître.

Hazel quitta la bâtisse et se dirigea vers sa voiture, garée sur le parking du site historique de Fort Dry.

Tandis qu'elle roulait vers le ranch Hart, elle ne quitta quasiment pas des yeux le rétroviseur intérieur, certaine que des sirènes et des gyrophares se manifesteraient derrière elle d'un instant à l'autre.

Elle irait à son chalet, empaquetterait quelques affaires et se mettrait en route. Peu importe où elle finirait. Il fallait seulement qu'elle s'échappe.

Confusément, quelque part au fond de son esprit, Hazel comprit qu'il s'agissait d'une réaction de panique aveugle. Elle ne pouvait pas réellement disparaître. Elle avait besoin de temps pour penser. Pour se poser et réfléchir.

Elle se gara devant le chalet. Elle n'était pas en sécurité ici. C'était le premier endroit où ils penseraient venir la chercher. Elle ne pouvait pas aller chez Zara, car sa sœur appellerait aussitôt leur cousin Thomas, qui était agent de police au commissariat du comté de Bent. À coup sûr, Zara penserait qu'il pourrait leur apporter son aide.

Mais Hazel ne voulait impliquer dans cette histoire ni sa sœur ni son cousin. Pas plus que Jake, l'un des frères Thompson, qui avait été blessé par balle en essayant de résoudre le mystère entourant le mort de son autre sœur, Amber.

Jake, qu'elle avait justement accompagné la veille pour l'aider à choisir une bague de fiançailles pour Zara.

Ça avait demandé du temps, mais Hazel avait fini par se sentir à l'aise avec lui. Il avait réussi à vaincre ses appréhensions en faisant preuve de patience et de gentillesse, et en lui accordant tout l'espace dont elle avait besoin.

Elle ne se sentait pas à l'aise avec les hommes en général. Son père lui avait reproché la disparition d'Amber bien avant qu'on découvre qu'elle avait été assassinée, et il se montrait parfois violent quand il savait qu'il pouvait le cacher à Zara.

Les deux hommes avec qui elle avait eu une relation avaient fini par devenir violents à leur tour – Douglas avait même assassiné Amber, en pensant qu'il s'agissait d'elle.

Hazel frissonna. Non, elle ne faisait pas confiance aux hommes – en tout cas pas à ceux qui manifestaient de l'intérêt pour elle.

Mais, avec M. Field et Jake, ça allait. C'était même devenu plus facile avec les frères Thompson. Après tout, ils dirigeaient le ranch Hart. Il fallait bien qu'elle les côtoie.

Et ils voudraient tous l'aider. Hazel savait que pas un ne manquerait à l'appel s'il fallait lui venir en aide. Mais aucun ne serait capable de prouver qu'elle ne l'avait pas fait. Elle se retrouverait en prison.

Elle ne pouvait pas. Elle ne pouvait pas.

La panique scandait son propre rythme en elle à présent, imperméable à toute pensée raisonnable.

Elle prépara un sac.

Où vas-tu ? Où peux-tu aller ?

Elle observa la propriété qui s'étendait à perte de vue autour du chalet. Elle n'était pas en sécurité au ranch, mais il y avait des hectares de terre à couvrir. Les autorités penseraient-elles à le faire ? Si elle n'était pas chez elle et qu'elle emportait un maximum de choses, la police ne supposerait-elle pas qu'elle était partie le plus loin possible ?

Elle cilla en regardant l'horizon. Non, elle n'allait pas s'enfuir. Elle se cacherait ici. Et personne n'en saurait jamais rien.

Landon Davis – ou plutôt Landon Thompson à présent – laissa sa jument prendre le galop. Des six hommes qui dirigeaient le ranch Hart, Brody était le meilleur cavalier. Jake et Dunne étaient désavantagés par des blessures, mais ils étaient capables de monter à cheval plutôt correctement. Henry et Cal étaient tous les deux trop raides et trop emplis d'amertume pour ne pas rechigner, mais ils accomplissaient leurs tâches.

Landon, en revanche, adorait ça. Il avait toujours aimé les chevaux. Ayant grandi dans une ferme misérable qui nourrissait à peine ses occupants, et encore moins ses animaux, il n'avait jamais imaginé que ça pourrait être sa vie.

Même quand il avait rêvé de s'échapper, ça avait été pour s'engager dans l'armée. Se battre pour atteindre l'excellence et faire quelque chose de son existence – n'importe quoi plutôt que de terminer comme sa famille : un père maltraitant emporté par l'alcool, une mère morte de chagrin et des frères qui avaient tous fini en prison ou six pieds sous terre.

Aussi, quand Landon avait été recruté par *Team Breaker* – une unité d'élite secrète de l'armée, chargée de démanteler divers réseaux terroristes au Moyen-Orient –, il s'était dit qu'il y arriverait. En réalité, il avait fait des étincelles.

Puis l'enfer s'était ouvert sous ses pieds quand ses compagnons d'armes et lui étaient devenus des cibles à cause d'une erreur tactique de l'armée. Ils avaient tout simplement été effacés. Envoyés au Wyoming pour disparaître. De nouvelles identités. Une nouvelle vie.

Landon Davis était mort, mais Landon Thompson avait un avenir. Même si ça consistait à faire tourner ce ranch immense perdu au milieu de nulle part.

Au début, il s'était dit qu'il détesterait les froids hivers du Wyoming et que le travail au ranch ressemblerait trop à ce qu'il avait connu dans la ferme familiale, où tout n'était que source de colère et d'amertume.

Mais finalement, il était heureux ici.

Les chevaux. Les travaux agricoles. Ses frères d'armes. Cette petite ville. Tout lui convenait, aussi surprenant que ce soit.

Et puis il y avait Hazel Hart, la ravissante et bien trop nerveuse jeune femme qui vivait dans un chalet sur le domaine dont les « frères Thompson » étaient à présent propriétaires.

À cause d'elle, il se faisait des nœuds au cerveau. Et pas qu'un peu. C'était d'autant plus étrange qu'il n'avait jamais eu de mal à attirer l'attention des femmes.

Mais ça ne marchait pas avec Hazel. Elle ne s'y reprenait jamais à deux fois pour le regarder. Elle ne remarquait même pas qu'il lui arrivait parfois de l'observer trop longuement, qu'il lui accordait trop d'attention ou qu'il faisait un peu trop d'efforts pour lui arracher un sourire et veiller à ce qu'elle soit moins nerveuse en sa présence.

C'est pourquoi, quand il vit une masse de cheveux noirs emmêlés caractéristique flotter derrière une silhouette qui courait, drapée dans un châle rose, il se dit que l'image était peut-être née de son imagination.

Sinon, pourquoi Hazel serait-elle en train de filer vers les limites de la propriété ?

Landon avait passé plus d'un après-midi à se promener par là à cheval, et il n'avait jamais rien vu d'autre que des bovins sur ces terres reculées.

Mais c'était bien une personne, pas un mirage. Et il ne pouvait honnêtement pas envisager que ce soit quelqu'un d'autre.

— Hazel ? lança-t-il.

Elle regarda par-dessus son épaule, mais n'arrêta pas de courir. Il y avait de la terreur dans ses yeux, et il n'en fallut pas plus pour que l'instinct de Landon prenne le dessus.

Il incita sa monture à allonger son allure jusqu'à ce qu'il rattrape Hazel, stoppant la jument et sautant de sa selle en un mouvement fluide.

Il ne l'empoigna pas, comme il aurait pu le faire avec quiconque aurait couru à perdre haleine à travers la plaine, parce qu'il avait appris à respecter l'espace d'Hazel. Il se contenta donc de se placer en travers de son chemin et de tendre les mains pour la stopper.

Elle ralentit, mais ne s'arrêta pas et le contourna en secouant la tête.

— Non, s'il te plaît, Landon. Rentre chez toi et fais comme si tu ne m'avais pas vue. Tu ne dois dire à personne que tu m'as rencontrée.

Sa respiration était hachée, et elle semblait à bout de forces. Mais elle continuait à avancer, son sac à dos tressautant derrière elle.

Landon la suivit en petites foulées.

— Hazel, je crois que tu as besoin de t'arrêter pour reprendre ton souffle et me dire ce qui se passe.

Elle secouait la tête. Visiblement, ses forces commençaient à la lâcher, mais elle courait toujours.

— Je ne peux pas. Je ne peux pas. Tu dois partir. Ne dis rien à Zara. Ne dis rien à personne. S'il te plaît.

Comme il ne faisait pas ce qu'elle lui demandait, elle finit par s'arrêter et planta son regard brun dans le sien.

— Tu ne comprends pas.

Les yeux d'Hazel s'emplirent de larmes.

— M. Field est mort.

— Quoi ? lança-t-il, tandis que les questions se bousculaient dans son esprit.

Éprouvait-elle du chagrin ? Devait-il la laisser seule ?

— Quelqu'un l'a tué.

La voix d'Hazel se brisa.

— Tout ce sang...

Elle secoua la tête de nouveau, comme si elle n'avait pas la force de prononcer les mots.

— Ils vont penser que c'est moi.

— Ce n'est pas ce que je crois. Tu...

Il ne termina pas sa phrase, car Hazel avait empoigné sa main. Elle, qui faisait d'habitude tout ce qu'elle pouvait pour conserver la plus grande distance possible entre son corps et le sien, avait tendu le bras et s'agrippait à lui comme à une bouée.

Puis il entendit la même chose qu'elle.

Des sirènes.

2

Déjà ? Est-ce que c'était vraiment déjà ça ?

Forcément.

Les sirènes résonnaient assez loin, mais la départementale n'était qu'à quelques kilomètres au nord. La seule raison pour laquelle on entendrait des sirènes se rapprocher était que des voitures de patrouille, quittant la ville, se dirigeaient vers le ranch Hart.

— Tu ne dois dire à personne que tu m'as vue.

Hazel serra la main de Landon, si grande et si forte alors qu'il l'abandonnait souplement à sa poigne vigoureuse. D'habitude, les frères Thompson la rendaient nerveuse – ils étaient si athlétiques et virils et... il y avait chez eux une sorte d'immobilité de prédateur.

Elle ne pensait pas qu'ils étaient de mauvais hommes. Certainement pas Jake, qui aimait tellement sa sœur. Ni Brody, qui était tombé amoureux de son amie d'enfance, Kate. Elle savait implicitement qu'ils n'étaient ni malveillants ni malhonnêtes.

Mais il y avait quelque chose dans leur présence physique qui lui donnait instantanément l'envie de prendre la fuite – une réaction sans nul doute engendrée par ses propres mauvais choix.

À cet instant, elle était cependant trop effrayée par ce qui l'attendait pour avoir peur de Landon et de sa virilité envahissante.

Il leva la main gauche – elle s'agrippait toujours à sa main droite – et recouvrit la sienne de sa large paume tout en plantant son regard d'un bleu profond dans le sien.

— Essayons d'y voir plus clair. Prends une profonde inspiration et relâche ton souffle.

Il semblait vraiment certain qu'elle allait suivre ses ordres sans rechigner.

— Donc, tu as trouvé M. Field, mort ? Où ? À Fort Dry ?

Hazel hocha vigoureusement la tête.

— Dans son bureau.

Un petit bureau perpétuellement en désordre, situé au cœur de cette vieille forteresse que son employeur aimait tellement.

Hazel ne pouvait pas fermer les yeux, car elle aurait vu son pauvre corps, ensanglanté et sans vie. Alors, elle pressa un peu plus fort la main de Landon.

— Il m'a laissé un message au milieu de la nuit, disant qu'il avait trouvé quelque chose et que je devais venir immédiatement.

Hazel essaya de refouler ses larmes. Si elle avait répondu, si elle était allée au fort plus tôt, aurait-elle pu empêcher ce qui était arrivé ?

— Eh bien, c'est la preuve de ton innocence, décréta Landon. Pourquoi penses-tu qu'on pourrait te soupçonner ?

Elle essaya de retirer sa main, mais Landon tenait bon. À cet instant, elle ne réalisa pas totalement que ça ne provoquait pas la panique attendue. Au contraire, Landon était comme un ancrage qui la reliait à la réalité.

Elle reprit lentement son souffle. Il avait raison. Elle avait besoin de respirer profondément. Les sirènes se rapprochaient un peu plus et, si elle voulait survivre, il allait falloir qu'elle réfléchisse.

Quoi qu'il en soit, Landon était un obstacle. Elle devait le convaincre de la laisser partir. Il ne pouvait pas se mêler de ça – Zara serait automatiquement impliquée, et elle voudrait se battre pour elle et...

La dernière fois que ça s'était produit, Jake avait récolté une balle.

N'était-il pas préférable de suivre l'exemple d'Amber et de prendre la fuite ?

Pour ce que ça lui avait servi ! Amber avait fini assassinée.

— Hazel ?

Elle cilla et leva les yeux vers Landon.

— Je le sais, c'est tout, dit-elle, en réponse à sa question.

Elle n'avait pas eu d'intuition, mais elle savait – elle le savait tout simplement – qu'on lui ferait porter le chapeau pour ça.

Les sirènes étaient vraiment proches à présent. Les voitures de patrouille étaient probablement en train de franchir le portail du ranch. La police irait d'abord à son chalet. Ou alors à la maison principale. En tout cas, personne ne viendrait par ici. Elle avait encore le temps.

— S'il te plaît, ne peux-tu pas partir et faire comme si tu ne m'avais pas vue ?

Il se rembrunit, ce qui était rare. Landon était facile à vivre, toujours prêt à plaisanter. Il était le seul des frères à paraître véritablement enjoué. Elle aurait pu le qualifier de charmant si elle ne s'était pas autant méfiée de son propre jugement – surtout en ce qui concernait le charme des hommes.

— Voici ce que nous allons faire, dit-il.

Il avait tout à coup l'air décidé de celui qui prend tout en charge, ce qui était d'habitude l'apanage de son frère Cal.

Tandis qu'il embrassait du regard l'horizon, il plissa les yeux, et elle sut qu'il regardait le bâtiment vers lequel elle se dirigeait.

— Cette petite construction là-bas ? Est-ce que quelqu'un l'utilise encore ?

Hazel secoua la tête.

— Normalement, elle se trouve sur la propriété des Peterson. La dernière génération a quitté Wilde mais a conservé les terres et laisse les bâtiments tomber en ruine. Autrefois, c'était une école, mais ce n'est plus qu'une remise aujourd'hui.

Elle ne dit pas qu'elle avait prévu de s'y cacher.

Landon hocha la tête.

— Bien, allons-y.

Il ne la libéra pas, la remorquant derrière lui tandis qu'il tenait de l'autre main les rênes de sa jument.

Hazel jeta un coup d'œil à la monture de Landon. Buttercup avait été à elle. Elle n'avait jamais aimé le ranch autant que Zara. Ce qui l'intéressait, c'étaient les livres et l'histoire, pas le bétail, les moissons et les corvées quotidiennes.

Mais Buttercup était sa jument, et son père avait vendu le ranch et tout ce qu'il contenait aux frères Thompson, parce qu'ils étaient prêts à payer plus que le prix du marché.

À l'automne précédent, Zara avait réussi à convaincre les Thompson de la garder comme employée agricole et de leur louer à toutes les deux leur propre chalet familial.

Baissant les yeux vers elle, Landon la vit qui observait la jument. Elle cilla et regarda droit devant elle.

Donc, son père avait vendu sa jument adorée. De temps en temps, Hazel se rendait aux écuries et donnait à Buttercup des tranches de pommes – sa friandise favorite. Ce n'était pas comme si elle avait été complètement séparée d'elle, grâce à Zara.

Mais elle n'avait plus le droit de monter Buttercup. Pas plus qu'elle n'avait le droit de cueillir les fleurs sauvages qui peuplaient les prairies. De quelque côté qu'elle se tourne, il lui semblait que tout lui avait été soustrait.

— Zara m'a dit qu'elle était à toi.

Hazel haussa les épaules, en essayant de ne pas s'offusquer de la façon déconcertante avec laquelle Landon lisait en elle.

— Plus ou moins, mais je ne me suis jamais consacrée au ranch comme vous tous. C'est un cheval de travail. Elle doit servir à ça.

Il noua les rênes à la branche basse d'un arbre près de la clôture, puis observa les barbelés.

— Tu vas devoir me laisser t'aider.

Landon trouva un endroit où le fil était un peu détendu, y posa le pied et appuya de tout son poids pour l'abaisser. Puis il tendit la main à Hazel.

C'était différent cette fois de prendre sa main. Parce qu'il l'avait offerte. Parce qu'elle avait cessé de paniquer. Elle savait que c'était un homme dévoué. Le problème c'était qu'elle ne voulait pas de son aide. Il était une complication qu'elle n'avait pas le temps ni les moyens de comprendre.

Mais il l'avait vue en train de fuir, et elle n'avait donc pas le choix.

Elle glissa un nouveau regard vers la jument. Jamais elle n'aurait deviné que Landon était du genre à aimer les balades à cheval en solitaire.

C'était le problème. Elle n'avait pas confiance en son instinct quand elle était confrontée à de nouvelles personnes, en particulier des hommes. La vie lui avait enseigné une bien amère leçon.

Mais elle devait considérer la réalité de la situation. Il l'avait vue. Il voulait l'aider. Il fallait qu'elle trouve un moyen pour exploiter son appui au mieux de ses besoins.

Pour le moment elle devait donc aller dans son sens. Jusqu'à ce qu'elle puisse déterminer que faire ensuite. Jusqu'à ce qu'elle ait le temps de réfléchir sans avoir besoin de courir.

Tandis qu'elle hésitait, Landon patientait sans rien dire. La main tendue, une botte sur le fil barbelé.

Hazel s'obligea à avancer, à poser la main dans la sienne. Il la saisit et attendit qu'elle pose à son tour son pied botté sur le barbelé. De sa main libre, elle souleva sa longue jupe bohème et franchit la clôture.

À la seconde où elle fut de l'autre côté, elle laissa tomber la main de Landon.

— Bravo, dit-il. Nous y voilà.

Elle savait qu'il essayait de l'encourager à continuer, comme il l'aurait fait avec un cheval ombrageux.

Il sauta par-dessus la clôture d'un geste souple qu'elle trouva étrangement fascinant. Il y avait de la grâce chez lui, quoi qu'il fasse.

— On va t'installer là-bas, et ensuite je trouverai une solution, dit-il en lui adressant un sourire rassurant.

— Comment se fait-il que tes frères n'aient pas le même accent que toi ? demanda-t-elle, tandis qu'ils se dirigeaient vers la vieille école.

C'était une question qui la taraudait depuis des mois, mais qu'elle n'avait jamais osé poser. La panique avait dû engourdir son esprit, car les mots franchirent ses lèvres sans qu'elle puisse les retenir.

— J'ai grandi dans le Mississippi. Pas eux. Zara a sûrement dû te dire que nous n'étions pas tous du même lit. Nous sommes une famille recomposée.

Hazel hocha la tête, mais quelque chose dans l'intonation de Landon lui procura cette étrange impression qu'elle avait parfois. L'intuition que quelque chose de déplaisant s'annonçait.

Elle secoua la tête et observa la petite école devant eux. M. Field s'y était intéressé dans le cadre de ses recherches sur le cambriolage de la banque. En dépit de son importance historique, le fait que la bâtisse appartienne à un propriétaire privé expliquait qu'elle n'avait pas été aussi bien préservée que le fort.

Quelqu'un aurait-il l'idée de la chercher ici à cause de ces recherches ? Chaque endroit où elle essaierait de trouver refuge aurait-il un lien avec M. Field ?

Le défunt M. Field.

Elle n'avait pas le temps de se préoccuper de ça. Landon venait d'ouvrir la porte. Il entra dans la pièce sombre d'où s'échappait une odeur de moisissure. Les tables et les chaises avaient disparu, mais il y avait toujours un tableau noir au mur. Il était craquelé et sans doute inutilisable.

L'encadrement de l'unique fenêtre était disjoint, laissant passer un filet d'air, ce qui rendait l'atmosphère moins irrespirable qu'elle n'aurait dû l'être.

— Tu n'avais pas tort en disant qu'il s'agissait d'une remise.

Landon secoua la tête et la regarda, l'air attristé.

— Hazel, allons à la maison. Je suis sûr que personne ne t'accusera d'avoir tué M. Field.

— Je sais qu'ils le feront, répondit-elle d'un ton morne.

Elle le savait, c'est tout.

Landon l'observa quelques instants, avant de hocher la tête.

— Bien. Tu ne bougeras pas d'ici, d'accord ? Je vais voir ce qui se passe. Ne me fausse pas compagnie, c'est bien compris ? Je reviens le plus vite possible.

Hazel se mordilla la lèvre. Elle n'était pas sûre de pouvoir lui faire confiance.

— Mais...

— Assurons-nous d'abord que c'est bien ce que tu penses. Tu ne bouges pas, et je ne dis rien à la police ni à Zara. C'est promis.

Il lui tendit à nouveau la main. Il s'était exprimé avec une telle force, une telle sincérité, qu'Hazel se sentit obligée de le croire.

Et elle devait maintenant faire une promesse. Elle échangea une poignée de main avec Landon.

— D'accord.

Elle allait se tenir tranquille. Pour le moment.

Landon n'était pas convaincu qu'Hazel resterait là. Mais il devait lui prouver qu'elle n'était pas et ne serait pas considérée comme suspecte. Ça signifiait qu'il devait retourner à la maison et déterminer la raison de ces sirènes.

Aucune personne dotée d'un minimum de bon sens ne penserait qu'Hazel pouvait avoir commis ce meurtre. Mais il comprenait pourquoi la jeune femme en était persuadée, après avoir été récemment placée en garde à vue dans le cadre de l'assassinat de sa propre sœur.

Quiconque passerait cinq minutes avec Hazel se rendrait compte qu'une telle hypothèse était ridicule. Mais il supposait que la police savait ce qu'elle faisait. C'était le travail des enquêteurs de suivre toutes les pistes. Il n'empêche, qui pourrait vouloir la mort d'un vieil homme excentrique vivant au beau milieu du Wyoming ?

Landon retourna à la maison au galop, ne ralentissant Buttercup que lorsqu'il put apercevoir la bâtisse. Même s'il avait envie de s'y précipiter, il prit son temps. Selon lui, la réaction d'Hazel était excessive, mais il lui avait promis de se renseigner sans la trahir. Il tiendrait sa promesse.

Il mit la jument à l'écurie, puis s'obligea à siffloter tandis qu'il marchait vers la maison.

La scène qu'il découvrit fit s'envoler ses espoirs qu'Hazel se soit monté la tête pour rien. Zara se tenait sur le perron et discutait avec deux agents de police. Elle avait les mains sur les hanches et paraissait furieuse. Non loin d'eux, Kate parlait avec quelqu'un au téléphone.

Henry était sorti de l'annexe où il avait établi ses quartiers et les observait de loin, les bras croisés.

— C'est quoi tout ce tintouin ? lui demanda Landon en s'approchant.

Henry haussa les épaules.

— Je ne sais pas trop.

— Et tu as l'intention de rester là sans rien faire ?

Pour toute réponse, Henry se contenta d'un nouveau haussement d'épaules. Landon soupira et se dirigea vers Zara et les deux agents.

— Que se passe-t-il ? s'enquit-il avec un sourire courtois et un air aussi détaché que possible.

— M. Field a été assassiné, déclara Zara.

À sa façon de lancer un regard excédé aux policiers, Landon en déduisit qu'Hazel avait vu juste. Il dut faire un effort pour ne pas imiter l'attitude hostile de Zara, mais parvint à garder son calme.

— Nous avons reçu un appel, dit posément l'un des agents. Une voiture dont la description concorde avec celle de Mlle Hart a été vue quittant Fort Dry ce matin. Nous voulons simplement discuter avec Hazel. C'est tout. Je ne veux pas provoquer de scène, Zara, mais je le ferai si c'est nécessaire.

— Elle n'est pas à la maison. Je vous l'ai déjà dit. Et vous êtes arrivés avec la sirène et le gyrophare, donc vous n'allez pas me faire croire que vous voulez seulement parler.

— Pourtant, sa voiture est là-bas, répliqua le policier en ignorant la remarque de Zara. Et elle correspond à la description qu'on nous a faite.

— Eh bien, allons y jeter un œil, suggéra Landon aux agents.

S'adressant à Zara, il ajouta, en gardant son calme malgré les circonstances :

— Il n'y a aucun mal à aller frapper à la porte, n'est-ce pas ?

Il maîtrisait à la perfection la convivialité et le charme nonchalant du Sud.

Il commença à guider les policiers vers le chalet malgré les objections de Zara. Il aurait voulu pouvoir lui dire que tout cela n'était qu'un malentendu et qu'il savait où se trouvait Hazel. Mais, pour le moment, il devait jouer les intermédiaires entre Zara et les agents et laisser ceux-ci frapper à la porte d'Hazel.

Au même moment, Brody apparut au volant de son pick-up, tandis que les silhouettes de Jake et de Cal chevauchant leur monture se dessinaient en haut de la colline.

De toute évidence, Kate avait appelé des renforts.

Brody s'approcha pour prêter main-forte à Landon et Zara, tandis que Cal et Jake disparaissaient dans les écuries. Ils ne tarderaient sûrement pas à les rejoindre une fois qu'ils auraient mis leur cheval au box.

Comme aucune réponse ne leur parvenait depuis l'intérieur du chalet, l'un des agents se tourna vers Zara.

— Et si vous nous laissiez entrer ?

— Et si vous...

— Il vous faut une commission rogatoire pour ça, ou je me trompe ?

Landon avait interrompu Zara et s'obligeait à une intonation désinvolte – et peut-être légèrement amicale.

— Juste pour s'assurer que tout est bien fait dans les règles, ajouta-t-il.

Le policier resta silencieux pendant un moment.

— J'espère que vous réalisez tous que la situation ne plaide pas en sa faveur.

— Et ça ne plaide pas en la vôtre de harceler des personnes innocentes, rétorqua Zara.

— Si l'un de vous voit Hazel, qu'il m'appelle. Il faut qu'elle passe au poste. Nous avons quelques questions à lui poser.

— Thomas sait-il que vous êtes venus ? demanda Zara.

Elle faisait allusion à son cousin qui était aussi agent de police au commissariat du comté de Bent.

— Thomas n'est pas mon supérieur, Zara.

— Votre mère non plus, mais ça n'empêche pas que...

Jake s'interposa entre le policier et Zara, et s'adressa à cette dernière.

— Allons, dit-il d'un ton apaisant. Inutile de faire une scène.

— J'en ai peut-être envie, répliqua Zara en regardant méchamment le policier par-dessus l'épaule de Jake.

— Je sais que c'est le cas, mais pensons à Hazel, dit-il posément. Nous devons la trouver.

Landon tint sa langue, mais il était vraiment du côté de Zara, en l'occurrence.

Tandis que l'intervention de Jake détournait de lui l'attention de la jeune femme, le policier s'écarta.

— J'appelle Thomas, annonça Zara. Je veux en avoir le cœur net.

Elle regarda vers le chalet, où Landon se tenait encore près de la porte.

— Où peut-elle être ? Et si elle était en danger aussi ?

Landon s'en voulait de faire des cachotteries, mais il devait reconnaître qu'Hazel avait raison. Il était possible que ces flics veuillent seulement lui poser des questions pour le moment.

Mais si quelqu'un avait signalé que la voiture d'Hazel avait quitté précipitamment les lieux... les choses pourraient devenir compliquées. Délicates à tout le moins.

Il valait mieux qu'il soit le seul à savoir où se trouvait Hazel, jusqu'à ce qu'ils comprennent de quoi il retournait exactement.

3

Se retrouver seule dans la vieille école décrépite n'était pas ce qu'il y avait de mieux pour le moral d'Hazel. Au contraire, ça ne faisait que favoriser une panique grandissante. Les minutes ressemblaient à des heures. Les heures ressemblaient à des minutes.

Elle n'était pas douée pour le subterfuge, pour le mensonge. Elle ne savait pas élaborer de stratégies – ça, c'était le domaine de Zara. Hazel se connaissait bien, et aucun de ses talents n'était de nature à lui permettre de gérer la situation avec aplomb.

Pour cette raison, courir et s'enfuir était sa seule réaction. Ça expliquait aussi pourquoi, lorsqu'elle avait été placée en garde à vue pour le meurtre d'Amber, elle avait préféré la prison plutôt que de dire tout ce qu'elle savait à Zara.

Au fond, Hazel avait bien conscience qu'elle était lâche. Ses deux sœurs aînées – même de quelques minutes, s'agissant de triplées – avaient reçu la bravoure et la verve, la force et le pragmatisme.

Leur mère disait d'elle qu'elle avait la douceur des aigrettes duveteuses du pissenlit. À l'époque, Hazel trouvait cela flatteur. Mais, quinze ans plus tard, ce n'était plus le cas.

— Quelle confusion ! murmura-t-elle, parce que ça lui faisait du bien de remplir l'air de mots plutôt que de particules de poussière.

Encore que... Elle se rembrunit en regardant autour d'elle. Le sol semblait étrangement... pas exactement propre mais exempt des débris qui auraient dû s'y accumuler au fil des années. La fenêtre aurait dû être beaucoup plus sale, surtout avec cette fissure dans l'encadrement qui laissait passer l'air du dehors.

Peut-être quelqu'un avait-il entretenu cette vieille école ? S'agissait-il de M. Field ? Ou bien était-ce le refuge d'un des Peterson ?

En tout cas, si quelqu'un était venu ici récemment, elle n'y était pas en sécurité. À supposer qu'il ne s'agisse pas de M. Field, la personne pouvait revenir d'un moment à l'autre et appeler la police.

Il fallait qu'elle s'en aille. Maintenant. Elle ne pouvait pas attendre Landon, quoi qu'elle lui ait promis. Elle attrapa son sac à dos, mais avant qu'elle ait eu le temps d'enfiler les deux bras à travers les bandoulières la porte s'entrebâilla dans un grincement.

Elle faillit crier, cherchant autour d'elle ce qui pourrait lui servir d'arme. Elle ne trouva rien de nature à infliger une blessure sévère. Elle n'aurait probablement pas su s'en servir, de toute façon.

Mais c'était Landon, évidemment, qui se glissait avec aisance et presque sans bruit à l'intérieur de la bâtisse. Il n'y avait vraiment pas de quoi crier.

Cependant, son visage lui apprit tout ce qu'elle avait besoin de savoir sur la façon dont ça s'était passé avec les flics.

— Ils sont venus m'arrêter, dit-elle.

— Te questionner, rectifia-t-il.

Mais Hazel savait trop bien où menaient les questions. Surtout celles pour lesquelles il n'y avait pas de bonnes réponses. Et c'était le cas.

— Je veux que tu me dises tout ce qui s'est passé, exigea Landon. En commençant par le message que t'a laissé M. Field.

Même si son intonation autoritaire avait quelque chose de réconfortant – c'était agréable d'être face à quelqu'un qui pensait avoir une idée précise de ce qu'il fallait faire – Hazel savait que Landon avait tort.

Elle secoua la tête.

— Ça n'a aucun intérêt. J'ai déjà vécu ça. Je sais comment ça se passe. Je ne peux pas leur répondre comme ils le voudraient, et mon sort est réglé.

— Hazel, quelqu'un a appelé la police.

— Que veux-tu dire ?

— Ils ont dit qu'on les avait appelés pour leur signaler que ta voiture avait quitté le fort. Mais ça n'a rien d'anormal, pourtant. C'est ton lieu de travail. Tu t'y rends en voiture. Il n'y a pas de quoi appeler la police.

— Je ne sais pas. J'ai des horaires atypiques. Quelqu'un a pu s'en étonner.

Landon grimaça, visiblement peu convaincu.

— C'est bizarre. Ça n'a pas de sens.

— Tu penses que... quelqu'un essaierait de me faire porter le chapeau ?

— Ce ne serait pas la première fois.

— J'étais complice de ma mise en examen la dernière fois. J'ai laissé la police m'arrêter parce que je savais que je serais plus en sécurité derrière les barreaux.

Elle serra très fort ses mains l'une contre l'autre pour s'empêcher de crier ou de prendre ses jambes à son cou. Ou les deux.

— Je ne peux pas le refaire. Ça ne fonctionnera pas comme la dernière fois. Et en plus, Jake avait fini par récolter une balle. Il faut que je parte.

— Procédons pas à pas. Pour le moment, ils veulent t'interroger parce qu'ils ont reçu un coup de téléphone.

— Je ne peux pas. Je ne veux pas.

Landon hocha la tête, et elle avait conscience qu'il prenait soin de maintenir une certaine distance entre eux.

Tout comme il gardait délibérément les mains levées, en signe d'apaisement. Elle savait que tous les frères Thompson avaient décidé de lui accorder de l'espace.

Parce qu'elle était ombrageuse et fébrile.

Un vieux sentiment de jalousie monta en elle. Pourquoi n'était-elle pas plus intrépide, comme Amber ? Ou plus sûre d'elle, comme Zara ?

Mais Amber était morte, non ? Voilà où l'avait menée son intrépidité. De toute évidence, Zara s'en était bien sortie, mais Hazel savait que ça ne lui servait à rien de souhaiter ressembler davantage à ses sœurs. Elles étaient simplement différentes. Et elle adorait Zara. Elle méritait d'être heureuse après tout ce qu'elle avait fait pour la protéger pendant des années.

— Je veux en savoir plus avant que nous fassions quoi que ce soit, dit Landon.

Hazel ne put s'empêcher de remarquer qu'il avait dit « nous », ce qui n'avait aucun sens pour elle.

— Mais je ne pense pas que tu devrais fuir, poursuivit-il. Mieux vaut que tu restes ici et que tu te fasses oublier quelque temps, s'il se trouve que tu es vraiment en danger.

— Pourquoi est-ce que tu...

La gorge nouée par l'émotion, elle chercha son souffle. C'était stupide de lui demander pourquoi il voulait l'aider.

Elle avait passé son enfance à rêver de chevaliers à l'armure étincelante, d'hommes qui se précipiteraient à son secours, tels des cow-boys de l'Ouest sauvage. Elle aimait les héros au grand cœur et à l'âme noble.

En cours de route, elle avait fini par cesser d'y croire, mettant de côté ses idées nébuleuses d'homme idéal, jusqu'à l'année dernière, quand les frères Thompson avaient fait leur apparition. Jake avait porté secours à Zara avant même de signifier quoi que ce soit pour elle. Puis ils s'étaient tous rassemblés autour de Kate pour l'aider.

Les frères Thompson étaient précisément ce genre d'hommes qui ressentaient le besoin de venir en aide aux autres.

Hazel avait toujours du mal à se remettre à croire qu'il existait des hommes bien. Et dans le même temps elle savait que Landon en faisait partie.

— Pourquoi je t'aiderais ? demanda Landon, comme s'il avait lu dans ses pensées.

Il lui souriait. C'était un sourire gentil. Un sourire amical. Et cependant il gardait ses distances.

— Ta sœur va épouser mon frère. Ça fait de nous des membres d'une même famille, en quelque sorte. Elle va dire oui, n'est-ce pas ?

Hazel savait qu'il essayait de détourner son attention en l'entraînant dans une conversation plus légère. Mais c'était tellement gentil de sa part qu'elle le laissa faire.

— Elle a intérêt !

Landon eut un petit rire.

— Ah bon ? Pourquoi dis-tu ça ?

— J'aime Zara de tout mon cœur. Je serais perdue sans elle. Mais elle n'est pas facile à vivre. Je ne vois personne en dehors de Jake pour lui tenir tête.

— Jake a beaucoup d'expérience avec les cas difficiles, plaisanta Landon. Ça fait des années qu'il supporte Cal, et il ne lui a pas encore cassé la figure.

Hazel sourit en retour.

— C'est vrai que Cal est...

Elle chercha comment définir le taciturne frère de Landon.

— Un crétin ? suggéra-t-il.

Elle éclata de rire. Elle n'avait pas pu s'en empêcher, même si c'était méchant. Et pas entièrement vrai. Elle considérait Cal comme un homme plus... perturbé que malveillant. C'était un obsédé du contrôle, mais elle avait vu Zara essayer de contrôler les choses de la même façon. Ce genre de comportement était souvent dû... eh bien, au désespoir plus qu'à toute autre chose.

Mais, mis à part les frères de Landon et sa sœur, Hazel était persuadée qu'il n'y avait réellement qu'une seule solution à son problème.

— J'apprécie que tu essaies de me distraire, Landon, et que tu veuilles m'aider. Mais la meilleure chose que je puisse faire, c'est de m'enfuir. Vraiment. J'ai eu le temps de réfléchir, de me calmer. Ça pourrait être dangereux pour moi de rester ici. Cet endroit est lié aux recherches de M. Field. Je ne sais pas pourquoi il a été tué mais, quand la police va s'intéresser à son travail, quelqu'un pourrait avoir l'idée de venir chercher par ici.

— Tu ne peux pas t'enfuir, Hazel. Ils vont te poursuivre.

Landon l'avait dit gentiment, mais elle n'appréciait pas vraiment qu'il lui dicte sa conduite.

— Nous allons trouver une solution. Ensemble.

Nous. Ensemble.

Que pouvait-elle bien répondre à ça ?

Hazel le dévisageait bouche bée, dans un silence gênant que Landon laissa s'étirer autant qu'il en fut capable, c'est-à-dire très peu de temps.

— Je ne peux pas te laisser te défendre toute seule. Fuir n'est pas une plaisanterie, crois-moi. De plus, je sais que tu ne veux pas faire ça à Zara.

Elle plissa le front.

— Tu ne comprends pas.

Hazel ignorait à quel point il comprenait. Peut-être n'avait-il pas été obligé de fuir au sens propre, mais ce n'était pas sa vie. Il menait une existence fabriquée de toutes pièces parce qu'une organisation terroriste aurait cherché à le tuer sinon.

Peut-être tirait-il le meilleur profit de cette vie, mais il était quand même un fugitif. Un homme qui se cachait.

— Accorde-moi quelques jours, d'accord ? Juste pour que je sache ce que pense la police et découvre qui a passé l'appel.

S'il observait Hazel avec calme, il était loin de l'être sous le vernis des apparences. À vrai dire, il se sentait un peu désespéré. Et très en colère.

Hazel était une personne adorable, qui aidait un vieil homme à mener des recherches stupides, qui vivait quasiment recluse et qui n'avait jamais fait de mal à qui que ce soit. Et elle n'arrêtait pas de se retrouver mêlée aux histoires dramatiques d'autres personnes. Peut-être parce qu'elle était trop gentille.

— Je vais rester dans les parages, continua-t-il, comme elle ne disait rien.

Il conservait une posture détendue et un sourire encourageant, mais il ne parvenait pas à ordonner à ses poings de se desserrer.

— Tu ne peux pas rester ici avec moi. Les gens vont remarquer ta disparition. Je ne veux pas que tu sois obligé de mentir à cause de moi. Je dois faire ça toute seule.

Landon sentit qu'il commençait à perdre patience. La situation lui était douloureusement familière. Combien de fois avait-il essayé d'aider les membres de sa famille à échapper aux accès de fureur de son père, ou à se sortir des ennuis où ils s'étaient mis ?

Aucun d'eux n'avait jamais accepté son aide. Et il fallait voir où ça les avait menés.

— Tu es innocente et tu aurais pu apporter ton aide à la police. Je ne dirai rien à personne. Pas tout de suite, en tout cas. Et je n'ai pas l'intention de rester ici vingt-quatre heures sur vingt-quatre. Je vais garder le contact avec toi et m'assurer que tout va bien. Et, si j'essaie de me renseigner un peu sur ce qui t'est arrivé, si je prends ta défense en public, les gens diront que j'ai un petit coup de cœur pour toi et ne chercheront pas plus loin.

— Un petit coup de cœur pour moi, répéta Hazel en rougissant légèrement.

Il n'aurait pas dû dire ça. Ce n'était pas le moment d'énoncer la vérité, même en la masquant sous une plaisanterie.

Il haussa les épaules avec désinvolture et répondit avec détachement.

— Pourquoi pas ? Tu es jolie. Je suis un homme. C'est ce que les gens penseront. Il n'y a pas de mal à ça.

— Mais j'ai un goût désastreux quand il s'agit des hommes, s'exclama Hazel.

Étant donné qu'il connaissait un de ces hommes, il ne pouvait pas dire le contraire. Le médecin avec qui elle avait eu une liaison n'était pas seulement un salaud de la pire espèce. C'était aussi un meurtrier. Et, comme il était mal à l'aise à l'idée qu'Hazel repense à ça, il plaisanta de nouveau :

— Peut-être que je n'ai pas un goût désastreux quand il s'agit des femmes.

Ses lèvres s'arrondirent, et elle eut un léger cri de surprise. À part ça, elle n'ajouta rien, ce qui était probablement préférable. Pour l'un comme pour l'autre.

— Revenons à ce qui nous préoccupe, dit-il. Raconte-moi exactement ce qui s'est passé.

4

Hazel fut tellement secouée par cette conversation qu'elle se jeta à l'eau et raconta tout à Landon. Depuis la découverte à son réveil du message de M. Field, jusqu'au moment où elle était tombée sur le cadavre de son employeur.

« *Un petit coup de cœur pour toi.* »

Elle entendait encore Landon lui dire ça, avec son indolent et sensuel accent du Sud, et elle ne savait toujours pas quoi en penser.

À coup sûr, il plaisantait. Il essayait de lui changer les idées. S'il avait un coup de cœur pour elle...

Mais ce n'était pas du tout le cas. Donc, elle ferait mieux de se concentrer.

— Quelqu'un a-t-il montré un intérêt excessif pour les recherches de M. Field ? demanda Landon.

Il gardait toujours ses distances, mais il n'était pas immobile. Il faisait le tour de l'école, observant la fenêtre, les trous dans le sol, là où les bureaux étaient autrefois boulonnés, les fissures dans les murs en plâtre...

— Qu'entends-tu par « un intérêt excessif » ?

— Quelqu'un qui aurait posé beaucoup de questions. Une attention particulière portée à un détail en apparence mineur. Une succession de rendez-vous. Ce genre de choses...

Hazel secoua la tête.

— Je ne crois pas que tu comprennes le mode de fonctionnement des passionnés d'histoire. M. Field échangeait continuellement des mails, posait des questions... Il écrivait dans des revues. Il tenait un blog. Il faisait partie de différents groupes Facebook. En réalité, c'est moi qui m'occupais des réseaux sociaux, car il prétendait qu'il était trop vieux pour en comprendre le fonctionnement.

Landon hocha la tête, même si son expression trahissait sa perplexité.

— Bien. Il va falloir que nous fassions une liste.

Il continua à se déplacer dans la pièce, en parlant de prochaines étapes et de priorités, tandis qu'Hazel en était réduite à l'écouter.

Il prenait les commandes, et une part d'elle – sa part de lâcheté éternelle – avait envie de se reposer entièrement sur lui. Dieu merci, quelqu'un était volontaire pour tout prendre en charge !

Mais elle savait aussi que ce n'était pas bien. Elle devait régler ça par elle-même. Qu'importent la gentillesse et le penchant chevaleresque de Landon, il ne fallait pas qu'il soit impliqué dans sa cavale.

— Landon, je ne veux pas que tu...

Il se tourna pour la regarder, et elle... ne trouva plus ses mots.

C'était un bel exemple de déni. Parce qu'elle avait vraiment très envie qu'il... Eh bien, elle ne savait pas trop quoi pour le moment. Seulement qu'elle avait besoin de sa présence parce que l'idée de rester seule ici la terrifiait.

Il attendit qu'elle termine sa phrase. Et attendit encore. Elle fit un effort pour trouver quelque chose à dire. Il la regardait intensément, comme si sa réponse était importante. Comme si une parole malencontreuse risquait de le décevoir.

— Je devrais faire ça toute seule, dit-elle en essayant de se montrer aussi ferme et assurée que lui. Tu n'as sûrement pas envie de t'impliquer là-dedans.

Landon haussa les épaules.

— C'est trop tard. Maintenant, parlons de ce coup de téléphone.

— Landon...

— Nous pourrons tergiverser plus tard, quand le temps pressera moins. Dis-moi plutôt si quelqu'un vit suffisamment près de Fort Dry pour t'avoir vue entrer ou sortir du parking.

— Personne.

— Et avec des jumelles ou un télescope ?

Elle secoua la tête.

— Il aurait fallu que l'individu se trouve sur la route. Ou alors, à l'intérieur du fort.

Quelqu'un avait appelé la police pour signaler la présence de sa voiture. Elle ne parvenait toujours pas à assimiler cette information. Le site historique était isolé. Il était rare d'y voir des visiteurs en dehors d'un événement particulier relayé par la presse. Et, même s'il arrivait qu'un touriste s'y risque hors saison, ça ne se serait pas produit si tôt dans la matinée – deux bonnes heures avant l'ouverture au public.

Elle était entrée et avait trouvé M. Field mort. Et quelqu'un l'avait vue quitter les lieux. Précipitamment et l'air hagard. Forcément, ça ne donnait pas une impression de sérénité.

Mais pourquoi l'aurait-on observée ?

— Nous devons savoir qui a alerté la police, et d'où cette personne a appelé, dit Landon. Il va me falloir mon ordinateur.

Hazel savait que Landon était une sorte de petit génie de l'informatique. Il avait aidé Kate à résoudre le mystère de la disparition de son père, mais...

— Landon.

Il leva une main.

— Plus de protestations, Hazel. Voilà où nous en sommes : soit nous travaillons ensemble, ce qui donnera des résultats plus rapides, soit je dis à Zara où tu es.

Hazel se rembrunit. Landon lui posait un ultimatum, alors qu'elle n'avait cessé de répéter qu'elle ne voulait pas de son aide.

— Ce n'est pas un marché équitable, protesta-t-elle.

Il lui sourit.

— Je n'ai jamais dit que j'étais quelqu'un d'équitable.

— Tu ne peux pas simplement...

Il sortit son téléphone de la poche arrière de son jean.

— Très bien. J'appelle Zara.

Elle bondit pratiquement en avant pour essayer de lui arracher son téléphone des mains. Évidemment, il tint bon, et elle se retrouva prise dans une lutte qu'elle ne risquait pas de remporter.

Elle soupira et le toisa avec agacement.

Les lèvres de Landon se retroussèrent en un sourire. De toute évidence, elle ne l'intimidait pas. Elle l'amusait plutôt.

Hazel aurait voulu être en colère contre lui, mais il était difficile de le blâmer. Elle était tout le contraire d'une personne intimidante.

— Ce n'est pas bien d'entraîner Zara dans cette histoire, et tu le sais. Elle va s'inquiéter. Elle va fulminer. Et pour finir, elle est capable de se faire jeter en prison uniquement pour essayer de prouver que ce n'est pas moi qui suis coupable.

L'expression de Landon redevint sérieuse, et Hazel sut qu'elle avait marqué un point.

— En réalité, si elle a parlé aux policiers, je suis prête à parier qu'elle leur a crié dessus et que quelqu'un – probablement Jake – a dû intervenir pour l'empêcher de faire une bêtise.

Landon ne dit rien. Hazel hocha la tête comme s'il avait confirmé ses soupçons.

— Je connais ma sœur. Elle ne peut pas gérer ça avec la tête froide ou une attitude mesurée. Je pense que tu comprends – je l'espère en tout cas – que c'est une situation qui requiert les deux. Moi-même, j'ai paniqué un petit peu au début.

— C'est normal. Tu as trouvé ton employeur assassiné.

Elle n'avait pas besoin qu'il essaie de la consoler, mais ça allégeait en partie son stress.

— Si tu promets de ne pas bouger d'ici, dit-il, je vais voir ce que je peux faire pour trouver quelques réponses de mon côté.

— Je ne peux rien te promettre. Tu dois le comprendre. Je ne regrette pas de m'être enfuie, même si c'était dû à la panique.

Je savais qu'on me ferait porter le chapeau. Et je refuse de me morfondre dans une cellule pendant que tout le monde essaie de me sauver la mise une nouvelle fois.

Landon secoua la tête.

— Ça ne veut pas dire que la fuite est une bonne solution.

— Tu en vois une autre ?

— Te battre pour la vérité. Et nous pouvons tous t'y aider.

— Vous devez rester en dehors de tout ça. Surtout Zara.

— Elle te soutiendrait pourtant.

— Zara serait capable de se battre physiquement pour moi. Et je sais que j'ai de la chance d'avoir une sœur prête à ça. Mais ce n'est pas ce que je souhaite. J'ai seulement besoin de... disparaître.

— Non, Hazel, tu as besoin de la vérité. Et, sans fausse modestie, je suis sacrément doué pour la trouver. Reste ici et laisse-moi découvrir ce qui se trame.

— Je devrais donc me cacher ici pendant que tu fais tout le travail ? En quoi est-ce différent de la prison ?

— Tu vas m'aider à faire le travail. Tu vas prendre en charge une partie de la bagarre pour faire éclater la vérité.

Ça lui semblait... préférable aux autres options qu'elle avait envisagées, mais...

— Comment ? demanda-t-elle.

— Ne bouge pas d'ici, et je te montrerai.

Et il s'en alla. La laissant seule et perplexe.

Le plus gros défi de Landon allait être d'expliquer ses absences. Pour le reste, ça ne lui serait pas trop difficile de s'intéresser de plus près au meurtre de M. Field. Comme il l'avait dit à Hazel, tout le monde penserait qu'il apportait son aide parce que leurs familles étaient liées. Ses frères lui adresseraient peut-être ce regard qui voulait dire qu'ils savaient – même si ce n'était pas le cas d'Hazel – qu'il s'impliquait un peu trop.

Aucune des deux hypothèses ne l'inquiétait.

Il mit sa jument à l'écurie. Il s'était éclipsé après le départ des flics, en prétendant qu'il allait sillonner la propriété pour voir s'il pouvait trouver trace d'Hazel. Il savait qu'il allait devoir mentir à Zara, et mentir aux gens n'était pas quelque chose qui le dérangeait habituellement. Mais, quand il savait qu'une personne était inquiète et qu'il aurait pu la rassurer en lui disant la vérité, ça devenait plus difficile.

Avant même qu'il ait atteint le haut des marches, Zara avait ouvert la porte.

— Tu as des nouvelles ? demanda-t-elle depuis le seuil de la vieille maison.

Comme il s'y était déjà préparé, il parvint à esquisser un sourire contrit.

— Désolé.

Zara se rembrunit, mais elle lui tint la porte ouverte, et il entra dans la salle à manger. À peu près tout le monde se trouvait dans la pièce. Cal se tenait près du seuil de la cuisine. Kate et Brody étaient assis côte à côte sur un canapé, tandis que Jake était perché sur un accoudoir. Les deux seules personnes qui manquaient étaient Henry et Dunne.

— Vous avez trouvé quelque chose de votre côté, les gars ? demanda Landon en espérant détourner l'attention de lui.

— Zara est allée au chalet, dit Jake. Hazel a emporté des affaires. Pas juste des trucs pour son travail quotidien, mais des effets personnels et des espèces qu'elle gardait en cas de besoin. On dirait qu'elle a agi dans la précipitation, mais elle n'a pas été enlevée ni blessée.

Tout en parlant, Jake ne quittait pas Zara des yeux.

— Je ne sais pas où elle aurait pu aller.

Zara se tordait les mains tout en marchant de long en large. Landon voyait bien qu'elle essayait de faire bonne figure, mais l'inquiétude creusait des rides sur son front et autour de sa bouche, et ses yeux étaient tristes.

La guerrière en colère qui s'était manifestée un moment plus tôt s'était métamorphosée en sœur préoccupée pour la sécurité de sa jumelle.

— Il n'y a ni famille ni amis chez qui elle pourrait aller. À moins qu'elle ne se soit rendue chez Thomas et qu'il ne m'en ait pas avertie.

— Nous pourrions toujours passer chez lui à l'improviste, suggéra Brody. Elle est peut-être avec lui et ne veut pas...

Il ne termina pas sa phrase et fit une petite moue.

Kate leva les yeux au ciel.

— Ne dis pas n'importe quoi.

— Elle ne veut pas quoi ? insista Zara.

— Que tu sois au courant, répondit Brody.

Zara lui lança un regard furieux.

— Essayons d'être méthodiques, intervint Cal.

En tant qu'ancien commandant de l'unité *Team Breaker*, il avait l'habitude de prendre la tête des opérations. Peu importait le temps qu'ils avaient passé ici, à vivre en égaux, loin de la hiérarchie militaire. Il fallait toujours qu'il essaie de contrôler la situation.

— Hazel a disparu, rétorqua Zara. Je n'ai pas besoin de méthode ni de patience. J'ai besoin de savoir que ma sœur est saine et sauve.

Il était difficile pour Landon de ne rien dire ou de ne rien laisser paraître. Il aurait voulu pouvoir rassurer Zara, mais c'était impossible. Pour le moment en tout cas. Il trouverait un moyen.

— Je vais creuser pour découvrir ce que les flics savent et ne veulent pas nous dire, annonça-t-il.

Peut-être ressemblait-il à Cal en essayant de prendre la main, mais tant pis.

— Si tu pouvais obtenir des informations de la part de ton cousin, ce serait bien, dit-il à Zara. Mais le fait majeur c'est que quelqu'un a appelé les flics pour signaler qu'Hazel avait été vue quittant le fort. Pour quelle raison ? Ça n'a rien d'extraordinaire.

Et il fallait que cette personne sache qu'il s'était passé un drame à l'intérieur. Quelque chose ne colle pas.

— Tu penses qu'on essaie de la piéger ? demanda Kate.

— Nous le saurons quand nous aurons découvert qui a prévenu la police. C'est la première étape.

Landon leva une main pour empêcher Zara d'intervenir.

— Je sais que tu veux la trouver et t'assurer qu'elle va bien. J'ai compris. Mais elle a emporté des effets personnels, n'est-ce pas ? Et elle a déjà été dans cette situation. Elle savait qu'elle risquait d'être arrêtée. Il n'y a donc rien d'anormal à ce qu'elle se soit enfuie pour éviter ça.

— Sans me prévenir ? demanda Zara.

— Elle veut peut-être te protéger, suggéra Jake d'une voix douce.

Zara pivota brusquement sur les talons, mais elle ne dit pas un mot alors que Jake se levait et posait les mains sur ses épaules.

— Tout comme tu la protégerais, ajouta-t-il.

Zara laissa échapper un soupir et prit appui contre Jake.

— Vous connaissez tous Hazel. Elle est trop gentille, trop douce, et beaucoup trop nerveuse pour fuir comme ça sans savoir où aller.

Landon se demanda pourquoi cette description d'Hazel le contrariait. Ce n'était pas loin de la vérité, mais il ne pouvait pas se taire pour autant.

— Tu devrais peut-être lui accorder un peu de crédit, Zara. On dirait que tu la dénigres.

— Je ne la dénigre pas, protesta Zara, mais sans sa colère habituelle.

Il y avait de la douceur dans sa voix, comme si elle redoutait de faire précisément cela.

— Je crois qu'il est évident qu'elle a peur, reprit Landon. Et c'est compréhensible étant donné qu'elle a déjà vécu ça. À nous de faire ce qu'il faut pour qu'elle n'ait plus peur.

— Je ne vais pas renoncer à la chercher, affirma Zara.

Landon hocha la tête, tout en se demandant comment il allait l'empêcher de fouiller le ranch.

— Je ne sais pas si c'est une bonne idée, dit-il. Nous risquerions de conduire les flics à elle.

— Elle n'a rien fait, déclara Kate avec conviction, depuis le canapé où elle était assise. Jamais elle n'aurait pu tirer avec un pistolet. Elle déteste les armes. Et elle aimait tellement...

Elle chercha son souffle tandis que les larmes lui montaient aux yeux.

— M. Field.

Kate travaillait également au fort, où elle officiait comme guide touristique, interprète de spectacles historiques et responsable des expositions. Elle connaissait donc très bien le vieil homme.

— Quand as-tu vu M. Field pour la dernière fois ? s'enquit Landon.

En réalité, il avait envie de lui demander si elle avait aussi reçu un message en pleine nuit, mais il ne pouvait pas poser la question sans se démasquer.

— Hier, au travail. Il s'était enfermé dans son bureau, et je ne lui ai pas dit au revoir. Il n'aimait pas qu'on le dérange quand il était plongé dans ses recherches.

Brody passa un bras autour des épaules de Kate, tandis qu'elle prenait appui contre lui.

— Ça n'a aucun sens. C'était un homme âgé. Pourquoi quelqu'un aurait-il voulu l'assassiner ?

— Nous allons le découvrir, affirma Landon.

Il regarda Cal, qui l'observait avec suspicion. Mais il en fallait beaucoup plus pour l'intimider.

Il résoudrait cette affaire d'une façon ou d'une autre.

5

Hazel passa les heures suivantes à hésiter entre partir et rester. Si elle se cachait toujours dans la vieille école pour le moment, c'est qu'elle ne savait pas comment s'échapper. Sa voiture serait vite repérée si elle la prenait. Idem pour les véhicules des Thompson si elle avait le cran de voler un des pick-up du ranch. Un cheval ne la mènerait pas assez loin, et elle n'était pas certaine de trouver quelqu'un qui prendrait soin de lui si elle devait le laisser derrière elle.

Il y avait très peu de taxis dans la région, et le covoiturage n'était pas monnaie courante. Elle se ferait immanquablement remarquer si elle recourait à l'une ou l'autre de ces solutions, et quelqu'un risquait de prévenir la police.

Rester ici et accepter l'aide de Landon semblait être le choix le plus raisonnable.

En tout cas, pour le moment. Elle aurait toujours la possibilité de fuir si les choses tournaient mal. Même si elle devait le faire à pied.

Elle passa un bout de temps à respirer et à méditer sur sa situation, imaginant ce que ce serait de se rendre à la police, d'affirmer son innocence et d'espérer que ça tourne au mieux.

Mais la panique resurgissait sans cesse. Son intuition lui soufflait qu'il lui serait préjudiciable de laisser les autorités prendre la situation en charge.

Elle songea à ce que Landon lui avait dit. Elle allait devoir se battre pour se sortir de ce mauvais pas. Mais elle ne s'était jamais battue de sa vie. Elle détestait la confrontation. Elle l'évitait. Elle la fuyait, même. Ce qui se passait maintenant n'en était-il pas un excellent exemple ?

Mais Landon avait laissé entendre que c'était possible. Cette idée la rendait... perplexe. Elle se sentait bizarre, mais pas au point de vouloir renoncer.

Ce n'était pas qu'elle soit lâche, mais ça avait souvent été la meilleure solution face à la violence de son père. Et même vis-à-vis de cette pauvre Amber et de son fichu caractère. Et les rares fois où elle avait trouvé le courage de faire valoir son opinion, Zara s'était interposée et avait pris les choses en main. Hazel n'avait jamais appris à être celle qui se bat.

Landon avait dit qu'il allait lui montrer comment faire. Cette perspective ne lui inspirait pas de crainte particulière, ne déclenchait pas de crise de panique.

Mais comment pouvait-on se battre contre un mensonge ? Ou contre l'opinion publique ?

Seule dans l'école à présent plongée dans l'obscurité, elle continuait à ruminer.

Les informations. Les faits. Elle était douée pour toutes ces choses. Organiser. Analyser. Tirer des conclusions. Elle avait simplement besoin...

La porte grinça et bougea. Elle n'éprouva qu'une seconde de peur avant d'entendre la voix de Landon lui murmurer des paroles de réconfort. Juste après, une ombre se glissa dans la pièce.

Puis il y eut de la lumière.

La petite lanterne de camping n'éclairait pas assez pour qu'elle puisse voir la pièce entière, mais suffisamment pour qu'elle parvienne à distinguer Landon. Il avait un ordinateur portable sous le bras et un sac à dos.

— Tu as probablement faim, dit-il en déposant le sac entre eux.

Elle n'avait pas pensé à la nourriture. Ni au sommeil. Elle était trop nouée pour ressentir autre chose que le stress de la journée.

— J'ai dû faire attention à ce que je prenais, expliqua-t-il. Je ne voulais pas qu'on remarque que j'emportais plus de nourriture que d'habitude et qu'on me pose des questions.

Il sortit de son sac un sachet de noix de cajou, une pomme, une bouteille d'eau et une canette du soda favori de Zara.

Bizarrement, Hazel eut envie de pleurer. Même si Landon persistait à vouloir l'aider, elle s'était sentie vraiment seule jusqu'à ce qu'il revienne. Coupée du monde.

— Mange, dit-il en poussant la nourriture vers elle.

Elle obéit, étonnée du pouvoir de persuasion de Landon, et reprit des forces tandis qu'il faisait le point sur la situation.

— J'ai fouiné dans la base de données de la police, annonça-t-il, et Zara a discuté avec Thomas. Il lui a livré quelques informations, mais rien que de très basique. Les flics s'intéressent évidemment au coup de téléphone anonyme, mais sans plus. S'agissant d'un meurtre, ils sont méfiants. Donc, pour le moment, tu n'es pas considérée comme suspecte. Ils veulent juste t'entendre comme témoin.

Landon la regardait attentivement dans le faible halo lumineux de la lanterne. Il voulait qu'elle se rende. La pomme qu'elle avait commencé à grignoter se transforma en pierre dans sa gorge, et elle eut le plus grand mal à déglutir. Lorsqu'elle parla, sa voix chevrotait.

— Je ne peux pas me rendre maintenant.

Elle ne trouvait pas d'explication raisonnable à lui fournir.

— Je ne peux tout simplement pas.

Landon hocha la tête, et elle fut surprise qu'il ne cherche pas à argumenter.

Il désigna les noix de cajou.

— Sers-toi, dit-il, avant de continuer à l'informer de ses découvertes.

— D'après le rapport d'enquête préliminaire, il n'y avait

pas de traces de lutte. J'ai pu y jeter un œil. Le bureau était sens dessus dessous. Ce qui ne veut pas dire que M. Field a essayé de se défendre. La pièce a pu être fouillée post-mortem. Sais-tu s'il conservait dans son bureau des objets de valeur qui auraient pu attiser la convoitise de quelqu'un ?

Hazel but une gorgée d'eau et soupira.

— Malheureusement, la seule réponse que je puisse fournir, c'est « peut-être ». Il était terriblement désordonné, c'est pourquoi il me payait pour que je garde une trace de ses recherches, pour les ordonnancer. Son bureau débordait d'une quantité invraisemblable de choses. Parfois, il laissait une liasse de billets dans un tiroir de sa table de travail ou dans sa voiture. Mais, à part ça, je ne vois pas... Si une personne cherchait vraiment de l'argent, elle aurait dû aller chez lui. Il ne faisait pas confiance aux banques.

— Tu es sûre qu'il n'y a pas quelque chose d'autre ?

Hazel fit un effort de réflexion. Son employeur collectionnait des artefacts historiques, dont certains étaient rares et avaient beaucoup de valeur. Parfois, il arrivait que des gens prennent contact avec lui pour les acheter, mais M. Field n'avait jamais voulu les vendre. Il était incapable de se séparer de quoi que ce soit, même d'une vieille boîte d'allumettes.

— C'est possible, dit-elle enfin du bout des lèvres. Mais ça me semble quand même tiré par les cheveux.

Une pensée lui vint soudain, et elle écarquilla les yeux, horrifiée.

— Ça me rend encore plus suspecte. S'il y a bien une personne au monde qui sait ce que possède M. Field, c'est moi.

— Mais tu saurais où chercher, non ?

— Pas forcément. De toute façon, je suis persuadée que c'est exactement ce que me demanderait la police. Est-ce que je tenais un état des lieux ? Est-ce qu'il possédait des objets de valeur ? Et tout me retomberait dessus.

Landon pinça les lèvres et ne la contredit pas.

— C'est pourquoi nous devons savoir si quelque chose a été

pris, dit-il finalement. Ou découvrir ce qui était recherché. Si nous savons de quoi il s'agit, nous pourrons démontrer que ça ne t'intéressait pas.

Hazel n'était pas convaincue que ça suffirait à prouver son innocence, mais c'était sans doute un pas dans la bonne direction.

— Comment allons-nous faire ?

— Eh bien, nous allons entrer par effraction sur une scène de crime. Si tu t'en sens le courage.

Landon tiqua en voyant qu'Hazel manquait de s'étouffer avec la gorgée d'eau qu'elle venait juste de boire. Peut-être aurait-il dû formuler la chose avec plus de tact.

— J'aimerais pouvoir te dire que je n'ai pas besoin que tu m'accompagnes, mais tes yeux me seront utiles.

Une fois qu'elle eut terminé de tousser, elle secoua la tête.

— Je ne comprends pas.

— Si nous parvenons à entrer dans le bureau de M. Field, que tu es censée connaître par cœur, tu pourras voir ce qui manque, ou ce qui a été fouillé. Tu es la seule à pouvoir déterminer ce que cherchait le meurtrier.

Hazel se mordilla la lèvre un moment, et Landon s'affaira à récupérer son sac à dos pour éviter de se laisser distraire par sa bouche.

— Et si je n'y arrive pas ? demanda-t-elle.

Landon haussa les épaules et risqua un coup d'œil dans sa direction. Elle avait cessé de se mordiller la lèvre, mais elle avait les sourcils froncés, et son regard brun était perdu.

Il ressentit un pincement au cœur.

— Ce n'est pas grave, dit-il. Au moins nous aurons essayé.

— Et si nous nous faisons prendre ?

Il lui adressa son sourire le plus rassurant.

— Ça n'arrivera pas.

— Tu ne peux pas le garantir.

Hazel affichait l'expression d'une institutrice réprimandant un cancre. Qu'il trouve ça attirant le dépassait complètement. Et il ne put s'empêcher de donner des accents charmeurs à son intonation.

— Fais-moi confiance.

Elle ne lui sourit pas en retour. Pas plus qu'elle ne rougit ni ne détourna les yeux comme elle aurait pu le faire quelques semaines auparavant. Elle soutint son regard, l'air incroyablement sérieux.

— Je te fais confiance.

La réponse d'Hazel le frappa de plein fouet. Heureusement, il était doué pour masquer ses émotions.

— Bien, dit-il platement. Allons-y.

— De quelle façon ?

— Les chevaux nous attendent. Je ne t'ai jamais vue monter, mais Zara a toujours dit que tu étais bonne cavalière.

— Évidemment que je sais monter, répliqua-t-elle. J'ai grandi dans un ranch, je te rappelle.

— Tu n'es pas vraiment habillée pour ça.

Elle baissa les yeux vers sa longue jupe bohème, son pull vintage en laine mohair et son grand châle rose à franges. Puis elle leva les yeux vers lui, la tête légèrement inclinée comme l'aurait fait Zara.

— Une vraie cavalière n'a pas besoin de pantalon, Landon.

Il devait vraiment avoir un problème pour que ce petit ton pincé et donneur de leçon lui plaise à ce point.

Il n'avait pas le temps de creuser le sujet pour le moment.

— Donc, nous allons nous rendre là-bas, dit-il, comme si de rien n'était. Je vais inspecter les parages, et nous verrons comment entrer. Les flics ont sûrement bouclé le périmètre, mais ça m'étonnerait qu'ils aient laissé quelqu'un pour monter la garde. Et, si nous ne pouvons accéder au bureau ce soir, nous réfléchirons à un plan pour y retourner.

— Combien de temps crois-tu que je vais pouvoir continuer à me cacher ici ?

Il avait pour mot d'ordre de ne pas la toucher, mais c'était le genre de situation qui réclamait un contact. Même si ce n'était qu'une main sur son épaule.

Évidemment, ça lui rappela que Jake avait fait la même chose avec Zara, et qu'ils étaient maintenant follement amoureux. Au début, il n'était qu'un ami, au mieux, offrant une main secourable. C'est comme ça que leur histoire avait commencé.

Landon écarta cette pensée et pressa gentiment l'épaule d'Hazel, sans s'attarder.

— Aussi longtemps qu'il le faudra, répondit-il à sa question.

C'était une promesse. Ou peut-être quelque chose qui s'apparentait à un vœu.

L'expression d'Hazel était peinée. Inquiète.

— Tu penses vraiment que...

Frustré de ne pas parvenir à la convaincre, il l'interrompit.

— Hazel, je ne me lancerai pas dans cette aventure si je pensais que ça n'en vaut pas la peine. Écoute, je sais comment...

Il ne savait pas quels étaient les bons mots. Impossible de lui parler de ses dix ans d'expérience.

— Je ne me lance pas à l'aveuglette. Je sais comment évaluer une situation et je n'ai pas l'intention de te faire courir un quelconque danger.

— Ce n'est le danger qui m'inquiète.

— Mais quoi, alors ?

— Je ne sais pas... J'ai le sentiment que quelque chose ne va pas. Rien ne va, en fait. Sauf...

Cette fois, lorsqu'elle laissa sa phrase en suspens, il n'eut pas l'impression que c'était faute de trouver ses mots, mais plutôt parce qu'elle s'empêchait de les prononcer.

— Sauf quoi ?

Elle ne le regardait plus. Elle avait les yeux rivés sur ses doigts, qu'elle tordait nerveusement.

— Je te fais confiance, Landon.

Ce fut tout ce qu'elle dit. Posément. Presque... timidement, comme si c'était un aveu de taille, même si elle l'avait déjà mentionné auparavant.

En gros, s'il décryptait correctement ses pensées, elle voulait dire que la seule chose qui lui paraissait juste dans tout ça, c'est qu'elle lui faisait confiance.

Et ça signifiait beaucoup plus pour lui que ça ne l'aurait dû.

— Tu ne penses pas que tes frères vont remarquer ton absence ? demanda-t-elle.

— Si c'est le cas, je leur dirai la vérité. Sans parler de toi, bien sûr. Je suis allé au fort et j'ai jeté un coup d'œil.

— Donc, on va aller à cheval jusqu'à Fort Dry en plein milieu de la nuit. Nous allons entrer par effraction sur une scène de crime. Je vais découvrir ce que le meurtrier est venu chercher. Et ensuite, nous allons prouver mon innocence en...

En traquant le meurtrier, termina Landon en son for intérieur. Mais il n'était pas prêt à le reconnaître ouvertement. De toute façon, Hazel n'aurait pas forcément un rôle à jouer. Pas s'il pouvait l'empêcher.

— Procédons pas à pas. La première étape est de se rendre à la forteresse et de voir ce que nous pouvons faire. Tu es une fille du coin. Tu connais sûrement un raccourci.

Elle prit de nouveau un air pincé, comme lorsqu'il avait remarqué que sa tenue n'était pas adaptée à l'équitation.

— Évidemment que je connais un raccourci.

Il ne sourit pas, même s'il en avait envie. Ces petits accès de fierté ou de colère lui plaisaient. Elle devrait les laisser se manifester plus souvent.

— Prête ? demanda-t-il.

Landon la vit s'armer de courage, dénouant les doigts et redressant les épaules avant de lui adresser un signe de tête déterminé.

Sous ses airs farouches, qu'elle arborait comme une armure, Hazel était une guerrière. Seulement, elle ne le savait pas.

Quand tout serait fini, quand son innocence aurait été établie, peut-être s'accorderait-elle enfin un peu de crédit.

6

Monter Buttercup lui avait manqué, songea Hazel, tandis qu'elle chevauchait au cœur de la nuit, le visage caressé par une brise tiède chargée d'odeurs d'herbe et de terre.

Se savoir propriétaire du ranch lui manquait.

Elle n'avait jamais voulu devenir agricultrice, mais elle avait grandi ici, au milieu de ces pâtures et de ces champs. Elle avait aimé et perdu des chevaux, des chiens et des chats. Elle avait apprécié la vie au ranch, même si elle n'était pas faite pour le travail de la terre.

Quand les frères Thompson avaient acheté la propriété l'année précédente, elle avait eu le sentiment qu'elle ne pourrait plus jamais aimer le ranch. Même le chalet qu'elle avait partagé avec Zara avant que celle-ci emménage dans la maison principale avec Jake n'était qu'une location.

Elle aurait dû tourner la page, mais ça l'agaçait encore. Leur père avait tout vendu dans leur dos, sans même s'en excuser. Il considérait que c'était son droit. Son dû. Sa femme était morte, et il avait élevé seul ses triplées. Puis sa fille préférée s'était enfuie à seize ans. Pourquoi n'aurait-il pas tiré le meilleur parti du ranch pour s'offrir une meilleure vie ailleurs ?

Hazel prit une profonde inspiration pour se calmer.

À quoi bon se mettre en colère contre son père une fois de plus ? Ce qui était fait était fait. Elle ne pouvait rien y changer, et s'énerver ne l'aiderait pas. D'autant plus qu'elle avait du mal à gérer sa colère. C'était quelque chose qui s'installait dans son estomac et la brûlait comme de l'acide.

La nuit bruissait du crissement des insectes et des cris des oiseaux de proie. Les étoiles scintillaient, tels de minuscules diamants piquetant le velours bleu sombre du ciel.

Comme toujours, un mélange d'émotions envahit Hazel : contentement, espoir, sentiment d'appartenance.

Elle n'avait jamais compris pourquoi Amber avait ressenti ce besoin frénétique de partir quand elles étaient jeunes. C'était leur foyer. Des générations s'y étaient succédé, entre dur labeur et tragédies. Et ce qui avait toujours porté les membres de la famille, c'était l'espoir.

Non, Hazel n'avait pas vraiment envie de fuir ses problèmes, alors qu'elle se sentait tellement attachée au ranch. Qu'elle en soit propriétaire ou non. Seulement, ça lui semblait être la meilleure option pour elle comme pour Zara.

Mais si Landon parvenait réellement à prouver qu'elle n'était pas la meurtrière...

Elle soupira. Ce ne serait sans doute pas si facile que ça.

— Nous approchons de la départementale, dit-elle à mi-voix. Il va falloir la traverser pour rejoindre la forteresse.

— Très bien. Nous allons descendre de cheval et guider nos montures.

Ils cheminèrent un moment côte à côte jusqu'à ce qu'ils atteignent l'aire de délestage le long de la route.

— Je vais traverser le premier, déclara Landon. Puis je sifflerai, et tu pourras y aller.

— Tu ne penses pas qu'il vaudrait mieux qu'on traverse ensemble ?

— Je sais qu'il n'y a quasiment pas de circulation à cette heure-ci, mais on n'est jamais trop prudents. Si quelqu'un passe et me voit traverser, tu auras le temps de t'enfuir.

— En te laissant là ?

Pour qui la prenait-il ? Elle était peut-être peureuse, mais elle était loyale.

— Je ne suis pas recherché pour être entendu dans une affaire de meurtre. Donc, je devrais m'en sortir sans difficulté si je me faisais prendre.

Hazel ne le corrigea pas. Pourtant, elle ne se voyait pas comme un témoin, mais bel et bien comme une suspecte.

En tout cas, elle ne pouvait pas laisser tomber Landon comme ça.

La route à deux voies était sombre et silencieuse. Hazel ne s'attendait pas à y voir un quelconque véhicule, d'autant que la voie express desservant la ville ne passait qu'à quelques kilomètres de là.

Tout en flattant l'encolure de Buttercup, elle écouta les fers du cheval de Landon cliqueter sur le goudron tandis qu'il traversait. Lorsqu'elle entendit son signal, elle prit une profonde inspiration. Puis elle regarda à gauche et à droite de la route et ne vit pas de phares à distance.

Elle traversa, parfaitement consciente que personne n'allait surgir tout à coup. Et pourtant, elle retint son souffle, tandis que son cœur battait à tout rompre.

Elle traversa. Personne ne se manifesta. Il ne se passa rien.

— Quelle distance encore ? demanda Landon.

— Pas beaucoup. Peut-être cinq cents mètres.

Le site se composait de trois bâtiments. Il y avait d'abord la forteresse, qui regroupait une salle d'exposition avec des mannequins vêtus de tenues des années 1800, des loges pour qu'on puisse se changer lors des spectacles, une kitchenette et une sortie de secours. Venaient ensuite une annexe abritant les bureaux – à l'exception de celui de M. Field, situé dans la bâtisse principale – ainsi qu'une salle de conférences. Enfin, un peu à l'écart se trouvait un vieux chalet servant aux reconstitutions historiques. C'est là que Kate organisait des démonstrations sur la façon dont vivaient et s'alimentaient les pionniers.

— Nous arriverons par l'arrière du chalet, précisa Hazel.

— Bien. Montre-moi le chemin.

Landon tint les rênes de Buttercup tandis qu'Hazel se hissait sur la selle, puis il enfourcha sa monture d'un geste aisé et fluide.

— Tu es doué avec les chevaux, remarqua-t-elle.

Il sourit tandis que sa large main barrée d'une cicatrice caressait l'encolure de son cheval sous le rayon argenté de la lune.

— Mouais, on s'entend bien.

Il mit sa monture au pas, et Hazel l'imita.

— Zara m'a dit qu'aucun de vous ne s'y connaissait en agriculture quand vous êtes arrivés ici.

— C'est vrai. Elle nous a été d'une aide précieuse.

Il ne donna pas d'autre explication. Hazel aurait pu insister, mais elle préféra s'en abstenir. Ils avaient des choses plus importantes à accomplir pour le moment.

Au loin, sous le clair de lune qui lui donnait une allure fantomatique, le fort était semblable à lui-même – massif et solitaire au milieu d'un paysage plat et désertique que cernait l'ombre lointaine de la chaîne montagneuse de Wind River.

— Attachons les chevaux ici, et nous traverserons la cour à pied, suggéra Landon.

— D'accord.

Hazel n'identifiait pas toutes les formes dans le noir, mais il semblait n'y avoir personne à des kilomètres à la ronde. Ils descendirent de cheval, et Landon noua les rênes autour d'un piquet à proximité du vieux chalet.

Puis il lui tendit la main.

— Au cas où, il vaut mieux garder le silence. Prends ma main et serre-la si tu as besoin de quelque chose.

Sous le choc, Hazel hésita quelques secondes. Aujourd'hui, elle l'avait touché à plusieurs reprises et elle avait été touchée par lui bien plus qu'elle ne l'avait été par quiconque au cours des derniers mois. L'absence de contacts physiques était délibérée de sa part après sa mésaventure avec Douglas.

Mais il n'était pas question ici de ses choix désastreux. Il s'agissait de trouver la vérité.

Elle glissa la main dans celle de Landon et ressentit comme... du réconfort. Ou une sorte de protection. Peut-être que son instinct lui faisait défaut quand il s'agissait de juger les gens, mais elle pouvait se fier au jugement de Zara. Or, il se trouvait que Zara faisait confiance aux frères de Jake. Même au rigide Cal, à l'irritable Henry et au taciturne Dunne.

En outre, Landon était le plus gentil et dévoué de tous. Donc, elle pouvait lui tenir la main et compter sur lui pour la sortir de ce guêpier.

De toute façon, elle pourrait toujours s'enfuir si ça tournait mal. Il lui suffisait de conserver cette pensée dans un recoin de sa tête.

C'était toujours important d'avoir un plan B.

Ils traversèrent main dans la main la cour située entre le chalet et le bâtiment principal. Il s'agissait d'une expérience étrange dans la nuit fraîche – charmante et magique en dépit du danger qui semblait rôder derrière chaque ombre.

— Je ne vois aucun signe d'une quelconque présence, murmura Landon. On va franchir le périmètre de sécurité et voir si nous pouvons entrer dans le fort.

Hazel se contenta d'un hochement de tête tandis qu'ils se rapprochaient pas à pas. À présent, elle pouvait voir – et entendre – le ruban délimitant la scène de crime. Il claquait sous la brise, fantôme sinueux éclairé par le clair de lune. Derrière se trouvait le fort.

Hazel avait adoré cet endroit. C'était comme une seconde maison. L'hommage à un passé qui avait dû être rude, solitaire et triste. On ne pouvait le changer. Il était ce qu'il était. Solide. Massif.

À présent, c'était l'endroit où M. Field avait été assassiné. C'était dans son bureau congestionné, au milieu de ses possessions les plus chères – documents et photos du passé, certains datant d'un siècle –, que le passionné d'histoire avait trouvé la mort.

— Je n'ai pas envie d'aller à l'intérieur.

Les mots étaient sortis tout seuls. C'était moins une pensée qu'un sentiment – soudain et réel, et engendré par la panique. Mais cette panique ne prit pas le dessus, car Landon serrait fort sa main dans la sienne, et elle avait de nouveau l'impression d'un ancrage.

— Je sais. Mais parfois il est préférable d'affronter ce qui nous fait peur. Surtout si ça permet de comprendre ce qui s'est passé.

Landon testa la poignée de sa main libre. Comme il s'y attendait, elle était verrouillée.

— J'ai ma clé, murmura Hazel à côté de lui.

— Je préférerais que les flics pensent que quelqu'un est entré par effraction, lui dit-il. Si tu utilises ta clé, ça ne fera que renforcer les soupçons contre toi.

À regret il libéra la main d'Hazel. La serrure était vieille. Ça l'ennuyait que la police n'ait pas mieux sécurisé la scène de crime. Mais peut-être celle-ci avait-elle déjà été passée au peigne fin.

Il sortit son canif de sa poche et commença à forcer la serrure. Lorsqu'elle se déverrouilla, il poussa lentement la lourde porte de chêne sculpté, en essayant d'éviter les craquements du bois et les grincements des gonds.

— Je me demande si j'ai envie de savoir où tu as appris ça, remarqua Hazel, tandis qu'il entrebâillait le battant juste assez pour leur laisser le passage.

— On en reparlera plus tard, dit-il.

Ils entrèrent dans la salle principale où on pouvait distinguer la silhouette de mannequins vêtus comme des pionniers. Il y flottait une odeur de détergent industriel, et Landon en déduisit que la scène de crime avait été nettoyée.

La police aurait-elle emporté tout ce qui se trouvait dans le bureau, rendant ce voyage inutile ?

Il n'y avait qu'une façon de le savoir.

Il sortit une petite lampe torche d'une des poches de son pantalon cargo et balaya le faisceau lumineux autour de lui. Découvrant que les visages des mannequins, façonnés dans une toile de lin, n'avaient pas d'yeux, il ne put s'empêcher de frissonner. Pourtant, il n'était pas particulièrement impressionnable.

— Tu peux m'indiquer où se trouve son bureau ? demanda-t-il.

Hazel déglutit de façon audible et ne bougea pas.

— Il n'est plus là, dit Landon, pour la rassurer. Et tout a été nettoyé. C'est ça l'odeur. Détergent et eau de Javel.

Elle hocha la tête, mais ne bougea toujours pas. Il passa un bras autour de ses épaules. Elle semblait s'être habituée à ce qu'il lui prenne la main ou lui touche le bras. Elle n'eut pas de mouvement de crispation ni de recul.

Elle lui faisait confiance. S'il passait trop de temps à s'appesantir sur le sujet, il risquait d'être sacrément ému.

Mais ils n'avaient pas le temps pour ça. Il la poussa en avant, l'obligeant à faire les premiers pas, puis elle le guida vers l'arrière du bâtiment et s'arrêta devant une porte.

— N'y touche pas, dit-il.

— Si tu t'inquiètes pour mes empreintes, elles sont déjà partout, vu que je travaille ici. Par contre, les tiennes...

— Je les effacerai. Je l'ai fait dehors.

— Ah bon ? Je ne l'avais pas remarqué.

Landon tendit la main et actionna la poignée. La porte n'était pas verrouillée.

Cette fois, il agit plus lentement, de façon qu'Hazel puisse le voir effacer ses empreintes. Puis il dirigea sa torche vers l'intérieur du bureau.

C'était une petite pièce dépourvue de fenêtres. De toute évidence elle avait été nettoyée, et beaucoup de choses avaient été déplacées, mais elle était encore très encombrée.

Il attira Hazel à l'intérieur, ferma la porte derrière eux et alluma le plafonnier, en prenant soin d'essuyer à nouveau ses empreintes.

Hazel se tenait dos à la porte, le visage aussi blanc qu'un linge tandis qu'elle fixait l'emplacement vide derrière le bureau, où se trouvaient ce matin-là M. Field et la chaise sur laquelle il était assis.

Landon décida d'en finir au plus vite, quitte à bousculer un peu Hazel.

— Il faut garder en tête que la police aura emporté tout ce qui a pu être contaminé ainsi que tout ce qui leur semblait présenter un intérêt.

— Contaminé, répéta Hazel d'une voix blanche.

Landon eut peur qu'elle ait un malaise, sa pâleur tournant légèrement au vert. Mais elle prit une profonde inspiration tout en observant la pièce.

— Presque rien n'a changé, murmura-t-elle. Tout est là, sauf ce qui se trouvait sur son bureau...

Elle déglutit et se décida finalement à s'avancer, balayant du regard la table de travail.

— Son ordinateur n'est plus là, ce qui est normal. Il était affalé dessus.

Elle frissonna.

— Je ne sais pas s'il avait quelque chose devant lui sur son bureau. Je n'ai pas vu. Je ne...

Landon s'avança et posa une main sur l'épaule d'Hazel.

— Tout va bien. Si tu ne te souviens pas ou si tu n'as rien remarqué, ce n'est pas grave.

Elle hocha la tête.

— Généralement il laissait tout en désordre et, en fin de journée, je venais ranger et classer. Hier soir, j'ai laissé une boîte sur le coin du bureau, et elle n'est plus là. Elle contenait des photos de la banque. M. Field était obsédé par le supposé braquage de la banque en 1892. Il conservait tout ce qui s'y rapportait dans cette boîte. Il y avait aussi un album regroupant des photos d'endroits où les gens pensaient que l'or pourrait être caché.

— La boîte et l'album étaient là quand tu es entrée ce matin ?

— Je ne sais pas.

— Ce n'est pas grave.

Il lui pressa gentiment l'épaule pour la rassurer. Il pourrait pirater les photos que la police avait prises de la scène de crime une fois que celles-ci auraient été téléchargées dans la base de données des autorités. Évidemment, il n'obligerait pas Hazel à regarder la scène telle qu'elle avait été découverte – avec un cadavre ensanglanté –, mais s'il savait ce qu'il devait chercher ce serait déjà une énorme avancée.

— S'il avait des choses sur sa table de travail, ça ne pouvait être que des dossiers extraits de l'armoire de classement là-bas, expliqua Hazel. Et, comme il y avait du sang partout devant lui, les documents seront perdus.

— Y avait-il du sang ailleurs ?

— Je...

Elle déglutit et ferma brièvement les paupières.

— Tout est flou. Je n'arrive pas à...

— D'accord. Concentrons-nous sur le présent. Tu peux regarder s'il manque quelque chose dans l'armoire de classement ?

Hazel fit quelques pas de plus. Les mains tremblantes, elle ouvrit les portes du meuble métallique.

— Nous conservons tous les articles de journaux, les tirages papier de tout ce que nous trouvons en ligne, les biographies des personnages d'époque, et diverses choses dont M. Field pensait qu'elles pouvaient avoir un lien avec le braquage.

— Vas-y. Jettes-y un œil.

Hazel hocha la tête, ouvrit les portes avec précaution et grimaça.

— Il manque beaucoup de choses ici.

— Tu peux faire une liste ?

Cette tâche parut la rassurer. Elle trouva un bloc-notes et un stylo et commença à marmonner pour elle-même tout en griffonnant.

Landon regarda la pendule fixée au mur tandis qu'Hazel passait en revue chaque étagère, sa liste s'allongeant de minute en minute.

— Je ne pense pas que ça aurait un intérêt pour la police d'emporter tout ça, dit-elle. Et M. Field n'aurait jamais étalé tous ces documents sur son bureau.

— Dans ce cas, c'est par là que nous allons commencer.

Hazel hocha la tête en pressant le bloc-notes contre sa poitrine.

— Je ne sais pas ce que nous allons découvrir.

— Moi non plus. Mais nous allons enquêter, voir si tu peux trouver des connexions, et...

Il s'interrompit. Quelque chose ne tournait pas rond.

— Ne dis plus un mot, lui ordonna-t-il.

Puis il actionna l'interrupteur du plafonnier, les plongeant dans le noir.

7

Hazel avait envie de crier. À la place, elle se mordit la lèvre et fut surprise de découvrir qu'elle cherchait spontanément la main de Landon. Elle avait besoin de cette connexion. C'était une façon de s'ancrer dans la réalité et de se rappeler qu'elle ne pouvait pas... tout simplement s'effondrer à terre et gémir sur son manque de chance.

Elle ne savait pas pourquoi il avait subitement éteint la lumière, mais ça ne pouvait pas être bon signe.

Complètement immobile, elle resta là, s'accrochant à Landon comme à une bouée de sauvetage. Lui-même était aussi raide qu'une statue.

Puis elle l'entendit : un craquement suivi d'un discret frottement. *Un bruit de pas.*

Elle serra plus fort la main de Landon. Se mordit la langue. Tout en elle avait envie de hurler, mais elle ne le pouvait pas.

Quelques secondes passèrent, durant lesquelles elle n'entendit rien d'autre que les battements de son cœur qui résonnaient lourdement à ses oreilles. Puis Landon la poussa avec douceur vers l'angle de la pièce, faisant en sorte qu'elle ait le dos au mur.

Elle réalisa que, si quelqu'un ouvrait la porte, elle serait de fait masquée par le battant.

Landon se pencha, et ses lèvres lui effleurèrent l'oreille.

Elle retint de justesse un petit cri de surprise.

— Ne bouge pas, dit-il.

Son murmure était à peine audible alors qu'elle sentait son souffle sur son visage.

Puis il chercha à se libérer et, sans savoir ce qu'il avait l'intention de faire, elle eut un mauvais pressentiment.

— Tu devrais rester ici, murmura-t-elle.

Il protesta.

— Voyons, Hazel...

Elle l'attira plus étroitement contre elle et sentit qu'il luttait contre lui-même, hésitant entre rester et aller affronter ce qu'ils avaient entendu.

Gardant la main de Landon dans la sienne, elle enroula son bras libre autour de sa taille. C'était un peu comme une embrassade, même si elle ne cessait de se répéter intérieurement que ce n'en était pas une du tout.

Elle le retenait. Et, si elle faisait ça, c'était pour sa sécurité. S'ils s'étaient trouvés ailleurs, ça aurait pu ressembler à une danse. Un slow.

L'absurdité de cette pensée lui donna envie de rire. Ce n'était pourtant pas le moment. Elle devait se concentrer sur le danger qui rôdait de l'autre côté de la porte.

Dans le silence à peine troublé par leurs respirations retenues et leurs battements de cœur, elle entendit le mécanisme de la poignée. C'était comme si quelqu'un l'avait testée et, la trouvant verrouillée, avait renoncé.

Qu'il laisse tomber et qu'il s'en aille.

S'il vous plaît. S'il vous plaît. S'il vous plaît.

Elle ne dit rien, et Landon non plus.

Il avait gardé son bras libre le long de son corps, sans chercher à la toucher. Peut-être parce qu'il voulait se laisser une marge de manœuvre pour se battre.

Mais la porte ne s'ouvrit pas.

Le temps s'étira à n'en plus finir, et rien ne se passa.

Finalement, Landon commença à s'écarter, pressant une dernière fois sa main avant de se dissocier complètement d'elle.

— Reste ici. Je vais m'assurer qu'il n'y a plus personne.

— Mais...

Elle n'eut pas le temps de terminer sa phrase qu'il s'était déjà glissé hors du bureau, la laissant dans l'obscurité et indécise sur la marche à suivre.

Devait-elle lui emboîter le pas ? Respecter ses instructions et ne pas bouger ? Elle ne comprenait pas bien ce qui venait de se passer.

De toute évidence, quelqu'un se trouvait dans le fort en même temps qu'eux, mais l'inconnu n'avait pas essayé de forcer la porte du bureau de M. Field. S'agissait-il d'un agent de police venu jeter un coup d'œil sur la scène de crime ? Landon et elle étaient-ils sur le point de se faire arrêter ?

Hazel ferma les paupières et prit une profonde inspiration. Elle trouverait un moyen d'innocenter Landon. Elle prétendrait qu'elle... l'avait forcé à l'aider.

Comme si quelqu'un allait croire ça !

Il n'empêche qu'elle essaierait. Elle ne pouvait pas supporter l'idée qu'il ait des ennuis à cause d'elle. Au départ, elle ne voulait pas qu'il l'aide. À cette heure-ci, elle aurait dû être presque arrivée dans le Nebraska. Mais il l'avait interceptée. Il avait essayé de lui porter secours.

Pourquoi Landon ne l'avait-il pas écoutée, la laissant gérer cela à sa façon ?

En tout cas, ça la rendait malade qu'il se soit mis en porte à faux à cause d'elle. Elle ne voulait être un poids pour personne, ni qu'on lui reproche quoi que ce soit.

Depuis la disparition d'Amber, dix ans plus tôt, son père n'avait cessé de la tenir pour responsable. Avant cela, même s'il ne l'avait jamais dit ouvertement, elle avait toujours pensé qu'il lui reprochait aussi la mort de sa mère.

Hazel fit un effort pour se ressaisir. Ce qui se passait n'avait rien à voir avec son père. Ni avec les reproches ou les mauvais pressentiments. Il s'agissait de M. Field. Il était mort. Et tout ça pour des dossiers ?

Ça n'avait aucun sens.

Landon revint, et elle se dit qu'ils devaient de nouveau être seuls puisque sa torche était allumée.

— Qui que ce soit, il est parti, annonça-t-il. Et nous devrions y aller aussi.

— Tu ne penses pas que c'était la police ?

— Non.

— Qui, alors ?

— Je ne sais pas, mais nous allons le découvrir.

Il lui prit la main – sans ménagement cette fois – et commença à l'attirer hors du bureau. Ils traversèrent la salle d'exposition et se dirigèrent vers la porte. Elle était ouverte, alors qu'Hazel était presque certaine qu'ils l'avaient fermée derrière eux.

Landon ne parut pas s'en soucier. Il franchit le seuil en entraînant Hazel à sa suite et laissa la porte ouverte derrière eux, avant de regagner l'endroit où ils avaient attaché les chevaux.

— Tu sais comment retourner à l'école, dit-il d'un ton ferme. Va te mettre à l'abri et…

— Que vas-tu faire ?

— Je vais essayer de tracer l'intrus. Nous devons savoir de qui il s'agit pour comprendre la raison de sa présence.

Hazel libéra sa main, même si elle dut batailler un peu pour cela. Ça n'allait pas se passer comme ça.

— Non, dit-elle. Pas sans moi.

Il n'y avait pas de temps à perdre. À son goût, Landon avait déjà donné beaucoup trop d'avance à l'intrus. Mais, pour la sécurité d'Hazel, il avait dû attendre et s'assurer que celui-ci était vraiment parti.

Qui cela pouvait-il être ? Certainement pas un policier. Il n'aurait pas rôdé dans le noir, même s'il soupçonnait une effraction. Et il aurait ouvert la porte du bureau.

De son point de vue, il ne pouvait s'agir que du meurtrier. Et il ne pouvait pas le laisser filer comme ça.

— Comment cela, non ? demanda-t-il.

Peut-être comprendrait-elle le ridicule de son objection s'il la répétait.

— Tu ne peux pas me renvoyer comme ça. Il faut que je vienne avec toi.

— Je sais de quelle façon traquer quelqu'un, Hazel. Et comment réagir si je me fais prendre. Nous ne savons même pas à qui nous avons affaire.

— Tu as dit que j'étais partie prenante de l'enquête.

— Tu en es le centre.

Landon avait du mal à lutter contre la frustration qui grandissait en lui. Il ne voulait pas se montrer brutal envers Hazel. Elle se recroquevillerait sur elle-même, au bord des larmes, et il aurait l'impression d'avoir donné un coup de pied à un pauvre chiot sans défense, alors qu'il ne voulait qu'aider.

— Mais je suis le seul à savoir gérer ce genre de situation, ajouta-t-il.

— Et comment ça se fait ?

— Pourquoi toutes ces questions maintenant ? Tu ne peux pas tout simplement m'écouter pour que je puisse nous sortir de ce guêpier ?

Il regretta presque aussitôt ses paroles et le ton cassant qu'il avait employé.

Mais Hazel ne broncha pas. Et, quand elle lui répondit, son intonation était assurée.

Et accusatrice.

— Tu as dit que j'allais devoir me battre pour moi-même, Landon. C'est ce que tu as dit. Parce que je voulais me débrouiller toute seule, et...

— Tu voulais fuir, la corrigea-t-il, aussi gentiment que possible.

— Et je le veux toujours. Je ne veux pas que la police te relie à ça. Je ne veux pas être responsable de...

— Arrête !

Il tentait de masquer ses émotions, mais c'était difficile, et ses mots se firent tranchants.

— Soyons clairs. C'est mon choix. Ma décision de m'impliquer, d'aider, d'entrer par effraction dans le fort. Plus que la tienne, en fait. Si j'ai des ennuis, ce ne sera pas à cause de toi, mais à cause de moi. Et à cause de la personne qui a commencé ça en tuant un innocent.

Elle ne bougeait pas, et il avait du mal à déchiffrer son expression dans la pénombre.

— Mais..., commença-t-elle.

Apparemment, elle ne trouva rien pour réfuter son argument.

— Pas de mais. Nous perdons du temps. Je sais ce que je fais. J'ai conscience de mes capacités. Mais j'ai besoin de savoir que tu es à l'abri dans l'école.

— Tu vas le traquer. Et ensuite ?

— Je saurai qui c'est.

— Et que feras-tu ?

— Ça dépend de plusieurs facteurs. L'identifier, c'est la première étape. Je vais attendre ici pendant que tu traverses la route. Puis je suivrai les traces quand il fera un peu plus jour.

— Comment sais-tu qu'il y a des traces ?

— J'en ai vu quelques-unes qui se dirigeaient vers le sud, derrière le fort.

Elle parut réfléchir à son plan, puis secoua la tête. Dénouant les rênes de Buttercup, elle se hissa en selle.

— Ce n'est pas la peine d'attendre le lever du jour, déclara-t-elle avec assurance.

Landon ouvrit de grands yeux.

— Pardon ?

— Je sais où il est allé.

— Comment ?

— Parce que c'est de ce côté que se trouve la maison de M. Field.

Landon soupira et enfourcha à son tour sa monture.

— Très bien. On va y aller ensemble. Mais c'est moi qui dirige les opérations.

Elle lui glissa un regard en coin.

— Évidemment.

Il n'y avait pas la moindre étincelle d'ironie dans ses yeux, et son intonation paraissait sincère. Pourtant, Landon eut la désagréable impression de se faire mener en bateau.

8

Hazel se demanda pourquoi elle avait pris cette décision. Il aurait été bien plus raisonnable pour elle de retourner se cacher dans l'école et de laisser Landon gérer ça. Il était sûr de ce qu'il faisait. Il le lui avait dit.

Elle n'était pas certaine de comprendre ce que ça voulait dire, mais elle le croyait. Landon semblait capable de tout, ou presque.

Mais elle savait comment rejoindre la maison de M. Field en pleine nuit. Elle savait quoi chercher. Enfin... peut-être.

En tout cas, c'était quelque chose qu'elle avait besoin de faire. Elle se sentait incapable de rester assise à attendre que quelqu'un d'autre règle ses problèmes.

— Pas trop vite, l'avertit Landon, tandis qu'elle incitait sa jument à allonger l'allure. L'intrus a de l'avance sur nous et, même s'il semble logique qu'il se dirige vers la maison de M. Field, nous ignorons tout de lui et de ses motivations.

— Que savons-nous au juste, Landon ? demanda-t-elle en ralentissant Buttercup.

Elle avait bien conscience que ce n'était pas juste de se montrer agressive avec lui, et il avait probablement raison de ne pas vouloir se jeter dans la gueule du loup. Mais elle était fatiguée et avait hâte que ce mystère soit résolu.

— Nous savons que quelqu'un, qui n'est pas un policier, est venu rôder autour du fort cette nuit.

— Et qu'il a renoncé en découvrant que la porte était verrouillée. Un meurtrier complètement cinglé.

— Il n'y a pas besoin d'être irrationnel et imprévisible pour tuer, rétorqua Landon. Et c'est bien là le problème. Quelqu'un s'est arrangé pour que tu découvres le corps, puis a appelé la police quand tu as quitté le fort. Ça sent la préméditation.

Un silence passa

— Il manque des dossiers, et M. Field a été tué dans son bureau, observa Landon. C'est forcément lié au travail... Parle-moi de ses recherches.

— Il voulait retrouver l'or prétendument disparu au cours du braquage de la banque. Le problème, c'est que la plupart des historiens sont tombés d'accord pour dire qu'il n'avait jamais eu lieu. Les locaux pensaient que c'était une ruse pour décourager l'implantation du chemin de fer et les spéculateurs immobiliers. C'est à cette époque que la ville a pris le nom de Wilde, pour évoquer le danger qu'il y avait à y vivre.

— Je croyais que les citadins de l'époque aspiraient à bénéficier du train.

— Les gens de la ville, oui. Pas les ranchers. Bent était suffisamment proche pour qu'ils puissent profiter de sa gare, mais pas assez pour que des investisseurs cherchent à morceler des terres agricoles.

— S'il n'y a aucune preuve que le cambriolage a eu lieu, pourquoi M. Field a-t-il consacré toute sa vie à essayer de démontrer le contraire ?

— Il y croyait. J'ai une passion pour l'histoire, et il est arrivé que je me laisse emporter par l'enthousiasme de M. Field. Parfois, je me disais qu'il avait peut-être raison, puis je me faisais vite rattraper par la réalité. Tout ça n'était que du folklore. La recherche historique repose sur des faits, pas sur des sentiments. Pas sur des espoirs et des peut-être.

Elle soupira, songeant avec tristesse à son employeur. Même

289

si elle n'y avait jamais vraiment cru, elle aurait tant aimé qu'il ait raison et finisse par voir ses efforts récompensés.

— Il poursuivait les mêmes recherches depuis des années et il n'a jamais rien trouvé qui soit suffisant pour que quelqu'un veuille le tuer.

— Tu serais surprise par ce qui pousse les gens à tuer, répondit Landon d'un ton amer.

Elle tourna la tête vers lui, bien qu'elle ne puisse rien distinguer d'autre que son profil.

— On dirait que tu en as fait l'expérience personnellement.

Landon ne réfuta pas sa remarque. Il ne s'expliqua pas non plus. Hazel s'étonna d'avoir envie de le questionner. Elle était vraiment curieuse, alors qu'elle se désintéressait généralement des autres et préférait rester dans son coin.

Mais le chalet de M. Field n'était plus qu'à quelques mètres.

— Nous ne sommes plus très loin, annonça-t-elle. Faut-il s'arrêter et continuer à pied, comme nous l'avons fait au fort ?

— Oui. Y a-t-il une possibilité de se mettre à couvert aux abords de la maison ?

« Se mettre à couvert. » C'était le genre d'expression qu'employaient les policiers ou les militaires. Quelle vie Landon et ses frères avaient-ils menée avant d'arriver ici ?

— Pas devant, répondit-elle. Ce n'est qu'un chalet au milieu d'une parcelle de terrain. Mais il y a un ruisseau qui coule derrière la maison et quelques *Betula nigra Heritage*.

— Des quoi ?

— Des bouleaux à l'écorce rouge-brun.

— Tu connais les variétés d'arbres ?

Il paraissait un peu trop amusé au goût d'Hazel.

— Je connais beaucoup de choses, Landon.

Il rit.

— Je le sais bien.

Elle aurait voulu en être offensée, se dire qu'il se moquait d'elle. C'était forcément le cas, non ? Mais ça ne semblait pas méchant. Elle ne le ressentait pas comme ça.

Hazel relâcha posément son souffle. Landon n'était pas son père, ni Douglas, ni même Kenny, son petit ami du lycée. Mais, étant donné qu'elle aimait bien Landon, ça devait vouloir dire que quelque chose ne tournait pas rond chez lui. Non ?

Quoi qu'il en soit, ce n'était pas le sujet. Elle réfléchit à la configuration du terrain et du chalet de M. Field.

— Suis-moi.

Il s'exécuta sans poser de questions ni suggérer qu'elle ne savait pas ce qu'elle faisait.

Elle continua néanmoins à attendre un reproche, ou une de ces questions sarcastiques déguisées en inquiétude dont elle avait tellement l'habitude de la part des hommes qu'elle laissait entrer dans sa vie.

Landon se contenta de la suivre.

Hazel en éprouva un sentiment tellement confus qu'elle redoubla d'efforts pour se concentrer sur leur destination. Faute de quoi, elle aurait commencé à s'interroger, et ce n'était pas le moment.

Elle contourna au large le chalet et conduisit Landon à l'arrière de la propriété. Ils ne pouvaient pas trop s'en éloigner sans avoir à traverser la rivière. Normalement, ce ne devrait pas être un problème pour les chevaux, mais Hazel n'était pas rassurée à l'idée de franchir le cours d'eau en pleine nuit.

— Ici, dit-elle.

L'emplacement était suffisamment éloigné pour que les chevaux ne soient pas visibles même en plein jour sous ce bosquet d'arbres, qui leur permettrait aussi d'attacher leurs montures.

Landon devrait bientôt les ramener au ranch. Non seulement les chevaux avaient besoin d'être nourris et abreuvés, mais si ses frères et Zara découvraient leur disparition ils sauraient qu'il était sorti l'aider.

— Nous ne pouvons pas prendre trop de temps, dit-elle.

— Mais nous ne pouvons pas non plus laisser passer cette opportunité.

Hazel n'en était pas totalement persuadée, mais elle descendit de cheval et noua les rênes de Buttercup à une branche basse tandis que Landon faisait de même avec son cheval.

— Parfait, déclara-t-il. Montre-moi le chemin.

Elle n'avait pas l'habitude que quelqu'un lui demande de prendre les choses en main. Mais c'était elle l'experte cette fois-ci. Il fallait aussi qu'ils restent collés l'un à l'autre et... qu'ils fassent comme tout à l'heure au fort.

Elle tendit la main. Il lui était impossible de déchiffrer l'expression de Landon dans le noir, mais elle perçut une légère hésitation.

Avant qu'elle ait eu le temps d'analyser sa réaction, il referma sa large paume autour de sa main.

Ce contact ne la laissait pas indifférente, elle devait l'admettre. La main de Landon était chaude, calleuse, large et puissante, et ça lui procurait un sentiment de sécurité. Elle n'aurait pas dû y être sensible à ce point-là, mais elle ne pouvait pas lutter contre la chaleur qui s'insinuait en elle.

Tandis qu'elle le guidait à travers le terrain légèrement vallonné, la lune commença à disparaître alors que les étoiles s'effaçaient pour laisser place à un ciel plus clair. Pourtant, des ombres cernaient encore le chalet, et Hazel ne parvenait pas à distinguer si quelqu'un rôdait dans les parages.

— Restons à couvert pendant que nous nous rapprochons, conseilla Landon.

Les bosquets, éloignés les uns des autres, n'offraient pas véritablement de cachette, mais Hazel espérait que la pénombre dissimulerait leurs mouvements.

Tenant toujours la main de Landon, elle l'entraîna vers le chalet.

— Là ! dit soudain Landon en s'arrêtant et en désignant quelque chose.

Hazel ne voyait rien. Pour elle tout se confondait en un voile de grisaille indistincte. Mais elle ne doutait pas que Landon avait bien repéré quelque chose.

— Que faisons-nous maintenant ? demanda-t-elle dans un murmure.

— Tu vas attendre ici.

— Landon...

— Derrière un arbre. Hors de vue.

Il laissa retomber sa main et commença à s'écarter.

— Ne bouge pas.

Soudain, il plongea en l'entraînant dans son élan. Hazel se retrouva plaquée au sol derrière un maigre bosquet.

Au même moment, un coup de feu retentit dans la nuit.

C'était proche. Beaucoup trop proche. Landon songea que seule l'obscurité les avait sauvés. La douleur qu'il ressentait à l'épaule était due à une égratignure, rien de plus. Et il avait eu beaucoup de chance.

Il savait qu'Hazel ne considérerait pas la chose de cette façon. Mais ce n'était pas important pour le moment. Ce qu'il leur fallait, c'était un endroit où se mettre à l'abri.

— Il faut qu'on te sorte d'ici, dit-il.

— Moi ? demanda-t-elle en un cri étranglé.

— Nous deux, répondit-il entre ses dents.

Un nouveau coup de feu retentit. Hazel grimaça et s'accrocha à Landon tandis que ce dernier essayait de déterminer de quel endroit venait le tir.

Il avait aperçu une silhouette dans la maison, mais il ne pouvait pas s'agir du tireur... à moins qu'il n'ait ouvert une fenêtre.

Pourquoi pas. Les possibilités étaient multiples.

Immobile, Landon tendit l'oreille. Il s'était trouvé tant de fois dans ce genre de situation qu'il en avait perdu le compte. Se faire tirer dessus. Attendre. Planifier. Il savait comment faire. Il savait de quelle façon protéger son équipe...

Mais Hazel ne faisait pas partie de son unité militaire. C'était une civile. Ils n'étaient pas au Moyen-Orient, et il n'avait pas son équipement tactique.

Il relâcha lentement son souffle, convoquant un état de calme profond et, chassant toute forme d'inquiétudes, d'appréhensions ou d'éventualités, il se concentra sur l'instant présent.

Des bruits de pas venaient dans leur direction. Il s'empara de la main d'Hazel et commença à l'entraîner plus loin. Il devait la mettre à l'abri.

Ils ne pouvaient pas courir directement vers les chevaux alors qu'il ne savait pas combien il y avait d'opposants, ni quelles étaient leurs armes. Mais, si Hazel et lui faisaient un détour et revenaient par l'arrière du sous-bois, peut-être avaient-ils une chance de semer leurs assaillants.

Le problème c'est que le fusil du tireur semblait être équipé d'une lunette à vision nocturne.

Ils se déplacèrent rapidement et sans bruit – ce qu'Hazel faisait étonnamment bien – sans qu'il y ait d'autres coups de feu.

Quand ils s'arrêtèrent pour reprendre leur souffle, ils n'entendirent pas non plus d'autres bruits de pas.

— Si nous traversons la rivière ici, nous serons davantage couverts par la végétation et nous arriverons par l'arrière à l'endroit où nous avons laissé les chevaux, dit Hazel. Je ne sais pas si c'est une bonne idée...

— C'est parfait.

Il y eut un nouveau coup de feu, et Hazel sursauta.

— Continuons, dit Landon. Notre tireur nous a perdus. Il ne tire pas dans la bonne direction.

— Ça va être glissant, annonça Hazel. Surtout dans le noir. Les pierres semblent solides, puis tout à coup elles roulent sous tes pieds. Et il fera terriblement froid. Prépare-toi.

Il eut envie de rire. C'était adorable de la part d'Hazel d'essayer de le prévenir. Il était clair qu'elle n'avait aucune idée de ce qu'il avait fait, vu et enduré. Et c'était... un peu trop agréable que quelqu'un se préoccupe de lui comme s'il était un simple civil.

À mesure qu'ils s'approchaient de la rivière, il put entendre le fracas de l'eau sur les rochers, et l'inquiétude vint gâcher ce moment d'amusement attendri.

— Ça m'a l'air bien plus gros qu'une simple rivière, dit-il.

— Ce n'est pas si profond que ça, mais ça va être glacé. En plein jour, c'est déjà un peu compliqué de traverser. De nuit, c'est carrément dangereux, mais...

Landon regarda autour de lui. Il commençait à faire jour, même si le soleil ne s'était pas encore complètement levé. Il n'empêche que le faisceau de sa torche risquait de les trahir. Heureusement, le mugissement du cours d'eau en mouvement devrait couvrir le bruit de leur traversée.

Il serra la main d'Hazel.

— Accroche-toi.

La rive était en pente, ce qui ne facilitait pas les choses. Quand sa botte toucha l'eau, il dut faire un effort pour ne pas reculer. Mars dans le Wyoming, ce n'était pas vraiment le printemps, et la perspective de se mouiller ne l'emballait pas.

Mais ils devaient se sortir de là. Résolument, il entra dans l'eau et retint une bordée d'injures. Sacré bon sang, c'était froid ! Mais la morsure glacée de l'eau ne l'attaquait qu'à mi-mollets. Une fois que ses pieds furent stabilisés, fermement posés sur deux pierres solides, il jeta un coup d'œil à Hazel par-dessus son épaule.

— Grimpe sur mon dos.

— Quoi ?

— Tu vas mettre tes bras autour de mes épaules, tes jambes autour de ma taille, et on va traverser.

— Certainement pas !

— Nous n'avons pas le temps de discuter. Fais-le, c'est tout.

La sévérité de son intonation avait dû l'ébranler suffisamment pour qu'elle ne proteste pas et lui obéisse.

Progresser dans l'eau avec un poids en plus s'avéra compliqué, mais Landon avait connu pire. Des paquetages bien plus lourds. Des défis autrement plus ardus.

Il avait accompli à peu près la moitié de la traversée quand un nouveau coup de feu éclata. Plus près cette fois, comme si le tireur avait deviné où ils étaient.

Il n'y avait plus qu'une chose à faire, même si Landon y répugnait.

— Tu vas devoir descendre.

Il s'accroupit et la laissa glisser dans l'eau glaciale, tout en la soutenant comme il le pouvait pour qu'elle ne tombe pas. L'eau rejaillit autour de ses jambes, mouillant sa jupe.

— Je vais te lâcher la main, dit-il, en parlant aussi bas que le lui permettait le bruit de l'eau. Tu vas traverser le plus vite possible. Ensuite, tu vas courir en zigzag et te cacher où tu peux.

— Mais...

— Pas de mais. Je serai juste derrière toi.

Il pressa une dernière fois sa main pour la rassurer et la libéra.

— Maintenant !

Hazel s'élança – un peu plus bruyamment qu'il ne l'aurait voulu. Au moins, elle suivait ses instructions. Et il n'avait pas menti : il la suivait de près. Aux abords de l'autre rive, il la poussa pour l'aider à sortir de l'eau.

— Vas-y, souffla-t-il tandis qu'elle hésitait.

Elle se décida enfin, et il la regarda courir en zigzag, alourdie par sa longue jupe trempée. Il se hissa d'une main hors du cours d'eau, ramassant de l'autre une pierre de bonne taille qu'il jeta aussi loin que possible dans la direction opposée à la leur.

Quand un nouveau coup de feu retentit, il se jeta à terre, tout en sachant que le tireur avait visé du côté où le jet de la pierre avait provoqué un énorme splash. Il se remit en mouvement sans tarder, plié en deux, jusqu'à ce qu'il rattrape Hazel.

Elle aussi s'était recroquevillée. Il lui prit la main.

— Allons-y. Aussi vite que tu peux.

Ils se redressèrent et se mirent à courir. Il ne restait plus à

Landon qu'à espérer qu'ils se dirigeaient bien vers l'endroit où ils avaient laissé les chevaux.

Quand Hazel tira légèrement sur sa main, il changea de direction, confiant en son sens de l'orientation. Lorsqu'ils retrouvèrent les chevaux, il faillit laisser échapper un rugissant *alléluia*.

Le soleil commençait à s'élever au-dessus des collines à l'est.

— Ne perdons pas de temps, dit-il.

Hazel hocha la tête, et ils se hissèrent en selle.

— Je te suis.

Elle répondit par un nouveau signe de tête.

Landon s'inquiétait qu'elle ne dise rien, mais elle avait déjà détalé, et il ne lui restait plus qu'à encourager son cheval à la suivre.

9

Hazel eut l'impression qu'elle allait s'évanouir.

Ses mains tremblaient si fort qu'elle avait du mal à tenir les rênes. Mais elle devait ramener Landon à l'école.

Il n'y avait pas eu d'autres coups de feu. Ça ne voulait pas dire pour autant qu'ils étaient hors de danger. Toutefois, ça l'autorisait à penser un peu.

Une fois que Landon et elle seraient de retour à l'école, que se passerait-il ? Elle n'en avait pas la moindre idée. Qu'avaient-ils découvert ? Rien du tout. Et elle avait frôlé l'hypothermie pour ça.

Ils continuèrent à chevaucher pendant ce qui lui parut une éternité. Elle faillit sangloter de soulagement quand l'école lui apparut. Le soleil s'élevait maintenant bien au-dessus de l'horizon, parant le ciel de délicates nuances orange pâle et roses. Landon allait devoir retourner au ranch. Quelqu'un devait bien avoir découvert qu'il était parti, qu'il avait pris deux chevaux.

Elle lui jeta un coup d'œil. Il était trempé et échevelé. Impossible pour lui de rentrer directement au bercail.

Elle incita Buttercup à presser le pas, et ils arrivèrent enfin à l'école. Quand elle descendit de sa monture, ses jambes faillirent se dérober sous elle tant elle tremblait.

Étouffant un juron, Landon se précipita vers elle et lui massa le dos et les bras pour la réchauffer.

— Il faut qu'on te trouve des vêtements secs.

— Je vais très bien, dit-elle.

Mais la façon dont elle claquait des dents démentait ses propos.

— Le soleil va me sécher. Et toi, comment tu te sens ?

— Tout va bien.

Son ton était ferme et assuré, mais elle ne le crut pas.

Il regarda autour de lui, avant de secouer la tête.

— Retire ce que tu peux.

Elle cilla. Il ne voulait quand même pas dire...

— Je sais que nous n'avons rien pour nous changer. Mais si nous pouvons essorer l'excès d'eau de nos vêtements, ce sera déjà ça, expliqua-t-il.

Il voulait qu'elle retire ses vêtements. Devant lui !

Elle ne pouvait rien faire d'autre que de rester bouche bée.

Quelque chose dans l'expression de Landon changea. Elle n'aurait pas su dire quoi, mais son regard semblait un peu plus dur. Puis il enleva son sweat-shirt. En dessous, son T-shirt était humide et collait à sa peau, soulignant sa musculature.

Hazel étouffa un petit cri de surprise et espéra qu'il ne l'avait pas entendu.

Il tordit son sweat-shirt, et un torrent d'eau dégoulina sur le sol.

— Tu vois ? Il suffit d'essorer. L'humidité, ce n'est pas génial, mais c'est mieux que d'être trempé.

Hazel essaya d'avaler sa salive. Sa bouche semblait tapissée de poussière. *Tu es une idiote*, se dit-elle avec sévérité.

Voyant qu'elle ne bougeait toujours pas, Landon secoua la tête.

— Tu sais quoi, dit-il gentiment. Va à l'intérieur. Enlève tes vêtements et passe-les-moi un par un. Je vais les essorer et te les rendre. Je ne suis pas un voyeur, Hazel.

— Bien sûr que non.

Le peu de chaleur qui demeurait dans son corps sembla migrer vers ses joues. Elle n'avait même pas envisagé qu'il puisse avoir envie de voir quelque chose.

Se rappelant soudain qu'il avait souri en disant qu'il avait un coup de cœur pour elle, elle songea qu'elle aurait pu au moins utiliser son cerveau.

— Tu dois rentrer, lâcha-t-elle en claquant toujours des dents.

— Laisse-moi gérer ça.

Il continuait à lui masser les bras, mais elle ne sentait pas grand-chose à travers les superpositions de vêtements trempés.

— Même si je dois mentir comme un arracheur de dents, personne ne saura que je sais où tu es. C'est promis.

Hazel avait pour habitude de ne pas croire aux promesses. Mais cette fois elle y croyait éperdument. Et elle avait bien conscience que ça pouvait être un problème. Cependant elle frissonnait trop pour s'en soucier.

— Fais-le maintenant, dit-il. Sinon je vais devoir t'emmener à l'hôpital. Parce que je suis prêt à t'aider autant que je peux, mais je ne te laisserai pas mourir de froid pour échapper à une mise en accusation.

Hazel s'obligea à bouger. Elle ouvrit la porte et entra dans la pièce plongée dans l'obscurité. Il faisait presque plus chaud à l'intérieur. Reprenant son souffle, elle ôta son châle et son pull en mohair. Alourdi par l'eau, il avait perdu tout son moelleux et ressemblait à une vieille serpillière.

Elle regarda vers l'entrebâillement de la porte. Landon y avait passé la main et attendait patiemment qu'elle lui donne ses vêtements. Elle se résigna à lui tendre son pull, sa jupe et le collant opaque qu'elle portait en dessous.

Transie de froid, en culotte et soutien-gorge, elle attendit.

La porte bougea, et l'entrebâillement s'élargit tandis qu'il y passait à nouveau la main. Cette fois, elle regarda.

Il était juste en boxer et ne paraissait pas souffrir du froid comme elle. Mais ce n'est pas ça qui retint son attention. Ou pas uniquement.

— Landon...

Oubliant qu'elle était en sous-vêtements, elle s'avança et tendit le bras pour toucher la longue et profonde cicatrice qui courait de son aisselle à sa hanche. Le bourrelet de chair cicatrisée sinuait de façon irrégulière, et sa couleur claire indiquait que la plaie s'était refermée depuis longtemps. Hazel en eut cependant le souffle coupé.

Elle ignorait pourquoi elle avait ressenti le besoin de toucher la cicatrice de Landon, ou pourquoi ce contact lui serrait le cœur. Elle avait agi comme si une force extérieure l'y avait incitée, se trouvant dans le même état d'esprit que lorsqu'elle était traversée par un pressentiment.

Mais la réalité se rappela à elle, lui faisant prendre conscience qu'elle effleurait les abdominaux de Landon. Et il y en avait en quantité ! Tout chez lui n'était que muscles et, si elle s'était toujours doutée qu'il devait être bien bâti sous ses épaisseurs de vêtements d'hiver, elle ne s'imaginait pas qu'il pouvait avoir un corps comme ça.

Ou que ça puisse la troubler à ce point, lui faisant oublier la bienséance et négliger le consentement de Landon.

Elle recula brusquement, comme si elle s'était brûlée. Et c'était peut-être le cas. Ou alors, son cerveau était frappé d'hypothermie.

— Je suis désolée, dit-elle.

Il haussa les épaules.

— Je sais que c'est une cicatrice impressionnante.

— Comment...

Elle secoua la tête.

— Excuse-moi. Ça ne me regarde pas.

— Ça ne veut pas dire que tu ne peux pas poser la question.

Hazel détourna finalement les yeux de la cicatrice. La bouche de Landon s'incurvait en une mimique ironique, mais ce n'était pas un sourire. Et ses yeux étaient tristes.

Elle eut soudain envie de le prendre dans ses bras. Il semblait avoir besoin d'une accolade.

Soudain, elle remarqua une petite trace rouge sur son bras.

— Tu saignes.

— Ce n'est rien.

Comme il essayait de dissimuler son bras, elle s'en empara. Le saignement n'avait rien d'insignifiant.

— Comment est-ce arrivé ?

Il essaya de se libérer, mais elle tint bon.

— Il faut nettoyer ça, dit-elle, tout en essayant de réfléchir à ce qu'elle pourrait avoir dans l'école pour le soigner. Et tu as besoin d'un bandage.

— Ce n'est qu'une égratignure.

— Qu'est-ce que c'est que cette réponse de macho ? Tu es blessé. Et la seule façon d'avoir récolté une entaille aussi profonde, c'est...

Elle s'interrompit, sentit un froid intense l'envahir et se remit à trembler.

Il a été blessé par une balle.

— Ça va, je t'assure. J'ai déjà été blessé grièvement et je sais ce que c'est. Ça, ce n'est rien du tout.

— Ce n'est pas rien pour moi.

Sa façon brusque de reprendre son souffle l'empêcha d'ajouter quoi que ce soit, ou d'essayer de voir ce qu'elle pouvait faire pour sa blessure – qui lui donnait vaguement la nausée quand elle l'observait de trop près.

Landon la regardait comme si elle lui avait asséné un coup de massue en déclarant se soucier de son état de santé.

— Lan...

Elle ne put compléter son prénom, et c'était aussi bien car elle n'avait pas la moindre idée de ce qu'elle allait dire. Il lui semblait seulement que le moment nécessitait une prise de parole.

Mais il posa la main sur son visage. C'était doux et tendre. Et, si elle ne comprenait pas l'émotion qui le traversait, elle pouvait lire sur son visage combien il était affecté.

Elle avait envie de s'abandonner à cette caresse. Même si elle avait froid et peur, et qu'elle ne savait plus où elle en était. Parce que c'était chaud, réel et réconfortant. Et il n'y avait pas l'ombre d'un mauvais pressentiment ni un quelconque drapeau rouge déployé au fond de son esprit.

— C'est adorable, dit-il d'une voix douce.

La main de Landon était toujours sur son visage... et son regard aussi, comme s'il cherchait à mémoriser ses traits.

— Mais je t'assure qu'il n'y a pas de quoi s'inquiéter, ajouta-t-il.

De sa main libre, il désigna une cicatrice en travers de son torse.

— Mon père m'a fait ça lors d'une crise de rage provoquée par l'alcool. Il n'a pas exprimé de regret. Il ne s'est pas senti responsable. Pour lui, c'était la faute du whisky, pas la sienne. Je suis donc d'autant plus touché que tu essaies d'endosser une part de responsabilité. Mais tu n'y es pour rien. Je sais parfaitement ce que je risque, Hazel. Et ça ne me dérange pas de prendre ce risque pour toi. Je le fais en toute connaissance de cause.

Hazel sentit sa gorge se nouer. Elle le comprenait tellement. La maltraitance émotionnelle qu'elle avait subie de la part de son père n'était pas comparable aux sévices que celui de Landon lui avait infligés. Les marques sur son corps étaient là pour le prouver. Ce n'était pas la même chose, mais elle était consciente de la différence qu'il y avait entre choisir une situation et la subir. Quand on prenait une décision qui pouvait vous valoir d'être blessé, ça ne semblait pas aussi négatif parce que ce n'étaient pas vos parents qui vous avaient fait du mal.

— Nous sommes loin d'en avoir fini, continua-t-il de cette même voix douce et solennelle qu'elle ne lui avait jamais entendue.

Il n'y avait pas de sourire, pas de plaisanterie. Seulement de l'honnêteté.

— Donc, mettons-nous d'accord maintenant. Tout ce que nous ferons à partir de cette minute, ce sera par choix. Il n'y aura pas de place pour la culpabilité.

— Mais je suis tellement douée pour me sentir coupable.

Il rit et lui adressa un petit clin d'œil qui la fit vaciller sur ses jambes. Ou alors, c'était le froid qui la faisait trembler.

— C'est vrai, reconnut-il. Mais tu vas devoir renoncer à cette mauvaise habitude.

Le sourire de Landon s'évanouit, et le bleu de ses yeux prit une teinte plus sombre.

— Pour moi.

Hazel le regardait avec de grands yeux ronds qui évoquaient une princesse de dessin animé. Elle avait posé une main sur la cicatrice qui barrait son torse, et c'était comme si elle avait le pouvoir de le guérir.

Bien sûr, elle ne pouvait pas effacer la trace qui meurtrissait sa chair, elle ne pouvait pas faire en sorte qu'il pardonne à son père pour toutes ces années de souffrance. Mais elle avait en quelque sorte endossé une partie de sa douleur.

Il avait déjà été blessé. Il avait porté ses frères d'armes sur son dos et savait qu'ils l'avaient fait pour lui aussi. C'était plus profond que les liens du sang, car ils avaient traversé l'enfer ensemble, en ne cessant jamais de se faire confiance.

Ce n'était pas la même chose avec Hazel. Il ne savait même pas comment l'expliquer. Il savait simplement que sa compassion ou son empathie avait libéré quelque chose en lui.

Ce n'était ni le moment ni l'endroit. Et, même si Hazel était plus forte qu'elle ne le croyait, il devait veiller à être plus attentionné à son égard. Elle avait déjà vécu des choses difficiles, et c'était loin d'être terminé.

Il s'éclaircit la gorge et fit un grand pas en arrière.

— Tu vas vraiment prendre froid. Tu devrais remettre tes vêtements maintenant.

Elle hocha lentement la tête et désigna leurs montures.

— Comment vas-tu expliquer que tu es parti avec deux chevaux ?

— Je n'aurai pas à le faire. Je te laisse Buttercup.

Il tendit à Hazel sa jupe et son pull, en évitant de croiser son regard. Il n'était pas embarrassé. Ce n'était même pas de l'autopréservation. S'il posait les yeux sur elle, il ne partirait pas. Et s'il ne partait pas...

Il se dirigea vers ses vêtements, qu'il avait étalés dehors, et commença à les enfiler. Il n'avait pas eu le temps d'essorer son boxer, et le maigre soleil matinal n'avait guère séché son jean et ses chaussettes. Mais il devait retourner au ranch le plus rapidement possible.

Il fallait qu'il parte. Il devait... agir.

— Je reviens dès que je peux avec de la nourriture et des vêtements secs, annonça-t-il.

Puis il se dirigea vers les chevaux en essayant de remettre ses idées en place. Il avait la liste d'Hazel dans sa poche. Trempée, sans doute, mais probablement encore lisible.

De toute façon, il piraterait le serveur de la police et dénicherait de nouveaux éléments. Peut-être même trouverait-il un moyen d'envoyer une information anonyme à propos de tirs à proximité de la maison de M. Field. La police aurait certainement assez de discernement pour réaliser qu'Hazel ne possédait pas d'arme et que ça ne pouvait donc pas être elle.

Avant qu'il ait eu le temps de dénouer les rênes de son cheval, Hazel lui prit les mains.

Il savait qu'il aurait mieux valu qu'il ne le fasse pas, mais il ne put s'en empêcher. Il la regarda.

Son visage était ravissant, et il s'obligea à ne pas baisser les yeux davantage. Parce que s'il s'attardait sur son corps gracile, à la peau laiteuse constellée de taches de rousseur...

— Fais voir ton bras à quelqu'un, dit-elle.

Peut-être même qu'elle insista un peu.

— S'il te plaît. Si tu dois me laisser tomber, ce n'est pas grave. Le plus important, c'est que tu ailles bien.

Le regard plongé dans les yeux sombres d'Hazel, Landon eut du mal à penser à autre chose qu'au désir lancinant qu'il éprouvait de l'embrasser.

Rien qu'une fois. Juste pour connaître le goût de ses lèvres.

— Je ne vais pas te laisser tomber, répondit-il enfin en espérant que sa voix n'était pas aussi étranglée qu'il en avait l'impression. Mais je te promets de me soigner avant de revenir.

Elle lui pressa les mains et lui sourit.

— Merci.

Il hocha la tête avec raideur et se hissa en selle en ajustant plusieurs fois sa posture, jusqu'à être assis confortablement.

— Pour l'amour de Dieu, habille-toi, Hazel ! C'est un peu trop demander à un homme, marmonna-t-il.

Puis il lança son cheval au galop.

S'éloignant d'elle. S'éloignant du désir.

10

« C'est un peu trop demander à un homme. »

Hazel était restée là, à baisser les yeux vers ses sous-vêtements. Le soutien-gorge était un modèle ordinaire en coton. La culotte était fonctionnelle. Elle avait du mal à imaginer qu'on puisse la trouver sexy dans cette tenue. Ses cheveux devaient être emmêlés et feutrés, et son maquillage de la veille s'était effacé depuis longtemps. Elle n'était plus qu'une loque tremblante.

Un jour, Douglas avait refusé de l'emmener à un concert pour lequel ils avaient acheté des billets parce qu'elle avait l'air trop négligée, et ce alors qu'elle avait passé une heure à s'apprêter. Après avoir obtenu ce qu'il voulait d'elle, Kenny aussi s'était souvent plaint de tout ce qu'il y avait à changer dans son apparence.

Une fois qu'elle s'était sortie de tout ça, elle avait vu la chose pour ce que c'était : un genre de… d'autopunition. Parce que, tout en se disant résolument qu'elle n'était pour rien dans la disparition d'Amber, il lui arrivait parfois de donner raison à son père.

Pourquoi n'avait-elle eu aucun des pressentiments qui auraient pu annoncer la tentative de fugue d'Amber ? Ce n'était pas uniquement sa sœur. Elles étaient des triplées, avec Zara.

Elle aurait dû le sentir. Elle aurait dû le savoir.

Quoi qu'il en soit, la question actuelle ne portait pas sur ses choix désastreux en matière de partenaires masculins, ni sur sa propension à se punir pour des choses dont elle n'était pas responsable. À ce stade, elle devait éviter l'hypothermie et déterminer qui...

Quelqu'un avait tiré sur eux. Une des balles avait frôlé le bras de Landon. Le simple fait d'y repenser lui tordait l'estomac.

Il lui avait dit d'arrêter de culpabiliser et, même si elle se disait qu'elle aurait dû en être offensée, c'était la vérité. Elle faisait toujours ça, se sentir coupable. Et ça avait pour conséquences de compliquer les choses.

Il n'empêche, ça ne lui était pas facile d'accepter qu'il puisse être blessé ou avoir des ennuis à cause d'elle. Alors qu'elle était...

Avec un soupir, elle entra dans l'école et renfila ses vêtements humides.

Trop longtemps elle avait ressenti ce que son père voulait qu'elle ressente. Elle était nulle. Inutile. Ça lui avait pris du temps, et il avait fallu qu'elle accepte de se faire aider pour qu'elle commence à s'extraire de ce comportement autodestructeur.

Aujourd'hui, elle avait parfaitement le droit de se battre pour prouver son innocence. Et, si Landon avait décidé de se battre à ses côtés – il avait suffisamment insisté pour le faire –, alors ce qu'elle méritait ou non n'entrait pas en ligne de compte.

Parfois, des gens voulaient l'aider. Zara avait toujours été présente. Bien sûr, c'était une question d'amour entre sœurs et de solidarité familiale, mais Landon ne faisait pas partie de la famille.

Comment serait-ce de croire que quelqu'un puisse l'aimer et être là pour elle par choix ? Pas à cause de liens familiaux.

L'amour... Elle avait encore du chemin à parcourir avant de s'inquiéter de savoir si elle pouvait aimer quelqu'un. Et il lui semblait inconcevable d'imaginer qu'un homme tel que Landon puisse être amoureux d'elle.

Donc, c'était plutôt stupide de rester là à rêvasser. Elle ferait mieux de réfléchir aux dossiers qui avaient disparu de l'armoire de classement de M. Field et d'essayer de trouver un indice. Quelque chose qui les mènerait sur la piste de son assassin.

Elle allait se montrer efficace. Entreprenante. Pour M. Field et pour elle-même. Et elle arrêterait de penser à l'amour, et aux cicatrices, et à la façon dont la main de Landon s'était arrondie autour de sa joue.

Mais, tandis qu'elle se tournait vers son sac de voyage et celui que Landon avait déposé la nuit dernière, elle se rembrunit.

Quelque chose... n'était pas normal.

N'avait-elle pas soigneusement déposé son sac sur une des étagères de ce qui avait été autrefois un placard n'ayant plus de porte aujourd'hui ? Et elle était certaine que Landon avait suspendu le sien au portemanteau, vieux et rouillé mais toujours solidement vissé dans le mur.

À présent, ils étaient tous les deux par terre. Ouverts.

Après avoir hésité, Hazel prit le sien. Elle voulait que ce soit le fait d'un animal. Un ours. Un raton laveur géant. Une bestiole qui avait attrapé leurs sacs et avait fouillé dedans, à la recherche de nourriture.

C'était plausible.

Mais elle ne connaissait aucun animal qui aurait pris les sacs à un endroit et les aurait déposés près de la porte, bien calés l'un contre l'autre.

Rongée d'anxiété, elle ouvrit le sien avec empressement. Tout avait l'air en place, mais... elle avait la quasi-certitude qu'il avait été retourné, puis rempaqueté.

Elle hésitait à toucher quoi que ce soit, mais elle n'avait pas de mauvais pressentiment. Pas de signal d'alarme interne. Ces intuitions n'étaient pas infaillibles, il est vrai. En tout cas, il lui était tout simplement impossible de... d'ignorer le sac.

Elle exhuma un foulard, qu'elle ne se souvenait pas avoir emporté, et le noua autour de son cou, tout en s'encourageant à réfléchir.

Quelqu'un était entré ici et avait fouillé ses affaires.

Elle sortit chaque objet avec soin. La seule chose qui manquait était l'argent en espèces qu'elle avait glissé dans la poche frontale du sac. Mais l'autre liasse de billets, dissimulée dans son agenda, était toujours là.

Il pouvait s'agir d'une personne de passage qui avait jeté un coup d'œil dans l'école, avait trouvé un peu d'argent et l'avait emporté.

Elle espérait de toutes ses forces qu'il ne s'agissait que de cela.

Vint ensuite le tour du sac de Landon. Elle ne savait pas tout ce qu'il y avait déposé, mais il lui semblait plus léger qu'il n'aurait dû l'être. Il avait l'air plutôt bien rempli quand Landon l'avait déposé la veille. Quelqu'un y avait pris quelque chose, elle en était presque certaine.

Elle se redressa et regarda autour d'elle. Quelqu'un était venu. Longtemps avant que Landon et elle reviennent ? Ou bien l'intrus avait-il filé en les voyant arriver ?

Mais qui d'autre se servirait de cet endroit comme cachette ? Qui d'autre rôderait dans le coin et prendrait la fuite ? Et si quelqu'un la surveillait et, la voyant venir, avait appelé la police ?

Le souffle lui manqua.

Si quelqu'un savait qu'elle était ici, alors la police devait être au courant aussi. Et sa fuite ne servirait qu'à la faire paraître plus coupable qu'elle ne l'était.

Non, ça n'allait pas se passer de cette façon. Et il n'était pas question qu'elle reste assise ici, à attendre de se faire prendre.

Elle s'empara des deux sacs et sortit. Le cœur battant à tout rompre, elle regarda autour d'elle. On l'observait peut-être. La police risquait d'arriver.

Il fallait qu'elle trouve un endroit où se cacher. Elle allait... s'enfuir. Exactement comme elle l'avait envisagé. Landon serait sans doute contrarié, mais...

Buttercup hennit.

Hazel stoppa net. Dans sa tête, la voix de Landon lui répétait : « Concentre-toi. »

Ne panique pas. Concentre-toi.

Elle ne pouvait pas abandonner sa jument, et c'était peut-être un bon moyen de se souvenir qu'elle ne pouvait décemment pas non plus laisser tomber l'homme sur qui on avait tiré à cause d'elle.

Tandis qu'elle sentait la panique monter en elle, Hazel essaya de se concentrer sur les vastes étendues qui l'environnaient. Le timide lever de soleil avait donné naissance à une matinée ensoleillée surplombée d'un ciel uniformément bleu. Il n'y avait pas beaucoup d'endroits où se cacher, et elle pouvait difficilement combattre une escouade de policiers. Elle n'abandonnerait pas Landon, mais elle devait trouver un moyen de se protéger.

— OK, Buttercup, murmura-t-elle en s'approchant de sa jument. Trouvons une solution.

Quelque chose d'intelligent. Quelque chose d'opportun.

Landon réfléchit à des dizaines d'excuses sur le chemin du retour au ranch. Il pourrait mettre son cheval à l'écurie discrètement et rester à rôder dans les parages, en prétendant qu'il s'était levé de bonne heure après une nuit passée sur son ordinateur.

Mais ça n'expliquerait pas l'humidité de ses vêtements ni sa blessure au bras. Mieux valait qu'il s'en tienne le plus possible à la vérité, sans admettre qu'il savait où se trouvait Hazel, ni qu'elle était impliquée dans quoi que ce soit.

Ce ne serait pas évident. Même s'il était assez doué pour donner le change, ses frères connaissaient toutes les techniques pour détecter les mensonges. En d'autres circonstances, il leur aurait tout dit. Même maintenant, c'était dur de ne pas le faire, car il n'avait pas l'impression qu'ils désapprouveraient ses actions.

Le problème, c'était Zara. Jake était amoureux d'elle et ne pourrait pas s'empêcher de vendre la mèche. Et Zara n'était pas un modèle de subtilité. Elle n'était pas non plus du genre à rester en retrait et à laisser les autres prendre les choses en main.

Ce ne serait peut-être pas un mal, mais Landon savait qu'Hazel voulait laisser sa sœur en dehors de l'enquête. S'il allait contre sa volonté, elle risquait de lui en vouloir, et même de le détester. Et il ne pouvait supporter cette pensée.

Il mit son cheval au box et fit de son mieux pour se nettoyer dans la salle d'eau rudimentaire des employés. Il faudrait qu'il montre son bras à Dunne. Même si ce n'était rien en comparaison des autres blessures dont il avait écopé – à la maison ou à l'armée –, Hazel lui ferait une scène s'il ne revenait pas avec un bandage.

Ce n'est pas rien pour moi.

Peut-être ne se souciait-elle pas de lui autant qu'il commençait à se soucier d'elle, mais ça ne voulait pas dire pour autant qu'elle était indifférente à son sort.

En sortant de la salle d'eau, il tomba sur Cal, qui se tenait là, les bras croisés, comme s'il l'attendait.

Évidemment qu'il l'attendait.

— Bonjour, Cal, s'exclama-t-il avec entrain.

Avec Cal, la meilleure méthode était toujours de faire comme si tout allait bien.

— Je suppose que tu ne vas pas m'expliquer où tu as passé toute la nuit. Avec deux de nos chevaux.

Landon afficha l'air de quelqu'un qui ne comprend pas.

— Je n'ai pris que mon cheval.

Cal pinça les lèvres, ce qui signifiait qu'il ne le croyait pas.

— Ça ne me dit pas où tu étais.

— Non. En effet.

Landon fit un pas en avant, sans se départir de son sourire, mais Cal lui bloqua le passage.

Landon lutta pour garder son calme. Perdre son sang-froid n'était jamais la bonne solution – surtout avec Cal.

— Tu as vraiment envie qu'on se batte ? demanda-t-il, un sourcil levé.

— Et toi ?

— Je peux te démolir, le vieux.

Il avait toujours adoré blaguer sur leur différence d'âge de cinq ans. Mais aujourd'hui, son intonation n'était pas aussi légère et rieuse qu'elle aurait dû l'être. Il avait besoin de sommeil.

En attendant, Cal était dans ses jambes. À garder le silence. Et à le toiser avec désapprobation, comme s'il était encore son supérieur.

— Je n'ai plus à me justifier auprès de toi, déclara-t-il. C'est le bon côté de la dissolution de *Team Breaker*.

Landon gardait les bras ballants le long de son corps, même si l'envie de bousculer Cal pour passer le démangeait furieusement.

— Donc, tu ne fais plus partie de l'équipe ? demanda Cal, avec le calme irritant de l'excellent leader qu'il avait toujours été.

Mais ils n'étaient plus à l'armée. Ils n'appartenaient plus à *Team Breaker*. Ils étaient des frères. Des ranchers. Des partenaires professionnels en quelque sorte.

— L'équipe n'existe plus, dit-il.

— Tu crois ?

La culpabilité. Oui, Cal savait utiliser ce déclic aussi.

Landon aurait pu forcer le passage. Il aurait même pu déclencher une bagarre avec Cal, et ça aurait pu lui faire du bien – frapper, être frappé, c'était une façon d'évacuer la frustration. Quelque chose de concret pour remplacer toutes les interrogations dans sa tête.

Mais il n'avait pas envie de se battre avec Cal. En agissant ainsi, il aurait l'impression de ressembler à son père.

Alors, il se confia à Cal. Plus ou moins. Il omit de mentionner Hazel. C'était lui qui s'était rendu au fort, seul, pour voir s'il pouvait trouver des indices. Il avait remarqué la présence d'un intrus, l'avait suivi jusqu'au chalet de M. Field, avait essuyé des coups de feu et avait dû s'échapper.

— Et qu'est-ce qui t'a pris de faire ça ?

La voix de Cal était artificiellement posée, ce qui était le pire. Landon avait envie de se défendre, mais il savait que ça l'enfoncerait davantage.

Il devait y aller en marchant sur des œufs.

— Nous savons tous qu'Hazel n'est pas une meurtrière. Je ne

vois pas en quoi ça te surprend que j'essaie de trouver un moyen de le prouver aux flics.

— Seul ?

— Nous sommes censés faire profil bas. Tu n'arrêtes pas de me le répéter.

Jusqu'à présent, on ne pouvait pas dire que c'était un succès. Jake et Brody s'étaient retrouvés mêlés à des problèmes qui avaient attiré sur eux l'attention de la ville.

Mais ils n'avaient pas été démasqués. Personne ne soupçonnait que les frères Thompson étaient la cible de terroristes.

— On t'a tiré dessus.

Landon ricana et souleva le bras.

— Nous savons tous les deux que ce n'est rien.

— Mais le danger n'est pas insignifiant. Tu ne devrais pas t'occuper de ça tout seul. Je comprends que tu veuilles aider – nous le voulons tous. Mais nous savons aussi que ça fonctionne mieux en équipe.

— Parfois, on est obligé d'agir en solitaire.

Si Landon appréciait la volonté de Cal d'impliquer l'équipe, il savait aussi qu'il valait mieux qu'il soit le seul à savoir où était Hazel.

Cal ne répondit pas, et Landon en profita pour s'en aller. En tout cas, il essaya. Cal l'interrompit à nouveau, cette fois en posant une main sur son épaule.

Avant que Landon ait eu le temps de s'énerver, Cal lui dit quelque chose qui n'avait aucun sens.

— Garde tes distances avec Jake autant que possible.

— Pardon ?

— Tu mens très mal. S'il soupçonne que tu sais où se trouve Hazel, ainsi que je le crois car c'est sa jument qui a disparu, Zara et lui ne te laisseront aucun répit. Si tu veux que ça reste secret, évite Jake.

Landon n'en revenait pas. Était-il à ce point transparent ? Ou alors, c'est que Cal le connaissait bien. Aucune de ces hypothèses ne le satisfaisait, mais il devait reconnaître que son ancien commandant avait raison.

Cal lui tapota l'épaule, fit demi-tour et se dirigea vers la sortie de l'écurie.

— Cal ?

Il s'arrêta et regarda par-dessus son épaule. Landon sourit – pas parce qu'il était particulièrement amusé, mais parce que... Cal pouvait être froid et buté, apparemment dénué d'émotion, mais Landon savait que ce n'était qu'une façade.

— Tu deviens sentimental avec l'âge, remarqua-t-il, narquois.

Cal grommela et fila à toutes jambes.

Landon ne fut pas dupe. Depuis quelque temps déjà, la nature de leurs liens avait changé. Ils n'étaient plus seulement une équipe. Ils étaient une famille.

11

Hazel avait trouvé un endroit où s'étendre au soleil, pas trop loin de l'école. Il y avait là un amas de pierres qui la cachait sur deux côtés et lui fournissait de quoi s'appuyer tandis qu'elle prenait un bain de lumière.

Il faisait encore froid, mais c'était mieux que la bâtisse sombre et humide. En outre, l'endroit était suffisamment plat et dégagé pour que personne ne puisse arriver sur elle par surprise. Et ce n'était pas trop loin de l'école, ce qui lui permettrait de voir Landon revenir.

Elle n'avait pas cédé à la panique. Elle avait réfléchi à ce qu'elle faisait.

Évidemment, elle s'était endormie quelques minutes, ce qui n'était pas malin, mais tout allait bien. Bon, elle avait faim. Et vraiment soif. Mais ça allait. Tout se passerait bien.

Soudain, elle entendit un bruit de froissement, comme si quelqu'un progressait à travers le sous-bois. Le cœur battant à tout rompre, elle tourna les yeux vers Buttercup, attachée un peu plus loin à un arbre. La jument broutait tranquillement l'herbe à ses pieds.

Hazel se releva prudemment et tourna lentement sur elle-même. Elle ne vit personne. Cherchant de quoi se défendre, elle saisit une pierre. Elle n'était pas très grosse et ne ferait sans doute pas beaucoup de dégâts, mais c'était tout ce qu'elle avait à sa disposition.

S'armant de courage, elle commença à se diriger vers la source du bruit. Ce n'était sans doute qu'un écureuil. Ou un raton laveur.

Elle se pencha, tentant de distinguer quelque chose entre les branches. Lorsqu'elle repéra une touche de bleu, elle se dit qu'elle ferait peut-être bien de courir dans la direction opposée. Et si on lui tirait dessus ?

Ça s'était bien produit la nuit précédente, non ? Évidemment, c'était dans le noir, et Landon et elle poursuivaient quelqu'un.

Enfin, elle parvint à voir qui était l'intrus. Il s'agissait... d'une fillette.

Hazel se tint sur ses gardes, s'attendant à ce qu'un adulte surgisse après avoir utilisé la petite fille pour faire diversion. Mais il n'y avait qu'elle. Dix ans environ, des cheveux roux qui s'échappaient d'une tresse distendue, un pyjama en flanelle et des bottes de cow-boy.

— Coucou, dit Hazel.

Son rythme cardiaque était encore trop élevé mais, curieusement, sa voix n'était pas trop étranglée.

Cette fillette n'aurait pas dû se trouver là toute seule. Était-elle perdue ? Elle la fixait de ses grands yeux noisette, visiblement à la fois apeurée et coupable.

Méfiante, Hazel regarda autour d'elle.

— Tu es toute seule ? demanda-t-elle.

C'était peut-être un piège. En tout cas, quelque chose ne tournait pas rond. La fillette continuait à la dévisager, sans dire un mot.

— Comment t'appelles-tu ?

— Et vous ?

— Zara, répondit spontanément Hazel. Zara Hart.

Elle se força à sourire.

— Je vis par là. Au ranch Hart... enfin, je veux dire au ranch Thompson.

— Qu'est-ce que vous faites ici, alors ?

En voilà une bonne question. Hazel tenta de garder le sourire. Elle aimait les enfants. Quand elle était étudiante, elle avait travaillé à mi-temps dans une crèche et elle savait comment interagir avec les enfants. Elle s'accroupit pour se mettre à la hauteur de la fillette, même si elles se tenaient à distance l'une de l'autre.

— Je peux te dire un secret ?

La fillette observa les alentours, et Hazel l'imita. Un parent allait-il débouler, affolé, en cherchant sa fille ?

Mais le regard de la petite fille se posa à nouveau sur Hazel, et elle haussa les épaules avec nonchalance.

— OK.

— Je préfère ce côté-ci de la prairie. On dirait qu'elle est enchantée.

La fillette leva les yeux au ciel.

— C'est que de l'herbe.

Elle tourna la tête vers Buttercup.

— J'aime bien votre cheval.

— Moi aussi. Elle s'appelle Buttercup.

Et elle n'était plus à elle depuis longtemps.

— Tu veux la caresser ?

Il y eut un tel espoir dans les grands yeux noisette qu'Hazel eut envie de s'avancer et de prendre la fillette dans ses bras. Mais celle-ci secoua la tête.

— J'peux pas. J'devrais pas être là.

Moi non plus, songea Hazel.

— Tu ne sembles pas perdue.

— Pas du tout.

Elle poussa un gros soupir.

— C'est vos affaires, dans la vieille école ? demanda-t-elle en pointant du doigt la bâtisse.

Hazel hésita. Devait-elle admettre que les sacs étaient à elle ? Elle ne savait toujours pas quoi penser de l'apparition de cette fillette.

Elle resta évasive.

— Ça dépend. De quelles affaires tu parles ?

La fillette commença à s'éloigner. Hazel se demanda si elle devait la suivre, exiger une réponse ou simplement laisser tomber.

Tout cela n'avait aucun sens. Peut-être avait-elle des hallucinations. Mais elle n'aimait pas l'idée qu'une gamine se promène toute seule, surtout avec un meurtrier dans les parages. Il n'y avait pas d'habitations à proximité et, si elle n'était pas du coin, elle ne devrait pas se risquer en pleine nature sans un adulte. Même en étant née ici, Hazel avait toujours reçu pour consigne de ne pas trop s'éloigner quand elle était petite.

Elle emboîta le pas à la fillette tandis que celle-ci continuait à s'enfoncer sur les terres des Peterson.

Hazel n'était pas tout à fait rassurée, mais il était peu probable que cette petite fille l'entraîne dans un guet-apens. Et, si c'était le cas, ça voulait dire qu'elle-même se trouvait dans une situation hasardeuse, et Hazel pourrait peut-être l'aider.

Elle continua donc à la suivre.

Finalement, la fillette s'arrêta, comme si elle savait exactement où elle allait. Elle escalada un petit monticule de pierres et disparut derrière. Hazel ne bougea pas, rongée par l'indécision. Ça ne lui disait rien qui vaille, mais elle ne pouvait pas non plus se résoudre à laisser la fillette toute seule.

Lorsque cette dernière réapparut, elle tenait deux objets dans les mains. Hazel ne se rappelait pas avoir glissé les gants rose fuchsia dans son sac, mais ils étaient bien à elle. Elle avait dû les y mettre au cours de l'hiver et les avait oubliés. La torche se trouvait certainement dans le sac de Landon, car elle ne lui appartenait pas. Elle semblait lourde et solide, et sa couleur kaki évoquait l'armée – quelque chose qui correspondait bien à Landon.

La fillette tendit les objets, en les regardant comme si ça lui déchirait le cœur de les restituer. Mais elle savait que l'honnêteté commandait de le faire et elle le faisait.

Hazel savait que ça pourrait lui servir, mais la petite semblait en avoir tellement besoin...

Elle agita la main pour les refuser.

— Garde-les.

La fillette la dévisagea avec stupeur.

— Pourquoi ?

— Si tu les as pris, c'est que tu en as besoin. Et puis j'en ai d'autres.

La petite fille se mordilla les lèvres.

— Mais... c'est à vous.

— Tu en as besoin ?

Elle hocha lentement la tête.

— Ça aiderait bien ma mère.

— Alors, prends-les. Ils ne me manqueront pas.

— D'accord. Merci.

Elle hésita.

— Je dois retourner près de ma mère.

Hazel s'empêcha de tendre le bras pour retenir la fillette.

— Tu sais comment y aller ?

Elle hocha la tête et commença à s'éloigner. Puis elle s'arrêta et fit volte-face.

— S'il vous plaît, ne me suivez pas. Je sais où je vais.

— C'est facile de se perdre par ici.

— Je sais. Mais ils ne me laisseront pas me perdre.

Hazel songea qu'elle aurait dû être rassurée, mais il y avait quelque chose d'infiniment triste dans la façon dont la fillette s'était exprimée.

— Dis-moi au moins ton prénom.

L'enfant secoua la tête et détala.

Landon était terriblement contrarié d'avoir mis autant de temps pour revenir auprès d'Hazel. Mais il avait dû manger un morceau, faire des recherches sur son ordinateur – quitte à pirater quelques sites officiels –, trouver des vêtements pour Hazel, rassembler de la nourriture et de l'eau ainsi qu'une couverture...

Le soleil commençait à se coucher quand il put enfin quitter le ranch en douce. Les autres étaient à l'intérieur, en train de dîner et d'essayer de convaincre Zara de ne pas aller faire un esclandre au poste de police.

Lorsqu'il arriva à proximité de l'école, Buttercup n'était nulle part en vue. Inquiet, il sauta de sa selle et fouilla le bâtiment. Il n'y avait aucun signe d'Hazel. Même les sacs avaient disparu.

Lui avait-elle faussé compagnie ?

Un mélange de colère et de peur l'envahit, car il ne savait pas quelle conclusion en tirer. Avait-elle été enlevée ? S'était-elle cachée pour échapper à un danger ? Ou bien était-elle partie en cavale comme elle en avait l'intention au début ?

Il enfourcha précipitamment son cheval. Jamais elle ne ferait ça. Ce qui voulait dire que quelqu'un était à ses trousses.

Après avoir observé l'herbe à la recherche d'empreintes, il guida son cheval vers l'endroit où Buttercup avait été attachée et vit des traces de sabots ferrés s'éloignant de l'école.

Ce n'était pas une fuite. Landon laissa cette déduction faire son chemin dans son esprit. Il suivit les traces et, après un bref trot, découvrit quelque chose qui lui glaça le sang : Buttercup attachée à un autre arbre. Les sacs déposés à côté d'un tas de pierres. Aucun signe d'Hazel nulle part.

Concentration. Calme.

Il se répéta ces mots encore et encore, en essayant de forcer son entraînement militaire à prendre le dessus. Mais une peur glaciale et envahissante s'était infiltrée jusqu'au plus profond de lui.

Il descendit à nouveau de cheval et attacha celui-ci à côté de Buttercup. Puis il suivit les empreintes de pas. Elles n'étaient pas faciles à distinguer, d'autant que certaines étaient plus petites et moins enfoncées dans la terre.

Ça n'avait aucun sens. Et c'est justement pour ça qu'il ne parvenait pas à contrôler sa peur.

Il essaya de ralentir les battements de son cœur afin de pouvoir entendre. Et comprendre. Mais ça tambourinait dans ses oreilles, et sa respiration saccadée ressemblait au halètement d'une bête blessée.

Il continua à marcher et finit par apercevoir un envol de châle rose. Comme la veille. Hazel courait. S'il avait pu raisonner normalement, il aurait réalisé qu'elle ne filait pas à toutes jambes, mais plutôt qu'elle joggait. Seulement, ça faisait un moment qu'il avait perdu toute rationalité.

Sortant l'arme qu'il avait glissée dans un holster sous sa veste, il rattrapa Hazel. Elle le remarqua enfin et s'arrêta net en ouvrant de grands yeux effrayés, comme si elle pensait qu'il allait tirer sur elle.

Il avait envie de la secouer. De la serrer contre lui jusqu'à ce que son rythme cardiaque revienne à la normale.

— Mets-toi derrière moi, ordonna-t-il.

Elle cilla, avant d'obtempérer.

— Qu'est-ce que tu cherches ? murmura-t-elle.

— Qu'est-ce que je …

Il lui jeta un regard incrédule par-dessus son épaule.

— Où courais-tu comme ça ?

— Tu pourrais peut-être ranger ton arme si c'est juste à cause de moi.

Il se tourna lentement et remit son arme en place, tandis qu'il commençait à comprendre.

— Tu veux dire que tu ne fuyais pas ?

— Non. Je me dépêchais de rentrer. Je ne voulais pas t'inquiéter, donc j'essayais de faire vite.

— Qu'est-ce qui t'est passé par la tête ? demanda-t-il en posant les mains sur ses épaules.

Ce n'était pas pour la secouer, mais juste pour s'assurer qu'elle était bien là, saine et sauve. Comme si elle lisait dans ses pensées, elle lui tapota gentiment le torse.

— Je vais bien, Landon.

Et c'était le cas. Elle n'était pas en sang. Pas morte. Même pas livide ni effrayée. Simplement là, à essayer de le rassurer et...

La digue céda. Tout ce qu'il avait scrupuleusement réprimé depuis la première fois qu'elle lui avait souri déferla comme une vague géante, lui faisant oublier toute retenue.

Il l'embrassa. Parce que ça lui semblait la seule chose sensée. Et que c'était bien réel, vrai et réconfortant.

Sa façon de se fondre contre lui était tout simplement parfaite. Le goût de ses lèvres était comme une promesse de printemps et lui faisait l'effet d'une rédemption.

Pendant quelques secondes, tout disparut, excepté la sensation de sa bouche sous la sienne. Comme si tout allait bien se passer à partir de ce moment.

Mais c'était faux. Ils se trouvaient au milieu de nulle part, à se cacher de la police, avec la menace d'un complot visant à imputer à Hazel la responsabilité d'un meurtre.

Landon s'écarta, profondément choqué d'avoir à ce point perdu le contrôle. Il ne s'agissait pas seulement du baiser, mais des vingt dernières minutes où il s'était totalement déconnecté de la réalité. C'était inacceptable.

— Je suis désolé, dit-il.

— Tu es désolé, répéta Hazel.

Son intonation était totalement dénuée d'émotion. Ou alors, il se préoccupait tellement de sa perte de contrôle qu'il était hermétique aux émotions d'autrui.

— Tu n'étais pas là, et je...

Il se passa la main dans les cheveux en essayant de se recentrer.

— J'ai paniqué. Ce n'est pas une excuse, mais...

Il ne savait pas quoi dire. Il se sentait totalement perdu. Tout ce qui s'était passé entre le moment où il avait découvert qu'Hazel n'était pas à l'école et maintenant était de la folie pure. Et c'était sa faute.

— Et ta solution pour soigner une crise de panique, c'est d'embrasser les femmes ?

L'amusement d'Hazel se teintait d'une sorte de dédain glacial qui désarçonna Landon. Visiblement, il l'avait irritée. Et il ne pensait pas que c'était à cause du baiser mais plutôt de sa façon d'y réagir.

— Non.

Landon observa un silence, le temps de reprendre son souffle.

— Tu sais, je suis généralement calme et sensé. Mais avec toi... Mince, pourquoi je suis gêné comme ça ?

Elle esquisse un sourire.

— Je n'en sais rien, mais c'est plutôt mignon.

— Mignon ?

Il grommela.

— Tu cherches à m'achever ou quoi ?

Elle rit, et il songea qu'ils pourraient peut-être trouver un terrain d'entente.

— Tu n'as pas besoin de t'excuser de m'avoir embrassée. On ne peut pas dire que je t'aie repoussé.

— C'est vrai.

Elle leva les yeux vers lui, et cette fois c'est elle qui parut embarrassée. Elle fit un pas en arrière et détourna le regard.

— Il y avait une fillette, dit-elle de but en blanc. Une dizaine d'années. Elle a fouillé nos sacs, nous a volé quelques bricoles...

— Désolé, je ne te suis pas. Quoi ?

Elle s'expliqua. Une petite fille. Des objets volés. Son envie d'aider malgré le refus de l'enfant.

— Puis elle a filé. Ça me semblait bizarre. Je me suis dit que je devais agir. Elle n'était pas assez âgée pour se promener toute seule.

— Tu serais surprise de ce que les enfants sont capables de faire.

— En tout cas, si elle raconte qu'elle a parlé à une femme disant s'appeler Zara Hart et que ça revient aux oreilles de ma sœur ou de tes frères, tout le monde saura que c'était moi.

— Tu t'es fait passer pour Zara ?

— Je ne savais pas comment réagir. Et Amber et moi avions l'habitude de nous faire passer l'une pour l'autre.

— Mais pas Zara ?

— Elle a toujours refusé de s'habiller comme nous, en affirmant qu'elle était très heureuse d'être elle-même. Mais il nous est arrivé de prétendre être elle, juste pour voir ce que nous pourrions en retirer.

— Tu es en train de me dire que sous cette apparence de fille comme il faut se cache une *bad girl* ?

Hazel éclata de rire.

— Pas vraiment. Mais Amber savait réveiller ça chez moi.

Elle eut l'air attendrie et triste, et il eut envie de la prendre à nouveau dans ses bras. Alors, il s'éclaircit la gorge et fourra les mains dans ses poches.

— Retournons à l'école avant la nuit. J'ai des choses dans mon ordinateur que je veux te montrer.

Il résista à l'envie de passer un bras autour de ses épaules ou de lui prendre la main. Mieux valait réduire le contact au strict nécessaire. Et il n'y avait rien là de nécessaire.

Même s'il en mourait d'envie.

— Quel genre de choses ? demanda Hazel.

Elle le suivit en conservant une distance raisonnable entre eux tandis qu'ils se dirigeaient vers les chevaux.

— J'ai piraté le serveur de la police et récupéré des photos de la scène de crime. J'ai aussi travaillé à tracer le coup de téléphone qui t'implique.

— Des photos de la scène de crime, ça veut dire...

— Tu n'auras pas à regarder M. Field, Hazel. On peut progresser sur l'enquête sans que tu aies à revivre ça.

— Mais tu crois que ce serait utile si je le faisais ?

Landon soupira. Il pourrait mentir, mais...

— Je ne sais vraiment pas. Tu pourrais voir quelque chose qui aurait échappé aux autres. Mais il se peut aussi qu'il n'y ait rien du tout. Je peux te décrire ce que je vois, et...

— Je peux le faire.

Elle hocha la tête, comme pour se convaincre elle-même.

— Je peux le faire. Si ça nous apporte des réponses. Je peux regarder les photos. J'ai besoin de connaître la vérité. Et je dois bien ça à M. Field.

12

Landon ne dit plus rien à Hazel après cela. Ils marchèrent en silence vers les chevaux, qu'ils ramenèrent à l'école. Puis il lui confia une lampe de camping fonctionnant sur batterie et la laissa seule pour qu'elle puisse se changer – il lui avait apporté des vêtements de Zara, qu'il avait dérobés dans la buanderie.

Lorsqu'elle lui signala qu'il pouvait entrer, il installa son matériel informatique. Elle n'y comprenait pas grand-chose, mais il avait l'air de savoir ce qu'il faisait.

La pensée d'avoir à regarder les photos de la scène de crime lui nouait l'estomac, mais elle devait s'y résoudre.

Du coin de l'œil, elle observa Landon, qui s'affairait sur son ordinateur, l'air sérieux et concentré.

— Voilà, annonça-t-il après quelques minutes. J'ai masqué le corps. Tu verras une partie du sang, mais tu ne le verras pas lui. D'accord ?

Elle hocha la tête, et il tourna l'écran vers elle.

Il avait peut-être masqué M. Field, mais l'image était imprimée dans son esprit. Elle sentait encore l'odeur du sang. Elle éprouvait le choc, la terreur et le chagrin...

Une pression sur son épaule la ramena à la réalité.

— Respire, Hazel.

Landon était toujours là pour lui offrir un ancrage quand elle en avait besoin.

Elle aurait bien aimé être assez forte pour se suffire à elle-même. Mais elle pensa à Zara. Elle ne connaissait personne d'aussi fort. Sa sœur était tellement sûre d'elle, tellement déterminée. Elle était toujours prête à se battre pour toutes les causes. Et pourtant, elle avait appris à s'appuyer sur Jake. Elle l'aimait. D'une certaine façon, il l'avait rendue plus forte. Parce qu'elle n'avait pas à tout porter sur ses épaules. C'était sûrement une force aussi de se reposer sur quelqu'un d'autre. Le problème d'Hazel, c'est qu'elle avait tendance à accorder sa confiance aux mauvaises personnes.

Elle contrôla sa respiration, comme Landon le lui indiquait. Elle savait qu'il allait lui répéter qu'elle n'avait pas à s'infliger ça, aussi se concentra-t-elle vraiment sur son souffle. Sur les faits, pas sur ses sentiments.

— Qu'est-ce que je dois chercher ? demanda-t-elle.

— Dis-moi ce qu'il regardait. Ça ressemble à un album photo.

— Oui, c'est l'album qui est habituellement rangé dans la boîte dont je t'ai parlé.

Elle la désigna sur le côté de la photo. Elle était ouverte et éclaboussée de sang.

— L'album aurait dû se trouver là-dedans. Donc, M. Field devait étudier les photos quand il a été tué.

Elle n'avait pas envie de dire la suite, mais elle savait qu'elle le devait.

— Je dois voir toute la photo.

Surpris, Landon chercha son regard.

— Hazel...

Elle secoua la tête et interrompit son objection.

— J'ai déjà vu la scène. Je ne peux pas l'effacer. Si tu veux que je t'aide, je dois la voir. Ton masquage cache la plupart de l'album. Si je peux voir à quelle page il est ouvert, nous aurons peut-être un indice.

Landon parut peiné, mais il fit apparaître la photo d'origine, avec la silhouette affalée et ensanglantée de M. Field.

— Ça alors ! C'est la page avec les photos de...

Hazel ne termina pas sa phrase. Était-ce une coïncidence ?

— Quoi ? demanda Landon.

— Il s'agit de l'album rassemblant les photos des endroits où l'or pourrait avoir été caché. Sur cette page sont regroupés des clichés pris sur les terres des Peterson.

Elle s'éclaircit la gorge.

— Là où se trouve cette école. Là où était la fillette.

Il n'était sûrement pas possible qu'une petite fille soit liée au meurtre de M. Field, se dit-elle.

— Pourquoi aurait-il voulu regarder précisément ces photos ? demanda Landon.

— L'une des théories est que le braqueur de banque était quelqu'un du coin, une personne que tout le monde connaissait. Johannes Peterson faisait partie des suspects. Là, ce sont des photos de sa maison, et... il en manque une.

— Une photo, tu veux dire ?

Hazel hocha la tête, plissant les yeux tandis qu'elle se penchait davantage vers l'écran. Elle avait classé ces photos et s'en souvenait parfaitement.

— Le meurtrier doit l'avoir emportée.

— M. Field ne l'aurait pas retirée pour la regarder de plus près ?

— Non. Elles sont fragiles. Compte tenu de leur valeur historique, M. Field ne les aurait jamais manipulées sans gants.

Ou alors, il a agi sous la menace.

Cette pensée lui arracha un frisson.

— Donc, celui qui l'a tué a pris la photo, conclut Landon. Tu sais ce qu'il y a dessus ?

— Le grain de cette prise de vue est trop flou, et je ne peux pas lire le numéro de la page. Mais j'ai une copie numérique de l'album.

— Formidable.

— Il y a juste quelque chose que je ne m'explique pas. M. Field a récupéré ces photos de manière, disons... illégale dans le grenier de la maison des Peterson quand celle-ci a été condamnée pour péril imminent.

Elle laissa passer un silence, avant de murmurer :

— Personne à part moi ne sait qu'elles étaient en sa possession.

Comme il s'agissait de leur première vraie piste, ils passèrent immédiatement à l'action. Landon n'avait pas le temps de penser à autre chose. Hazel avait une copie dans son ordinateur de travail, qu'elle avait laissé au chalet. Ce ne serait pas compliqué pour lui d'aller le récupérer, surtout cette nuit-là.

Elle était certaine – ou en tout cas elle en donnait l'impression – qu'elle pourrait identifier la photo manquante. Ça avait un rapport avec les terres des Peterson. Où ils se trouvaient précisément.

Landon ne croyait pas aux coïncidences quand il était question de meurtre et de mise en cause de personnes innocentes. Tout devait être lié.

— C'est forcément un Peterson qui a fait le coup, non ? remarqua-t-il.

— Johannes avait douze fils. Seuls trois d'entre eux sont restés dans le Wyoming. Deux sont morts jeunes et sans enfant. Cependant, il se disait que Lars aurait été le père du plus jeune fils de Minnie Harper. Oscar a eu six enfants...

Hazel continua à nommer des personnes, comme si Landon avait la moindre idée de qui il s'agissait.

— Désolé, j'ai cessé de suivre quelque part après Oscar.

Elle eut un sourire indulgent.

— Ça ne m'étonne pas. En résumé, il n'y a plus aucun Peterson à Wilde de nos jours. Donc, le meurtrier n'est pas quelqu'un du coin...

Elle plissa le front, songeant visiblement à autre chose.

— Quoi ?

— Je me disais... s'il y a vraiment un lien avec le braquage de la banque, cette personne doit être bien renseignée. Ça pourrait être quelqu'un qui communiquait en ligne avec M. Field. Mais peu de gens s'intéressaient à l'hypothèse Peterson. Celle de la prostituée avait plus de succès.

— Il y a une hypothèse de la prostituée ?

Hazel leva les yeux au ciel.

— Pourquoi ça fascine tout le monde ?

— Eh bien, ça fait penser à *Tombstone*, ce film des années 1990, avec des hors-la-loi, des femmes aux mœurs légères et de séduisants cow-boys.

Inclinant son stetson, il lui adressa un clin d'œil, la faisant rire comme il l'espérait. Il savait qu'elle était triste pour M. Field et inquiète de la tournure que prenaient les événements. S'il pouvait lui changer les idées de temps en temps, ça leur ferait du bien à tous les deux.

— Est-il possible que M. Field ait échangé des mails sans t'en parler ?

— Tout est possible… J'imagine que c'est le cas, étant donné que j'étais la seule à savoir pour les photos.

Elle se mordilla la lèvre, et Landon ne put s'empêcher de songer à leur baiser. Gêné, il reporta son attention sur l'écran de son ordinateur.

— D'un autre côté, reprit Hazel, j'avais accès à ses mails. Donc, s'il avait un secret, ce n'est pas de ce côté-là qu'il faut chercher.

— Je peux essayer de vérifier ses factures téléphoniques, proposa Landon. Et toi ? Si je te rapporte ton ordinateur, pourras-tu accéder à ses mails ?

— À condition d'avoir un accès à Internet.

— Il suffit que je fasse un partage de données mobiles avec mon téléphone.

— Je voudrais venir avec toi chercher mon ordinateur.

Landon secoua la tête.

— C'est un risque inutile. Et tu dois être épuisée.

— Pas plus que toi.

Il faillit lui dire que son entraînement militaire l'avait habitué au manque de sommeil, mais ça faisait partie des choses qu'Hazel n'était pas censée savoir. Il fallait absolument qu'il réfrène ses envies de se confier à elle.

— C'est un trajet d'une demi-heure, dit-elle.

Et il était évident qu'elle avait réfléchi à la question.

— Je sais exactement où se trouve mon ordinateur, ce qui t'évitera de fouiller partout et de laisser des empreintes. C'est comme pour le fort. Il vaut mieux que je t'accompagne. De toute façon, ça m'étonnerait qu'on tombe nez à nez avec la police en pleine nuit.

— Ce n'est pas la police qui m'inquiète. Mais je ne peux pas te promettre que nous arriverons jusqu'au chalet sans que mes frères cherchent à nous intercepter.

— Dans ce cas, tu iras au ranch pour t'assurer qu'ils n'en font rien. Pendant ce temps, j'irai au chalet.

— Hazel...

— Ça ne me prendra que dix minutes, tandis qu'il t'en faudra le double.

— N'importe quoi ! marmonna-t-il, irrité. Ça ne me prendra pas vingt minutes.

— Je ne peux pas rester ici sans rien faire. L'année dernière quand j'ai été accusée de meurtre, je me suis retrouvée en détention provisoire pendant que Zara et Jake, puis tes frères et toi risquiez vos vies pour moi. Je ne veux pas que ça recommence.

— Je ne risque pas ma vie.

Elle s'avança et posa la main sur son bras – là où se trouvait son bandage sous sa manche.

— On t'a tiré dessus. Ce n'est pas sans risque.

Le regard brun d'Hazel soutint le sien. Et elle était tellement... il n'avait pas les mots.

Il voulait la protéger, mais il n'y avait pas que ça. C'était beaucoup plus important. Il voulait lui procurer une vie où elle n'aurait pas besoin de protection. Où peut-être ils pourraient n'être que tous les deux. Il la ferait rire, et elle s'inquiéterait de lui, et ils pourraient... exister, tout simplement.

Après toutes ces années dans l'armée, après la douleur, la sensation de perte et le stress qu'avaient représentés leur installation dans le Wyoming et la construction d'une nouvelle vie, le simple fait d'exister était devenu son but principal. Hazel y apportait une forme de douceur et d'apaisement.

Ce n'était vraiment pas le moment, mais elle se rapprocha, une main toujours posée sur son bras, tout en plaquant l'autre contre son torse.

Elle ne baissa pas les yeux. Au contraire, elle soutint son regard.

Et elle inclina sa bouche vers la sienne.

13

Hazel se demanda ce qui lui prenait. Il y avait des choses beaucoup plus importantes en cours. Et, de plus, elle se faisait probablement des illusions.

Mais elle avait envie de revivre cette sensation : chaleur envahissante et impression enivrante d'avoir trouvé son port d'attache. Comme si, enfin, quelque chose tournait rond.

Elle savait que ce ne serait pas le cas, mais elle voulait quand même partir à la recherche de ce sentiment.

Ça ne résoudra rien, fit remarquer une agaçante petite voix au fond de sa tête. *C'est une distraction. Pour lui. Pour toi. Il n'y a rien à en attendre.*

D'ordinaire, quand son esprit et son cœur n'étaient pas sur la même longueur d'onde, elle ne savait pas lequel des deux écouter. Mais il y avait quelque chose d'autre aujourd'hui. Zara dirait probablement que ça venait des tripes et, pour une fois, elle avait envie de foncer sans réfléchir.

Alors elle l'embrassa.

Elle se hissa sur la pointe des pieds et posa les lèvres sur celles de Landon, en lui tenant toujours le bras. Il plaça une main sur sa joue, guidant son visage tandis qu'il l'embrassait à son tour. Ce baiser était différent du précédent. Il était plus calme, plus doux.

Et pourtant, une intense chaleur l'envahit. Quelque chose se déclencha en elle. Une serrure s'ouvrit. Ou alors, peut-être qu'une porte se referma. Elle ne savait pas. En tout cas, quelque chose s'était apaisé, avait trouvé sa place.

Il n'y avait plus que lui. Elle pouvait tout oublier et exister seulement dans cet espace où leurs bouches s'épousaient.

Pour l'éternité, et en même temps pour un moment trop court.

Landon s'écarta, mais en la tenant toujours, les doigts enfouis dans ses cheveux, les yeux à demi fermés.

— Tu ne sais pas depuis combien de temps j'avais envie de faire ça, murmura-t-il.

— Longtemps ?

Le cœur d'Hazel battait à tout rompre, et elle n'était pas sûre d'avoir parlé à haute voix.

Il lui embrassa la joue, la mâchoire, et elle se sentit fondre.

— Tu voulais m'embrasser depuis longtemps ?

— Des mois.

Landon posa les lèvres dans son cou, lui arrachant un frisson. Il la tenait comme si elle était précieuse, et il n'y avait aucune possessivité brutale dans son geste. Ce n'était que de la douceur. Elle savait qu'il y avait un côté sombre chez lui. Mais avec elle...

Tu te racontes des histoires, Hazel.

Mais il était facile de s'illusionner. Si d'habitude elle devait vraiment faire beaucoup d'efforts pour se convaincre qu'un homme se souciait d'elle, elle n'avait pas à se donner beaucoup de mal pour croire que c'était le cas de Landon.

— Depuis quand, exactement ? insista-t-elle.

— Eh bien... Quand nous sommes arrivés, tu étais tellement sur la défensive ...

Elle se renfrogna, mais il avait raison. Landon était arrivé juste après qu'elle avait rompu avec Douglas, et elle était méfiante. Tant qu'elle n'aurait pas compris pourquoi elle faisait toujours le mauvais choix en amour, elle préférait garder ses distances avec les hommes.

— J'essayais de te faire sourire, mais mes plaisanteries tombaient à plat. Tu étais toujours tellement sérieuse. Et puis un jour, alors que j'étais dans l'écurie à chantonner une chanson stupide, j'ai regardé par-dessus mon épaule. Tu étais là et tu souriais.

Hazel s'en souvenait. Ça remontait à quelques mois. Kate s'était installée dans la maison principale, et elle avait commencé à se dire qu'il pouvait résulter quelque chose de bon de l'arrivée au ranch des Thompson. Zara et Jake. Kate et Brody.

Mais elle se sentait seule, et un peu minoritaire avec tous ces hommes autour. Elle était allée à l'écurie pour donner une friandise à Buttercup, ce qui arrivait rarement depuis que les frères Thompson étaient là. Il lui avait fallu pas mal de courage et la certitude que les nouveaux propriétaires du ranch étaient ailleurs.

C'était sans compter avec Landon. Il était dans l'écurie, en train de chanter une chanson qu'elle n'avait pas reconnue et qu'elle le soupçonnait d'avoir inventée. Elle l'avait observé un moment, parfaitement à l'aise avec les chevaux.

Ça l'avait fait remonter dans son estime. Et elle avait baissé sa garde.

— Tu as une jolie voix.

Il grimaça.

— C'est ce que tu as dit alors. Avec un sourire. Et ça m'a... touché en plein cœur. Je ne m'y attendais pas. D'ailleurs, je n'ai pas compris tout de suite ce que c'était. J'ai fini par me rendre compte que j'avais terriblement besoin de tes sourires. Ça m'a donné envie de trouver un moyen d'être près de toi sans que ça te rende nerveuse.

Il lui était difficile de croire que Landon avait pu désirer ardemment quelque chose venant d'elle. À l'époque, elle était trop engluée dans ses problèmes pour se rendre compte de quoi que ce soit. Avec le recul, elle reconnaissait qu'il se donnait beaucoup de mal pour la faire sourire.

Mais ça ne changeait rien à qui elle était. Et c'était toujours un peu confus dans son esprit. Elle ressentit le besoin d'être franche sur ce sujet.

— J'ai…

Il haussa un sourcil, comme s'il se rappelait qu'elle lui avait avoué la veille avoir un goût désastreux quand il s'agissait des hommes.

Ça ne semblait pas exact à cet instant, car Landon ne semblait pas être un si mauvais choix.

— J'ai des problèmes, admit-elle d'un ton morne.

Il rit, mais c'était un rire dépourvu de sa bonne humeur habituelle.

— Qui n'en a pas ?

Elle aurait pu en rester là. Mais elle s'arma de courage et lui avoua quelque chose dont elle n'avait même pas parlé à sa sœur.

— Je ne sais pas vraiment comment me faire confiance.

Il la regarda comme si ce n'était pas si grave d'être à ce point hésitante, de manquer de confiance en soi et de sens de l'à-propos.

— Tu as dit que tu me faisais confiance.

Elle hocha la tête.

— C'est un bon début.

Il soupira, comme s'il regrettait ce qu'il avait à dire ensuite.

— Mais la conversation va devoir s'arrêter là pour ce soir. Il nous reste six heures d'obscurité, et nous en aurons besoin pour aller chercher ton ordinateur.

Landon faillit rire en voyant Hazel faire la moue comme une fillette boudeuse. Il n'était pas loin d'avoir envie de bouder lui-même. Ou plutôt de donner un coup de poing dans le mur.

Il rêvait d'envoyer promener leur enquête et de passer le reste de la nuit à apprendre à mieux connaître Hazel.

Mais ce n'était pas une solution. Et il ne voulait pas être pour elle une passade qu'elle pourrait oublier plus tard. S'il devait avoir une chance avec elle, il voulait que ce soit une vraie chance.

Pour cela, il devait prouver une bonne fois pour toutes qu'elle n'était pas une meurtrière. Et, avec un peu de chance, cette mésaventure lui permettrait de se faire confiance comme elle le souhaitait si ardemment.

— Tu as dit « nous. » J'espère que ça signifie que tu es d'accord pour que je t'accompagne.

Landon eut envie de grommeler, mais il parvint à prendre sur lui. À regret, il laissa retomber ses mains, qui encadraient le visage d'Hazel, et recula d'un pas.

— Tu as sans doute raison de penser que tu seras plus rapide que moi, mais...

— Parfait. C'est réglé, alors.

Elle se dirigea d'un pas décidé vers la porte, comme si la conversation s'arrêtait là. Il aimait la voir aussi déterminée, et ça lui donnait presque envie de la laisser faire.

C'était dangereux, évidemment. Mais ça l'était tout autant de l'abandonner à son sort ici, même s'il posait un verrou sur la porte. Et puis, si elle pouvait faire ça, s'impliquer, peut-être reprendrait-elle confiance en elle.

Ou alors, il avait perdu tout bon sens et la mettait en danger uniquement parce qu'il avait envie d'être avec elle. Et c'était précisément le genre de distractions contre lesquelles Cal n'avait cessé de les mettre en garde quand ils étaient sous ses ordres.

Les enjeux étaient similaires : faire triompher la vérité, protéger les innocents... Il fallait de la concentration, de la présence d'esprit, de la détermination. Rien ne devait compromettre des décisions prises en toute connaissance de cause.

Mais la sensation de ce baiser persistait. Et la façon dont elle s'était accrochée à lui, dont elle avait soupiré...

Et comment oublier son regard quand elle lui avait demandé depuis combien de temps il avait envie de l'embrasser, comme si elle ne pouvait imaginer qu'une telle chose soit possible.

Qui plus est, il n'était plus dans l'armée depuis longtemps. On leur avait tiré dessus, un homme était mort, mais ce n'était pas la même situation malgré tout.

Il était une personne. Pas un soldat.

Il n'était pas sûr de savoir quoi faire de cette conclusion, mais Hazel était déjà dehors, préparant Buttercup sous le halo argenté de la lune.

Landon se dirigea vers son cheval, en détestant l'incertitude dont il était la proie.

— Hazel...

— J'y vais, dit-elle simplement. Je n'ai pas besoin de ta permission. Tout comme tu n'as pas eu besoin de la mienne pour m'aider contre mon gré.

Il songea qu'elle avait sans doute raison.

— Peux-tu au moins le faire à ma façon ?

— Et c'est quoi, ta façon ? demanda-t-elle d'un ton suffisamment pincé pour qu'il éclate de rire.

— Nous irons à cheval jusqu'aux écuries, tu me laisseras le temps de contrôler le périmètre, puis nous établirons notre plan. Tu iras peut-être toute seule au chalet pour récupérer ton ordinateur, ou ça se passera autrement.

Il ne pouvait pas discerner l'expression d'Hazel dans l'obscurité et fut donc obligé d'attendre sa réponse.

— Un contrôle du périmètre, répéta-t-elle.

— Oui, c'est quand...

— Je crois que je peux deviner de quoi il s'agit. Ce que j'ai du mal à comprendre, c'est pourquoi tu parles de cette façon. Tu as l'air de t'y connaître en meurtriers et en blessures par balle, et je n'ai jamais vu un équipement informatique aussi sophistiqué que le tien, à part dans les films d'espionnage.

Landon ne savait pas quoi répondre. La vérité avait envie de sortir. Il voulait la déposer à ses pieds.

Mais ce n'était pas autorisé.

Tu es une personne, pas un soldat.

Il devait se rappeler qu'il avait prêté serment.

Tu crois que Jake et Brody l'ont respecté ?

— Landon ?

Il refoula tous ces sentiments – qu'il n'aurait pas dû avoir.

Il avait tellement à accomplir sans que l'émotion se mette en travers de sa route.

— Je veux juste que tu suives les instructions.

Ce fut au tour d'Hazel de rester silencieuse pendant quelques secondes.

— Pour être honnête, je commence à être un peu fatiguée de suivre les instructions des autres.

— J'essaie seulement d'assurer ta sécurité.

— Surtout quand c'est censé assurer ma sécurité ! Ça ne vient à l'idée de personne que je pourrais avoir envie de me prendre en charge toute seule ? C'est un peu pour ça que je me suis enfuie.

— Et ça ne te vient pas à l'idée que les gens veulent te garder saine et sauve parce qu'ils se soucient de toi ?

Il parvenait à garder son intonation aussi neutre que possible, même s'il était toujours traversé de sentiments contradictoires.

Hazel reprit son souffle, et il y eut un silence poignant durant lequel il songea qu'elle allait sans doute lui demander ce qu'il entendait par « se soucier ». Mais elle ne le fit pas.

— Oui, je sais, lâcha-t-elle. D'accord. Je promets de suivre les instructions, à condition que tu ne prennes pas de risques inutiles pour moi.

— Donne-moi ta définition d'inutile.

Elle soupira.

— Tu as toujours quelque chose à rétorquer.

— Ça, c'est vrai. Dépêchons-nous maintenant. Le temps presse.

Il s'assura qu'elle était en selle avant d'enfourcher sa monture. Ils connaissaient tous deux le chemin du ranch et du chalet, et ils purent chevaucher côte à côte, aucun des d'eux n'ayant à jouer les guides pour l'autre.

— Landon, je n'arrête pas de penser à...

Landon s'attendait à ce qu'elle mentionne le baiser, exigeant de savoir ce qu'il fallait en conclure. Apparemment, elle avait déjà oublié.

— Cette petite fille, dit-elle.

Landon changea de position sur sa selle, en essayant d'oublier sa déception. Pourtant, il aurait dû être soulagé qu'elle délaisse le sujet des baisers et des sentiments pour s'intéresser à un mystère.

— Je sais que tu as peur qu'elle soit livrée à elle-même. Mais si elle semblait aller bien...

— Non, ce n'est pas ça. Ou pas seulement. Quand je suis arrivée à l'école, la première fois, je pensais qu'elle était à l'abandon. Mais ce n'était pas aussi poussiéreux que ce à quoi je m'attendais, comme si quelqu'un y avait fait le ménage.

— Tu penses que c'était elle ?

— Je ne sais pas quoi penser. Mais, si le meurtre de M. Field a vraiment un lien avec ce stupide vieux braquage de banque, et que les Peterson y étaient impliqués, n'est-il pas étrange que des gens viennent justement rôder sur leurs anciennes terres ?

— Des gens ou une fillette ?

— Elle a mentionné sa mère. Quand elle a expliqué que les gants et la torche seraient utiles à sa mère.

— Dans ce cas, elle n'est pas seule.

— Je suppose, en effet.

Landon n'avait pas besoin de voir le visage d'Hazel pour savoir qu'elle plissait le front. Tandis que le silence entre eux s'éternisait, il devina qu'elle n'avait pas cessé de penser à la fillette.

— M. Field était-il en relation avec les Peterson ? demanda-t-il.

— Pas à ma connaissance. Je ne dis pas que M. Field me racontait tout, mais j'étais chargée d'organiser sa vie professionnelle et personnelle. Je n'imagine pas que quelque chose ait pu m'échapper.

Landon y réfléchit.

Il aurait aimé pouvoir le croire. Mais il y avait forcément quelque chose qu'Hazel ignorait. Sinon, elle aurait eu une théorie sur la raison pour laquelle on aurait pu vouloir assassiner M. Field.

— Il ne serait pas saugrenu de penser qu'il pourrait s'agir d'une question de hasard, suggéra-t-il. On sait que les chasseurs de trésor sont toujours sur le qui-vive. Certains sont prêts à tout pour faire main basse sur de l'or, des bijoux ou des tableaux. Parfois, les personnes qui ont une obsession deviennent désespérées. Et le désespoir mène quelquefois au meurtre.

— Je vois ce que tu veux dire. Mais tu me parles d'un crime d'opportunité. Or, dans notre cas, il me semble qu'il y a eu préméditation. Sinon, comment le meurtrier aurait-il su de quelle façon me piéger ?

14

La conversation en resta là. Chaque question qui venait à l'esprit d'Hazel les faisait tourner en rond, et elle était fatiguée de ne pas savoir qui elle devait combattre.

En outre, elle avait maintenant un nouveau sujet de préoccupation. Landon l'avait embrassée. Soudain, elle avait un but. Elle n'avait plus envie de fuir. Elle souhaitait que toute cette histoire soit terminée pour réfléchir à ce que serait sa vie si Landon y jouait un rôle. C'était un homme bon. Qui l'appréciait.

Elle s'agaça de la tournure de ses pensées. Le timing faisait tout, et le sien continuait à être désastreux. Que deviendrait-elle après ça ? M. Field était mort, ce qui voulait dire qu'elle n'avait plus d'emploi.

Et aussi qu'il n'était plus là.

Le chagrin la submergea. Ça ne lui semblait toujours pas réel.

Mais, à mesure qu'ils cheminaient sous le magnifique ciel étoilé du Wyoming, Hazel reprit espoir.

Peut-être parviendraient-ils à élucider ce mystère, après tout. L'album photo était un indice de premier ordre. Peut-être en trouveraient-ils d'autres en décortiquant les mails de son patron. Peut-être – mais c'était un grand point d'interrogation – pourrait-elle aider à résoudre cette enquête et se dire qu'elle avait fait quelque chose pour M. Field, étant donné qu'elle ne pouvait pas revenir en arrière et le sauver.

Étant donné que son intuition lui avait fait défaut.

Elle mit résolument de côté les pensées qui voulaient suivre, empruntant la voix de son père pour lui demander à quoi elle servait si elle ne pouvait pas utiliser ses prémonitions pour sauver les gens qu'elle aimait.

Puisqu'elle ne pouvait pas remonter le temps, elle n'avait d'autre choix que d'aller de l'avant.

Flattant l'encolure de Buttercup, elle se détendit sur sa selle. Elle était épuisée. Lessivée et sur les nerfs. Mais elle possédait encore en elle la volonté farouche de continuer.

Elle avait besoin de réponses. D'un minimum d'explications.

Le ranch leur apparut sous la lune, cerné par les ombres. Amber adorait se glisser hors de la maison à cette heure de la nuit, et il arrivait parfois qu'Hazel soit assez courageuse pour l'accompagner. Elles n'allaient pas très loin, rôdant près des écuries ou du chalet de leur grand-père, en gloussant et en se sentant follement audacieuses.

Submergée par l'émotion, Hazel soupira. Amber n'était pas parfaite, mais elle était tellement... énergique. Hazel se sentait pleinement vivante quand elle était avec elle. Et tellement audacieuse.

Aujourd'hui, Amber était morte, et Hazel était toujours là. Pendant des années, elle s'était repliée sur elle-même, elle avait fui le monde extérieur. Et, soudain, ça lui semblait être une très, très mauvaise idée.

— On va s'arrêter ici, annonça Landon.

Ils se trouvaient encore loin du chalet, mais juste derrière les écuries, qui les masqueraient depuis n'importe quel angle de vue de la maison.

— Reste ici pendant que je m'occupe des chevaux. Ils vont boire, manger et se reposer. Si quelqu'un vient, tu ne bouges pas et tu te caches du mieux que tu peux.

— Pourquoi quelqu'un viendrait-il au beau milieu de la nuit ?

Landon ne dit rien, et elle entendit ses pieds qui retombaient souplement à terre tandis qu'il descendait de son cheval.

Elle attendit qu'il lui tende la main et la guide – elle ne voyait pas le sol en dessous d'elle, car le vaste bâtiment abritant les box des chevaux bloquait l'éclat argenté de la lune, projetant alentour des ombres fantomatiques.

Il l'aida à reprendre son équilibre quand elle trébucha, et elle eut envie de se blottir dans ses bras. Elle rêvait de jeter l'éponge, d'entrer dans la maison et de laisser ceux qui s'y trouvaient prendre le relais pendant qu'elle allait dormir.

Mais elle en avait assez de se comporter lâchement. Alors, elle se ressaisit, pressa gentiment le bras de Landon pour le remercier, avant de s'écarter.

— Tu ne bouges pas, d'accord ? insista-t-il.

Une fois qu'il fut parti, elle réalisa qu'il n'avait pas expliqué pour quelle raison un de ses frères pourrait sortir en plein milieu de la nuit.

Elle bougonna mais attendit. Parce qu'elle comprenait, même si elle n'aimait pas qu'on lui impose les choses, que Landon se préoccupait vraiment de sa sécurité. Et il voulait résoudre cette enquête pour elle. Ou peut-être même avec elle.

Néanmoins, elle tricha un peu.

Elle se déplaça aussi discrètement que possible jusqu'à l'angle du bâtiment, afin de pouvoir distinguer son chalet au loin. Il était plongé dans l'obscurité, comme elle l'espérait. Il n'y avait presque aucun mouvement. Aucune brise pour agiter les hautes herbes ou secouer les jeunes feuilles printanières. Le silence n'était troublé que par le bourdonnement occasionnel d'un insecte, un battement d'ailes qui devait être celui d'une chauve-souris, ou le souffle nerveux d'un cheval.

Elle faillit trébucher quand elle entendit du remue-ménage dans l'écurie. Elle tendit l'oreille, mais les mots étaient étouffés par les parois du bâtiment.

Ce devait être Landon qui parlait à quelqu'un. Probablement un de ses frères.

Mais, si ce n'était pas le cas ? S'il était tombé nez à nez avec le tireur ?

Hazel s'obligea à respirer paisiblement. Landon savait comment gérer les conflits, et il était largement capable de se défendre. De plus, la conversation semblait calme.

Il n'empêche qu'elle devait s'assurer que tout allait bien. Landon aurait fait la même chose pour elle. Elle s'avança jusqu'à la porte ouverte et parvint à distinguer ce qui se disait.

— Je ne vais pas faire comme si je ne t'avais pas vu emmener Buttercup, dit un homme.

Il devait s'agir de Dunne. Cette intonation basse et rocailleuse, ce timbre dénué d'émotion le trahissait. Néanmoins, il semblait curieux qu'il se trouve là. En raison d'une blessure à la jambe, il ne montait à cheval que lorsqu'il n'avait pas d'autre solution. Et on était en pleine nuit.

— Je ne vois pas ce qui t'en empêche, rétorqua Landon.

— Ça t'amuse de faire vivre un enfer à Zara ?

— Je ne savais pas que ça te préoccupait.

— À quoi tu joues ?

Hazel retint son souffle en attendant la réponse de Landon. Parce qu'il devait y avoir autre chose chez lui que le simple désir de l'aider.

Mais elle n'entendit pas ce qu'il dit. Un bras venait de l'encercler par-derrière, tandis qu'une main se posait sur sa bouche, l'empêchant de se débattre et de crier.

Landon savait que ce serait une erreur. Pourquoi était-il venu ? Pourquoi avait-il laissé Hazel l'accompagner ? Il ne pouvait pas se permettre de faire une erreur maintenant, car Hazel était celle qui en paierait le prix.

Mais il regarda Dunne droit dans les yeux en essayant de contrôler sa colère.

— Je fais ce que j'ai à faire.

Avant que Dunne ait pu protester, Landon entendit un bruit. Le crissement d'un pas et un petit cri qui ne pouvait appartenir qu'à Hazel.

Il bouscula Dunne et sortit, la main sur la crosse de son arme et le cœur battant à tout rompre. Puis il soupira, irrité. Ce n'était pas un inconnu qui retenait Hazel contre sa volonté. C'était un de ses frères.

— C'est elle, Henry, dit-il en s'interdisant de grommeler. Laisse-la.

Il faisait sombre, mais il connaissait ses frères. De quelle façon ils se déplaçaient. Comment ils pensaient. Il pouvait reconnaître leur silhouette en n'importe quelle circonstance.

Hazel se tortilla pour échapper à la poigne d'Henry, et Landon serra les poings, bras tendus le long du corps, pour ne pas se ruer sur son frère.

— Je t'ai dit de la lâcher.

— Tu n'as pas à me donner d'ordres, Landon, répliqua Henry d'un ton sombre.

Mais il était toujours sombre. Henry n'avait jamais appris à modérer le soldat toujours sur le qui-vive qui sommeillait en lui.

Hazel s'agita de plus belle.

— C'est ridicule, siffla-t-elle entre ses dents. Lâche-moi immédiatement.

Landon s'obligea à respirer très calmement. Il avait appris à gérer ses émotions, à les contrôler. Contrairement à Henry, il avait policé son expertise militaire et ne s'en servait que rarement.

Mais certaines choses mettaient sa retenue à l'épreuve. Par exemple, la façon dont Henry retenait Hazel, comme si elle était une criminelle de droit commun.

Il ne pouvait rien dire. S'il bougeait... s'il respirait, à ce stade il se jetterait sur Henry.

Comme s'il l'avait senti, Henry capitula, libérant Hazel avec plus de lenteur qu'il n'était nécessaire. Pour autant, il ne s'écarta pas. Et Landon savait que Dunne prendrait son parti. Comme si chacun avait choisi son camp. Deux contre deux.

— Allons discuter à la maison, dit Dunne d'un ton autoritaire.

— Pas question, répliqua Hazel.

Elle n'avait pas balbutié ni hésité, comme elle aurait pu le faire un mois ou deux auparavant si elle s'était retrouvée seule avec eux trois.

L'appréhension que ressentait Landon s'apaisa. Il avait envie de dire : regardez-la qui s'affirme. Et, d'un autre côté, il voulait l'arracher à cette confrontation avec ses frères.

— Hazel doit récupérer quelques affaires dans son chalet, déclara-t-il.

— Il faut qu'elle aille voir Zara pour la rassurer, objecta Dunne.

— Zara sait que je vais bien, rétorqua Hazel.

— Tu crois ? lança Dunne. Parce que ça fait deux jours qu'elle est d'une humeur de dogue et qu'elle hurle sur tout le monde.

— Tu serais incapable de déchiffrer une émotion si elle te donnait une tape sur la tête en te disant : « Salut, je suis une émotion ! »

Landon et ses frères restèrent médusés pendant quelques secondes devant une telle réplique.

Henry fut le premier à briser le silence.

— Ça alors, qui aurait cru qu'Hazel savait se défendre ?

— Eh bien, c'est le cas, affirma-t-elle. Et je vais procéder à ma façon. Je ne veux impliquer aucun d'entre vous. Donc, vous allez retourner à la maison et me laisser faire ce que j'ai envie de faire, sans en parler à personne.

— Tu as bien entraîné Landon dans cette histoire, répliqua Dunne d'un ton maussade.

— Il s'y est mis tout seul.

Landon n'intervint pas. C'était... prodigieux de regarder Hazel tenir tête à Henry et Dunne. Dommage qu'il ait fallu un meurtre et de fausses accusations pour qu'elle se transforme à ce point.

Ses frères se tournèrent vers lui, attendant visiblement son verdict.

— Je crois que nous savons tous que les flics ne peuvent pas nous aider. Tant que nous n'aurons pas trouvé de preuves pour disculper Hazel, en tout cas. Quant à Zara, mieux vaut ne pas la mettre dans la confidence, ou bien l'information risquerait de fuiter. Vous connaissez sa discrétion.

Henry ricana doucement.

— La discrétion d'un train de marchandises.

— Exactement ! Donc, Hazel va faire comme prévu, c'est-à-dire aller au chalet chercher les affaires dont elle a besoin. Puis elle retournera se cacher.

— Avec toi ?

— Pas avec moi. Je l'aide seulement à accéder à des informations.

— On t'a tiré dessus, remarqua Dunne. Cette blessure n'était pas un accident. Pourquoi ne pas s'adresser à la police, et...

— Non, l'interrompit Hazel avec fermeté. Je sais que vous ne me faites pas confiance et que vous pensez que je suis...

Elle avait visiblement du mal à trouver ses mots.

— Sans volonté, apeurée et ombrageuse, folle..., peu importe. Vous n'êtes pas les premiers et vous ne serez sûrement pas les derniers. Mais je sais une chose, c'est que je ne peux pas m'adresser à la police.

— Je n'ai jamais pensé que tu étais folle, dit Henry.

Mais Hazel continua à parler.

— C'est capital que je me disculpe avant d'aller les voir, que j'identifie celui ou celle qui essaie de me piéger. Landon m'a proposé son aide, et je lui en suis reconnaissante. Maintenant, c'est à vous que je vais demander de m'aider. Faites comme si vous ne m'aviez jamais vue, s'il vous plaît.

Landon n'imaginait pas que quelqu'un puisse dire non à cette requête. Et d'ailleurs, Dunne et Henry se dandinèrent, l'air mal à l'aise – ce qui était extrêmement rare de leur part.

— D'accord, lâcha Dunne après un long silence. Mais pas éternellement. Trois jours, pas plus.

— Quarante-huit heures et on débarque, renchérit Henry.

— Je préfère la proposition de Dunne, répliqua Hazel.

— C'est à prendre ou à laisser, précisa Henry.

Hazel soupira et, bien qu'il fasse nuit, Landon eut l'impression qu'elle le dévisageait. Qu'elle réfléchissait... à tout.

— Bien, dit-elle après quelques secondes de silence. Quarante-huit heures.

Dunne s'adressa à Landon.

— Tu ferais mieux de venir avec nous. Jake va finir par remarquer quelque chose, et nous savons tous qu'il est incapable de cacher quoi que ce soit à Zara. Donc, il faut que tu rentres et que tu fasses semblant d'aller te coucher.

— Je ne laisse pas Hazel toute seule dehors.

— Ça va aller, dit l'intéressée. Rentre. Je vais au chalet chercher ce dont j'ai besoin.

Landon lui prit le bras et l'attira à l'écart d'Henry et Dunne. Avant qu'il ait eu le temps de dire quoi que ce soit, elle plaidait déjà sa cause.

— Je peux me débrouiller toute seule. Je récupère l'ordinateur et je te retrouve derrière l'écurie. Je te promets que je n'irai nulle part sans toi.

— Hazel...

— Je peux le faire, Landon.

Elle lui prit les mains et les serra.

— Il faut que je le fasse.

Ça allait à l'encontre de ce que lui soufflait son instinct, mais il ne put se résoudre à lui dire non.

— Très bien, murmura-t-il. Quinze minutes, puis je vais te chercher.

— Ça n'en prendra pas plus de dix, affirma-t-elle.

Puis elle libéra ses mains et commença à s'enfoncer dans l'obscurité, en direction du chalet.

Landon la suivit des yeux – ce n'était qu'une ombre – et il eut le sentiment que c'était une très mauvaise idée.

Henry lui donna une tape sur l'épaule et le poussa vers la maison.

— Il faut qu'on discute, frérot.

— Je n'ai pas le temps.

Il entrerait, ferait une plaisanterie et irait tout droit au lit. Puis il sortirait par la fenêtre et s'empresserait de rejoindre le chalet. Il regarda par-dessus son épaule tandis qu'Henry le poussait vers le perron.

Elle ne devrait pas se retrouver seule en pleine nuit dans la nature.

— Ça m'a fait un choc, mais on dirait bien qu'Hazel est capable de se débrouiller toute seule, après tout, remarqua Dunne.

Landon en était persuadé. Mais ça ne l'empêchait pas de s'inquiéter pour elle.

15

Hazel traversa d'un pas confiant le jardin qu'elle avait passé sa vie entière à arpenter. De jour. De nuit. Pieds nus. Emmitouflée pour défier le blizzard. Durant les cent cinquante années précédentes, tous les Hart avaient fait la même chose, affrontant la tragédie, se réjouissant des succès...

Elle serait courageuse. Elle serait forte. Face à Henry et Dunne, elle n'avait pas démérité. À vrai dire, de tous les frères Thompson ils étaient ceux qu'elle trouvait les plus intimidants.

C'était curieux, car ils considéraient tous Cal comme une sorte de chef. Ce devait être un truc de frère aîné. Et pourtant, malgré ses airs renfrognés et ses déclarations péremptoires, Cal n'avait pas ce côté sombre et dangereux, cette intensité qui caractérisait Henry et Dunne.

Henry surtout.

Elle ne s'était jamais sentie à l'aise avec lui. Mais tout à l'heure elle ne l'avait pas montré. Pour une fois, elle avait trouvé le courage de s'imposer.

Contournant le chalet, elle s'arrêta devant la porte de service et jeta un coup d'œil vers la grande maison. Il y avait de la lumière à la fenêtre de la cuisine. Elle ne vit personne aux abords de la bâtisse et en déduisit que Landon et ses frères se trouvaient déjà à l'intérieur.

Elle ressentit soudain un pincement au cœur familier, lié à

tout ce qu'elle avait perdu. Sa mère. Amber. Son enfance. M. Field et l'emploi qu'elle adorait.

La gorge nouée, elle déglutit. M. Field était la seule personne à avoir jamais eu besoin d'elle. Et à présent il était parti.

Elle ferma les paupières et respira profondément. Dans l'obscurité elle lui fit une promesse, celle de trouver qui avait fait ça, quoi qu'il lui en coûte.

Elle sortit ses clés de sa poche, déverrouilla la serrure et entra dans la cuisine. Tout était calme. Ça sentait le renfermé. Et une odeur de vieux tabac et de café – sans doute un relent de la présence des enquêteurs.

Elle referma la porte derrière elle avec prudence, prenant soin de ne pas faire de bruit – pas même un grincement. Elle n'alluma pas et réfléchit quelques secondes à l'endroit où elle avait pu laisser son ordinateur.

Elle l'emportait partout, travaillant dans son lit, sur le canapé ou à la table de la cuisine. Quand elle était plongée dans ses recherches ou qu'elle faisait du classement, elle ne pensait à rien d'autre.

Mais la dernière fois qu'elle s'était trouvée chez elle... C'était le matin de l'assassinat de M. Field. Elle s'était réveillée, avait jeté un coup d'œil à son téléphone et découvert le message de son employeur. Ça voulait dire que son ordinateur était probablement toujours dans sa chambre, étant donné qu'elle avait travaillé dans son lit la veille.

Elle prit une profonde inspiration pour se calmer et s'approcha doucement. Il faisait sombre, mais elle savait où se trouvait chaque meuble, chaque objet, et sa vision s'était ajustée. Ce n'était pas la première fois qu'elle se déplaçait dans le noir à travers le chalet. Souvent, elle se réveillait au milieu de la nuit, terrorisée par un horrible cauchemar, et ressentait le besoin de boire un verre d'eau et de prendre l'air. Quand elle partageait le chalet avec Zara, elle prenait toujours soin de ne pas allumer.

Donc, elle était en pays de connaissance. Tout allait bien, et elle se sentait en sécurité. Elle allait récupérer son ordinateur et retrouver Landon à l'écurie.

Et elle allait résoudre ce mystère en deux temps trois mouvements. Juste pour prouver à Henry – M. Quarante-huit heures – qu'elle en était capable.

Ça lui plaisait. Avoir un but. Avoir un ennemi doté d'un visage, même si c'était le frère de Landon et qu'il n'était pas vraiment son ennemi. C'était juste un empêcheur de tourner en rond. Et peut-être même pas. Peut-être était-il simplement en colère que Landon se retrouve pris au piège de quelque chose qui pourrait lui valoir des ennuis, et il en rejetait la faute sur elle.

Pouvait-elle reprocher cela à Henry ?

Elle se ressaisit. Il lui fallait se concentrer sur la quête de son ordinateur. Et laisser tout le reste derrière elle. Elle se déplaça dans la cuisine, en évitant facilement la petite table, et emprunta le couloir jusqu'à sa chambre.

Elle songea à allumer, étant donné que la seule fenêtre de la pièce ne donnait pas sur la maison principale, mais ce serait un risque inutile. Il lui suffirait de s'asseoir sur son lit et de tâtonner par terre, là où elle déposait généralement son ordinateur, entre le lit et la table de chevet.

Et elle aurait besoin de son câble de chargement, qui devait se trouver dans le salon. Elle marmonna un juron. Elle avait dit à Landon qu'elle aurait besoin de dix minutes tout au plus et, jusqu'à présent, elle avançait à la vitesse d'un escargot.

Elle s'assit sur son lit et tendit le bras. Sa main entra en contact avec le métal froid. Victoire. Elle souleva l'ordinateur et le plaqua contre sa poitrine. Il ne lui manquait plus que le câble.

Elle se déplaça vers le salon, tâtonna par terre jusqu'à ce qu'elle touche le câble. Elle le débrancha de la prise et… Elle se redressa et s'immobilisa. N'avait-elle pas entendu quelque chose ? Un craquement ? Un froissement ?

Son estomac se noua.

C'était peut-être tout simplement Landon. Il était possible

qu'elle n'ait pas vu le temps passer et qu'il se soit inquiété. Mais une étrange intuition l'envahit.

Elle s'élança, soudain persuadée qu'elle devait sortir de là le plus vite possible. Mais elle se cogna le tibia contre sa table basse.

Étouffant un cri de douleur, elle sautilla sur une jambe, avant de s'immobiliser. Tout en essayant de contrôler sa respiration, elle écouta. Elle attendit, et attendit, et attendit.

Rien ne se passa. Il n'y avait pas un bruit. Personne ne lui sauta dessus – ami ou ennemi. Absolument rien.

Idiote que tu es ! Tes intuitions sont fausses et inutiles. Et tu devrais arrêter de penser que tu es capable de percevoir ce qui se passe autour de toi et de prédire certains événements.

Elle refoula sa réaction émotionnelle et tança la petite voix méchante dans sa tête. Ce n'était pas vrai. Même si ses prémonitions n'étaient pas toujours fiables, il arrivait qu'elles soient utiles. Elle avait déjà évité des accidents à Zara. Quoique deux fois dans une vie ne suffisaient peut-être pas pour compter vraiment.

Elle s'exhorta à se calmer. Tout allait bien, ou aussi bien que possible.

Elle se dirigea vers la cuisine, s'arrêtant encore une fois pour guetter les bruits. Mais elle n'entendit rien d'insolite. Le mauvais pressentiment pesait toujours sur sa poitrine, et elle ne savait pas quoi en faire. Il n'y avait personne, et elle avait trouvé ce qu'elle était venue chercher.

S'armant de courage, elle ouvrit la porte, descendit les marches du perron et fit quelques pas dans le jardin. Landon devait déjà l'attendre derrière l'écurie.

Mais, avant qu'elle ait pu aller plus loin, des bras se refermèrent sur elle par-derrière, si brutalement qu'elle laissa échapper l'ordinateur et le câble.

— Lâche-moi, Henry, ordonna-t-elle.

Mais elle avait conscience que ce n'était pas lui. Ni Landon. Ni Dunne.

— Nous savions que vous alliez venir, dit une voix.

Elle fit un effort pour la reconnaître, mais elle ne lui était absolument pas familière.

Landon contenait mal son impatience. Il était contrarié de laisser Hazel toute seule, mais il connaissait ses frères. Il devait en passer par là, sinon ils ne lui accorderaient même pas les quarante-huit heures promises.

Ce délai n'était pas suffisant, même avec les indices qu'ils avaient récoltés ce jour-là. Il leur fallait plus de temps.

Il prit place à la table de la cuisine et sourit d'un air absent à Cal. Tout allait bien. Hazel savait comment s'orienter dans le chalet. On était en pleine nuit, et il n'y avait pas de flics dans les parages.

Tout allait bien.

Sous la table, il serra les poings. Rien ne lui semblait aller bien. Dunne était assis également. Henry faisait les cent pas. Cal se tenait debout, raide comme la justice.

— Vous allez appeler le reste de la cavalerie ou on s'en tient là, les gars ? demanda-t-il, vaguement narquois.

Dunne soupira. Henry marmonna sous cape.

— Je ne pense pas que nous ayons besoin d'impliquer tout le monde, dit Cal. Mais ce n'est pas très malin de ta part d'être venu rôder par ici, en sachant que Jake aurait pu vous découvrir.

Tous les regards se tournèrent vers la porte d'entrée de la cuisine, comme si celui-ci pouvait apparaître à la simple évocation de son nom.

— Donc, on fait quoi ? reprit Cal.

Henry et Dunne le dévisagèrent avec surprise. Landon savait qu'ils auraient préféré continuer à se comporter comme s'ils étaient toujours des militaires sous le commandement de Cal.

Lui-même était dans cet état d'esprit au début. Puis il avait vu Jake et Brody changer de vie et il s'était surpris à désirer cela aussi pour lui. Tout simplement parce qu'ils avaient l'air heureux.

On ne pouvait pas en dire autant des trois hommes présents dans la pièce. Mais ils voulaient l'aider, et Landon aurait bien aimé savoir comment s'appuyer sur leur expertise pour résoudre cette enquête.

— Nous avons un début de piste, dit-il. Je ne suis pas sûr que vous puissiez faire quoi que ce soit.

Se rappelant l'histoire d'Hazel à propos de la fillette, il la relata à ses frères.

— Je ne pense pas qu'il y ait un lien, conclut-il. Qu'est-ce qu'une petite fille se promenant dans le coin aurait à voir avec le meurtre de M. Field ?

— Rien en apparence, commenta Henry.

— Mais nous savons tous qu'il ne faut pas se fier aux apparences, ajouta Dunne.

— Je vais voir ce que je peux trouver sur cette gamine, dit Cal, morose. Un enfant ne devrait pas se promener seul par ici. Surtout sur des terres à l'abandon.

— Hazel avait les mêmes inquiétudes. Mais d'après elle la petite allait bien. Elle semblait capable de se débrouiller. Au fait, Hazel a dit qu'elle s'appelait Zara. Encore une information qu'il vaut mieux dissimuler à Jake.

— Elles commencent à s'accumuler, marmonna Cal.

— Ça ne me plaît pas non plus, dit Landon. Mais c'est comme ça.

— Pour le moment, je te suis, déclara Cal. Mais je soutiens aussi Henry. Si ça ne peut pas être fait en quarante-huit heures, il faudra arrêter les frais. Avant que quelqu'un soit blessé.

— Si Hazel est arrêtée, alors on pourra considérer que quelqu'un a été blessé, rétorqua Landon.

Cal soutint son regard.

— C'est peut-être ce qu'elle croit, mais ce ne sera pas la fin du monde. Ça lui est déjà arrivé, et elle a survécu.

— Parce que nous l'avons sortie de là. Donc, plutôt que de laisser une innocente croupir en prison, je préfère résoudre cette enquête.

— Tu es impliqué émotionnellement, dit Cal, l'air choqué et déçu.

Landon fit un effort pour ne pas élever la voix. Il n'avait aucune intention de nier, quoi qu'en pense Cal.

— Tu as parfaitement raison.

— Mais qu'est-ce qui vous arrive à tous les trois ? demanda Henry d'un ton dégoûté. Vous ne pouvez pas aider quelqu'un sans tomber amoureux ?

L'amour était peut-être un mot trop fort. Ça allait trop vite et trop loin. Mais il n'allait pas ergoter. Oui, il ressentait quelque chose pour Hazel.

— Le fond de la question, c'est qu'elle a besoin d'aide et que je peux la lui apporter. Sentiments mis à part, je dois le faire.

— Mais les sentiments sont là, insista Henry.

— Et alors ? Qui a dit que le détachement et la froideur étaient l'alpha et l'oméga ? Si on nous a mis sur la touche, si on nous a pour ainsi dire effacés, ce n'est pas parce que nous étions trop émotifs ou investis, mais parce qu'un imbécile de technicien informatique a fait une énorme bourde.

Personne ne bougea. Personne ne dit rien. Parce que c'était la vérité. Mais peut-être pas une vérité qu'ils avaient vraiment examinée. Sans doute même avaient-ils évité d'y accorder trop de réflexion.

Landon se leva.

— Je ne veux pas la laisser seule plus longtemps, déclara-t-il.

Son intonation était placide, mais suffisamment déterminée pour empêcher quiconque d'argumenter.

— Nous ferons de notre mieux pour découvrir le fin mot de l'histoire en quarante-huit heures. Nous avons une piste. Une base de travail. Mais vous devez vous rappeler qu'elle n'est pas comme nous. Ce n'est pas un soldat. Elle a une famille et une vie, qui a déjà été bouleversée par la vente du ranch par son père, par la mort d'Amber et par sa précédente mise en accusation. Aujourd'hui, son employeur est mort, et c'est elle qui a découvert le cadavre. Elle est peut-être plus forte et plus courageuse que nous ne le pensions, mais ce n'est pas un robot comme nous l'étions. C'est une personne.

— Eh bien, quel discours !

Landon n'eut pas besoin de se retourner pour savoir qui venait de parler.

— Qu'est-ce que tu as entendu, au juste ?

— Bien plus que je ne l'aurais souhaité, répondit Jake. Tu sais que je ne peux pas...

— Stop ! dit Landon.

Et il se dirigea vers la porte. Il n'avait pas l'intention de s'éterniser et d'épiloguer sur le sujet.

— Faites ce que vous avez à faire, les gars. Moi, j'en ai terminé.

Il passa devant Jake, mais ce dernier ne chercha pas à l'arrêter. Ni aucun des autres. Ils allaient peut-être le suivre. Ou alors, ils le laisseraient se débrouiller seul. À cet instant, ça lui était réellement égal. La seule chose qu'il avait en tête, c'était de retrouver Hazel.

Mais lorsqu'il arriva à l'écurie Hazel n'était pas là.

Et le mauvais pressentiment dont il n'avait pu se débarrasser s'intensifia.

16

Hazel avait envie de renoncer sans lutter. Mais elle savait que tout le monde serait en danger si elle le faisait. Sa sœur était à l'intérieur de la maison principale, non loin de là. De même que Kate, Landon et tous ses frères. Si son agresseur était armé, et que quelqu'un se précipitait vers eux...

Cette pensée lui arracha un frisson. Aussi, elle resta immobile tandis que l'homme la ceinturait... un peu trop fort.

Elle refoula la répulsion qu'elle ressentait à être plaquée contre le corps flasque d'un inconnu.

— Qui êtes-vous ? demanda-t-elle.

Sa voix tremblait. Ça ne donnait pas l'image de robustesse qu'elle souhaitait.

— Vous ne le savez pas ? Vous me connaissez, pourtant.

Il rit dans son oreille, et son souffle chaud lui souleva les cheveux. Elle eut envie de se recroqueviller.

Pourtant, elle parvint à garder la tête haute. Landon allait venir la chercher. Il devinerait que quelque chose n'allait pas. Il l'avait su quand Henry l'avait empoignée. Assurément, il comprendrait que les choses ne tournaient pas rond et il arrangerait tout.

Il n'allait pas se précipiter. Il se faufilerait. Il ne serait pas blessé cette fois.

En attendant, elle ferait tout son possible pour gagner du temps et rester sur place.

— Ramassez l'ordinateur, dit l'homme. Si vous essayez de courir, toute la maison part en flammes.

Hazel resta absolument immobile. La menace l'avait tétanisée. *La maison.* Évoquait-il le chalet ou bien...

— Et je ne parle pas seulement d'un incendie. Tout va exploser. Il ne devrait pas y avoir beaucoup de survivants. Combien y a-t-il de personnes à l'intérieur, d'après vous ? Sept. À moins que ce ne soit huit, maintenant.

Il parle de la maison principale.

— Comment feriez-vous ça ?

Il rit à nouveau.

— Vous pensez que nous avons agi sur un coup de tête ? Bien sûr que non ! Tout a été programmé minutieusement. Et maintenant vous allez venir avec moi.

— Ça n'a aucun sens, marmonna-t-elle.

Et que recouvrait ce « nous » ? Combien étaient-ils ?

— Ça n'a pas de sens pour quelqu'un d'aussi stupide que vous, évidemment !

Sans réfléchir, Hazel lui décocha un coup de pied dans le tibia. C'était un geste de protestation instinctif. En guise de représailles, il lui tordit le bras dans le dos, lui arrachant un cri de douleur.

— Fermez-la ou je serai obligé de vous tuer.

— Vous me faites mal.

— Je n'ai même pas encore commencé à vous faire mal. Ramassez l'ordinateur. Taisez-vous et allons-nous-en.

— Si vous m'emmenez, ils le sauront. Et la police aura la preuve que je n'ai pas tué M. Field puisque j'ai été enlevée.

Désespérée, Hazel asséna un dernier argument.

— Si vous me tuez, vous n'aurez plus de bouc émissaire pour le meurtre de M. Field.

— Qui va savoir que je vous ai enlevée ? Vous vous êtes enfuie toute seule. Et c'était plutôt stupide, d'après moi.

Elle ne voulait pas lui donner l'identité de Landon, étant donné que cet homme ne semblait pas connaître son implication. Il fallait qu'elle utilise contre lui tout ce qu'il ignorait.

— Vous pensez que c'est ma propre décision d'éviter la police ? Vous pensez que je suis venue ici toute seule en pleine nuit ?

Elle songea à mentionner la maison de M. Field, mais elle n'en savait pas assez. Cet homme avait-il vraiment des complices, comme il l'avait laissé entendre ? Était-ce le même qui avait tiré sur eux ?

En tout cas, il savait où elle habitait. Et il la connaissait suffisamment pour l'attendre chez elle, devinant qu'elle y reviendrait.

— Donnez-moi cet ordinateur ou je fais tout exploser.

Il desserra un peu sa prise pour qu'elle puisse se pencher et tendre un bras.

Tandis qu'elle récupérait l'ordinateur le plus lentement possible pour gagner du temps, Hazel réfléchit. Il était grand – le dessus de sa propre tête lui arrivait à peine sous le menton. Les mains qui enserraient ses bras étaient robustes.

Il s'empara de l'ordinateur d'un geste impatient.

— Vous n'arriverez à rien sans mes mots de passe.

Elle ignorait ce qu'il cherchait, mais c'était sûrement la même chose qu'elle.

Il ricana.

— C'est pour ça que vous allez venir avec moi.

Il commença à l'entraîner, et elle réalisa quelque chose. Si ses deux mains étaient occupées – il la maintenait de l'une, il portait l'ordinateur de l'autre – comment ferait-il pour appuyer sur un détonateur ?

Alors elle se débattit. Elle donna des coups de pied. Elle tordit son bras dans tous les sens tandis qu'il essayait de la contraindre à avancer.

L'homme jura et contre-attaqua, sans jamais lâcher prise.

Mais la maison n'explosa pas.

Puis elle entendit qu'on criait son prénom au loin.

Landon.

Elle n'avait pas le temps de penser. Il lui fallait agir.

D'un coup de pied bien placé, elle parvint à se libérer de la poigne du ravisseur, qui laissa échapper un cri de douleur.

Elle réussit à faire un pas vers la voix de Landon avant que l'homme la saisisse par les cheveux et la tire en arrière. La douleur explosa dans son crâne, et elle cessa de lutter pour se protéger.

— Dites-lui de faire demi-tour ou tout le monde à l'intérieur va mourir, siffla l'homme à son oreille.

— Hazel !

C'était la voix de Landon. Trop loin. Mais calme. Mortellement calme dans l'obscurité.

— Dites-lui, insista l'homme.

Et il lui souffla les mots.

Elle ne put s'empêcher de trouver curieux qu'il ne s'adresse pas lui-même à Landon.

— Il... il dit qu'il a mis des explosifs dans la cave.

Landon éclata de rire.

— Mon œil.

À nouveau, l'homme lui murmura ce qu'elle devait dire.

— Il dit aussi que la maison n'est pas surveillée en permanence.

Hazel ne distinguait pas la silhouette de Landon dans la nuit, mais elle espérait qu'il n'était pas seul.

— Non, mais elle abrite six hommes qui se seraient rendu compte d'une éventuelle effraction. Pourquoi mentez-vous ? Et si mal, qui plus est.

D'un seul coup, l'homme la libéra. Elle tomba à genoux dans l'herbe, hébétée. La douleur irradiait dans toute sa tête avec une intensité à peine supportable. Sa bouche était comme du carton, et elle sentait son sang battre violemment à ses tempes. Mais elle entendit les pas de l'homme s'éloigner. Puis d'autres pas s'approchèrent.

Il y eut des mains sur elle. Celles de Landon qui vérifiait qu'elle allait bien.

— Il a mon ordinateur.

— Ce n'est pas important.

— Mais si. Toutes les informations que nous...

Landon commença à donner des ordres, comme s'il ne l'écoutait pas.

— Dunne, vérifie la cave. Il prétend y avoir déposé des explosifs.

— Ça m'étonnerait, marmonna Dunne avant de s'éloigner.

— Cal, Henry, Jake, essayez de le rattraper.

Hazel tenta de placer un mot.

— Landon...

Mais Cal prit la parole.

— Brody et Jake s'en occupent. Henry n'est pas loin derrière. On va se séparer et tenter de l'encercler. Tu devrais rester ici.

Et Cal fila à son tour.

Landon souleva Hazel comme si elle ne pouvait pas marcher seule.

Une main à plat sur son torse, elle voulut le repousser.

— Je vais bien. Il n'y a aucun problème.

— Je t'emmène à l'intérieur, dit-il avec autorité. Et tu restes à côté de moi.

Landon porta Hazel tout le long du chemin jusqu'à la maison. Dire qu'il voulait laisser tout le monde en dehors de ça !

Il la déposait précautionneusement sur le canapé quand Zara jaillit de la cuisine.

— Qu'est-ce qui se passe ici ?

Apparemment, elle n'était pas au courant de ce qui venait de se dérouler à l'extérieur, ni que ça concernait Hazel. Ouvrant de grands yeux, elle laissa tomber le torchon à vaisselle qu'elle tenait à la main, se précipita vers sa sœur et jeta les bras autour d'elle.

Hazel serra Zara contre elle, mais son regard, empli de confusion, resta rivé à celui de Landon.

Zara le regarda à son tour, d'un air nettement plus vindicatif.

— Que diable se passe-t-il ?

Hazel lui prit la main.

— Où est Kate ?

— Elle ne se sentait pas bien. Elle s'est couchée tôt et elle est probablement en train de dormir. Je lui raconterai tout demain. Ou c'est Brody qui le fera. Maintenant, si vous évitez encore une fois ma question...

Hazel soupira.

— Je suis retournée au chalet, dit-elle. Je voulais récupérer mon ordinateur. Mais quelqu'un m'y attendait.

— Pourquoi ? demanda Zara en s'accrochant à sa sœur comme si elle risquait de disparaître à nouveau.

— Cet homme voulait mon ordinateur. Je pense... Zara, je sais que ça semble fou, mais je crois que tout est lié aux recherches de M. Field sur le cambriolage de la banque.

— Le présumé cambriolage. Qui s'intéresse encore à cette vieille légende ?

— Quelqu'un, apparemment.

— Si tu penses avoir une piste, tu dois le dire à la police.

Hazel retira la main de celle de sa sœur.

— Non. Je ne peux pas. Il me faut une preuve solide. Le nom du coupable. J'ai eu un pressentiment, Zara. Quelque chose de puissant. Je ne veux pas retourner en prison. Je sais que la police ne pourra pas m'aider. Je le sens au plus profond de moi.

Zara soupira mais ne fit aucun commentaire.

— Dunne est en train d'inspecter la maison, dit Landon. Les autres ont pris le type en chasse. S'ils l'attrapent, nous appellerons la police. Et nous verrons ensuite ce qu'il faut faire.

Hazel se rembrunit.

— Il n'a pas tué M. Field.

— Comment le sais-tu ? demanda Zara, avant que Landon puisse poser la question.

— Il ne travaille pas seul. Il a dit « nous ». Et il a parlé d'un plan. Et puis il ne m'a pas semblé très intelligent. La preuve, il pensait que j'étais...

Elle hésita à terminer sa phrase, tournant vers Landon un regard embarrassé.

— Tu peux lui dire la vérité, lâcha-t-il d'un ton détaché.

— Quelle vérité ? demanda Zara.

Hazel prit à nouveau la main de sa sœur dans la sienne.

— Il pensait que j'étais livrée à moi-même. Mais, en réalité, Landon m'apporte son aide.

Zara voulut se lever, mais Hazel la retint. Landon songea que ça lui avait évité de prendre un coup de poing dans le nez mais, à ce stade, ça ne l'aurait pas dérangé.

Il était prêt à subir les foudres de tout le monde. Il ne voulait rien d'autre que de la colère, des critiques et de la culpabilité. Parce que c'était tout ce qu'il méritait pour son erreur d'appréciation et son échec.

— Tu m'as menti ? lança Zara d'un ton lourd de reproche. Tu as menti à Jake ?

— C'est moi qui l'ai supplié, dit Hazel. Et tu seras soulagée d'apprendre que c'est Landon qui m'a convaincue de ne pas m'enfuir. Il a pensé que nous pourrions trouver le coupable et me disculper. D'ailleurs, nous avons bien progressé.

— Progressé, répéta Landon en ricanant. Tu as failli être enlevée.

— Mais je ne l'ai pas été, rétorqua-t-elle avec fermeté.

Elle était beaucoup plus calme que lui, ce qui n'était pas normal. Elle aurait dû être bouleversée. Apeurée. Aussi terrifiée qu'il l'était derrière les apparences.

— Je savais que tu viendrais, conclut-elle.

Mais il n'était pas venu assez vite. Il avait senti que quelque chose n'allait pas et il avait malgré tout perdu du temps à discuter avec ses frères. Comme si parler remplaçait l'action. Comme si leur approbation et leur soutien avaient de l'importance alors qu'Hazel courait un danger...

La porte dans son dos s'ouvrit en grinçant.

— On l'a, annonça Jake.

Landon tourna la tête.

— Il est dans l'annexe d'Henry, indiqua-t-il en évitant soigneusement le regard de Zara. On s'est dit que tu voudrais l'interroger toi-même.

— Effectivement. J'arrive dans une minute.

Jake avait-il perçu la tension dans la pièce ou ne voulait-il pas affronter tout de suite la colère de Zara ? Toujours est-il qu'il se contenta d'un hochement de tête avant de disparaître dans la nuit.

Landon se tourna vers les sœurs. Il avait les pieds fermement plantés au sol, les bras dans le dos, adoptant une posture de soldat. Parfois, un homme avait besoin d'être un soldat et rien d'autre.

— Voilà comment ça va se passer, déclara-t-il.

Il savait combien il avait l'air rigide et il aurait pu s'amuser d'avoir imité l'attitude de Cal. Mais pour le moment il avait d'autres préoccupations : se concentrer, survivre, arranger les choses pour Hazel après avoir échoué si misérablement ce soir.

— Vous allez rester ici pendant que nous interrogeons ce type. S'il nous livre suffisamment d'informations pour qu'on appelle les flics, nous le ferons.

— Et sinon ? demanda Hazel.

— Nous prendrons les décisions qui s'imposent, répondit-il d'un ton qui ne souffrait aucune contestation.

Mais Hazel trouva quand même quelque chose à dire.

— Par « nous » tu entends toi et moi ?

— Non, je faisais allusion à mes frères et moi.

— Landon.

La voix d'Hazel était très directe. Très sérieuse. Et il n'eut pas d'autre choix que de soutenir son regard.

— Je ne laisserai aucun d'entre vous me dicter ce que j'ai à faire. C'est ma vie qui est en jeu.

Les émotions dont il était la proie formaient un tel sac de

nœuds que Landon n'osa pas répliquer, de peur que sa voix ne déraille et le trahisse.

Sa vie qui était en jeu. Et qui aurait pu lui être ôtée si facilement.

Et il en aurait porté la responsabilité.

Alors il ne dit rien et la laissa en compagnie de sa sœur.

17

Hazel se leva et regarda Landon quitter la pièce sans lui avoir répondu. Elle ne comprenait pas ce qui s'était passé, ce qui avait changé. Pourquoi était-il devenu si froid ? Elle ne l'avait jamais vu comme ça.

Ça lui donnait envie de pleurer, et elle n'était même pas sûre de savoir pourquoi. Mais pleurer et se tordre les mains ne la mènerait nulle part.

À la place, elle se concentra sur toute la frustration qu'elle éprouvait. C'était préférable à la tristesse. Préférable à la peur qu'elle avait ressentie quand cet homme l'avait saisie.

— Tu y crois ? fulmina-t-elle. « Nous allons l'interroger. Nous allons appeler la police. » C'est moi qui suis recherchée pour meurtre et c'est lui qui décide. Monsieur prend les choses en main. Il me dit ce que je dois faire...

Elle se mit à marcher de long en large, luttant contre l'envie de casser quelque chose.

— Quoi ? demanda-t-elle en surprenant l'expression étonnée de Zara.

— Je ne t'avais encore jamais vue comme ça.

Hazel s'arrêta net.

— Normal. Personne n'avait encore jamais essayé de m'enlever.

— Peut-être, mais tu as déjà été suspectée de meurtre. Tu as déjà été malmenée par des hommes. Papa avait la main leste avec toi. Et tu as toujours...

Hazel baissa les yeux. Elle savait comment elle s'était toujours comportée. Elle s'était recroquevillée. Cachée. S'était ensevelie sous des tonnes de culpabilité.

Elle chercha son souffle et croisa le regard de Zara.

— Je ne veux plus être cette personne.

Zara se leva du canapé et vint vers elle, paraissant étrangement... touchée.

Sa sœur tendit même les mains et prit les siennes.

— C'est bien, approuva-t-elle.

— Zara...

Elle ne savait pas ce qu'elle voulait dire. Ou elle n'avait pas les mots. Les choses avaient changé, et ça ne s'était pas fait brusquement. On aurait dit que les chemins qu'elle avait empruntés ces derniers mois l'avaient conduite jusqu'ici.

À un endroit où elle pourrait enfin se réinventer.

En réalité, non. Elle ne serait pas fondamentalement quelqu'un d'autre, mais une personne qui s'était débarrassée de ses mauvaises habitudes et qui était déterminée à trouver quelque chose de plus fort en elle. De plus courageux. De façon à ce qu'elle puisse affronter... eh bien, tout ce qui l'attendait.

Elle devait y faire face. Ce qui se passait avec Landon ne devait pas l'influencer. C'était sa vie. Certes, elle appréciait son aide – elle ne voulait surtout pas qu'il cesse de l'aider, mais elle ne supportait pas l'idée qu'il se charge de tout en la laissant se ronger d'anxiété.

Elle regarda ses mains, prisonnières de celles de Zara, qui détestait pourtant les contacts physiques.

Soudain, elle remarqua l'absence de bague à l'annulaire de sa sœur.

— Ne me dis pas que tu as refusé.

Zara eut l'air de ne pas comprendre.

— Refusé quoi ?

Hazel réalisa son erreur. Évidemment, Jake n'allait pas faire sa demande alors que Zara s'inquiétait de savoir sa sœur en cavale.

— Hum...

Zara retira ses mains. Elle rit, mais son visage exprimait un rien de panique.

— Tu ne veux pas dire...

Elle secoua la tête.

— C'est ridicule.

— Pas si ridicule que ça. Je l'ai aidé à choisir la bague. Je lui ai dit que je pensais que tu étais prête. J'espère ne pas m'être trompée.

— Une bague ? répéta Zara, comme si Hazel avait prononcé un mot incongru.

— Je suppose que j'ai gâché le déroulé normal des choses quand je me suis enfuie. J'en suis désolée. Encore que la faute en revienne surtout au meurtrier de M. Field.

Car elle n'était pas responsable de tout. Elle n'avait pas à se blâmer pour tout ce qui arrivait, comme le lui avait expliqué Landon.

— Je...

Zara cilla. De toute évidence, elle était sans voix.

— J'espère que tu feras mine d'être étonnée quand il te fera sa demande, une fois que tout cela sera terminé.

Hazel retint un sourire. Il était si rare de voir Zara déstabilisée que, même en ces circonstances, elle ne pouvait s'empêcher de s'en amuser.

— Désolée d'avoir gâché la surprise, dit-elle.

— Gâché ?

Zara semblait chercher à se ressaisir, bien qu'elle ait la main pressée contre son cœur, comme si elle essayait de l'empêcher d'exploser dans sa poitrine.

— Non. Je pense que je suis contente de le savoir par avance.

— Tu penses ?

Zara leva les yeux vers elle.

— Il veut vraiment m'épouser ? murmura-t-elle.

Même s'ils vivaient ensemble, Zara paraissait incertaine. Pas à propos des sentiments de Jake, mais de l'avenir.

Ce fut comme si une pièce s'emboîtait dans l'esprit d'Hazel.

Elle avait toujours considéré que Zara était la plus forte des triplées, et elle la plus faible. Mais les êtres humains – tous les êtres humains – étaient bien plus compliqués que cela.

La force, la faiblesse, ce n'était pas ça qui était important. La vie était une série de défis, et il arrivait parfois qu'on ne sache pas les relever, ou qu'on le fasse mal. Et, de temps en temps, quelque chose de merveilleux se produisait.

Elle était prête pour laisser le merveilleux entrer dans sa vie.

— Évidemment qu'il veut t'épouser. Il t'aime. Vous pouvez vous rendre heureux l'un l'autre.

Hazel sourit à sa sœur.

— Zara, tu n'as jamais été aussi heureuse. Ne réfléchis pas trop.

— Mais...

— Pas de mais.

— C'est ridicule, dit Zara en secouant énergiquement la tête. Pourquoi sommes-nous en train de parler de ça au beau milieu de la nuit, pendant que ces six imbéciles s'occupent de tout ?

— Je ne sais pas. Ce sont vraiment des imbéciles, n'est-ce pas ?

— D'honorables et de merveilleux garçons, mais des imbéciles quand même, décréta Zara avec un vigoureux hochement de tête.

Hazel comprit que sa sœur était sur le point d'établir un plan. De prendre le contrôle. De tout assumer. Et elle réalisa pour la première fois que ce rôle lui revenait.

— Je dois parler à cet homme qui a essayé de m'enlever. Je dois comprendre la raison de tout ça pour que nous puissions tous reprendre le cours de nos vies.

— Donc, nous allons débarquer là-bas et exiger que tu aies la possibilité de poser tes questions.

— Quoi ?

— Tu n'as pas à rester ici et à attendre. Et tu n'as pas non plus à fuir. Tu peux te battre. Tu peux faire ce que tu estimes juste. Les frères Thompson sont peut-être un groupe de types baraqués, grandes gueules et despotiques, mais ils ont intérêt à écouter ton plan.

Mon plan. Pourquoi cette idée lui plaisait-elle autant ?

Puis elle songea à la façon dont Landon l'avait portée depuis le chalet jusqu'à la maison, en dépit de ses protestations.

— Je pense que Landon pourrait ne pas se laisser convaincre aussi facilement.

— Dans ce cas, je lui dirai ma façon de penser, et toi tu poseras tes questions. Travail d'équipe.

— Non, je peux le faire. Je suis capable de l'affronter.

— Il n'empêche que je viens avec toi.

— Je ne devrais pas plutôt m'en charger toute seule ? Je crois qu'il est temps que je m'impose.

— Tu peux être forte et en même temps avoir un soutien. Ce n'est pas l'un ou l'autre.

— Depuis quand tu penses ça, Miss Indépendance ?

Zara grimaça.

— Depuis Jake, je suppose, répondit-elle, soudain embarrassée.

Mais Hazel ne trouvait pas qu'il y avait des raisons d'être embarrassée.

C'était magnifique.

Jake et Zara méritaient d'être heureux. Et elle y avait droit aussi. Ce qui voulait dire qu'il fallait mettre un terme à cette situation éprouvante.

— Allons-y, dit-elle avec détermination.

Landon s'irrita de constater qu'Hazel avait raison. Le type qui avait essayé de l'enlever n'était pas très intelligent. Il était peut-être capable de tuer un homme, mais pas de piéger quelqu'un dans le cadre d'un plan mûrement réfléchi.

Attaché à une chaise, sous le feu roulant des questions de six hommes prêts à en découdre, l'homme paraissait étrangement détaché. Comme si rien de tout cela ne le concernait.

— Qu'est-ce que c'est que cette histoire d'explosifs ? demanda Dunne, quand il fut apparent qu'ils n'obtiendraient pas le nom du meurtrier présumé. J'ai fouillé toute la maison et je n'ai rien trouvé.

— Il fallait bien que je l'oblige à me suivre, répondit l'homme.

Les poings serrés, Landon fit un pas en avant sans même s'en rendre compte.

— Pourquoi ne pas la frapper ? La droguer ? Il y avait d'autres façons de l'enlever.

Henry avait fait cette remarque d'un ton neutre, mais Landon se figurait ces possibilités un peu trop clairement. Comme si ça s'était vraiment produit. Il dut faire un effort considérable pour ne pas rouer le type de coups. Mais il n'était pas comme son père – cette brute incapable de contenir sa violence.

— Mouais, peut-être. Je n'y avais pas pensé, répondit l'homme, avant de rire bêtement.

Les frères échangèrent des regards consternés.

— Qu'est-ce qu'on va faire de ce crétin ? demanda Dunne.

— On ne peut pas le libérer, répondit Jake. Stupide ou non, il représente un danger. Et pas seulement pour Hazel.

— En parlant du loup, marmonna Henry.

Landon tourna la tête et vit Hazel et Zara approcher de l'annexe. Il faisait encore sombre dehors, mais quelqu'un avait allumé la lampe au-dessus de la porte.

Ils sortirent pour aller à leur rencontre, à l'exception de Dunne, chargé de garder un œil sur le prisonnier.

Hazel se planta devant Landon. Et, même s'il eut l'impression qu'elle voulait adresser sa demande à tout le monde, ce fut son regard qu'elle soutint et lui seul.

— J'ai besoin de parler à cet homme.

— Non !

Landon fut soulagé d'entendre que les refus d'Henry et Cal faisaient écho au sien.

Jake ne s'était pas exprimé, mais sans doute avait-il décidé de prendre le parti de Zara.

— Je ne demandais pas la permission, déclara fermement Hazel. Bouge.

Mais Landon campa sur ses positions.

— Je ne vois pas où est le mal qu'elle pose quelques questions, intervint Zara. Elle pensera peut-être à des choses qui ne vous sont pas venues à l'esprit.

— Ça t'arrive parfois de demander gentiment, Zara ? marmonna Jake.

— Tu n'as qu'à nous dire tes questions et nous les lui poserons, suggéra Cal.

Le visage d'Hazel se ferma.

— Ouvre la porte, Landon.

— Je ne suis pas ton toutou.

Elle se tourna vers Cal.

— Tu sembles être en quelque sorte le chef ici, et j'apprécie tout ce que tes frères et toi avez essayé de faire pour moi. Mais c'est moi qu'on a piégée et qu'on a accusée de meurtre. C'est moi qu'on a essayé d'enlever. Donc, je crois que j'ai le droit de m'entretenir avec mon ravisseur.

Le visage de Cal resta impassible, mais il finit par se tourner vers Landon.

— Laissons-la entrer.

Landon capitula. Les arguments d'Hazel étaient recevables. Et, puisqu'il ne savait plus quelle décision prendre, pourquoi ne s'en remettrait-il pas à Cal, comme au bon vieux temps ?

Il ne dit rien à Hazel. Il ne la regarda même pas. Il se contenta de lui ouvrir la porte.

Le menton levé d'un air hautain, elle entra dans l'annexe, qui abritait la chambre et le bureau d'Henry.

Ils lui emboîtèrent tous le pas, à l'exception de Landon, qui hésitait.

Il songea à partir. Vraiment partir. Peut-être pourrait-il retourner dans le Mississippi ? Ou alors, il s'installerait en Alaska...

Mais la voix d'Hazel lui parvint, forte et exigeante, tandis qu'elle affrontait l'homme qui l'avait agressée.

— Pourquoi avez-vous essayé de m'enlever ?

Landon décida soudain qu'il devait aller au terme de cette enquête. Il entra au moment où leur prisonnier haussait les épaules, ne semblant pas s'émouvoir d'être attaché et interrogé par huit personnes. C'était curieux. Très curieux.

— Qui vous a envoyé ? demanda Hazel.

— Un petit oiseau, dit l'homme.

Puis il rit de sa propre plaisanterie.

— Qu'avez-vous fait de mon ordinateur ?

Il eut un sourire narquois.

— Quel ordinateur ?

Hazel se tourna vers Landon et ses frères.

— Où est mon ordinateur ?

— Il ne l'avait pas quand je l'ai intercepté, répondit Jake. Mais je ne savais pas que je devais chercher un ordinateur.

— Nous en avons besoin, lâcha Hazel.

— Quand il fera jour...

— Non, il nous le faut maintenant, dit-elle en interrompant Cal. Elle adressa un dernier regard dédaigneux à leur prisonnier.

— Vous avez prétendu que vous me connaissiez, mais je ne vous connais pas.

— Oh si, vous me connaissez !

Hazel ne répliqua pas mais adressa un regard à Zara, qui hocha la tête presque imperceptiblement. Puis les deux sœurs quittèrent le bâtiment.

Landon les suivit.

— C'était ça, ces questions si importantes que nous ne pouvions pas poser à ta place ?

Hazel l'ignora et s'adressa à sa sœur.

— Tu l'as reconnu ?

— Je crois. Il a changé, mais je suis quasiment sûre que c'est Hamilton Chinelly.

Hazel plissa le front.

— Qui ?

— Tu ne te souviens pas ? C'était un des employés de papa quand maman était malade.

— Ça fait presque vingt ans. Chinelly... Chinelly... Il n'aurait pas un lien avec les Peterson ?

— Maintenant que tu le dis... il me semble qu'il y avait eu un mariage entre les deux familles...

— Et donc ? demanda Landon, sans chercher à masquer son impatience.

— Il faut aller fouiller la propriété des Peterson, répondit Hazel. Mais avant je dois récupérer mon ordinateur.

Et sur ces mots elle détala, courant vers le chalet. Landon la suivit aussitôt. Avait-elle perdu l'esprit ? Elle ne pouvait pas s'en aller toute seule comme ça.

— Où tu vas ? cria-t-il, dès qu'il fut assez près pour qu'elle l'entende.

Le soleil commençait à se lever. Ils avaient à peine dormi depuis deux jours. Landon avait l'impression que la situation lui échappait complètement.

— Je dois récupérer mon ordinateur, répéta Hazel. Je suis sûre que toutes les réponses s'y trouvent.

Elle s'arrêta brièvement dans le jardin derrière le chalet, fouillant l'herbe du pied. Puis elle suivit la direction empruntée par son ravisseur quand il s'était enfui.

— Tu veux te faire prendre ? Tu as pensé aux flics ? Aux éventuels complices de ce type ? Le danger est partout autour de toi, Hazel.

Elle pivota vers lui en écartant les bras.

— Je veux vivre ma fichue vie.

La lumière rose perlée de l'aube scintillait, et elle apparut comme auréolée d'or. Elle était semblable au feu, dévastant tout en lui depuis le premier jour où elle lui avait souri.

— Pour une fois, je vais faire tout ce que je peux pour que ça arrive, au lieu d'attendre que quelqu'un d'autre arrange les choses pour moi.

Il le lui souhaitait. Il voulait tout pour elle. Assurer sa sécurité, l'aider. Et en même temps la laisser voler de ses propres ailes. Il ne savait plus où il en était, entre les émotions contradictoires qui se bousculaient en lui, la fatigue, la peur... et cette sensation plus grande que tout dont il ne savait pas quoi faire, et sur laquelle il hésitait à mettre un nom.

Elle le regarda comme si elle pouvait lire toutes ces émotions sur son visage. Elle fit même quelques pas vers lui.

— Que se passe-t-il ? demanda-t-elle.

Et ça avait l'air de compter pour elle. D'être important.

Elle tendit le bras et lui caressa la joue.

— Landon. Pour l'amour du ciel, dis-moi ce qui ne va pas.

— Je t'aime.

Il n'avait jamais prononcé ces mots. Pas une seule fois.

Parce que personne, absolument personne, ne les lui avait jamais dits.

18

C'était presque comique. Landon venait de prononcer les mots les plus tendres qui soient, mais il semblait si horrifié qu'Hazel ne parvenait pas à s'en réjouir pleinement.

Il les avait dits. Et elle ne pensait pas qu'il s'agissait d'un mensonge. Quel serait l'intérêt pour lui de mentir ?

Il n'essayait pas d'obtenir d'elle qu'elle fasse ou croie quelque chose. Il n'utilisait pas l'amour comme une arme. Il semblait plutôt que l'amour lui était tombé dessus et qu'il n'avait pas la moindre idée de ce qu'il devait en faire.

Elle avait envie de se blottir dans ses bras, mais Landon semblait tellement sous le choc qu'elle resta aussi immobile qu'il l'était lui-même.

— C'est ça ton problème ? demanda-t-elle d'une voix douce.

— Je ne peux pas t'aider si je suis... compromis.

Son regard était tellement angoissé qu'elle ne put se retenir de lui caresser la joue.

— Compromis. Tu dis vraiment n'importe quoi. C'est la fatigue.

— Je savais que quelque chose n'allait pas et je t'ai laissée te jeter dans la gueule du loup.

Il ne bougea pas. Ne chercha pas à rompre le contact avec la main qu'elle avait posée sur sa joue ombrée d'une barbe naissante. Et ça alla droit au cœur d'Hazel.

Elle comprit aussi ce qui se cachait derrière les mots.

— Landon, je connais cette culpabilité. Moi aussi j'ai eu un mauvais pressentiment quand j'étais là-bas. Mais je n'en ai pas tenu compte. Sais-tu combien de fois j'ai lutté contre mon instinct ? Sais-tu combien de fois j'ai dû écouter mon père me répéter que, si ces pressentiments que j'avais étaient fiables, j'aurais pu empêcher Amber de fuguer ? Combien je me sentais mal quand je me demandais pourquoi je n'avais eu aucune intuition qui aurait pu empêcher qu'elle soit assassinée ?

Il voulut dire quelque chose, mais elle secoua la tête.

— Je sais ce qu'est la culpabilité, Landon, et elle n'a pas sa place ici. Tu m'as dit de ne pas me reprocher tout ce qui arrivait, donc tu ne peux pas t'en vouloir de ne pas avoir suivi ton instinct. Nous avons tous les deux ignoré nos impressions parce que des impressions ne sont pas des faits. Parfois elles sont vraies, parfois elles sont fausses. Nous ne pouvons qu'essayer de faire de notre mieux. Et ce qui compte, c'est que nous soyons tous les deux sains et saufs.

Landon referma la main autour de son poignet.

— Je ne me le pardonnerais jamais si quelque chose t'arrivait.

Il s'humecta les lèvres, cherchant de toute évidence à clarifier ses pensées avant d'ajouter :

— Tu ne peux pas rester seule. Il faut qu'un de mes frères t'accompagne.

— Un de tes frères ? Mais pourquoi ?

— Ils ont la distance émotionnelle nécessaire. Rien ne viendra entraver leur prise de décision. C'est préférable.

— Je me moque de la distance émotionnelle. Ce qui m'importe, c'est toi, Landon.

L'aimait-elle ? Les mots étaient sortis tout seuls, mais peut-être n'était-ce qu'un réflexe. Elle s'était déjà convaincue auparavant qu'elle était amoureuse.

Mais cette fois c'était plus profond. Plus fort. Elle le sentait. Et elle ne pouvait pas l'expliquer précisément.

Ça existait tout simplement.

Et c'était ce qui faisait toute la différence. Que ça semble juste sans qu'elle ait à chercher de raisons, à vouloir se convaincre à tout prix.

Il était bon et attentionné. Il l'avait embrassée, et le monde autour d'elle s'était effacé. Il ne s'inquiétait que de sa sécurité à elle, sans se soucier de la sienne.

Elle lui faisait confiance, et maintenant il fallait qu'elle ait confiance en elle-même.

— Je t'aime aussi.

Le souffle manqua à Landon.

— Ne dis pas ça.

— Pourquoi ne devrais-je pas le dire ? Je le pense.

— Mais...

— Pas de mais. Tu ne remettras pas en cause mes sentiments, Landon. Je ne t'écouterai pas. C'est terminé.

Trop de gens avaient essayé de lui imposer ce qu'elle devait ressentir ou de lui dicter sa conduite, et elle avait écouté pendant bien trop longtemps. C'était fini maintenant.

Landon semblait avoir du mal à contenir son émotion.

— Personne ne me l'a jamais dit.

— Personne ? Mais ta mère...

Elle s'interrompit en voyant son expression misérable.

Personne ne lui a jamais dit « je t'aime » !

Hazel sentit son cœur se briser à cette pensée. Si elle avait eu une relation tendue avec son père, sa mère était l'amour personnifié. Et, malgré leurs disputes, Amber, Zara et elle avaient toujours exprimé de l'amour entre elles.

Grandir sans cela...

Elle posa son autre main de l'autre côté du visage de Landon, se hissa sur la pointe des pieds et déposa un baiser sur ses lèvres.

— Eh bien, moi je te l'ai dit, et tu vas devoir t'y habituer.

— Hazel, souffla-t-il d'une voix étranglée. Il y a des choses que tu ne sais pas sur moi.

— Je suis certaine qu'il y a des choses que tu ne sais pas sur moi. Est-ce que ça change quelque chose pour toi ?

— Bien sûr que non, mais...

— Alors, ça ne change rien pour moi non plus. Et maintenant, si tu m'aidais à trouver mon ordinateur ? Nous allons en avoir besoin.

Ils ne mirent pas la main sur l'ordinateur. Après une heure de vaine recherche, Landon convainquit Hazel de retourner à la maison. Pour cela, il dut accepter d'y aller avec elle. Ils étaient éveillés depuis trop longtemps. Trop accablés par le stress et... par l'amour.

Elle a dit qu'elle m'aimait.

Cela faisait peser un poids supplémentaire sur ses épaules, même si ça allumait en lui quelque chose qui était éteint depuis trop longtemps. Il ne savait pas quoi faire de toutes ces sensations : pesanteur et lumière, incertitude et justesse.

— Soit il a caché l'ordinateur, soit quelqu'un attendait pour le récupérer, observa-t-il tandis qu'ils rentraient au ranch.

— Pourquoi le cacher ? Pensait-il le récupérer plus tard ? Et qu'espérait-il en faire sans mes mots de passe ?

— Il ne t'a libérée que parce que nous sommes arrivés. Il a dû se dire qu'il essaierait de t'enlever à nouveau.

— Je ne peux pas dire que cette hypothèse me plaise.

— Moi non plus.

Aux abords de la maison, Hazel s'arrêta et soupira.

— Je voulais laisser tout le monde en dehors de ça, et maintenant vous êtes tous impliqués.

Landon ne sut pas quoi répondre, parce que c'était la vérité. Et il n'y avait pas moyen de revenir en arrière. Peut-être pourrait-il cacher Hazel quelque part ailleurs, mais il faudrait que ce soit plus loin...

— En fait, je crois que je suis soulagée, dit-elle en interrompant ses pensées. Ça me semble plus... Enfin, je veux dire...

Elle leva les yeux vers lui, étudiant son visage comme si la solution s'y trouvait.

— Je sais que Zara est ma seule parente proche, mais elle va épouser Jake. Et Kate, qui est ma meilleure amie depuis toujours, sort avec un de tes frères. Et donc, c'est peut-être à ça que ressemble une vraie famille.

La famille. Landon avait toujours pensé qu'il n'y aurait jamais personne d'autre qu'eux six, tellement seuls, tellement détruits. Il ne s'attendait pas à de tels changements : le Wyoming, la vie de rancher, les mariages...

Mais c'était bien.

— Peut-être, dit-il.

— Les membres d'une famille doivent se serrer les coudes, s'entraider.

Elle continuait à l'observer, attendant de lui une sorte de confirmation.

— Je suppose.

Il ne savait pas vraiment à quoi devait ressembler une famille. Il savait seulement qu'il était là pour épauler ses frères et qu'il pouvait compter sur eux en retour.

— Alors c'est bien, déclara Hazel. Nous travaillerons ensemble, nous résoudrons cette affaire et nous ne laisserons personne courir un danger à cause de moi.

— Ce n'est pas à cause de toi, Hazel. Tu n'as pas demandé à être piégée pour le meurtre de ton employeur.

— D'accord, mais...

— Pas de mais. Il n'est pas question que nous soyons des martyrs, tu te souviens ?

Elle fronça le nez.

— Les habitudes sont difficiles à perdre.

— Ça, c'est vrai.

Elle lui sourit.

— Je crois que nous pouvons apprendre à les perdre ensemble.

Il repoussa une mèche de cheveux derrière l'oreille d'Hazel, appréciant la sensation de sa peau sous le bout de ses doigts. Elle était en sécurité, et à présent ils étaient huit à veiller sur elle. Dit comme cela, elle ne l'apprécierait pas, alors il garda le silence. Mais ça le rassura quand même.

Tout irait bien. Ils se battraient comme de beaux diables pour que ça aille bien.

Il inclina les lèvres vers les siennes, à demi convaincu que cette discussion sur l'amour n'était qu'une incompréhension provoquée par le manque de sommeil. Mais elle se blottit contre lui et lui rendit son baiser. Alors il sut. Ce qu'ils avaient découvert ici, rien que tous les deux, avait un avenir.

Quelqu'un toussota, et Landon s'écarta à regret.

Quand il tourna la tête, il vit que Zara les observait depuis le seuil de la maison, visiblement furieuse.

— Pourquoi tu n'appelles pas tout simplement les flics, en leur demandant de venir t'arrêter ? dit-elle à sa sœur. Tu trouves que c'est malin de rester plantée devant la maison, au vu et au su de tout le monde ?

Hazel sourit et se détacha de Landon, mais elle garda sa main dans la sienne tandis qu'ils marchaient vers la maison. Et ça représentait quelque chose pour lui. La famille qui faisait bloc. L'amour et la connexion.

Zara les conduisit à la cave, où elle avait installé des lits de camp. Si la police venait, Hazel serait cachée, et Landon pourrait la conduire ailleurs en cas de besoin. Toutefois, la maison ayant déjà été fouillée, il était peu probable que les flics obtiennent une seconde commission rogatoire.

Restés seuls, ils eurent enfin l'occasion de prendre un peu de repos. À peine couchée, Hazel s'endormit. Landon ne tarda pas à l'imiter.

Quand il se réveilla, elle avait disparu.

La panique le fit suffoquer au point qu'il fut incapable de

penser à autre chose. Il bondit hors de son lit de camp et se rua à l'étage. Il la découvrit assise à la table de la cuisine, un bol de céréales devant elle. Kate, qui cherchait quelque chose dans le réfrigérateur, tourna la tête vers lui et lui lança un regard surpris.

— Tu es levé, dit Hazel d'un ton détaché. Kate m'a prêté son ordinateur professionnel. Il ne permet pas d'accéder aux mails de M. Field, mais j'ai pu consulter les archives du fort, parmi lesquelles figurent les photos qui manquent dans l'album.

— Combien de temps as-tu dormi ? demanda-t-il en ignorant Kate.

— Je suis levée depuis quinze minutes. C'est difficile de dormir quand il se passe tellement de choses.

— Assieds-toi, lui ordonna Kate. Mange.

S'il obéit, ce fut uniquement parce qu'il n'avait pas la moindre idée de ce qu'il pourrait faire d'autre.

Hazel tourna l'ordinateur vers lui.

— Là, dit-elle en désignant un cliché affiché sur l'écran. C'est la photo que le meurtrier de M. Field a emportée.

Landon se pencha vers l'ordinateur en plissant les yeux.

— On dirait un vieux cabanon.

— C'est un vieux cabanon.

Elle pointa l'angle de la photo, où apparaissait le contour brouillé d'un autre bâtiment.

— Et ça, c'est l'école, précisa-t-elle.

— Mais je n'ai vu aucune construction autour.

— En effet. C'est une photo de 1897. Le cabanon a dû s'effondrer ou être détruit depuis. Mais il y avait peut-être un genre de cave en dessous.

— Tu ne penses quand même pas que l'or serait au fond d'un trou, sur la propriété des Peterson ? demanda Kate en déposant une assiette devant Landon.

Il la remercia d'un murmure, et ils se mirent tous à observer l'écran.

— Ce qui compte, affirma Hazel, ce n'est pas que l'or s'y trouve vraiment. C'est que quelqu'un y croie.

La porte de service s'ouvrit, livrant le passage à Zara, Jake et Cal.

— Tu aurais dû dormir plus longtemps, dit Zara à sa sœur.

— J'ai fait ce que j'ai pu, répondit Hazel. Où sont les autres ?

— Ils arrivent. Ils se sont occupés de notre ami Hamilton, annonça Cal.

— C'est-à-dire ?

— Ils l'ont déposé loin d'ici, au milieu de nulle part, avec quelques vivres pour qu'il ne meure pas de faim et de soif. Il ne devrait pas nous poser de problème d'ici à ce que nous ayons résolu l'affaire.

Landon se dit que c'était un traitement beaucoup trop charitable. Le ravisseur ne méritait pas tant de considération après la façon dont il avait agressé Hazel. À la place de ses frères, il l'aurait déposé en pleine nature et l'aurait laissé se débrouiller sans rien.

Dunne, Henry et Brody arrivèrent peu après, en disant que tout s'était bien passé. Si Hamilton allait voir la police, ce serait sa parole contre la leur. Et il devrait expliquer ce qu'il faisait au ranch. Donc, il y avait peu de risques qu'il aille jouer les victimes.

Ils s'installèrent autour de la table avec des snacks et des boissons, afin de débattre de la suite.

C'était exactement comme l'avait dit Hazel : une famille qui faisait bloc. Même si ses membres n'étaient pas tous unis par les liens du sang, et si beaucoup d'entre eux n'avaient pas eu la chance d'avoir des parents aimants.

Landon lui prit la main sous la table, et elle lui sourit. Mais elle se libéra aussitôt et se leva.

— Maintenant que vous êtes tous là, je voudrais vous parler de mon plan. Je pense que nous devons fouiller la propriété des Peterson. Tout part de là. Ma rencontre avec la petite fille indique qu'il y a des gens là-bas, quelles que soient leurs intentions.

Elle semblait si déterminée, si sûre d'elle-même, que Landon en ressentit une étrange fierté.

— C'est une vaste propriété, remarqua Zara. Il y a beaucoup de constructions, et elles sont toutes en mauvais état.

— Ce qui veut dire qu'il y a un grand nombre de places où des gens pourraient se cacher sans se faire remarquer, observa Cal. Si le tireur s'y trouve, ce n'est pas sans danger. Il vaudrait mieux laisser la police s'en occuper.

— Arrête avec ça, marmonna Henry avec irritation. Tu sais bien qu'on doit éviter d'attirer l'attention des forces de l'ordre.

— En plus, nous sommes bien mieux entraînés que des flics ruraux pour affronter un ennemi qui se cache en terrain inconnu, déclara Jake.

— Entraînés ? répéta Hazel.

Et Landon n'eut pas besoin de la regarder pour savoir qu'elle le dévisageait en ouvrant de grands yeux.

Tout le monde autour de la table se figea, et on sentit flotter dans l'air un malaise.

Jake toussota.

— Désolé, je croyais que Zara l'avait dit.

— Je suis capable de garder un secret ! protesta l'intéressée.

Et elle lança un regard accusateur à Landon, comme si c'était sa faute si Hazel n'était pas au courant.

— Excusez-moi ? Il y a un genre de... secret ?

Hazel avait ce ton prudent et pincé qu'elle employait quand elle était vexée.

Landon soupira et regarda ses mains. Et voilà. Il était dos au mur. Il s'était bien trompé en pensant que ça pourrait se passer autrement.

— J'étais dans l'armée. Nous y étions tous.

— Oh !

— Je t'ai dit qu'il y avait des choses que tu ne savais pas à mon sujet.

— C'est vrai.

Elle soupira.

— J'aurais préféré le savoir. Ça m'aurait probablement dissuadée de prendre la fuite. Mais, maintenant que je sais, je suis d'accord avec Jake. Vous êtes beaucoup plus à même d'apporter votre aide.

— Apporter notre aide ? Non.

Landon secoua vigoureusement la tête.

— Nous allons gérer.

— Certainement pas, répliqua Hazel, sans le lâcher du regard. C'est Zara et moi qui allons le faire.

19

Hazel ne savait pas ce que qu'elle devait penser de la révélation de Landon. Ce qui la gênait n'était pas qu'il ne lui ait jamais parlé de son passé militaire, mais que cette information soit censée être un secret.

Pour quelle raison cela devrait-il être un secret ?

Elle n'avait pas le temps d'approfondir la question pour le moment. Ils avaient un meurtrier à trouver.

— Comme l'a dit Zara, c'est une grande propriété, et nous connaissons mieux le terrain que vous, déclara-t-elle.

— Mais nous savons ce qu'il fait faire quand on nous tire dessus, objecta Landon.

Elle haussa un sourcil, narquoise.

— Se faire blesser au bras ?

— C'est mieux que dans la tête, dit Henry avec son habituel manque de tact.

Immanquablement, Hazel eut l'image de ce pauvre M. Field avec une balle dans la tête. Elle se crispa, et Landon posa la main sur la sienne. Elle eut l'impression qu'il allait prendre sa défense. Ce n'était toutefois pas nécessaire. Elle allait poursuivre, mais Henry fut plus rapide.

— Désolé, marmonna-t-il.

C'était presque un miracle d'obtenir de lui des excuses

spontanées, et Hazel considéra cela comme un bon signe. Elle se força à sourire, même s'il était vraisemblable qu'elle ait un peu blêmi.

— Si vous voulez établir un genre de plan militaire, tant mieux. Mais il vous faut des personnes qui connaissent le terrain.

Jake secoua la tête.

— Ça ne me plaît pas.

— Personne n'a demandé que ça te plaise, répliqua Zara. C'est la seule chose intelligente à faire. N'est-ce pas, Cal ?

Tous les yeux se tournèrent vers lui et, pour la première fois depuis qu'elle le connaissait, Hazel songea qu'il avait l'air un peu mal à l'aise.

— Donne-moi ton avis d'expert, insista Zara. Devons-nous y aller ou rester ?

Il soupira.

— Étant donné que tu sais te servir d'un fusil, je dirais que tu peux y aller.

Il regarda Hazel, l'air dubitatif.

— Tu as déjà utilisé une arme ?

Hazel avait toujours détesté les armes, mais son père tenait absolument à ce qu'elle en connaisse le maniement.

— Je n'aime pas le faire, mais je sais tirer.

— Ce n'est pas Cal qui commande, dit Jake d'un ton buté.

— Non, c'est moi, répliqua Hazel. Et je décide que nous devons y aller.

— Bien dit, approuva Zara.

Puis elle se tourna vers Jake.

— Écoute, nous ferons les choses à notre façon. Mets en place un plan tactique, et nous le suivrons. Mais nous y allons. Vous avez besoin de nous.

— Et après ? demanda Cal. Admettons que nous trouvions le meurtrier. On fait quoi ?

— Alors on appelle la police, répondit Hazel.

— Et si on ne nous croit pas ? demanda Henry.

— Thomas nous croira, affirma Zara.

— Étant donné que c'est votre cousin, ses collègues se méfie-ront sûrement, intervint Dunne.

— Il trouvera un moyen, répliqua Jake.

— Landon, tu n'as rien dit, observa Cal.

Jusqu'à présent, Landon était resté assis à la table, l'air impassible. Il se leva, sévère et concentré, totalement investi dans cette mission.

— Voilà comment je vois les choses. J'emmène Hazel sur les lieux avec la photo. Les autres vont se déployer autour de la propriété deux par deux et ratisser la zone. Nous aurons besoin de talkies-walkies pour rester en contact permanent. Nous interviendrons de nuit.

— Cette nuit, lança Hazel. Plus nous attendrons, plus ils risquent de nous échapper. Surtout s'ils ont trouvé l'or.

Elle n'avait jamais cru à ce braquage de banque. C'était un peu trop tiré par les cheveux. En outre, elle avait passé des années à suivre toutes les pistes soulevées par M. Field, et pas une seule n'avait permis d'étayer cette thèse.

Quoi qu'il en soit, quelqu'un y croyait suffisamment pour tuer.

Landon avait fait part de son plan. Il avait écouté chacun de ses frères commenter certains points, exposer les pour et les contre, évoquer les armes à utiliser, l'heure de départ... et il ne savait toujours pas quoi penser. Ça ne ressemblait pas à une mission militaire parce que Hazel était impliquée. Parce que des vies étaient en jeu.

C'était peut-être la première fois de son existence qu'il n'envi-sageait pas l'issue avec fatalisme. Il voulait que tout le monde s'en sorte – y compris lui-même. Il souhaitait un après.

À la nuit tombée, ils se rassemblèrent et révisèrent leur plan une dernière fois.

Dunne et Cal prendraient le pick-up, par mesure de précaution.

Les autres seraient à cheval, les duos se composant de Zara et Jake, Landon et Hazel, et pour finir Henry et Brody.

Cal dirigea le faisceau de sa torche sur la carte que Landon avait imprimée.

— Nous allons nous disperser. Attendez le signal pour rejoindre vos positions. Sauf Hazel et Landon, qui iront directement à l'école. Au moindre signal de l'un ou de l'autre, tout le monde s'arrête. On fait ça ensemble ou pas du tout.

Landon observa Hazel dans la lumière déclinante. Elle était la seule à ne pas hocher la tête, à ne pas sembler d'accord, mais elle ne fit aucun commentaire. Dunne et Cal allèrent vers le pick-up, et les autres se mirent en selle. Jake et Zara étaient ceux qui devaient aller le plus loin pour rejoindre leur zone, et ils partirent les premiers. Henry et Brody ne tardèrent pas à lever le camp.

Hazel hésitait encore, mais elle enfourcha finalement sa monture, et Landon l'imita.

— Tu me le diras si tu as un mauvais pressentiment, n'est-ce pas ?

Elle lui sourit.

— Seulement si tu me promets de faire la même chose.

Il voyait qu'elle était nerveuse, simplement à sa façon de tenir les rênes de Buttercup.

— Je ne laisserai rien t'arriver, dit-il.

Et ça avait valeur de promesse. De vœu.

— Et à toi ?

— Hazel...

— Non, je sais. Je pensais seulement à la façon dont Jake a pris la balle destinée à Cal l'année dernière. C'est ce que font les familles, je suppose. C'est ce que fait l'amour. Et je me suis enfuie parce que... eh bien, principalement à cause de la panique, je crois, mais aussi parce que je ne voulais pas que quelqu'un prenne une balle pour moi.

Ils mirent leur cheval au trot, tandis qu'ils empruntaient une fois de plus le chemin vers l'ancienne école.

— Mais ces derniers jours, poursuivit Hazel, j'ai commencé à me dire que la raison en était que je ne pensais pas en valoir la peine. C'est contre ça que j'ai dû me battre ces derniers mois. Cette tendance que j'avais de toujours me dévaloriser.

Landon voulait la rassurer, lui dire qu'elle méritait qu'on s'intéresse à elle, mais l'émotion lui nouait la gorge. Il avait connu ça aussi, cette impression de n'être bon à rien, de ne pas mériter l'intérêt des autres, et encore moins leur affection. La seule chose qui lui avait donné confiance en lui, c'était l'armée. En intégrant *Team Breaker*, non seulement il avait réalisé qu'il était utile à quelque chose, mais il avait gagné des frères.

Alors il ne dit rien, et Hazel continua à parler.

— Je ne veux pas que quelqu'un soit blessé à cause de moi. Mais je pourrais me sacrifier pour sauver l'un d'entre vous, comme Jake l'a fait. Parce que c'est ça, l'amour. Je veux donner ça aux autres. Et donc, je crois qu'il faut que j'accepte que les autres me le donnent aussi.

Il perçut son mouvement quand elle tourna la tête vers lui, bien qu'il ne puisse pas voir son expression.

— Alors, si tu n'as pas l'intention de laisser quoi que ce soit m'arriver, sache que la réciproque est vraie. Mais il n'y a pas que ça. Nous ne sommes plus tout seuls dans cette épreuve. C'est un travail d'équipe pour faire triompher le bien.

C'était exactement ce que Landon avait connu avec ses frères. Et pendant des années. Mais, depuis peu, ils avaient laissé d'autres personnes intégrer leur cercle. Ils avaient laissé l'amour se frayer un chemin. Et ça rendait tout plus... dangereux. Pesant, effrayant et stressant.

Mais c'était ça qui faisait le sel de la vie. Et, même si l'armée leur avait apporté son lot de gratifications morales – sauver des innocents, rétablir ce qui n'allait pas, réparer des injustices –, il leur avait toujours manqué quelque chose.

Un avenir vers lequel se projeter. Un projet personnel à bâtir.

— Eh bien, dit-il, allons mener ce combat et faire triompher la justice.

20

Hazel ressentait le besoin de comprendre ce qui se tramait. Elle devait aller au fond des choses. Elle en avait besoin pour reprendre le cours de sa vie. Ou plutôt, non, pour commencer une nouvelle vie bien meilleure que la précédente.

Quelque chose sur cette photo, dévoilant l'espace entre l'école et le cabanon qui n'existait plus depuis longtemps, devrait les mettre sur la piste. Elle était persuadée que la clé de l'énigme se trouvait sur ce cliché.

Ils allaient trouver des réponses. Il le fallait.

L'obscurité avait tout recouvert d'un voile noir et, s'il se trouvait des gens sur la propriété des Peterson, il était impossible de les distinguer. De temps en temps, Landon allumait sa torche pour s'assurer qu'ils étaient sur le bon chemin.

Quand ils arrivèrent à l'école, le temps de l'introspection et des considérations sur l'amour et la famille était passé. Ils avaient tous deux autre chose en tête.

Il l'aida à descendre de cheval et se montra réticent à éclairer les abords de la vieille bâtisse.

— Nous sommes terriblement exposés, dit-il en la retenant par la taille, bien qu'elle ait les pieds fermement posés au sol.

— Je n'ai pas de mauvais pressentiment.

Il étouffa un rire.

— Ouais, ça me rassure après notre conversation sur le fait qu'il ne faut pas accorder trop d'importance à ce que nous ressentons.

Mais il la libéra et finit par allumer sa torche, de sorte qu'elle put voir l'école et la zone d'herbe autour d'eux. Elle sortit son téléphone et fit apparaître la photo qu'elle y avait sauvegardée.

Elle s'orienta et tenta de repérer l'endroit où se trouvait autrefois le cabanon. Tandis qu'elle se déplaçait à pas prudents, son pied heurta un étrange monticule de terre.

— Je crois que quelqu'un a creusé par ici, dit-elle.

— En espérant trouver l'or ?

— Je suppose.

Hazel se concentra sur la photo. Elle datait de plus de cent ans. De toute évidence, la topographie avait changé. Les terres avaient été cultivées pendant de nombreuses années. À supposer que quelque chose ait été caché dans le sol du cabanon, ceux qui avaient évacué les gravats – que la construction se soit effondrée naturellement ou qu'elle ait été démolie – l'auraient sûrement découvert.

— Pourquoi j'ai le sentiment que quelque chose cloche ? demanda-t-elle.

— Nous n'avons sans doute pas abordé le problème sous le bon angle. Nous examinons peut-être les détails de trop près, ou chacun séparément... Il faudrait avoir une vue d'ensemble.

— Tu as sans doute raison, mais je ne sais pas comment...

Hazel posa le regard sur l'angle de l'école et laissa sa phrase en suspens. Sur la photo, la façade était en brique et non en bois comme elle l'était à présent.

— Tu peux diriger la torche vers l'école ?

Landon s'exécuta, et le faisceau lumineux balaya des planches de bardage décolorées et fissurées.

Pourquoi quelqu'un aurait-il recouvert la façade en brique avec du bois ? Surtout s'agissant d'une vieille école qui était désaffectée depuis longtemps.

Quand cela avait-il été fait, et pourquoi ?

Est-ce que ça avait un sens, ou perdait-elle la raison ?

Hazel s'avança vers l'angle de l'école, se plaçant exactement dans le même axe que sur la photo. Puis elle passa les doigts sur le bois, suivant le rai de lumière que projetait Landon.

— Quelqu'un est déjà venu, remarqua-t-il.

Il dirigea la torche vers un endroit où le bois avait été grossièrement arraché.

— Je ne pense pas que c'était comme ça avant.

— Tu as raison.

L'effet de surprise passé, Hazel demanda :

— Alors, M. Field ne s'était pas trompé ? L'or était vraiment ici ?

— L'or, je ne sais pas. Mais il y avait quelque chose.

Landon dirigea la lumière directement dans la cavité.

— Quelque chose était caché entre le bois et la brique.

— Mais, s'ils ont envoyé quelqu'un pour m'enlever, ça signifie qu'ils continuent à chercher. Ils avaient la photo depuis le meurtre, et pourtant c'est seulement maintenant qu'ils se sont attaqués à la façade.

— Ça veut dire que la photo ne leur a pas apporté l'information qu'ils cherchaient. Mais ils l'ont trouvée ailleurs.

— Mon ordinateur !

Hazel venait de se souvenir d'un détail.

— J'ai une carte dans mon ordinateur, qui établit précisément les endroits où les photos ont été prises. Je ne sais pas comment ils ont pu s'y connecter...

Elle reprit son souffle, affolée par la complexité de l'énigme.

— En plus, vous avez arrêté Hamilton.

— Il a très bien pu passer ton ordinateur à un complice qui l'attendait, ou le cacher pour que quelqu'un vienne le récupérer plus tard. Et ensuite il s'est laissé attraper pour faire diversion.

— Mais comment ont-ils fait, sans mes mots de passe ?

Landon haussa les épaules.

— Tu sais, ce n'est pas si compliqué de pirater un ordinateur. Et puis nous ne savons pas à qui nous avons affaire.

— Admettons que le magot de la banque existe vraiment. Pourquoi aller jusqu'à tuer ? Il leur suffisait de mener leur enquête et de le récupérer discrètement.

— Les gens sont capables de tout pour de l'argent.

Hazel bouillait d'irritation. Toutes ces questions. Aucune vraie réponse...

— Il n'empêche que ça n'a pas de sens.

— Parfois, il faut se contenter d'additionner les indices jusqu'à ce qu'un schéma commence à se dessiner, dit Landon en lui donnant une petite tape d'encouragement dans le dos. Nous ne savons pas s'ils ont trouvé quelque chose, mais nous savons qu'ils ont cherché. C'est déjà un point positif pour notre enquête.

Hazel se sentait d'humeur morose. Elle n'avait pas l'impression de progresser d'un iota. Et, dans ces conditions, ça pourrait prendre une éternité avant que la police cesse de la considérer comme une coupable.

Elle se pencha pour regarder d'un peu plus près entre le bois et la brique, mais Landon éteignit la torche.

— Ne bouge pas. Pas même d'un centimètre, d'accord ?

— Mais...

Landon plongea en avant et la plaqua au sol.

L'explosion était terrifiante, et une chaleur intense le cerna tout entier, tandis qu'il protégeait Hazel du mieux qu'il le pouvait. Une pluie de gravats s'abattit sur eux.

Des éclats d'obus ?

Des images d'une autre époque essayèrent de s'imposer à son esprit, mais il les refoula.

Il n'était pas sur le front. Ce n'était pas la guerre.

Les projectiles qui s'abattaient sur eux ne faisaient pas vraiment mal, car ce n'étaient que des mottes de terre. Ce qui avait provoqué l'explosion se trouvait dans le sol. Dans les trous grossièrement rebouchés.

Les oreilles de Landon bourdonnaient, il suffoquait de chaleur, mais il percevait en dessous de lui les battements de cœur désordonnés d'Hazel et sa respiration haletante. Elle allait bien.

Mais quelqu'un voulait leur mort. Ou celle de quelqu'un d'autre. Si Hamilton n'avait été mis en travers de leur chemin que pour faire diversion, comment quiconque aurait pu prédire qu'ils reviendraient ici ?

Il n'était pas en mesure d'y réfléchir pour le moment. Au beau milieu de toute cette confusion. Ils devaient partir au plus vite, au cas où il y aurait d'autres explosifs.

— Ça va ? demanda Hazel d'une voix enrouée.

Il ouvrit les yeux, essaya d'évaluer les dégâts. La fumée lui brûlait les poumons. L'école était en feu, et le brasier éclairait les alentours presque comme en plein jour.

— Landon, est-ce que tu vas bien ? insista-t-elle.

— Oui, ça va.

Il aurait sans doute quelques brûlures, mais rien de bien méchant. Quant à Hazel, elle souffrirait probablement de quelques contusions dues à sa chute brutale quand il l'avait plaquée au sol.

— Ne bouge pas tout de suite, d'accord ?

Il regarda autour d'eux.

L'explosion avait été assez forte pour être entendue à des kilomètres à la ronde, ce qui signifiait que ses frères s'inquiéteraient pour eux.

Il changea prudemment de position avant de pouvoir sortir son talkie-walkie de sa poche.

— Tout va bien ici. Restez où vous êtes pour le moment.

— Affirmatif ! répondirent toutes les équipes, presque d'une même voix.

Il pouvait y avoir d'autres explosifs, et ils devaient se montrer prudents. Surtout avec les chevaux.

— Quand je vais me lever, tu vas courir vers Buttercup, sauter en selle et filer.

Il réfléchit à l'endroit le plus sûr pour Hazel.

— Rejoins Cal et Dunne. Tu seras à l'abri dans le pick-up.

Préviens-les via le talkie-walkie, pour qu'ils sachent à quel endroit te retrouver.

— Et toi ?

Il s'apprêtait à lui dire de ne pas s'inquiéter pour lui, mais...

Quelqu'un les observait.

Il le sentait. Tout comme il avait senti que c'était le moment de plonger et de protéger Hazel en la recouvrant de son corps. Ça tenait à une tension dans l'air. Un frisson sur la nuque. Une crispation de l'estomac...

Et justement, son instinct lui disait que quelque chose couvait et qu'il devait éloigner Hazel.

— Je ne serai pas loin derrière toi.

— On pourrait aussi rester ensemble.

— Plus tard. Pour le moment, il faut que tu rejoignes Cal et Dunne, d'accord ? Quand je te donnerai le signal, lève-toi et cours sans t'arrêter. Saute sur Buttercup et file. Je serai juste derrière. À six heures. Ça veut dire, dans ton dos.

— J'avais compris.

Il ne resterait pas pour se battre, mais il devait la protéger et lui assurer un peu d'avance.

Elle laissa échapper un soupir tremblant.

— Si tu ne tiens pas ta promesse, je serai vraiment fâchée.

— Compris. Et maintenant je vais compter jusqu'à trois. Tu te redresses, tu cours et tu ne t'inquiètes pas pour moi.

— D'accord.

Landon lui accorda quelques secondes pour reprendre son souffle et se préparer. Puis il commença le compte à rebours dans son oreille.

— Go !

Hazel bondit en même temps que lui et courut vers Buttercup.

Landon sortit son arme de son holster et la suivit à pas lents et prudents, tout en observant son environnement. Lorsqu'il la vit s'arrêter près de la jument, sans se hisser en selle, il dut faire un effort pour contenir son impatience.

— Vas-y, Hazel, dit-il en élevant la voix pour couvrir le crépi-tement des flammes.

— Je ne peux pas.

Elle pivota légèrement et, dans la lumière du brasier, il distingua une fillette. Il devait s'agir de l'enfant dont Hazel lui avait parlé. De toute évidence, ils ne pouvaient pas la laisser là. Ils allaient devoir l'emmener avec eux.

Mais, tandis qu'il s'avançait, Landon comprit pourquoi Hazel avait dit qu'elle ne pouvait pas bouger.

Le visage de la fillette était maculé de terre, ou de graisse, ou de fumée. Ses cheveux s'échappaient d'un bandeau. Elle portait un jean sale et un sweat-shirt encore plus crasseux. Son regard morne était tourné vers lui.

Dans chaque main, elle tenait un pistolet qui paraissait disproportionné entre ses doigts graciles.

L'un des deux était pointé sur Hazel.

De l'autre, elle le visait, lui.

21

— Jetez votre arme, dit la fillette.

Sa voix haut perchée et nasillarde ressemblait à celle d'un personnage de dessin animé. Mais Hazel savait qu'elle ne plaisantait pas. Ses doigts étaient enroulés autour des détentes.

— Les talkies-walkies aussi.

Ne sachant pas ce qu'elle devait redouter le plus – que la gamine sache précisément ce qu'elle faisait et qu'elle soit capable de tirer, ou bien qu'elle les blesse accidentellement – Hazel jeta un coup d'œil vers Landon.

Il semblait positivement médusé. S'il tenait toujours son arme à la main, celle-ci était dirigée vers le sol. Il ne visait pas la petite fille.

— Je dois compter jusqu'à trois ? demanda-t-elle.

Il n'y avait aucune hésitation, aucun tremblement dans sa voix. Elle agissait de sang-froid, en sachant très bien ce qu'elle voulait.

Landon lança un regard interrogateur à Hazel, mais elle ne savait pas comment réagir. Il ne pouvait pas tirer sur une enfant, même si elle était armée.

Elle lui adressa un signe de tête, et il s'accroupit pour déposer son arme à terre.

— Les talkies-walkies, répéta la fillette en agitant ses pistolets.

Son geste inquiéta suffisamment Hazel pour qu'elle sorte le

sien de sa poche. Il tomba au sol avec un bruit mat, tandis que Landon déposait calmement son talkie-walkie à côté de son arme.

— C'est toi qui as placé les explosifs ? demanda-t-il, tout en faisant quelques pas vers Hazel.

— N'approchez pas, dit la fillette.

Landon leva légèrement les mains, en un geste d'apaisement.

— Je ne sais pas ce que tu veux, mais mes frères vont arriver. Je ne voudrais pas que tu sois blessée, ma puce. Tu ferais mieux de poser tes armes.

La gamine ricana, et Hazel soupira. Le charme du Sud faisait généralement mouche, mais quel enfant-soldat avait envie d'être appelé « ma puce » ?

— M'étonnerait. Je vous ai entendu leur dire de ne pas bouger.

Sa détermination arracha un frisson à Hazel. La fillette ne lui prêtait pas attention, même si une de ses armes restait braquée sur elle. Elle avait deviné que Landon représentait la plus grande menace et se concentrait sur lui.

— Je t'ai aidée, tu te souviens ? dit-elle d'une voix douce et conciliante. Je t'ai donné la torche et mes gants.

— Je les ai volés, c'est tout. Vous ne m'avez rien donné.

Pourtant c'était le cas. D'ailleurs, la fillette avait voulu les restituer d'elle-même. Elle n'était alors ni froidement menaçante ni en colère. Ce n'était qu'une petite fille solitaire et sur le qui-vive.

— Où est ta mère ? demanda gentiment Hazel.

La fillette serra les dents et rajusta ses armes, comme si elles commençaient à peser entre ses mains graciles, et Hazel comprit combien elle était déterminée à ne pas les lâcher. De toute évidence, quelqu'un la manipulait. De qui était-elle la victime ? Secte ? Groupement paramilitaire ? Survivalistes ?

— Je vais vous conduire à lui. Comme ça, elle sera libre. Il faut que vous veniez avec moi.

— Qui est cet homme ? demanda Landon.

Il avait calqué son intonation sur celle calme et posée d'Hazel.

Il n'était ni suppliant ni condescendant, se comportant comme s'il s'agissait d'une conversation normale.

Sans armes pointées sur eux.

La fillette ne dit rien, et ce mutisme brisa le cœur d'Hazel. Il était évident qu'elle redoutait les représailles de cet homme qui se servait d'elle.

— Nous allons y aller, n'est-ce pas, Landon ? demanda Hazel.

Il parut hésiter, et elle comprit qu'il avait envie de poser d'autres questions.

Mais il ne le fit pas.

— Bien sûr que nous allons la suivre.

Il s'adressa à leur ravisseuse en herbe.

— Comment tu t'appelles ?

— Ça vous regarde pas, marmonna la gamine.

Elle les observa tour à tour, le front plissé, comme sous l'effet d'une intense réflexion.

— Vous, dit-elle en agitant l'arme qu'elle pointait sur Landon. Faites cinq pas en avant. Pas moins, pas plus.

Landon hocha la tête, les mains toujours légèrement levées pour la mettre en confiance.

Puis il fit cinq grandes enjambées, qui le placèrent presque à côté d'Hazel.

Il en esquissa une autre.

— J'ai dit cinq, tonna la gamine en pointant ses deux pistolets sur lui.

— J'ai mal compté, lâcha-t-il avec un sourire amical.

La gamine ne se radoucit pas.

— Pas moi.

— J'ai compris, déclara Landon d'un ton apaisant. Tu cherches un moyen de nous conduire où tu veux, sans qu'on essaie de t'attaquer.

— Si vous m'attaquez, je vous tire dessus.

— Je ne pense pas que tu aies envie de faire ça.

Il étudia le visage de l'enfant dans la lueur des flammes.

— En tout cas, tu ne tireras pas sur Hazel.

— Je pensais qu'elle s'appelait Zara.

— Zara est ma jumelle.

— Alors, vous avez menti. Je n'aime pas les menteurs.

Hazel était persuadée que l'enfant n'avait aucune envie de tuer qui que ce soit, mais qu'elle le ferait si elle y était contrainte. Il y avait chez elle un désespoir poignant. Qu'avait-elle subi pour en arriver là ?

Elle lui sourit le plus gentiment possible.

— Tu ne veux pas me dire ton prénom ?

— Bigfoot, répliqua la gamine, narquoise.

— Très bien, Bigfoot, lança Landon.

Tout comme Hazel, il avait saisi l'allusion à cette créature légendaire s'apparentant au yéti, qui était censée hanter les forêts d'Amérique du Nord.

— Je te propose une chose. Tu nous dis où tu veux que nous allions, nous passons devant toi, et comme ça tu peux nous surveiller. C'est une bonne idée, non ?

— Comme si j'allais écouter votre avis, alors que vous êtes mon prisonnier !

Il y avait quelque chose d'un peu boudeur dans son intonation, laissant transparaître la petite fille qu'elle était sous son apparence guerrière.

Hazel ne pouvait s'empêcher d'éprouver de la compassion pour elle. Il y avait quelque chose de tellement incongru et poignant dans cette image d'une fillette armée jusqu'aux dents.

Soudain, quelque chose qu'elle avait dit lui revint.

Sa mère. Elle faisait ça pour libérer sa mère, détenue par un homme qui tirait les ficelles.

— Nous pouvons t'aider, dit-elle.

— Pourquoi vous feriez ça ?

— Parce que tu le mérites, répondit Landon.

Il s'avança vers la fillette.

— Allez, donne-moi tes armes, et tu as ma parole que je t'aiderai.

Un des pistolets se déclencha. Délibérément, ou par accident, Hazel n'aurait su le dire. Mais la détonation fut brutale et choquante dans le silence de la nuit.

Elle poussa un cri de surprise, tandis que Landon faisait un bond sur le côté et se jetait au sol. La fillette tomba en arrière, déséquilibrée par le recul de l'arme, beaucoup trop lourde pour sa frêle silhouette. Landon fut sur pieds en quelques secondes. Visiblement, il n'était pas blessé.

Sans réfléchir, Hazel s'avança vers la fillette pour l'aider à se relever. Mais celle-ci rampa en arrière en dirigeant ses pistolets vers eux.

— Non ! cria-t-elle. Ne vous approchez pas. Je vais tirer. Je vais le faire.

— Je veux t'aider.

— M'en fiche. Reculez. Tout de suite.

Hazel obéit. Puis elle échangea un regard avec Landon. Il haussa les épaules, visiblement aussi désemparé qu'elle. La gamine était dangereuse, mais ni l'un ni l'autre ne voulait prendre le risque de la blesser pour la désarmer.

— S'il y a des gens avec ta mère dans le coin, est-ce qu'ils ne risquent pas de venir pour voir ce qui s'est passé ? demanda gentiment Landon.

— Ils vont d'abord s'occuper de vos amis. J'ai le temps. J'ai le temps.

Elle l'avait répété comme si elle essayait de s'en convaincre.

— Il faut que je le fasse. Je n'ai pas le droit d'échouer.

Le cœur d'Hazel était sur le point de se briser. Cette pauvre enfant essayait seulement de sauver sa mère. Elle n'avait pas conscience que ce qu'elle faisait était mal.

Déposant un des pistolets au sol, la fillette plongea la main dans sa poche et jeta une cordelette à Landon.

— Attachez vos mains ensemble. Et serrez bien. En vrai, j'ai besoin que d'une seule personne. Du coup, si vous me jouez un mauvais tour, je vous tuerai cette fois.

Landon soupira et regarda Hazel.

— Je crois que nous allons devoir obéir, dit-il.

Il était très sérieux, et elle réalisa ce qu'il essayait de lui faire comprendre. Ils accompagneraient la fillette, car c'était la seule façon de la sortir des griffes de celui qui la manipulait.

Alors, elle hocha la tête et tendit les mains.

Landon gardait un œil sur la gamine, tout en nouant la cordelette autour des poignets d'Hazel. Puis il enroula ce qui restait du lien autour d'un des siens. Il ne serra pas les nœuds et laissa un peu d'espace entre les tours de corde, mais s'arrangea pour que ça ne se voie pas.

— La corde n'est pas assez longue, dit-il. Je ne peux attacher qu'une seule de mes mains.

— Je pourrais juste vous tuer et vous laisser ici. Je pense qu'ils ne veulent qu'elle.

— Ils me veulent aussi, tu peux me croire.

Qui que soient ces personnes, elles avaient terrorisé cette enfant au point de la transformer en... ceci.

Il reconnaissait ce désespoir, cette panique absolue. Il les avait lus dans les yeux de ses frères. Mais il n'avait pas été capable de les empêcher de gâcher leur vie. Il n'avait pas réussi à les sauver.

Il trouverait un moyen de sauver cette petite fille.

— Elle a besoin d'aide, murmura Hazel.

— Je sais. On va l'aider. Essayons de continuer à la faire parler.

— Taisez-vous, dit la fillette.

Elle s'avança, et Landon vit qu'elle n'avait plus qu'un seul pistolet. Il était trop grand et trop lourd pour elle. D'une pichenette, il aurait pu l'éjecter de sa main.

Comme si elle avait lu dans ses pensées, elle se mit hors de sa portée. Puis elle sortit de la poche arrière de son jean une laisse de chien – rose vif, aussi surprenant que ça puisse paraître – et l'attacha à l'une des boucles entre les poignets d'Hazel et le sien.

— Suivez-moi, dit-elle en tirant sur la laisse.

Landon échangea un regard avec Hazel. Ils étaient sur la même longueur d'onde. Inquiets pour la fillette, mais conscients qu'elle était dangereuse. Alors, ils lui emboîtèrent le pas.

Landon observa la laisse. Il suffirait d'un coup sec pour qu'il puisse s'en libérer et neutraliser la gamine, d'autant qu'elle avait apparemment abandonné son second pistolet. Mais il n'en était pas absolument certain. De plus, elle était suffisamment instable et désespérée pour tirer sur eux.

Il inclina la tête vers Hazel et réduisit sa voix en un murmure tout juste audible.

— Faisons-la parler.

Hazel hocha la tête.

— Où retiennent-ils ta mère ? demanda-t-il.

La fillette grommela et tira sur la laisse, les faisant tituber un peu.

— Vous verrez bien.

— Pourquoi ils me veulent ? demanda Hazel.

— Parce que vous êtes la seule à savoir.

— À savoir quoi ?

— Tout ce que le vieux monsieur savait. Je crois que c'était mon grand-père.

Faisait-elle allusion à M. Field ?

— Qui est ton grand-père ? s'enquit Hazel, perplexe.

— On s'en fiche, répliqua la fillette.

Et il y avait une pointe de tristesse dans son intonation mi-détachée, mi-résignée.

— Tout ce qui compte, c'est maman.

— Tu peux nous parler de ta maman ? demanda Landon.

— Taisez-vous ! cria l'enfant, au bord des larmes pour la première fois.

Landon désespérait de trouver un plan. La fillette ne cadrait avec rien de ce qu'il connaissait. Son expérience était totalement inutile dans cette situation. Aider cette enfant tout en protégeant les siens relevait de l'impossible.

Ils continuèrent à avancer en silence, s'enfonçant de plus en plus loin au cœur de la propriété des Peterson. S'il avait bien en tête la carte qu'il avait imprimée un peu plus tôt, ils se dirigeaient vers la vieille maison.

Il ne fallut pas longtemps pour que les lueurs de l'incendie soient complètement masquées par les collines boisées qu'ils traversaient, et la nuit se referma bientôt sur eux.

— Tu sais, insista Landon, nous voulons vraiment t'aider. Ces personnes dont tu parles ont l'air vraiment méchantes si elles retiennent ta maman. Qu'est-ce qu'on peut faire pour t'aider ?

— Rien. Personne ne peut nous aider.

Landon connaissait ce fatalisme. Il résonnait encore dans ses vieilles blessures d'enfance. Profondément enfouies dans son esprit, elles étaient toujours présentes, comme un feu couvant sous la braise, et sans doute ne pourrait-il jamais s'en défaire.

— Je sais ce que tu ressens.

Le caractère de son père. Toute cette violence. Ce sentiment d'être seul au monde. L'impression qu'il était impossible de trouver quelqu'un qui leur porterait assistance. Puis, au fil des ans, la culpabilité de ne pas avoir été capable de venir en aide à sa mère et à ses frères.

— Vous ne savez rien.

— Mon père passait son temps à nous battre, mes frères et moi. C'était comme une prison. Quand j'ai eu ton âge, j'ai pensé à m'échapper. Mais je n'ai jamais pu le faire, car je n'ai trouvé personne pour m'aider. C'est pour ça que je veux t'aider.

— Vous dites ça parce que vous me prenez pour un bébé, mais je sais me débrouiller toute seule.

Elle marmonna quelque chose, avant d'énoncer très clairement :

— On ne peut compter que sur soi-même.

— C'est ce que je pensais aussi. Mais ça ne m'a jamais réussi. Ça ne m'a pas permis de sortir des mauvaises situations. Au contraire, ça m'a enfoncé. Jusqu'au jour où j'ai rencontré des personnes à qui je pouvais faire confiance. Alors, j'ai compris qu'il n'y avait pas que des gens méchants. Il y en a qui veulent aider.

— Accepter de l'aide ou du soutien ne fait pas de toi quelqu'un de faible, ajouta Hazel. Nous voulons sincèrement t'aider.

La fillette soupira, agacée.

— Vous dites ça uniquement pour que je vous libère.

De nouveau, elle tira sur la laisse. Ils n'allèrent pas très loin, cette fois. Elle alluma une torche, et Landon distingua un arbre. La fillette y attacha la laisse.

— Je reviens, annonça-t-elle.

Landon écouta pour repérer la direction que prenaient ses pas. Puis, sans perdre un instant, il se libéra des liens autour de son poignet.

Il était urgent qu'il déploie toute son énergie et toute sa volonté pour sauver sa famille.

22

Hazel relâcha son souffle. Et maintenant ?

Mais la fillette était à peine partie que Landon posa une main sur son épaule.

— Comment t'es-tu libéré ? demanda-t-elle.

— Peu importe. Je veux que tu restes ici.

— Mais, Landon...

— Non, écoute-moi. J'ai envie de te dire de courir te mettre à l'abri, mais je sais que tu ne le feras pas parce que tu veux l'aider. Pour autant, il nous faut des réponses, et nous devons arrêter ces personnes. Donc, tu vas rester ici, et si quelqu'un vient te chercher je serai là pour te venir en aide. Ainsi que la petite et sa mère. Si nous disparaissons tous les deux, j'ai peur qu'il leur arrive quelque chose. De toute évidence, c'est toi qu'ils veulent. Si elle revient, tu dois être là.

— Et toi, que vas-tu faire ?

— Je vais essayer de trouver les autres. Puis nous irons voir ce qui se passe dans cette maison.

— D'accord.

— Hazel...

— Non, ça va. Tout est OK.

— Je n'ai pas envie de te laisser là.

— Mais tu sais que tu dois le faire. Je comprends. En plus, ils ont besoin de moi, donc je ne cours aucun danger.

— Je n'en suis pas si sûr, dit-il, l'air sombre.

Il reprit dans un soupir :

— Hazel, serait-il possible que M. Field soit le grand-père de la petite ? Elle a dit que tu étais la seule à avoir connaissance de ce que savait le vieil homme.

— Je sais, mais ça n'a aucun sens. À ma connaissance, il n'avait pas d'enfants. Il ne s'est jamais marié, et je ne lui ai jamais connu aucune liaison. Mais pourquoi pas, après tout.

Landon lui pressa affectueusement l'épaule.

— Fais attention, d'accord ?

— Pareil pour toi.

Elle détestait l'idée de cette séparation, mais c'était la seule façon de protéger tout le monde.

Il déposa un baiser sur ses lèvres.

— Je reviens le plus vite possible.

— Je t'aime.

Il y eut un moment de flottement, et Hazel comprit qu'il devait faire un effort pour assimiler ces mots que personne ne lui avait jamais dits.

— Je t'aime aussi, dit-il.

Et il disparut.

Hazel était seule dans le noir, attachée à un arbre. Ce n'était pas une position des plus confortables, mais la corde autour de ses poignets était suffisamment lâche pour que ça ne lui fasse pas mal. Elle aurait même pu se libérer si elle l'avait voulu.

Mais elle continuait à penser à cette pauvre enfant. Elle voulait vraiment l'aider. Alors, elle attendrait.

Hazel avait perdu la notion du temps lorsqu'elle entendit le ronronnement distant d'un moteur. Elle ne pensait pas que c'était assez puissant pour être un pick-up, ce qui était bien dommage, car cela aurait voulu dire que Cal et Dunne venaient la chercher et lui annoncer que tout allait bien.

Ça ressemblait plus à un quad ou à un buggy. L'engin s'approcha, et elle fut éblouie par les phares.

— Eh bien, tu ne m'as pas menti, dit une voix masculine.

Aveuglée, Hazel cilla et parvint finalement à distinguer la silhouette de la fillette, qui venait de sauter à terre.

— Mais où…, commença à dire la petite fille en courant vers elle.

— Dieu merci, tu es revenue, l'interrompit vivement Hazel. Je n'étais pas très à l'aise, toute seule dans le noir.

L'enfant plissa le front mais ne dit rien. L'homme, que la présence d'une seule personne ne semblait pas surprendre, descendit à son tour du quad, et Hazel put enfin le voir.

Il était grand et large d'épaules. Plus âgé qu'elle, assurément, mais sa barbe fournie empêchait de lui donner un âge précis, même avec les mèches grises qui la parsemaient. Des yeux sombres, des sourcils épais…

Tandis qu'elle détaillait ses traits, Hazel réalisa quelque chose qui lui noua l'estomac.

Il ressemble à M. Field.

— Qui êtes-vous ? demanda-t-elle.

— Vous ne me reconnaissez pas ? Ça me fend le cœur.

Il ne semblait en aucune façon affecté.

— Évidemment, vous et votre folle de sœur avez toujours méprisé le personnel.

Ces paroles acerbes n'avaient aucun sens pour Hazel. Son père n'avait jamais embauché beaucoup de journaliers. Sauf quand…

— Le seul personnel que nous avons eu, c'était quand ma mère était mourante.

— C'est ça. Zara se tapait tout le boulot pendant qu'Amber et vous meniez la grande vie.

La grande vie ? Préparer les repas de leur mère, lui administrer ses médicaments, la voir s'étioler jour après jour… L'homme avait une drôle de conception de ce qu'était la grande vie. Mais, s'il avait travaillé au ranch, alors il devait être…

— Alors, comme ça, vous êtes un Chinelly ?

— Ne m'insultez pas. Même si Hamilton est le frère de ma mère, ça ne fait pas de moi un Chinelly. Le bon sang gagne sur le mauvais. Pas vrai, Sarabeth ?

Il ébouriffa les cheveux de la fillette, qui se crispa.

— Peut-être que mon sang aura le dessus chez toi.

Sarabeth ne dit rien et baissa les yeux. Hazel eut de la peine pour elle.

— Tu vas laisser maman partir, maintenant ? demanda l'enfant d'une toute petite voix.

L'homme ricana.

— Mais oui. On va vous laisser filer toutes les deux.

Il eut un soupir exaspéré.

— Je me suis trompé. Tu es aussi stupide que ta mère.

Il lui donna une violente poussée qui la fit tomber à genoux sur le sol.

Hazel eut un mouvement en avant pour aider la petite, mais la corde autour de ses poignets et la laisse la retinrent.

— Bon, je vous emmène quelque part où on va vraiment parler, dit-il en s'approchant d'Hazel pour détacher la laisse de l'arbre.

Puis il la poussa sur le siège passager du buggy et se glissa au volant, laissant Sarabeth prostrée dans l'herbe.

— Et votre fille ?

L'homme rejeta la tête en arrière en éclatant de rire.

À bout de souffle et souffrant d'un point de côté, Landon trouva Zara et Jake en premier. Il leur expliqua la situation, puis il joignit les autres par talkie-walkie, demandant à toutes les équipes de converger vers l'ancienne maison des Peterson.

Jake passa son cheval à Landon et monta derrière Zara. Sans échanger un mot, ils levèrent le camp et se dirigèrent vers la maison – plus près du point névralgique.

Il fallait que ce soit le point névralgique. Sinon… Landon se refusa à envisager le pire. Il devait se concentrer sur sa mission. À cet instant, il était un soldat. Rien d'autre.

Aux abords de la maison, ils s'arrêtèrent pour élaborer un plan d'attaque. Landon prit le commandement et donna à chacun ses instructions.

Étonnamment, personne ne remit en cause ses décisions. Soulagé, il s'apprêtait à donner le signal de l'assaut quand un bruit de sabots leur fit tourner la tête.

Chacun sortit son arme. Contre toute logique, Landon espérait qu'il s'agissait d'Hazel. Il alluma sa torche, faisant confiance à ses frères pour savoir comment réagir si l'arrivant avait de mauvaises intentions.

Il reconnut d'abord Buttercup, mais ce n'était pas Hazel qui la montait.

— Personne ne bouge, dit-il à voix basse, s'adressant à ses frères. C'est la petite fille.

— Tu veux dire, celle qui a tiré sur toi ? répliqua sèchement Henry.

— C'est sans importance. Ce qui compte c'est de mettre un terme à cette affaire.

La fillette arrêta la jument devant eux.

— Il a votre amie, annonça-t-elle, agitée. Je sais où elle est. Si vous promettez de sortir ma mère de là, je vous aiderai.

— Qui est ce « il » dont tu parles ?

— Mon père. Rob Currington.

— Currington, dit Zara. C'était un de nos employés quand j'étais petite. Avec Hamilton Chinelly.

— Il faut se dépêcher, lança la fillette. Il veut que ce soit fini cette nuit. Il a promis, si je lui amenais la dame, qu'il nous laisserait partir, maman et moi. Mais il a menti. Il va tuer tout le monde une fois qu'il aura ce qu'il voulait. Je ne veux pas qu'il tue ma maman.

Et Landon n'avait pas l'intention de laisser arriver quoi que ce soit à Hazel.

— Qu'est-ce qu'il veut ? demanda Cal, alors que Landon ne pensait qu'à la vengeance.

— Il a trouvé une partie de l'or de la banque, mais il en manque encore. La dame du fort est la seule qui sait où il se trouve, maintenant qu'il a tué son père.

M. Field. Ça n'avait toujours pas beaucoup de sens, mais les choses commençaient à être plus claires.

— Elle est dans la maison ?

— Ma mère est enchaînée dans la cave, et un de ses cousins la surveille. Je pense que c'est là qu'il a emmené Hazel.

La fillette sauta de son cheval. Elle n'était pas armée. Mais, quand elle s'avança dans le rond de lumière que dessinait la torche de Landon, il vit qu'elle saignait du nez.

— Je ferai tout ce que je peux pour t'aider à libérer ta maman, promit-il.

Il voulut lui presser l'épaule pour la rassurer, mais la fillette eut un brusque mouvement de recul, et il eut l'intuition qu'elle savait aussi ce que c'était de subir des coups de la part de son père.

— Vous allez me suivre et m'écouter, dit-elle avec détermination. Sinon, nous serons tous morts.

Elle était si sérieuse, si résolue. Landon ne voulait pas essayer d'imaginer ce qui avait endurci à ce point une fillette aussi jeune.

— On dirait que nous nous sommes trouvé un mini-Cal, observa Henry. Vas-y, montre-nous le chemin, petite.

Et c'est ainsi que six miliaires aguerris et une agricultrice au caractère bien trempé suivirent une petite fille droit vers le danger.

23

La maison menaçait ruine. Il y avait des trous dans la toiture, des fissures dans les murs, les volets pendaient, et les vitres étaient presque toutes brisées. Pourtant, le ravisseur sortit Hazel du buggy et la poussa vers la bâtisse, comme s'ils allaient y entrer. Ouvrant la porte d'un coup de pied, il l'entraîna dans le couloir.

— Attention où vous mettez les pieds, la prévint-il. Un faux pas et vous vous retrouvez au sous-sol.

Observant le plancher disjoint, Hazel déglutit avec peine. Traverser cette maison était particulièrement risqué, et elle espérait que Landon et ses frères s'en rendraient compte avant de débouler arme au poing.

Car ils viendraient. Ils la sauveraient. Tout se terminerait bien. Elle devait y croire. C'était la seule façon pour elle de s'en sortir.

Le ravisseur s'arrêta finalement devant une descente d'escalier à l'arrière de la maison. La porte qui avait dû s'y trouver autrefois n'existait plus. Il la poussa dans les marches étroites, moins attentif maintenant à la façon dont ils se déplaçaient.

Il y avait de la lumière en bas. Un homme se tenait debout, les bras croisés. Un pistolet était glissé dans sa ceinture. Dans un coin, une femme était ligotée sur une chaise.

Hazel ne les reconnut pas, mais le visage de la femme lui fit pitié. Il était sévèrement tuméfié, avec du sang séché provenant de son nez, de sa bouche et de son oreille. Elle ne leva même pas les yeux quand ils entrèrent dans la pièce.

— Sarabeth a réussi, dit l'homme, surpris.

— On dirait. Apporte une autre chaise et des liens.

L'homme s'empressa d'approcher une chaise métallique pliante.

— Tu vas libérer Jessie, alors ?

Le ravisseur eut un rire mauvais.

— Des clous. Une fois que nous aurons ce que nous voulons, tout ça partira en flammes. Avec ceux qui s'y trouvent.

L'homme attrapa brutalement Hazel et la ligota à la chaise. Elle ne chercha pas à lutter, consciente qu'elle n'avait aucune chance de réussir à s'échapper. De toute façon, Landon viendrait la délivrer.

— Maintenant, vous allez nous dire où se trouve le reste, ordonna le ravisseur.

Elle regarda l'homme, qui ressemblait tellement à M. Field que c'en était déstabilisant.

— Je ne sais pas de quoi vous parlez.

La gifle fut si soudaine qu'elle n'eut même pas le temps de la voir venir. Tandis que la douleur explosait à travers sa joue, elle faillit basculer sur le côté avec la chaise. L'autre homme l'intercepta et la rétablit au sol dans un claquement de métal.

— Je veux savoir où est le reste de l'or. Le magot devait se trouver dans l'école, mais il n'y en avait qu'un quart. Ce vieux fou n'arrêtait pas de dire qu'il y en avait beaucoup plus.

Alors, c'était vrai.

— Vous avez tué M. Field pour une légende ?

— Ce n'était pas une légende !

Le ravisseur se précipita vers un sac de voyage et l'ouvrit pour qu'elle puisse voir les pièces d'or à l'intérieur.

— Ce sont bien des espèces sonnantes et trébuchantes, comme on dit. Où est le reste ?

— Je ne sais...

Il frappa, de l'autre côté cette fois. Elle avait la peau en feu et les larmes aux yeux – à la fois de douleur et de peur.

— Il vous disait tout. Vous organisiez tout. Mon père m'a dit que son assistante en savait plus que lui. Il m'a supplié de le laisser en vie pour qu'il puisse vous appeler.

— Votre père ? Vous avez tué votre propre père ?

Ainsi, M. Field avait un fils et n'en avait jamais parlé à personne.

— Il n'a jamais été un père pour moi. Il a payé ma mère pour qu'elle s'en aille et le laisse tranquillement faire ses recherches. Bref, j'ai trouvé l'or, pas vrai ? Mais il y en a plus, et je le veux.

Landon s'arrêta quand la fillette qui les guidait leur en donna l'ordre.

— Le sol de la maison n'est pas stable, murmura-t-elle. Il faut faire très attention. Ils sont dans la cave, et il n'y a qu'un seul accès.

— Tu es sûre qu'il n'y a que deux hommes à l'intérieur ? demanda Cal.

— Oui. Hamilton vient de temps en temps, mais il a trop peur de rentrer. Le cousin de papa, Ben, ne sort jamais. Papa n'arrête pas d'aller et venir.

— Il te laisse sortir quand tu veux ? demanda Landon.

— Il se moque de ce que je fais, du moment que je ne suis pas dans ses jambes et que je lui obéis quand il demande quelque chose.

— Bien. Et si tu nous disais ton prénom, maintenant ?

— Sarabeth.

— Tu es très courageuse, Sarabeth. Ta maman va être fière de toi quand nous l'aurons libérée. Maintenant, tu vas nous laisser faire et attendre bien gentiment ici.

Sarabeth secoua vigoureusement la tête.

— Je dois vous guider, sinon vous allez passer à travers le sol. En plus, vous ne pouvez pas tous entrer, car il risque de vous entendre.

419

— Très bien, je te suis, déclara Landon. Les autres, vous assurez mes arrières.

— Vous allez avoir besoin de ça, dit Sarabeth.

Elle se défit de son sac à dos et lui rendit son pistolet – qu'elle lui avait ordonné de poser par terre quand ils étaient à proximité de l'ancienne école.

Landon le prit et le glissa dans son holster.

— Merci. Tu as encore les tiens ?

— Mouais.

— Tu sais viser ?

— Je vous ai raté exprès tout à l'heure.

Il ne savait pas si c'était vrai ou si elle essayait de se rassurer mais, avec un peu de chance, ils s'en sortiraient sans que la fillette ait besoin de tirer.

À l'intérieur de la maison, Landon reproduisit exactement les pas de Sarabeth, mais quelque chose les frôla – probablement une souris –, et la fillette fit un bond de côté. Le bois craqua avec suffisamment de force pour attirer l'attention.

— Rob ? lança-t-elle aussitôt. C'est moi. Tout va bien.

— Bon sang ! marmonna quelqu'un en dessous. C'est vraiment une sangsue. Impossible de se débarrasser d'elle. Ramène tes fesses puisque t'es là.

En haut de l'escalier de la cave, Sarabeth fit signe à Landon d'attendre dix secondes, puis elle dévala les marches le plus bruyamment possible pour couvrir ses pas à lui.

Recroquevillé le long du mur, il compta dans sa tête. Il ne savait pas ce qu'elle avait prévu, mais il lui faisait confiance.

À dix, il vit Sarabeth chuter, sa tête heurta le sol en ciment, et son pistolet lui échappa. Puis elle ne bougea plus. Hazel poussa un petit cri. Son visage était tuméfié. Une autre femme, en sang, était attachée dans un coin.

En quelques secondes, Landon vola à travers la pièce. D'une main, il saisit l'arme pointée vers lui et de l'autre asséna une manchette à la gorge du plus petit des deux hommes. Puis il y eut une mêlée. Coups de pied. Coups de poing. Il en prit et en donna. Ils étaient à deux contre un, mais il avait déjà connu ça. Et il n'avait pas l'intention de laisser ces criminels s'en sortir.

Le plus petit parvint à enrouler un bras autour de son cou, mais ça lui permit de le faire basculer par-dessus son épaule. Évidemment, ça le mettait en position de vulnérabilité face à l'autre homme, mais s'il pouvait au moins neutraliser celui-là… Il appuya sur sa gorge, et son adversaire perdit connaissance. Mais, lorsqu'il regarda derrière lui, il comprit son erreur. L'autre homme, ce Rob Currington, avait attrapé une arme et le mettait en joue.

Un coup de feu partit – déclenchant un bruit assourdissant dans la cave –, mais pas de l'arme qui le visait. L'homme vacilla, son pistolet lui glissa des doigts, et il s'effondra au sol. Mort.

Tournant la tête pour voir à qui il devait d'avoir la vie sauve, Landon découvrit l'équipe de *Team Breaker* au grand complet.

24

Tandis que Sarabeth se précipitait pour dénouer les liens de sa mère, Landon fit de même avec Hazel.

— Tu es blessée, murmura-t-il en la libérant.

— Je suis vivante.

Hazel se retourna pour regarder la fillette, qui essayait d'aider sa mère à se lever tandis que la cavalerie déboulait – les frères Thompson, Zara, qui fila tout droit vers elle...

— Tout va bien, affirma Landon en l'aidant à se mettre debout.

— Oh ! Landon, tu es brûlé.

Sa chemise était déchirée, et il avait de vilaines entailles. Ça avait dû se produire pendant l'explosion, et il ne s'était rendu compte de rien pendant tout ce temps.

— Et on dirait que ton visage a servi de punching-ball, remarqua platement Zara.

— Il pensait que je savais où était le reste de l'or, mais ce n'est pas le cas, déclara Hazel.

— Quel or ?

Hazel désigna le sac.

— Il a trouvé une partie du butin dérobé à la banque.

Il y eut quelques secondes de silence.

— M. Field avait donc raison, commenta Zara.

L'émotion serra la gorge d'Hazel. Pauvre M. Field ! Tout ce

travail. Tout ce temps. Et l'or était là. Jamais il n'aurait l'occasion de le voir.

— Il avait découvert que le vieux monsieur était son père, expliqua Sarabeth. Et il pensait qu'il saurait où était l'or.

Appuyée contre Henry, sa mère prit la suite.

— Rob me manipulait depuis des années, à cause de mon lien de parenté avec les Peterson…

Sa paupière était tuméfiée au point qu'elle ne pouvait plus l'ouvrir, et sa voix était faible, mais elle semblait déterminée à fournir une explication.

— Je me suis enfuie avec ma fille et je me suis réfugiée dans cette vieille maison, mais il nous a retrouvées.

— Tu as fait semblant d'être blessée, dit Landon en s'accroupissant pour observer le visage de la fillette. Quand il t'a violemment bousculée, tu as fait comme si tu ne pouvais plus bouger, de façon à pouvoir nous aider en cas de besoin.

Sarabeth regarda du côté où se trouvait le corps de son père, mais les Thompson s'étaient alignés devant, formant une sorte d'écran pour qu'on ne puisse voir ni le cadavre ni le sang.

Elle haussa les épaules.

— Je n'aurais pas hésité à tirer si nécessaire.

Landon tendit la main et la laissa retomber avant d'avoir touché la fillette.

— Merci, dit-il.

— Mouais, bon. Merci à vous aussi, je suppose. Vous m'avez aidée. Je ne pouvais pas le faire toute seule.

Elle prit appui contre sa mère, qui tremblait de tous ses membres.

— Je n'aurais pas pu la libérer sans vous.

— Mais tu as fait de ton mieux pour nous aider, dit Hazel.

Sa propre voix lui semblait étonnamment rauque. Son visage était douloureux. Rien n'allait vraiment. Quelqu'un était mort. Mais l'affaire était résolue.

Même quand la police arriva – Dunne avait eu la bonne idée d'appeler les secours –, Sarabeth ne s'effondra pas. Sans jamais lâcher la main de sa mère, elle raconta tout aux policiers. De quelle façon son père les avait séquestrées. Ce qu'il avait raconté à propos de l'or et de M. Field. Et aussi qu'elle aurait été capable de tirer sur lui pour sauver Landon s'il s'était trouvé en mauvaise posture.

Hazel ne faisait plus figure de suspecte, et le meurtrier de M. Field ne représentait plus une menace.

La dépouille de Rob Carrington fut emportée. Outre le cousin blessé, les secouristes insistèrent pour que Landon, Hazel, Sarabeth et sa mère, Jessie, aillent à l'hôpital.

Le reste fut un peu confus.

Quand Hazel fut de retour au ranch avec des antalgiques et des poches de glace – mais heureusement aucun os cassé – elle ne se rappelait pas grand-chose de l'expédition.

Zara prit tout en main, l'installant confortablement dans son ancienne chambre, et Hazel dormit pendant ce qui lui sembla durer des jours.

Lorsqu'elle se réveilla, elle fut désorientée pendant quelques secondes. C'était sa chambre d'enfant, mais le décor était différent, et le lit était plus grand.

Et il y avait un homme dedans. Qui ronflait doucement. Elle le regarda, attendrie. Ils avaient survécu. Ils avaient élucidé l'affaire.

Landon avait toujours été à ses côtés. Il lui avait fait confiance. Et, pour finir, il ne lui avait pas seulement sauvé la vie, il avait tout mis en œuvre pour que Sarabeth – cette fillette si courageuse – s'en sorte.

Il battit des paupières, comme s'il pouvait sentir, même en dormant, qu'elle le regardait.

— Tu es réveillée, dit-il d'une voix enrouée par le sommeil.

— Oui.

Hazel observa autour d'elle.

Il faisait jour, mais elle n'avait pas la moindre idée du moment où elle s'était endormie, ni combien de temps ça avait duré.

— Je ne sais pas quel jour nous sommes, mais je suis réveillée, marmonna-t-elle.

— Mercredi, répondit Landon en étouffant un bâillement.

Il jeta un coup d'œil à la pendule.

— Enfin, je crois.

Puis il passa un bras autour de ses épaules, et elle se blottit contre lui, soulagée.

— Tout ira bien désormais, affirma-t-il.

— J'espère.

Hazel fut tentée de replonger dans le sommeil.

— Et Sarabeth ?

— Sa mère et elle ont été prises en charge par les services sociaux. Elles sont entre de bonnes mains et elles s'en sortiront. Nous y veillerons.

Nous y veillerons.

Hazel sourit et, se lovant contre Landon, se détendit complètement.

Sarabeth et sa mère ne le savaient sans doute pas encore, mais elles avaient rejoint leur famille recomposée.

— C'est bien, dit-elle avant de laisser échapper un profond soupir. Elle nous a sauvés. Enfin, c'est toi qui nous as tous sauvés pour finir, et...

— Je crois que c'est un travail collectif. Nous sommes une équipe.

— Une famille, corrigea Hazel.

Il eut un petit rire un peu triste.

— En parlant de famille... Écoute...

Il s'éclaircit la gorge.

— Il n'y a pas que cette histoire d'armée que tu dois connaître, Hazel. Maintenant que les choses sont en train de rentrer dans l'ordre... En fait, nous ne sommes pas des frères biologiques mais des frères d'armes, si on peut dire. À cause d'une erreur des autorités militaires, nos identités ont été effacées, et nous avons dû disparaître. Et c'est ici que nous avons décidé de recommencer une nouvelle vie. Totalement factice mais tranquille.

— Je suppose que Wilde semblait en théorie l'endroit idéal pour ça.

— Il faut se méfier des apparences.

Il rit, avant de grimacer, l'air embarrassé. Mais il garda sa main dans la sienne.

— Je suis désolé si tu le ressens comme un mensonge.

Pour Hazel, ce n'était pas un mensonge. Une omission peut-être, mais rien de catastrophique. Rien qui change ce qu'elle ressentait pour eux.

— En quoi as-tu menti ?

— Je n'ai pas de lien de parenté avec eux. Mon nom de famille n'est pas Thompson. Ce sont des mensonges.

Hazel roula sur le côté pour faire face à Landon, observant son visage.

Il était tellement sérieux. Tellement frustré par son propre comportement. Elle comprenait très bien cela. Et elle le comprenait, lui. Elle savait aussi qu'ils se comprendraient de mieux en mieux grâce à l'amour qu'ils éprouvaient l'un pour l'autre.

— Mais ce sont tes frères, que vous soyez ou non du même sang. Ils sont ta famille, même si vous avez choisi de vous appeler Thompson, au lieu de recevoir ce nom à la naissance. Et tu me le dis au bon moment, quand c'est important. Je ne t'en tiens pas rigueur. Et je ne vais pas te laisser jouer les martyrs.

— Je pense que nous sommes plutôt doués pour ça, nous empêcher l'un l'autre de jouer les martyrs, commenta Landon.

Il sourit et lui caressa la joue.

— C'est vrai, reconnut Hazel. Je pense que nous sommes plutôt doués pour nous aimer.

Au moment où elle prononçait ces mots, elle réalisa qu'elle ne faisait pas que le penser.

Elle le savait.

Vous avez aimé ce roman ?
Retrouvez en numérique les mystérieux frères Thompson :
1. *La vérité en face*
2. *Recherches à haut risque*
3. *Une suspecte si séduisante*